Zu diesem Buch

März 1884. Moses Wilhelm Shapira sitzt in einem kleinen Hotelzimmer in Rotterdam, hebt die Pistole und richtet den Lauf gegen seine Schläfe. Shapira, ein zum Christentum konvertierter Jude, ein Entdecker und Scharlatan, ein Sammler und Fälscher, war eine der farbigsten Gestalten seiner Zeit in Jerusalem.

Als findiger und gewitzter Antiquitätenhändler startet er eine steile Karriere. Er gibt sich nicht damit zufrieden, in seinem winzigen Laden in der Altstadt Touristen mit echten und gelegentlich auch mit recht fragwürdigen Scherben aus der Antike zu bedienen. Er will den großen Museen der Welt das Kostbarste liefern, was die untergegangene moabitische Kultur zu bieten hat, und dem Judentum wie dem Christentum ihren ursprünglichen biblischen Text geben: Die Schriftrollen mit den Zehn Geboten.

Shapira bietet diesen Fund ersten Ranges international feil. Die angesehenen Gelehrten überprüfen die Echtheit der Texte. Das British Museum zieht ihren Ankauf für eine Million Pfund in Erwägung und löst damit einen Skandal aus, der nicht nur die archäologische Fachwelt erschüttert, sondern auch das interessiert teilnehmende Publikum in London, Berlin und Jerusalem. Doch der französische Archäologe Clermont-Canneau, Shapiras Rivale aus alten Tagen, scheint das Geheimnis der Schriftrollen zu kennen.

Im kleinen Hotelzimmer in Rotterdam kommt es zur letzten Entscheidung.

In ihrem biographisch-historischen Spannungsroman erforscht Shulamith Lapid das Geheimnis der biblischen Schriftrollen und zeichnet die vielschichtige, komplexe Persönlichkeit eines ebenso geistreichen wie bedenkenlosen Mannes, der zu den Großen seiner Zeit gehörte. Wie nebenbei tun sich dem Leser das intrigenreiche Leben und die farbige Welt des Jerusalem der zweiten Hälfte des letzten Jahrhunderts auf und ziehen ihn in ihren Bann.

Shulamith Lapid, geboren 1934 in Tel Aviv, studierte Literatur. Anschließend arbeitete sie an den israelischen Botschaften in Paris und London. Nach zahlreichen Kurzgeschichten und zwei Kinderbüchern veröffentlichte sie mit «Im fernen Land der Verheißung» (rororo Nr. 12585) ihren ersten Roman. Sie gehörte mehrere Jahre lang dem Vorstand des israelischen Schriftstellerverbandes an und wurde 1987 mit dem Literaturpreis des Premierministers ausgezeichnet. Shulamith Lapid lebt mit ihrem Mann und drei Kindern in Tel Aviv.

Shulamith Lapid

ER BEGAB SICH IN DIE HAND DES HERRN

Ein archäologischer Kriminalroman

Aus dem Hebräischen
von Judith Brüll-Assan

rororo
Rowohlt

Veröffentlicht im Rowohlt Taschenbuch Verlag GmbH,
Reinbek bei Hamburg, Dezember 1993

Die Originalausgabe erschien 1984
unter dem Titel «Ca'Heres Hanishbar»
bei Keter Publishing House, Jerusalem
«Ca'Heres Hanishbar»

Umschlaggestaltung Barbara Hanke
Gesamtherstellung Clausen & Bosse, Leck
Printed in Germany
1490-ISBN 3 499 13189 7

ER
BEGAB
SICH
IN
DIE
HAND
DES
HERRN

1

DER MANN MOSES stand am Fenster. Die Jalousie war vernagelt, und er schaute durch die Stäbe auf die verglaste Tür des Wirtshauses, das auf der gegenüberliegenden Straßenseite lag. Die Gasse war menschenleer. Kurz zuvor war eine junge Frau vorbeigegangen, die mit einer Hand den Schal um ihre Schultern zusammenhielt und in der anderen einen eisernen Kochtopf trug. Ihm schien, daß der Geruch der Speisen, die sie für ihren Mann zubereitet hatte, bis zu ihm aufstieg. Er hatte keine Zweifel, daß sie zu ihrem Mann lief, um ihm sein Mittagessen zu bringen, warum sollte sie es sonst so eilig haben um die Mittagszeit, es war sicher eine Suppe, eine dicke Kartoffelsuppe, die Holländer lieben Kartoffeln, vielleicht auch Fleisch mit Soße. Eine Zeitlang überlegte, schmeckte, schluckte er: War es eine säuerliche Soße aus Äpfeln? Oder eine aus süßen Johannisbeeren, oder vielleicht der Saft des Fleisches selbst, in Fett und Mehl gebraten, auf der Zunge zergehend? Der Geruch kitzelte seine Nase, bis ein alter Mann aus dem düsteren Treppenhaus auftauchte und langsam auf die Straße ging, plötzlich unschlüssig stehenblieb und dann das Wirtshaus betrat. Einen Augenblick lang öffnete sich die Tür, und ein gedämpftes gelbes Licht wurde sichtbar, das jedoch sofort verschwand, als sich die Tür wieder schloß.

Seine Augenlider brannten, und sein Nacken war starr vom Beobachten, vom Lauern, von der Erwartung, von dem grellen Licht auf der gegenüberliegenden Hauswand. Irgendwo hatte sich der graue Himmel aufgetan und all seinen Glanz herausströmen lassen, der nun die Regenrinne an der Straßenecke vergoldete, den Turban roter Ziegeldächer, die Knöpfe der ro-

stigen Nägel, die im Rahmen der Jalousie steckten, die flackerten, blendeten, seine Augen zum Tränen brachten. Er war derart auf die Tür auf der anderen Straßenseite konzentriert, daß er glaubte, die Stimmen der Menschen im Wirtshaus hören zu können, doch in seinen Ohren hämmerte es und Sirenen heulten, und er wußte nicht, ob sie nur in seinem Kopf existierten oder tatsächlich von den Schiffen im Hafen zu ihm drangen. Irgendwo aus den verborgenen Winkeln dieses Hotels, das sich mit dem pastoralen Namen «Tal der Blumen» schmückte, stiegen Geräusche von knarrendem Holz und rauschenden Wasserrohren auf, und er horchte gespannt auf das geheimnisvolle Leben der Gegenstände. Ihm war, als stünde jemand hinter der Tür, und er spürte, wie sich seine Haare im Nacken sträubten. Er hielt den Atem an und lauschte, versuchte irgendeinen Laut aufzufangen, einen Schritt, einen Atemzug, wagte jedoch nicht, sich umzudrehen. Wenn er sich nur vom Fenster entfernen könnte, würde er ins Bett steigen, ja, das würde er tun, er würde sich das Kissen auf den Kopf legen und die Augen schließen und versuchen zu schlafen, komme was wolle. Aber wie konnte er sich von hier fortrühren, wie konnte er die im Mittagslicht wie Feuer flackernde Glastür aus den Augen lassen. Er hatte das Gefühl in dem Finger, der den Abzug umklammerte, verloren, und eine neue Befürchtung quälte ihn: Was würde geschehen, wenn er im richtigen Augenblick nicht auf den Abzug drücken könnte? Staubkörnchen strömten durch die Jalousienstäbe und drangen sogar durch die Spitzenvorhänge, schwarzer Ruß, der von den Schornsteinen der Häuser, der Schiffe, der Fabriken herbeigeweht wurde, und der beißende Geruch von Qualm füllte seine Lungen. Er sehnte sich nach einer Tasse Tee, die seine ausgetrocknete Kehle spülen und die Muskeln seines Halses und seiner Arme entspannen würde. Er wußte, daß sein Verstand jetzt klar war, er wußte, wer er war und wo er sich befand und was er tat, aber ausgerechnet jetzt war ihm, als wäre sein Körper leer, als wäre er nur in Haut gehüllt und im Inneren – lähmende, vernichtende

Angst. Er wußte, daß es kein Zufall war, der ihn in dieses Hotel, an dieses Fenster gebracht hatte, denn dort unten, im Wirtshaus, hinter der verglasten Tür, saß Clermont-Ganneau. Seinetwegen stand er hier am Fenster, doch er konnte sich nicht erinnern, wie er selbst hierhergekommen war, denn dazu hätte er doch ein Schiff, einen Zug, eine Kutsche nehmen müssen, von Land zu Land, von Stadt zu Stadt, von Hotel zu Hotel fahren, mit Zöllnern und Polizisten reden müssen, er hätte essen, Geld wechseln müssen, aber er konnte sich an nichts von alldem erinnern.

Draußen waren Schritte zu hören, und vielleicht fing sein Auge eine Bewegung am Ende der Straße auf, aber im Grunde hörte er nichts. Da er seinen Kopf nicht wenden konnte, wartete er, bis die Passanten in sein Blickfeld kamen. Die beiden Männer gingen im Gleichschritt; sie sahen wie Bäcker aus, der eine war etwas kleiner als der andere, beides tüchtige, stämmige Burschen, deren feste Bäuche und muskulöse Arme er selbst aus dieser Entfernung erkennen konnte. Die beiden blieben vor dem Wirtshaus stehen, nahmen wie ein Mann ihre Mützen ab, steckten sie in die hintere Hosentasche und stießen die Tür auf. Die Glocke läutete, und der Türrahmen füllte sich einen Augenblick mit Sonnenlicht, einen scheckigen Glanz von Kupfer und Glas reflektierend, der wie tanzende Strahlen auf fließendem Wasser glitzerte, dann schloß sich die Tür wieder, als wäre sie nie geöffnet worden. Neid erfüllte ihn. Wie glücklich diese Menschen waren! Wenn er doch nur sein Leben von neuem beginnen und Bäcker sein könnte wie sie. Er würde den ganzen Tag lang kneten und kneten, und zur Mittagszeit, nachdem er das warme Brot aus dem Ofen gezogen hätte, zusammen mit seinen Freunden ins Wirtshaus gehen, um seinen brennenden Körper mit eiskaltem Bier zu kühlen. Ein lächerlicher Wunsch, wer würde schon einen vierundfünfzigjährigen Mann als Bäckergesellen einstellen, man würde ihn überall argwöhnisch ansehen, genau so, wie ihn der Empfangschef dieses Hotels angesehen hatte. «Haben Sie kein Gepäck?»

hatte er gefragt und die Augenbrauen hochgezogen. Sein spärliches Haar war in graue, fettige Strähnen geteilt, sein Körper schwerfällig und gebeugt, und er streckte sich einen Augenblick und riß den Mund auf.

«Woher sind Sie gekommen?»

«Aus London, mit der Fähre.»

«Wie lange werden Sie in Rotterdam bleiben?»

«Drei Tage.»

Die Zunge des Mannes flatterte leicht mit jedem Atemzug, wie die Zunge einer Eidechse. Mosche stand ruhig da und ließ sich von ihm mustern. Er konnte sich nicht erinnern, wann er London verlassen hatte und warum er nach Rotterdam gekommen war, er wußte nicht einmal, wie er in dieses Hotel gelangt war, und ihm war, als erwachte er in diesem Augenblick aus einem tiefen Schlaf. Neugierig betrachtete er den Mann, er konnte beinah seine Gedanken hören und wartete darauf, daß die Geldgier den Argwohn besiegen würde.

«Name?»

«Wilhelm Moses Shapira.»

«Wohnsitz?»

«Die Christenstraße, Jerusalem.»

Der Mann hob die Augen und starrte ihn an. Mosche war bereits daran gewöhnt. Wenn er den Leuten sagte, er komme aus Jerusalem, starrten sie ihn an, als hätte er erklärt, er sei der Messias.

«Ich dachte, Jerusalem gibt es nur in der Bibel. Sind der Herr direkt aus Jerusalem gekommen?»

«Nein, aus London, mit der Fähre.»

«Ah. Wir haben noch zwei Engländer hier, Kaufleute aus Liverpool.»

Der Empfangschef war erleichtert. Die Kaufleute aus Liverpool verliehen dem Mann aus Jerusalem etwas von ihrer Greifbarkeit. Er holte das Gästebuch aus der Schublade und strich die Seiten glatt. Seine Finger waren dick und kurz. Mosche warf einen Blick auf das Datum, das oben auf der Seite stand, und sagte sich, daß das nicht sein konnte, die 3, die den Monat darstellte, mußte eine 8 sein, sie sah nur wie eine 3 aus, weil er sie verkehrt las. Und es war vielleicht in diesem Augenblick, daß er wie ein Stein in den dunklen Brunnen des Grauens versank, als er plötzlich begriff, daß ihm sieben Monate seines Lebens verlorengegangen waren und er in einer fremden Stadt, in einem fremden Hotel, vor einem argwöhnischen Empfangschef erwacht war, ohne zu wissen, was er in den vergangenen Monaten gemacht hatte und was ihn ausgerechnet hierher brachte.

«Welches Datum haben wir heute?» fragte er.

«Den 9. März 1884. Ihre Papiere bitte.»

Der Empfangschef tauchte seine Feder ins Tintenfaß und begann zu schreiben, wobei sich seine Zunge zwischen die Lippen schob.

«Geboren in Kamenitz-Podolsk, Rußland, 1830... Deutsche Staatsbürgerschaft... Einwohner Jerusalems... jüdisch-christlich... verheiratet... zwei Töchter...»

Aus dem Mund des Mannes hörten sich die Worte falsch an. Er war weder Russe noch Deutscher, weder Jude noch Christ, nur eine leere Hülle, mit Daten ausgestopft, jemand, der sich verschiedene Identitäten angeeignet hatte, um die Fragen von Empfangschefs auf der ganzen Welt beantworten zu können.

Jemand betrat die Hotelhalle. Kein Laut war zu hören, doch seine Sinne waren geschärft, und er spürte, wie die Luft sich plötzlich verdichtete. Der Mann an der Rezeption sah auf, rief «Willem!» und wandte sich wieder dem Gästebuch zu. Eine ältere Frau in einem grünen Mantel nickte zum Gruß, dann blieb sie einen Augenblick stehen. Es gelang ihm noch, den fragenden Blick, der ihre Augen verdunkelte, zu sehen, bevor er ihr wieder den Rücken zukehrte. Inzwischen erschien der Junge, der Willem hieß, und ging hinaus, um eine Droschke zu rufen. Ein lauter Pfiff zerriß die Stille der Straße, und Mosche betete stumm, daß der Empfangschef ihn nicht beim Namen nennen würde. Die Frau hat mich erkannt, dachte er erschrok-

ken. Sie hatte einen neugierigen, skandalsuchenden Blick, sie hatte wohl sein Bild in einer der Zeitungen gesehen, oder die Karikatur im Punch. *Aber vielleicht hatte sie nur gedacht, er müsse irgendein bekannter Mann sein. Wer weiß, was er in den letzten Monaten angestellt hatte. Die Feder des Empfangschefs kratzte über das Papier, zog Buchstaben um Buchstaben, wie ein Bauer, der mühselig Scholle für Scholle pflügt. Schweißperlen schimmerten auf seiner Stirn, während er auf das Papier kleckste. Das Läuten von Glocken und das Klappern von Hufen drang durch die Straße, und Willem öffnete die Tür und rief die Frau. Eine kühle Brise wehte hinein und füllte die Empfangshalle mit dünnen Rauchschwaden, Pferdegeruch und dem Gurren von Tauben. Eine kühne Taube tippelte über die Türschwelle und wurde von Willem fortgescheucht. Die Frau ging hinaus. Ein weiterer Schleier lüftete sich in ihm, als er sich erinnerte, wie er sich einen Weg durch die Tauben bahnen mußte, als er hierherkam. Die Pferde, die vor dem Hotel hielten, hinterließen Stroh und Haferkörner, und diese zogen die Tauben an. Sie pickten in den Straßenritzen, wobei sich ihre Halsfedern mit jedem Kopfnicken sanft teilten. Eine von ihnen trat in eine kleine Pfütze und hinterließ nasse, dunkle Krallenspuren, die langsam verdunsteten. Sie erschraken nicht, als er zwischen sie trat, als wäre er selbst eine große graue Taube, und erst als er die Hoteltür öffnete, flogen sie auf und davon. Doch als er sich umdrehte, um die Tür zu schließen, sah er, daß sie wieder zurückgekehrt waren. Sobald er auf seinem Zimmer war, eilte er ans Fenster, stellte jedoch mit Enttäuschung fest, daß die Jalousie vernagelt war. Er schob die Stäbe auseinander und zog einen Stuhl heran. Jetzt wußte er auch, warum er nach Rotterdam, in dieses bestimmte Hotel, gekommen war. Dort, auf der gegenüberliegenden Straßenseite, hinter der verglasten Tür, saß der Mann, der ihn ins Unglück gestürzt und sein Leben ruiniert hatte. Ruhe kam über ihn, er fühlte sich erleichtert, als er die Pistole nahm und sich hinsetzte, um auf Clermont-Ganneau zu warten. Die Tauben tippelten zwischen den*

Bürgersteigen hin und her wie gemästete graue Mittler. Ihre Köpfe hoben und senkten sich ruckartig, und jedesmal, wenn sie die Körner pickten, wurde der helle Streifen ihrer Hälse sichtbar. Er wußte, daß er ihre Halsfedern nicht sehen konnte, nicht aus dieser Entfernung, daß all dies nur die Erinnerung war an das, was er vorher, als er auf dem Bürgersteig an ihnen vorbeigegangen war, gesehen hatte. Und vielleicht hatte er auch da nicht die sanfte Furche zwischen den Halsfedern gesehen, und das Bild war ihm noch aus früheren Zeiten in Erinnerung geblieben, oder er erinnerte sich nicht an das Bild, sondern an sich selbst, der dasaß und konzentriert beobachtete, wie sich die grauen Federn auf den Hälsen von Tauben teilten und schlossen.

2

DER KIRCHHOF IN KAMENITZ-PODOLSK war in der Form eines Fächers gepflastert, dessen Rippen sich von der Mitte der Türschwelle aus in immer breiter werdenden Steindreiecken bis zum Zaun erstreckten. Mosche liebte es, sich in den Hof zu schleichen und zu beobachten, wie die Tauben auf dem seltsamen geometrischen Muster herumstolzierten und gelbe Körner vom Boden pickten. Er wußte, daß es ihm verboten war, hierherzukommen, daß es ihm verboten war, aus dem Haus zu gehen, daß es ihm verboten war, sich in der Stadt herumzutreiben, doch es zog ihn zu diesem Platz, gerade weil es verboten war. «Willst du, daß sie auch dich entführen?» warnte ihn seine Mutter. «Habe ich nicht genug gelitten mit deinen zwei Brüdern? Hast du kein Erbarmen mit uns? Willst du uns umbringen? Eine kleine Schlägerei, eine dumme Provokation genügt, auch uns aus der Stadt zu jagen. Ist es das, was du willst? Nur wenn wir in der Stadt bleiben, haben wir eine Chance, unsere Kinder wiederzusehen.» – «Unsere Kinder.» Diese Worte begleiteten ihn, seit er sich erinnern konnte. «Unsere Kinder» waren sieben und neun Jahre alt, als sie auf Erlaß des Zaren in den Militärdienst verschleppt wurden. Kraft dieser Worte wurde er zum Schicksalsgenossen seiner Brüder, die er nie gekannt hatte, Brüder, die zu einem abstrakten, feindlichen Wesen geworden waren, einer ewigen Peitsche in der Hand der Mutter gegen ihren Sohn, ihren Vater, ihren Ehemann. Als die Juden aus der Stadt vertrieben wurden, zwang sie ihren Mann, zum Bezirksgouverneur zu gehen und ihn mit einer großen Summe Geld zu bestechen, damit sie in ihrem Haus bleiben durften, bis ihre Söhne zurückkehrten. Und so trat auch «unser Freund, der Gouverneur» in den Kreis der Mächte, die das Schicksal «unserer Kinder» und das Schicksal der gesamten Familie beeinflußten, genau so wie der Frost an Wintertagen oder die Ernte, die schlecht ausfiel.

Ihr Ehemann sehnte sich danach, zusammen mit seinen Freunden, den Schülern des Weisen von Wilna, ins Land Israel auszuwandern. Im Jahre 5600 nach dem jüdischen Kalender – im tausendachthundertvierzigsten nach Zeitrechnung der Christen – würde Unser Gerechter Messias kommen, und er wollte dort sein zu seinem Empfang. Aber seine Frau bestimmte: «Wir bleiben hier und warten auf unsere Kinder», und weil sie das kleine Hotel verwaltete und den Geldbeutel in ihrem Rock verwahrte, blieb ihm nichts anderes übrig, als ihr zu gehorchen. Er war ein sanfter, sehnsuchterfüllter Mann, der in jedem Pogrom den Beginn der Erlösung sah. Alle paar Monate traf ein Brief von Rabbi Mordechai-Schaike Halperin aus Jerusalem ein, in dem er von dem Unheil berichtete, das die Juden des Landes befiel: Verwüstungen in Galiläa, Hunger und Epidemien in Jerusalem, Ritualmordanklage in Damaskus. Nach einer langen Pause kam ein letzter Brief, in dem Mordechai-Schaike über die große Enttäuschung und ihren Folgen erzählte: Da der Messias nicht gekommen war, hatten er und vier seiner Freunde sich von dem protestantischen Bischof Michael-Salomon Alexander taufen lassen, auch er ein konvertierter Jude, der noch vor ihnen erkannt hatte, daß der Messias bereits gekommen war. Doch selbst diese Nachricht raubte dem Vater nicht den Mut. Das Leben schlug ihn von allen Seiten, aber er sammelte Kraft von jedem judenfeindlichen Gesetz, jedem neuen Pogrom, schwankte wie Schilf im Wind, beugte sich und richtete sich wieder auf.

Der Vater betrat den Kirchhof, gefolgt von ein paar Lausbuben, die im Takt die Hände klatschten und «Der Gestank des Jüdchens vertreibt die Zickchen» sangen, und er, als ginge ihn das nichts an, als wäre er taub, nahm seinen Sohn an der Hand und zog ihn fort, mit großen Schritten den Hof überquerend, der Kopf vorgebeugt, die Augen fest verschlossen. Mosche fragte sich, warum sich sein Vater von diesen schmutzigen, unwissenden Kindern verspotten ließ. War auch das ein «Warten auf den Messias»? Ein Schlammklumpen traf ihn im Rücken, und er wollte sich bücken und einen Stein aufheben, um ihn auf die Kinder zu werfen, aber sein Vater hielt seine Hand fest und zog ihn weiter. Fürchtete er sich etwa vor ihnen? Vor diesen Bengeln? Sein Vater? Ein Freund des Gouverneurs? Er begann zu weinen, und als sie zu Hause ankamen, erstickte er schon an seinen Tränen.

«Hast du kein Mitleid mit deiner Mutter? Willst du uns alle umbringen?» schimpfte sie leise, doch ihr Hals wurde rot und röter, und er wußte, je weiter sich der Kreis seiner Schuld zöge, desto lauter würde ihre Stimme werden, denn mit seinem Unfug schadete er nicht nur sich selbst und seiner Familie, sondern allen Juden, die zur Zeit des großen Jahrmarkts in die Stadt kamen, denn was würden sie machen, wenn man die einzige Herberge, in der sie während ihres Aufenthalts übernachten durften, schließen würde? Wohin würden sie gehen? Seinetwegen würde man die armen Juden auf die Straße werfen und sie dem Spott, Raub und Mord preisgeben. Ihre Stimme war heiser, die Wut hatte sie geschwächt, und rote Flecken bildeten sich auf ihrem Gesicht. Ihr Vater kam ihr zu Hilfe, er packte ihn an den Schultern und schüttelte ihn, bis alles vor seinen Augen verschwamm.

«Sie wollen uns umbringen!» zischte ihm der Großvater ins Gesicht. «Uns vom Erdboden tilgen, das wollen sie! Einen Stein werden sie uns an den Kopf werfen, diese Ketzer, die Weisheit der Tannaiten und der Amoriter wie einen Kürbis zerschmettern, die *Halachot* zu Brei zerstampfen, und das willst du doch nicht, oder? Du gehörst zum auserwählten Volk!» Er schüttelte und schüttelte ihn. «Du bist die heilige Herde!» Er schüttelte, schüttelte, schüttelte. «Sie schlachten uns!» jammerte er mit jener weinerlichen Stimme, mit der er am *9. Aw* die Klagelieder las. «Du bist der letzte Jude! Wir alle sind der letzte Jude! Jeder

Jude ist der letzte Jude! In dir und mit dir leben die Urväter und Urmütter, die Propheten und Könige, Rabbi Abbaje und Rabbi Raba, Rabbi Schammai und Rabbi Awtalion, Rabbi Akiba!» Beim Anblick des roten Gesichts fühlte das Kind, daß es sich jeden Augenblick erbrechen würde und der dichte Atemhauch des Großvaters ihn zu ersticken drohte. «Sind wir durch Zufall hier? Nein, wir sind nicht durch Zufall hier. Die göttliche Vorsehung tut nichts zufällig. Sie hat uns dazu *auserwählt*, den kommenden Generationen das Gesetz zu überliefern, das unsere Vorväter auf dem Berg Sinai empfangen haben. Unser Schicksal ist vorbestimmt, und wer sind wir, daß wir den Plan verderben? Uns wurde befohlen, still und bescheiden zu sein wie ein Wurm, um den *Gojim* keinen Anlaß zu geben, uns zu schlachten, denn das ist es, was sie wollen. Einst war die Stadt voll mit Juden, und wie viele sind geblieben? Aber wir sind ein hartnäckiges Volk und werden ihnen standhalten, richtig? Denn was ist ein Jude – ein Jude ist jemand, der immer ein Jude ist, er ist auch dann Jude, wenn er wie die Christen *Borschtsch* trinkt, und er weiß, auch wenn er in diesem Augenblick *Borschtsch* trinkt, so kann er im nächsten Augenblick geschlachtet werden, und wenn er geschlachtet wird, dann stirbt Maimonides mit ihm. Willst du den Maimonides töten?» Er packte den Jungen an den Schultern und schüttelte ihn wie einen Palmzweig. «Hüte dich, mein Sohn, und lerne, das ist unsere einzige Aufgabe auf Erden, am Leben zu bleiben und die Thora zu erhalten. Wir setzen eine Kette fort, die von dir zu deinem Vater und von deinem Vater zu deinem Großvater und von ihm zu unseren Vorvätern bis hin zu König David reicht. Und du! Du willst es zulassen, daß die *Gojim* diese Kette brechen? Wer hat dir das Recht dazu gegeben? ‹Wer auch nur ein einziges Leben zerstört, der zerstört die ganze Welt› – das hast du doch gelernt, oder? Und warum?» krächzte er und hustete dem Jungen wieder ins Gesicht. «Weil jeder einzelne von uns das Erbe aller Generationen in sich trägt, und wir werden es nicht zulassen, daß sie uns Schaden zufügen. Nun? Versprichst du es mir? Sag, daß du nie wieder jenen Hof betreten wirst.»

Mosches Tränen waren inzwischen getrocknet. Er hob den Kopf und sah die Schweißperlen, die auf Großvaters geröteter Stirn glitzerten, und erinnerte sich an die Rufe «der Gestank des Jüdchens», und sein störrisches Herz flatterte nicht mehr. Etwas in ihm hatte sich gehärtet, wie Gips, der sich von weichem Brei in Stein verwandelt, und seine Augen musterten den ängstlichen Alten, der vergeblich auf seine Antwort wartete. Nein, er wollte nicht demütig sein wie ein Wurm, er wollte nicht der letzte Jude sein, ihn würde man nicht abschlachten, während er Borschtsch trank, nein, ihm würde man kein Versprechen entlocken.

Weil er sich weigerte, sein Versprechen zu geben, beschloß die Mutter, ihre Drohungen wahrzumachen, und sperrte ihn in den Kohlenkeller. Dort, in der feuchten Dunkelheit, nahm seine Rache Form an. Jetzt würde er erst recht dorthin gehen, direkt in die Kirche, jetzt würde sich zeigen, ob sie es wagten, ihm bis dorthin zu folgen, um ihn wieder zurückzubringen. Sie waren nichts anderes als Feiglinge, die ihre Macht vor einem kleinen Jungen demonstrierten, aber eines Tages würde auch er wie «unsere Kinder» verschwinden, und dann würden sie sich nach ihm sehnen, aber er würde groß und frei sein und nicht zurückkehren.

Er stand zwischen den schwarzen Kohlehaufen und lauschte der Stille. Das trübe Fenster unterhalb der Decke verbreitete einen häßlichen Schimmer. Es wurde nur zweimal im Jahr geöffnet, um die Kohle in den Keller zu werfen. Sein nasses Hemd klebte am Rücken wie eine kalte, glitschige Fledermaus, und er erschauderte. Draußen huschten irgendwelche kleinen Tiere am Fenster vorbei, und er konnte sie graben und kratzen hören. Ratten? Er erhob sich, um ihnen zu zeigen, daß er größer war als sie. Der Geruch der Kohle vermischte sich mit dem Geruch der Angst, als sich die schwarzen Haufen unter seinen Schuhsohlen bewegten und Fledermausflügel sich an den Steinwänden ausbreiteten. Und was würde geschehen, wenn ausgerechnet in dieser Nacht eine der Fledermäuse ihr siebtes

Jahr vollendete und sich in einen Vampir verwandelte? Hatte ihm Großvater nicht davon erzählt? Und wie würde er im Dunkeln zwischen einer Fledermaus und einem Vampir unterscheiden können? Besser, er bewegte sich nicht, rührte keinen Stein von der Stelle, weckte nicht die Schlangen aus ihrem Schlaf. Die Skorpione. Schakale, giftige Echsen, Wildesel. Hätte ihm Großvater nur nicht von diesen schrecklichen Dingen erzählt. Oder sollte er sich lieber hinlegen, auch wenn die Kohlehaufen dabei verrutschten? Sollten ihn die Schlangen ruhig beißen! Sollten die Vampire erwachen und dem Maimonides das Blut aussaugen! Das würde seine Rache an den Eltern sein. Er stellte sich vor, wie sie hinter seinem Sarg hergingen, und genoß den süßen Geschmack ihrer Trauer. Denn worin hatte er gesündigt? Und wovor fürchten sie sich so? Sein Magen knurrte, und der Hunger erweckte sein Selbstmitleid, und aus der Dunkelheit und dem Hunger und dem Selbstmitleid wurde der Zorn geboren, und aus dem Zorn die Rache. Er beschloß, noch nicht zur Kirche zurückzukehren, sondern zu warten, bis er groß sein würde und seine Mutter ihn nicht mehr in den Keller schicken könnte. Und dann, dann würde er in die Kirche gehen und nie mehr herauskommen. Das war die Erlösung, die ihn erwartete, wenn er aus dem Keller kam, und das war das Messer, das Mutter erwartete, wenn ihr Tag kam. Später, in einem Augenblick des Mitleids, war er bereit, Gnade walten zu lassen, und stellte Bedingungen an sein Schicksal: Wenn sie ihn vor Morgengrauen aus dem Keller holten, würde er auf seinen Plan verzichten, aber wenn sie es nicht taten – dann würde er ihn verwirklichen.

Ihm schien, als erkenne er in der schmutzigen Fensterluke die bunten Ikonen, die er an den Kirchenwänden gesehen hatte. «Und in deinem Lichte sehen wir das Licht» stand in den Psalmen geschrieben, und Großvater hatte ihm gesagt, damit sei das Licht des Messias gemeint. Er versuchte, sich den Messias so vorzustellen, wie ihn Großvater beschrieben hatte, und sah eine Gestalt unter dem Thron kauern, die sich immer wieder in seinen Vetter Ephraim verwandelte. Mosche wunderte sich über diesen Ephraim, in dessen Macht es lag, den Strom der Flüsse anzuhalten. Er wußte, daß Ephraim nicht Unser Messias sein konnte, weil sein Mund voll mit kräftigen quadratischen Zähnen war, während der Messias keine Zähne mehr hatte vom vielen Fasten, doch er suchte trotzdem nach «Zeichen» an ihm. Als er in der Kirche war, erkannte er, daß Ephraim nicht Unser Gerechter Messias war. Obwohl Eisenstangen auf den Schultern des Messias lagen, schien er doch zu schweben, und aus seinem Inneren leuchtete ein Licht und erhellte die ganze Welt. Er fühlte, daß er diese Gestalt viel lieber mochte als seinen Vetter Ephraim und hätte gerne den Messias des Fastens mit dem Messias der Wunder ausgetauscht. Was bedeuteten ihm Rabbi Schammai und Rabbi Avtalion, was bedeutete ihm Rabbi Akiba, sie waren tot, er hingegen lebte. Die Kette, die ihn mit ihnen verband, war nur eine Geschichte in einem Buch, ein Märchen, Worte, Buchstaben, die er abwerfen und in alle Himmelsrichtungen streuen würde, und dann würde er frei sein wie wilde Pferde.

Nur der Vater machte ihm das Herz schwer, er war der einzige, für den er Mitleid empfand. Wenn Vater ihn vernünftig behandelte, würde er ihn mitnehmen. Sie würden zusammen seinen Freund Rabbi Mordechai-Schaike und dessen vier Gefährten suchen. Armer Vater, auf der Straße wurde er von Lausbuben gejagt, und zu Hause war er den Rügen der Familie ausgesetzt. Großvater war wütend auf ihn: der Zar hatte neue judenfeindliche Gesetze erlassen, und der Schwiegersohn wollte sich davonmachen und sie im Stich lassen. Die *Schechina* würde nicht durch Auswanderung ins Land Israel aus der Asche aufsteigen, sondern nur durch das Lernen der Thora und der Kabbala, nur so würde Israel von seinem Exil erlöst. Wir haben uns geirrt! gestand Vater und sah den Schwiegervater mit gütigen Augen an. Der Erlöser wird im Jahr fünftausendsechshundertundsechs kommen. Denn heißt es nicht im Hohenlied Salomos: «Die Blumen sind aufgegangen im Lande, der Lenz ist herbeigekommen, und die Turteltaube läßt sich hören in unsrem Lande»? Und was bedeutet die Turteltaube, wenn nicht das Jahr fünftausendsechshundertundsechs? Also 1846. Nein, er würde nicht länger warten. In Jerusalem hatten seine Freunde schon gewonnen und die Synagoge von Jehuda dem Chassid übernommen, und er, was hatte er hier derweilen vollbracht? Die Zeit war gekommen, eine Entscheidung zu treffen, das Jahr sechshundertundsechs nahte, und nicht einmal «unsere Kinder» würden ihn davon abhalten, ins Land Israel zu gehen. Wenn die Welt erlöst würde, würden auch sie erlöst werden. Er war noch bereit zu warten, bis Mosches *Bar-Mizwa* gefeiert wurde, dann packte er einen Sack mit trockenem Brot, wie es der Brauch der Pilger war, und machte sich auf den Weg. Er versprach zu schreiben, sobald er die Küste Israels erreicht haben würde. Seitdem hörten sie nichts mehr von ihm, als hätte das Meer ihn verschluckt, einen Augenblick war er bei ihnen, und im nächsten schien es, als hätte es ihn nie gegeben.

3

EINE WINZIGE FLAMME LEUCHTETE am Ende der Straße auf und durchschnitt das gedämpfte, müde Licht, das über der Stadt lag. Seine Augen wurden von dem weißen Licht geblendet, das sich dem Wirtshaus näherte. Wußte Clermont-Ganneau, daß man ihn verfolgte und ihm auflauerte? Hatte er ihn im Laufe der vergangenen Monate bemerkt? Mosches Muskeln entspannten sich. Nein, das war nicht Clermont-Ganneau. Er war nicht einer von denen, die schattenhaft daherschlichen. Er ging festen Schrittes durch die Welt, ein Mann, der in allen Ländern Anerkennung genoß. Er war noch ein Junge, als er 1867 nach Jerusalem kam und auf seine unverschämte, arrogante Art die Gesandten der Königreiche England und Preußen getäuscht und vor ihrer Nase die Mesa-Stele gestohlen hatte. Nun war die Stele als krönende Großtat des Orientalisten Charles Clermont-Ganneau im Louvre ausgestellt. Ginge es nicht um diesen Dieb, so hätte Moses jetzt auf dem Dach seines Hauses in Jerusalem liegen und in die Sterne schauen können. Ali würde ihm die Wasserpfeife vorbereiten, und seine Tochter Miriam, sein kleines Jerusalem, eines ihrer Gedichte vorlesen. Miriam war erst neun Jahre alt, aber sie war ganz seine Tochter – sie hatte eine lebhafte Phantasie, kühne Vorstellungen und das Herz einer Dichterin. Auguste war ganz anders. Sie war eine echte Deutsche wie ihre Mutter. Wenn alles vorbei war, würde er Miriam einen langen Brief schreiben und ihr alles erklären. Sie würde verstehen. In den Winkeln seines Gehirns tauchten Bruchstücke von Bildern auf: ihm schien, als habe er diesen Brief bereits geschrieben. Und nicht nur diesen einen, sondern viele andere Briefe. Landschaften zogen vor seinem inneren Auge vorbei, Züge, Kutschen, Hotels, Papierbögen, die kratzende Feder, und er schrieb und schrieb. Was stand in den Briefen geschrieben? Wann hatte er ihnen den letzten Brief geschickt? Wenn er sich nur von dem Fenster entfernen, das Warten auf Clermont-Ganneau abbrechen könnte, dann würde er sich hinsetzen und an Rosette schreiben. Seine arme Rosette. Das Schicksal hatte dieser frommen Deutschen einen Streich gespielt und so viel Aufruhr in ihr Leben gebracht. Die Tochter eines Dorfpastors war nach Jerusalem gekommen, um in dem Missionskrankenhaus zu arbeiten, und wenige Monate später fand sie sich mit einem konvertierten Juden verheiratet, dessen Leben einem schwankenden Schiff auf stürmischer See glich.

«Gott stutzt die hohen Bäume, die bis in den Himmel ragen wollen», warnte sie ihn vor jeder Reise nach Moab, nach Gaza, nach Jemen. Doch er, der seine Familie verleugnen konnte, war nicht fähig, aus seiner Haut zu schlüpfen. Er nahm einen anderen Glauben an, riß seine Wurzeln aus und pflanzte sie von neuem in Jerusalem ein, war ein anderer geworden, ohne sich verändert zu haben. Zwar diente er Jesus Christus, und es gelang ihm sogar eine Zeitlang, sich selbst zu überzeugen, daß die Konversion der Juden den Weg zum Königreich Gottes auf Erden ebnen würde, aber er fühlte sich nicht als Christ, er war kein Christ, im Gegenteil, gerade jetzt bestand er darauf, trotz der Veränderungen er selbst geblieben zu sein – ein raffinierter Händler wie seine Mutter und ein bücherliebender Jude wie sein Vater; temperamentvoll, impulsiv, behauptend, fordernd.

Bei seiner Ankunft in Jerusalem wurde er zur Christkirche geschickt, der einzigen protestantischen Kirche der Stadt, die auch als Unierte Kirche bekannt war, da sie von den Deutschen und Engländern gemeinsam errichtet worden war: von der «Londoner Gesellschaft zur Förderung des Christentums unter den Juden» und von deutschen Protestanten unter Friedrich Wilhelm IV., König von Preußen, dessen Name, «Wilhelm»,

Shapira seinem hebräischen Namen hinzugefügt hatte. Die Kirche stand gegenüber der Zitadelle und war fast das einzige neue Gebäude in dieser trostlosen Stadt. Die Unierte Kirche war hauptsächlich unter den Juden tätig. Die Gesellschaft zur Förderung des Christentums hoffte, daß diese Konvertiten, die die Thora und die heilige Sprache kannten, einen Weg ins Herz ihrer Brüder bahnen würden. Doch die Realität belehrte sie eines Besseren. Die Konvertiten wurden von den Juden Jerusalems gehaßt und verachtet, und die Rabbiner drohten jedem, der mit ihnen in Berührung kam, mit Bann und Ausschluß. Schon in den ersten Wochen seiner Ankunft in Jerusalem spürte er ihren Haß am eigenen Leib, als er sich auf die Suche nach seinem Vater begab. Manchmal fragte er sich, ob sie tatsächlich nichts über ihn wußten oder ob der Haß ihnen den Mund versiegelte.

Den Freund des Vaters, Mordechai-Schaike Halperin, fand er mit Leichtigkeit, da dieser zu den aktiven Konvertiten gehörte, die für ihren missionarischen Eifer bekannt waren und die sich einen Namen gemacht hatten. Er besaß ein Juweliergeschäft in der Batrak-Straße, gegenüber dem öffentlichen Bad, und sein Name prangte auf einem Schild über der Tür: Murad Halperin. Er sprach ein jiddisches Russisch, durchsetzt von arabischen und türkischen Worten. Als er hörte, wer vor ihm stand, brach er in Tränen aus. Zehn Jahre waren vergangen, seit er den Brief erhalten hatte, in dem ihm sein Jugendfreund mitteilte, daß er sich ins Heilige Land aufmachte, doch der Mann selbst kam nicht. Mordechai-Schaike lud Mosche ein, die Sabbatabende in seinem Haus am Russenplatz zu feiern. Auch Faigale, seine Frau, war übergetreten, pflegte jedoch weiterhin den Sabbat einzuhalten.

Mosche wurde in die Werkstatt im Hof der Unierten Kirche geschickt. Hier machten die neuen Konvertiten eine Lehrzeit von drei Jahren durch, in denen sie ein Handwerk erlernten und Religionsunterricht erhielten. Zwölf Jahre waren vergangen, seit die Unierte Kirche errichtet worden war, doch ihren

Gründern war es bisher nicht gelungen, die ortsansässigen Juden anzuziehen, obwohl keine christlichen Symbole die Kirche schmückten und der Gottesdienst auch in Hebräisch abgehalten wurde und obgleich der Großteil der Juden in der Stadt unter Armut, Krankheiten und Verfolgungen litt. Hirschon, der Leiter der Werkstatt, war ein konvertierter polnischer Jude, wie die meisten Lehrlinge auch. Diese, unter ihnen Mosche, lernten das Tischlerhandwerk und die Verarbeitung von Olivenholz bei Konrad Schick, einem Architekten, der zehn Jahre zuvor mit einer Gruppe von Missionaren des Schweizers Spitler nach Jerusalem gesandt worden war.

In den ersten Monaten wollte er so sehr seine frühere Identität auslöschen, daß er sogar im Tischlerhandwerk eine neue Offenbarung sah, aber als ein Jahr vergangen war und er noch immer schleifte und schnitzte, einfache Kisten anfertigte, Holzstaub einatmete und die Sägespäne sich um seine Füße herum anhäuften, begannen Zweifel und Bitterkeit in ihm zu keimen. War das alles? War das die Erlösung? Würde dies fortan sein Leben sein, bis das Ende käme? Die meisten polnischen Juden sprachen Deutsch, doch der Unterricht wurde in Englisch abgehalten, einer Sprache, die er in der Handelsschule in Kamenitz-Podolsk erlernt hatte. Alsbald beherrschte er sie fließend, und man begann, ihn zum Basar zu schicken, auf dem die von den Lehrlingen angefertigten Schnitzarbeiten an Pilger und Touristen verkauft wurden. Von Schuld- und Reuegefühlen geplagt, war er anfangs bemüht, sich sowohl in den religiösen Studien wie auch in der Tischlerei auszuzeichnen, bis er sich jedoch erinnerte, daß auch der Wunsch nach Auszeichnung eine «jüdische» Eigenschaft war. Auf seiner Suche nach Antworten irrte er verwirrt durch das jüdische Viertel, bis ihn jemand erkannte und die Kinder ihn mit Steinen bewarfen und ihm nachriefen «Sklave der Mission! Sklave der Mission!» Nicht daß sie ihm Angst einjagten, aber er spürte, daß er auch hier in Jerusalem nicht den Berg Ararat erreichen würde. Das Rad hatte sich nur zum Schein gedreht, im Grunde hatte sich nichts geändert, nur daß es jetzt die Juden, sein eigenes Volk, waren, die ihn verfolgten. Er hatte seine Konfession gewechselt, um nicht einer verfolgten Minderheit anzugehören, und fand sich nun in Jerusalem wieder, wo es etwa siebentausend Juden gab, die protestantischen Konvertiten jedoch kaum hundert zählten. Eine öde, tadelsüchtige Stadt war Jerusalem, eine Stadt der Ignoranz und des Schmutzes, eine Stadt, in der es keinen Platz gab, an dem ein Mann wie Mosche Wilhelm Shapira frei atmen konnte.

Friedrich Augustus Klein, der Pastor, der in der Missionsschule unterrichtete, zeigte Shapira einen Ausweg aus der Verwirrung. Wie andere Geistliche in Jerusalem hatte auch Klein Interesse an Archäologie gefunden. Er hatte Beziehungen mit Beduinenstämmen in der Umgebung des Toten Meeres, in Transjordanien und sogar in Galiläa geknüpft, und alle paar Wochen pflegte er sich von seiner Frau und seinen Töchtern zu verabschieden, sich die *Abaje* umzuwerfen, seinen Tiroler Wanderstab zu ergreifen und sich, einem Gerücht, einem Brief, einer plötzlichen Eingebung, einem Hinweis im Buch der Bücher folgend, auf «Jagdreise» zu begeben. Er unterhielt regelmäßigen Kontakt mit Gelehrten in Halle, Leipzig und Berlin sowie mit den deutschen und englischen Konsuln im ganzen Osmanischen Reich. Manchmal nahm er Shapira mit auf die Reise, um sich von ihm bei der Entzifferung hebräischer oder aramäischer Inschriften helfen zu lassen. Auf diesen Reisen war der Pastor wie ein anderer Mensch. «Ich bin an dem Fieber der Archäologie erkrankt», pflegte er zu scherzen, wenn er seine Leidenschaft herunterspielen wollte. Shapira verfolgte aufmerksam, wie der Pastor seine Geschäfte betrieb, und in der Zwischenzeit lernte er Arabisch und Türkisch, sein Ohr gewöhnte sich an die verschiedenen Dialekte des Hebräischen, und diese Sprachen – zusätzlich zu der russischen und deutschen, die er von Haus aus sprach, und der englischen, französischen und italienischen, die er beherrschte, seit er nach Jerusalem gekommen war – eröffneten ihm eine Welt, in der sich

Völker, Religionen und Sprachen um die Vorherrschaft im ewigen und im täglichen Leben stritten.

In jenem Jahr herrschte ein strenger Winter. Volle drei Monate regnete und schneite, stürmte und hagelte es. Dächer stürzten ein, und Regenwasser drang in die Häuser, Blitz und Donner jagten den Stadtbewohnern Angst und Schrecken ein, Sand und Steine schwemmten von den Hügeln herab und blokkierten die Straßen, und die Bauern hörten auf, Gemüse und Eier in die Stadt zu bringen. Shapira und zwei andere Lehrlinge wurden ausgeschickt, um Milch für die Unierte Kirche zu holen. Die drei wateten knietief im Schlamm, und als sie in die Mission zurückkehrten, war die Dunkelheit hereingebrochen. Shapira zog sich eine Lungenentzündung zu. Er freute sich darüber, freute sich gerade so, als hätte er auf die Krankheit gewartet, sie kam ihm gelegen nach den langen Wochen, in denen die ganze Stadt im strömenden Naß versank. Das monotone Geräusch des Regenwassers, das in die Töpfe und Wannen tropfte, hätte ihm beinah den Verstand geraubt, und er spürte, daß überall, in allen Häusern, hinter allen Wänden, Menschen schrien und der Regen und Donner ihre Schreie erstickte, und er lauschte angestrengt, schien sie zu hören und hörte nichts, und auch er wollte schreien, mit seinem Schrei das Leichentuch des kalten, düsteren Winters zerreißen, und diese Lungenentzündung war sein Schrei.

Seine Freunde aus der Werkstatt brachten ihn in das deutsche Hospital, weil in dem englischen Hospital neben der Unierten Kirche hauptsächlich Juden lagen, und diese belästigten die wenigen Konvertiten, die dorthin gelangten. Das Gebäude, das als Krankenhaus diente, war vor nicht langer Zeit von der Familie Belli gekauft worden und lag in einer kleinen, gewundenen Straße nördlich der Kirche. Die Diakonissen aus Kaiserswerth verwalteten das Hospital ebenso wie die Herberge und das Waisenhaus nahe der Unierten Kirche. Die vier Diakonissen waren in Begleitung der Oberin Charlotte Pils ins Heilige Land gekommen. Rosette Jöckel war die Tochter des

Pastors von Dickschied, einem kleinen Dorf im Gebiet von Nassau. Ihre Zöpfe waren wie zwei blasse Brötchen um die Ohren gewickelt, und ihre Lippen waren zu einer Miene zusammengepreßt, die von Pedanterie und Gehorsamkeit zeugte. Rosette kam aus einer großen und armen Familie. Ihre Mutter war die Schwester des Pastors Theodor Fliedner, dem Gründer des Diakonissenordens. Da ihre Jugend vergangen und sie noch immer unverheiratet war und es so aussah, als würde sie nicht mehr heiraten, fuhr sie zu ihrem Onkel nach Kaiserswerth, um dort als Kindermädchen zu arbeiten. Als beschlossen wurde, eine zweite Gruppe von Diakonissen zur Verstärkung ins Heilige Land zu schicken, war es nur natürlich, daß Rosette eine von ihnen sein würde. Sie war einunddreißig Jahre alt, ein erfahrenes Kindermädchen und eine Art persönliche Gesandte Fliedners.

Bevor sie nach Jerusalem kam, hatte sie angenommen, daß es ihre Pflicht sein würde, den Gemeindemitgliedern bei den entscheidenden Ereignissen ihres Lebens – Geburt, Heirat, Tod – beizustehen, genau so, wie ihr Vater es in seinem Dorf tat, ihren Körper zu heilen und ihrer Seele die Botschaft des Evangeliums zu überbringen. Das Heilige Land erschien ihr wie ein wärmeres, helleres Abbild ihres Heimatdorfes, ein Ort, an dem ein herrliches Licht strahlte. Sie sah sich reinen Herzens und reiner Gedanken von Bethlehem nach Jerusalem gehen und von Jerusalem zur Wüste Judäa und zum Jordantal – bis sich eines Tages unverhofft und ohne daß sie dessen würdig wäre, der Himmel öffnen und der Heilige Geist wie eine Taube zu ihr hinabsteigen würde. Doch als sie nach Jerusalem kam, mußte sie feststellen, daß sich ihre Arbeit auch hier, wie in Kaiserswerth, innerhalb der Mauern konzentrieren würde. In eine gestärkte blaue Schürze gekleidet, begab sie sich bei Morgengrauen in die Küche und von dort in die Krankenzimmer und die Kapelle und ging gewissenhaft und aufmerksam ihren Pflichten nach. Der Lärm der Stadt drang nicht durch die Wände der kühlen Zimmer, und wenn sie in den kleinen Hof hinausging, um Wasser aus dem Brunnen zu schöpfen, wurde sie von dem rosigen Licht geblendet. Sie verließ das Hospital nur zu den seltenen Malen, da sie zu den Damen Blankherz in die österreichische Kolonie geschickt wurde, um die Glückwunschkarten abzuholen, die die beiden für den Basar anfertigten. Sie liebte es, in deren Haus zu sitzen, die harten, trockenen Mandelkekse in den Tee zu tunken und zu beobachten, wie sich die Lichtstrahlen an kleinen Glasfiguren brachen. Ihre Nasenflügel bebten, wenn die Katze plötzlich vom Sessel sprang und einen bitteren Geruch im Raum verströmte. Alles war alt in diesem Zimmer, ihr schien, als habe sich sogar der Altersunterschied zwischen Mutter und Tochter verringert und die beiden alterten in Ruhe zusammen mit den Möbeln und Polstern, während sie auf die Rückkehr des Verlobten warteten. Rosette hörte sich gerne Auszüge aus seinen Briefen an und sah dabei in ihrer Phantasie seine zarten Finger, transparent wie die Glasfiguren, die er seiner Verlobten schickte. Dieser Heinrich war beinah ihr Heinrich. Die Damen Blankherz teilten ihn mit jedem, der ihnen teuer war, und es gab nur wenige Menschen, die ihnen nicht teuer waren. Sie flehten Rosette an, öfter zu Besuch zu kommen, und sie versprach es, obwohl der Weg durch die levantinische Stadt nicht angenehm war, Jerusalem war keine Stadt, in der Menschen zum Vergnügen umherspazierten. Abwasser floß durch die Straßen, und sie mußte sich zwischen Kamelen und Eseln schlängeln, zwischen russisch-orthodoxen Pilgern, die sich auf Knien fortbewegten, und griechischen Pilgern, die Weihrauch streuten, zwischen wilden jüdischen Leichenzügen und den Flüchen von Moslems. Diese empfanden gegenüber allen Europäern Haß und Neid, und einmal war sie von einem moslemischen Jungen gestoßen worden und hatte mit eigenen Augen gesehen, wie der türkische Polizist ihr den Rücken kehrte, um ihr nicht zu Hilfe kommen zu müssen. Sie beklagte sich nicht, als sie Charlotte davon erzählte, denn sie war von Anfang an auf Schwierigkeiten vorbereitet gewesen, aber sie wollte alles verstehen. Charlotte erklärte ihr, daß die Türken die Zunahme der christlichen Bevölkerung in ihrem Reich fürchteten und die Protestanten froh sein sollten, daß es ihnen überhaupt gelungen sei, hier ihre Kirche zu errichten. In jener Zeit hatte Charlotte ihre Sorgen mit *Talitha Kumi*. Die harten Wohnbedingungen zwangen sie, eine neue Herberge für die arabischen Waisenmädchen zu suchen, und sie hatte keine Zeit für ihre Diakonissen. Niemand hatte Zeit für sie. Am Abend legte sich Rosette ins Bett, was sonst konnte sie tun, wenn es dunkel wurde, die Berge schienen so nah, gleich hinter dem Zaun, aber man konnte dort nicht spazierengehen, weil die Stadttore nach Sonnenuntergang geschlossen und von türkischen Soldaten bewacht wurden. In Kaiserswerth hatte sie nie Heimweh nach ihrem Dorf verspürt, aber hier in Jerusalem begann sie von den grünen Wiesen in Dickschied zu träumen, und wenn sie am Morgen erwachte, glaubte sie das ferne Läuten der Glocken und das Blöken der Schafe zu hören. Ausgerechnet hier in Jerusalem sehnte sie sich nach ihrer großen Familie; sogar an Fritz Jasper dachte sie wieder. Im Alter von neun Jahren hatten sie sich ewige Liebe geschworen und sich dann eine lange Zeit nicht mehr gesehen. Er war der Sohn des Müllers und wurde zum Studium nach Gießen geschickt, und im Dorf erzählte man, er hätte sich dort in die Nichte des Grafen von Hessen-Homburg verliebt. Als er im Sommer zu Besuch im Dorf war, beschloß sie, ihn von dem Schwur zu befreien, und erzählte ihm, daß ihr Herz einem anderen gehöre, und nachdem er nach Gießen zurückgekehrt war, teilte sie ihren Eltern mit, daß sie mit ihrer besten Freundin Lotte Moritz nach Kaiserswerth fahren wolle, um dem von ihrem Onkel ins Leben gerufenen Diakonissenorden beizutreten. Von nun an würde sie ein Leben der Enthaltsamkeit, der Gebete und Nächstenliebe führen. Rosette wartete monatelang auf die Nachricht von Fritz' Vermählung, aber sie kam nicht. Sie wurde von Zweifeln geplagt, was war, wenn sie ihr Leben und das Leben von Fritz ruiniert hatte, weil sie auf den Klatsch der Dorfbewohner gehört hatte? Hatte sie ihm das Herz gebrochen, oder hatte er in den Armen der anderen Trost gefunden? Mit den Jahren verblaßte die Sehnsucht nach ihm. Sie hatte sich an den Gedanken gewöhnt, daß sie nie einen Ehemann und eigene Kinder haben würde, und wußte, daß sie zufrieden sein müßte, denn wäre der Orden nicht gewesen, so säße sie noch immer in Dickschied, eine erwachsene Frau, die vom Gnadenbrot aß, oder man hätte sie vielleicht zu einer ihrer Schwestern oder Brüder geschickt, um ihnen mit der Pflege der Kinder zu helfen. Denn was konnte eine alte Jungfer wie sie schon machen? Ja, sie wußte, daß sie zufrieden sein sollte, und trotzdem fehlte ihr ein wahrer Lebenszweck. Als Theodor Fliedner sie zu sich rief und sie fragte, ob sie bereit sei, ins Heilige Land zu fahren, willigte sie sogleich ein. Es gab also doch eine Öffnung in der Mauer.

Nach den ersten Monaten in Jerusalem begriff sie, daß sie, wohin sie auch gehen mochte, sich selbst stets mit sich nehmen würde, so wie eine Schildkröte ihren Panzer auf dem Rücken trägt. Das Feuer, das in Kaiserswerth in ihr erloschen war, tauchte sogar Jerusalem in Schatten, ebenso wie Lotte Moritz' strahlende Freude in Kaiserswerth auch hier in Jerusalem deren Herz erfüllte. Abends stieg Lotte ins Bett und schlief sofort ein, und Rosette lauschte ihrem sanften Schnarchen, sah zu, wie das Mondlicht ins Zimmer schien, und wünschte, sie könnte von diesem Ort fliehen. Lotte lächelte sogar im Schlaf. Seit sie nach Jerusalem gekommen war, strahlte ihr Gesicht, und ihre Augen leuchteten, so glücklich war sie, an den Plätzen zu wandeln, an denen ER gewandelt war, die Landschaften zu sehen, die ER gesehen hatte. Rosette wünschte sich von ganzem Herzen, so wie Lotte zu sein, doch es war, als wäre ein ruheloser Dämon der Trauer in sie gefahren, und wie sehr sie auch ihren Körper erschöpfte, ihre trostlose Seele fand keine Ruhe.

Moses Wilhelm Shapira schien es, als verstehe er Schwester Rosette. Auch er hatte in der letzten Zeit eine schwere Enttäuschung erlitten und befand sich in einer bedrückten Stimmung, die der ununterbrochene Regen nur noch verstärkte. Fünf

Jahre waren vergangen, seit er nach Jerusalem gekommen war, offen für die neue Welt, die von nun an seine Landschaft, die Bühne seiner großen Taten sein würde. Doch in letzter Zeit begann er sich zu fragen, wie er eigentlich hierhergeraten war. Er mußte feststellen, daß sich in seinem Leben kaum etwas verändert hatte; seinen Vater hatte er nicht gefunden, und Jerusalem hatte weder einen König noch einen Bischof aus ihm gemacht, die Jahre hatten seine Fremdheit und Einsamkeit nicht vermindert. Als er in der Werkstatt gearbeitet hatte, hatte er die Gedanken an das, was ihn erwartete, wenn er sie verließe, verdrängt. Doch nun mußte er sich entscheiden. Seine Lehrzeit war zu Ende: ein neuer Glaube, ein neuer Ort, ein neues Handwerk. Mosche war ausgelöscht, und Moses Wilhelm trat nun hervor und bahnte sich seinen Weg in der Welt. Ein neuer Mensch scheinbar, aber gerade der Wandel hob die Ähnlichkeit hervor. Er wohnte weiterhin in der Mission und arbeitete auf dem Basar. Er stand auf gutem Fuß mit Konrad Schick, dem Lehrer für Tischlerei, doch dieser drängte ihn nicht, in der Werkstatt zu bleiben, da er kein großes Talent für Holzarbeiten gezeigt hatte. Er beschloß, seine Energie in den Handel auf dem Basar zu investieren und seine Gönner zu lohnen, indem er ihre Waren zu einem guten Preis verkaufte. Der ständige Kontakt mit den Touristen erweckte die Reiselust in ihm, und das Geld, das durch seine Hände ging, brachte den Geschäftseifer und Tatendrang in ihm zutage.

«Kommen Sie, Schwester Rosette, kommen Sie und setzen Sie sich ein wenig zu mir.»

Sie saß steif auf dem Rand seines Bettes, während er ihr ein Gedicht rezitierte, daß er in seiner Kindheit in der Handelsschule von Kamenitz-Podolsk gelernt hatte. Der junge Mosche, der einzige Jude in der Klasse, hatte ein gutes Gedächtnis und liebte es, die fremden, komplizierten Worte auswendig zu lernen, während seine Mutter in der Küche stand und Teig knetete, mit halbgeöffnetem Mund, die Hände tief in die

Schüssel getaucht, und das Mehl sanft in den flirrenden Sonnenstrahlen schwebte.

«Warten Sie?» fragte er.

«Worauf?»

«Sie sehen aus, als warten Sie auf etwas.»

«Ich weiß nicht. Vielleicht.»

«Vielleicht ist es schon geschehen?»

«Nein.»

«Woher wissen Sie das?»

«Ich weiß es nicht, aber wäre es geschehen, so hätte ich es gewußt.»

Sie lächelte, und die vollen Wangen hoben sich und drückten die Augenlider nach innen. Ihm schien, daß er sie zum erstenmal lächeln sah, und er wollte sie berühren. Ihm fiel plötzlich das Atmen schwer, und er öffnete den Mund. Seine Blicke wurden von dem warmen, üppigen Busen angezogen, der ihre Schürze ausfüllte. Irgend etwas von seiner Begierde berührte sie, denn sie wurde plötzlich ernst und senkte die Lider. Sie hatte engstehende Augen und einen konzentrierten Blick, als versuchte sie irgend etwas in der Ferne zu sehen. Ihre Schläfen waren flach, ihre Stirn sehr hoch, ihre Lippen leicht zurückgezogen, der Hauch eines Lächelns in den Mundwinkeln – der typische Gesichtsausdruck von Menschen, die ihr Leben ihren Mitmenschen gewidmet haben.

«Sie waren bestimmt ein niedliches Mädchen.»

«Vielleicht, ich weiß es nicht.»

«Haben die Erwachsenen nicht Ihre Wangen gekniffen?»

«Manchmal.»

Er hatte sie nie bemerkt, bevor er ins Krankenhaus kam. Schließlich waren die Diakonissen wie Nonnen. Sie durften zwar heiraten und den Orden verlassen, aber sie schienen trotzdem keine wirklichen Frauen zu sein, sondern Geschöpfe, die halb Mensch, halb Engel waren.

Sie erhob sich und verließ mit tänzerischen Schritten das Zimmer. Die geöffnete Tür ließ die Lampe aufflackern, die taumelnde Schatten an die gewölbte Decke warf. Das Geräusch von Regen erfüllte wieder das Zimmer, und er zog die Decke über den Kopf. Je mehr er genas und zu Kräften kam, desto schwerer fiel ihm das Einschlafen. Er zog die Decke wieder vom Kopf und schöpfte Luft. Durch das Fenster sah er einen kleinen Baum, der vom Wind gerüttelt wurde. Hatte er auch gestern dort gestanden? Als sich der Baum gen Osten beugte, verschwand er gänzlich aus der Sicht, dann richtete er sich wieder auf und stand leicht zitternd zum Fenster geneigt. Mosche betrachtete ihn so lange, bis er nicht mehr wußte, was er sah.

Das Geräusch der sich öffnenden Tür weckte ihn. Der Regen prasselte noch immer gegen die Fenster, und er wollte schreien. Das monotone Tropfen hielt Tage und Nächte an und isolierte das Krankenhaus von der Welt. Er schlief und erwachte, schlief und erwachte, er hatte schon seit langem kein Zeitgefühl mehr, und wären da nicht die Gegenstände im Raum gewesen – die Waschschüssel, der Krug, der Spucknapf –, so hätte er nicht gewußt, wo er sich befand. Er öffnete die Augen und sah, wie Schwester Rosette an ihn herantrat, sich bückte und ihre Hand unter das Bett streckte, wobei ihr weißer Nacken unter den goldenen Zöpfen sichtbar wurde. Sie zog den Nachttopf hervor und stellte ihn neben die Tür, dann ging sie zum Fenster und zog die Vorhänge zu.

«Kommen Sie, Schwester Rosette, kommen Sie und setzen Sie sich einen Augenblick zu mir.»

«Ich habe Ihnen Kaffee gebracht. Sie schliefen, als ich hereinkam.»

Er streckte seine Hand aus und zog sie auf das Bett. Ihre Hand war kalt, und er streichelte sie und fühlte den rauhen Stoff ihrer Schürze.

«Ihre Hände sind kalt», sagte er und steckte sie unter seine Decke. Sie stöhnte plötzlich und biß sich auf die Lippe und blieb auch dann weiter sitzen, als sie fühlte, wie er sich unter ihrer Hand regte und steif wurde.

«Ihr Kaffee wird kalt.»

«Ich bin am Nachmittag eingeschlafen und habe von einem langen, dunklen Tunnel geträumt, der durch hohe, weiche Berge führte, Wasserfälle ergossen sich aus ihnen und flossen in den Tunnel.»

Ihre Augen waren auf die Tür geheftet. Er zog seine Hand unter der Decke hervor, legte sie auf ihre Brüste und streichelte sie behutsam. Die Fäden ihrer Baumwollbluse fühlten sich wie trockene Grashalme an.

«Ziehen Sie sich aus.»

«Nein!»

«Ist Ihnen das schon einmal passiert?»

«Nein.»

«Bringen Sie eine Fischhaut.»

Ihre Wangen glühten, und rötliche Flecken breiteten sich auf ihrem Hals aus, aber ihre Hand lag noch immer unter der Decke, und er dachte, daß die Zahnspuren auf ihrer Unterlippe bleiben würden.

Als er nach wochenlangem Aufenthalt aus dem Krankenhaus entlassen wurde, brach plötzlich neue Kraft in ihm hervor, und er fühlte, daß es in seiner Macht lag, die Dinge zu verändern, das Alte abzuwerfen und ein neues Kapitel anzufangen – jetzt war die Zeit gekommen, zu handeln. Niemand würde mehr bestimmen, welche Arbeit er verrichten sollte, er, er allein würde Herr seines Lebens sein, die einzige Autorität. Nicht, daß er von hier fliehen wollte, er würde sein Leben nicht damit verbringen, von einem Ort zum anderen zu fliehen, und obgleich Jerusalem eine verkommene Stadt war, voller Listen und Intrigen zwischen den verschiedenen Religionen, Völkern und Sekten, würde gerade diese Mischung aus Profanem und Heiligem sein Schlachtfeld sein, würde er gerade daraus den Honig ziehen. Fünf Jahre lebte er nun schon in der Stadt Davids, aber im Grunde kannte er nichts von ihr außer der Gegend um die Zitadelle. Fünf Jahre! Wie schnell sie verflogen waren. Aber nun würde er ausbrechen. Er mußte von vorne beginnen, mußte rasch die verlorenen Jahre aufholen, aus dem Winterschlaf erwachen und eine Frau, Arbeit, ein Haus finden. Er lebte, war gesund und jung, und Rosette hatte nicht ihre Hand fortgezogen, als er sie ergriff. Sie hatte ihn zitternd, wartend angehört, ihre Zöpfe wie zusammengerollte Schlangen um die Ohren gewunden, ihre Miene fest verschlossen. Wie alt war sie? Dreißig? Fünfunddreißig? Sie ging mit gemäßigten Schritten durch die Zimmer, weder hastig noch schlendernd, von einer inneren Uhr angetrieben, die ihre Gliedmaßen mit ihrem unhörbaren Ticken bewegte. Doch gerade ihre Bemühung, nicht aufzufallen, machte ihn schließlich auf sie aufmerksam. Ihm schien, daß ihr Herz zu ihm sprach und ihre Sehnsüchte sich im Spiegel seines Herzens einfingen. Sie war eine schöne Frau, die Augen blau, das Haar golden, und er vermochte in ihr bereits die Kinder, die ihnen geboren würden, zu erkennen. Merkwürdig, daß gerade diese verschlossene, gewissenhafte Diakonisse seine Begierde entfachte, oder waren es vielleicht ihre Gedanken, die Leidenschaft, die sich unter ihrer dunklen Tracht verbarg, die seine Triebe weckte? Er mußte immer wieder daran denken, wie still und aufrecht sie dagesessen hatte, ihre Zähne in die Unterlippe gebissen, ihre Hand auf seinen Lenden, als wäre sie eine Serviette oder ein Buch, aufmerksam horchend auf das, was in ihrem Inneren geschah, und er – als gäbe es ihn nicht. Irgend etwas brach auf in ihm, unbändige Mächte zerstörten die Dämme, die er in den letzten Jahren errichtet hatte. Er wußte, daß ihn jetzt nichts mehr zurückhalten würde, denn sie wartete auf ihn, und er würde kommen. Er wollte sie, und plötzlich hatte er die Kraft, sie zu nehmen. Er fühlte, daß die Zeit drängte. Er wollte die Jahre verlorener Hoffnungen zurückholen, die Zukunft, und sie, die nie seine gewesen war, denn er wußte, daß sie einwilligen würde.

Seit er begonnen hatte, auf dem Basar zu arbeiten, entdeckte er, daß die Frauen Gefallen an ihm fanden, obwohl er nichts hatte, was ihn von den anderen Männern unterschied. Er war mittelgroß, und seine Gesichtszüge waren durchschnittlich: klare blaue Augen, glattes hellbraunes Haar, an der Seite geteilt, und ein dünner Schnurrbart, der sich mit einem gestutzten Bart verband, unter dem sich volle Lippen verbargen, die Hartnäckigkeit oder auch Verwöhntheit ausdrückten. Er besaß zwar im Augenblick nichts, was er sein eigen nennen konnte, war jedoch überzeugt, daß er Rosette ein Leben mit Zukunft garantieren konnte. Er würde sie heiraten, eine Familie gründen und außerhalb der Werkstatt Arbeit finden, vielleicht in einem der Läden in der Christenstraße, die vorwiegend an Konvertiten wie ihn vermietet wurden. Hatte er nicht sein Talent für Geschäfte bewiesen, als er auf dem Basar arbeitete? Und Vaters Freund, Mordechai-Schaike, bekannt als Murad, hatte er ihm nicht Arbeit in seinem Juwelierladen angeboten? Aber vielleicht sollte er mit Antiquitäten handeln. Er hatte es sehr genossen, Pastor Klein auf seinen archäologischen Reisen zu begleiten. Also, es war beschlossen. Er würde die Werkstatt verlassen und mit Antiquitäten handeln. Zu lange hatte er in Jerusalem geträumt. Jetzt war es an der Zeit, zu handeln.

4

1861 WAR SEIN JAHR, ein Jahr, in dem die Sterne von ihrer Bahn abwichen und neue, ungeahnte Kurse einschlugen. Er wurde in ihren Kreis gerissen und verfolgte ihre Bewegung, als wären sie Teil seines eigenen Schicksals. Im Februar wurden die Länder und Fürstentümer Italiens – ausgenommen Venedig und Rom – vereint, und Viktor Emanuel wurde zum König des Landes gekrönt, das Metternich verächtlich «einen geographischen Ausdruck» nannte. Napoleon III. verstrickte sich in sein unglückliches Mexiko-Abenteuer, das Frankreich Blut, Geld und Ruhm kostete; Wilhelm I. bestieg den Königsthron in Preußen. Wie Viktor Emanuel träumte auch er von der Vereinigung seines Landes, und zusammen mit Bismarck und entgegen dem Willen seines Landtags vergrößerte er die Armee und bereitete sich auf Kriege gegen Dänemark, Österreich und Frankreich vor, die ihm, wie er hoffte, die ersehnte Vereinigung bringen würden. In diesem Jahr bestieg Louis I. den Königsthron in Portugal, Zar Alexander II. befreite die Leibeigenen in Rußland, und in der Türkei gelangte Sultan Abdul Aziz an die Macht, der noch konservativer, despotischer und verschwenderischer war als sein Bruder. Hatten die Liberalen in der Türkei die Hoffnung gehegt, daß sich ein Wandel in der Herrschaftsstruktur vollziehen würde, so wußten sie nun, daß ihren Träumen ein Ende gesetzt worden war. Trotzdem kamen Prinzen, Könige und Premierminister zu den Krönungszeremonien in die Türkei angereist, um diesen *annus mirabilis* mit feierlichen Prozessionen von einem Königspalast zum anderen zu begehen, für eine Weile die Tausende von Christen vergessend, die nur wenige Monate zuvor in Damaskus und im Libanon niedergemetzelt worden waren. Auch in Jerusalem wurde der Machtantritt Abdul Aziz' gefeiert, und die Juden der Stadt begingen die alljährliche Zeremonie der Übergabe der Stadtschlüssel an den Repräsentanten des neuen Sultans mit großer Feierlichkeit.

Im Frühling fand in der Unierten Kirche eine weitere Zeremonie statt, bescheidener als die Krönungszeremonien Europas: Mosche-Moses Wilhelm Shapira vermählte sich mit Rosette Jöckel, der Diakonisse aus Kaiserswerth. Als Pastor Fleischhacker sie fragte, ob sie ihrem Ehemann Treue gelobe, bejahte sie von ganzem Herzen. Einige Monate zuvor hatte sie von ihren Eltern eine Glückwunschkarte zum Weihnachtsfest erhalten, der auch ein paar Zeilen ihrer jüngeren Schwester beigefügt waren, die ihr mitteilte, daß Fritz Jasper um ihre Hand angehalten habe und sie am Jahresende den Bund der Ehe eingehen würden. Das Glück, das ihr bestimmt war, wurde einer anderen zuteil. Von nun an würde sie das Leid, das sie dem einen zugefügt hatte, mit dem Glück sühnen, das sie dem anderen bringen würde. Nach der Zeremonie zog das frischvermählte Pärchen in sein neues Haus nahe der Kirche. Auf der anderen Straßenseite lag das Hospital der Diakonissen. Doch von nun an würde Rosette es weder betreten noch ihre Freundinnen zu sich nach Hause einladen können. Zwar war es den Diakonissen erlaubt zu heiraten, doch wurde ihnen befohlen, die Gesellschaft jener Schwestern zu meiden, die aus dem Orden austraten und heirateten. Wer hätte gedacht, daß ausgerechnet Fliedners Nichte ihre spärlichen Reihen verlassen würde?

«Darfst du nicht einmal mit ihnen reden? Mit wem wirst du reden? Du wirst diese Verordnung nicht einhalten können!»

«Doch, doch, ich kann es.»

«Ich werde uns ein Haus in einem anderen Viertel suchen.»

«Mach dir bitte keine Sorgen um mich. Hier sind wir in der Nähe der Kirche. Ich möchte nicht woanders hinziehen.»

Sie standen noch immer auf der Türschwelle. Er hob ihre Zöpfe und streichelte ihren Nacken. Er hatte die Beine gespreizt und umarmte sie, preßte seine Schenkel an ihre, um sie mit seiner Männlichkeit vertraut zu machen, und küßte die sanfte Mulde, die von ihrem Ohr zum Hals verlief.

«Berühre mich.»

Sie hob ihre Arme und legte sie um seine Schultern, dann berührte sie sein Gesicht, seinen Bart, seine Wangen und biß sich auf die Lippe, als seine Hände ihren Körper nach den dunklen Tunneln abtasteten, die ihn in seinen Träumen heimgesucht hatten.

«Hab keine Angst», sagte er und zog sie in die Nische, wobei er ihre Zöpfe öffnete und ihre Brüste küßte. «Wir werden eine gute Ehe haben, Rosette, und es wird noch andere Häuser geben, schönere als dieses, das verspreche ich dir.»

Shapira fühlte, daß nicht nur in seinem Privatleben, sondern auch im Leben Jerusalems ein neues Kapitel begann. Seit Hunderten von Jahren waren christliche Pilger hierhergekommen, von religiöser Leidenschaft zu der Wiege des Christentums hingezogen, zu den Orten, an denen Jesus und seine Jünger tätig waren. Den religiösen Reisenden hatten sich im Laufe der Zeit Kaufleute und Abenteurer, Schriftsteller und Staatsmänner, Maler und Naturforscher hinzugesellt, und nun tauchte eine neue Sorte von Pilgern im Heiligen Land auf: der Gelehrte, der Forscher biblischer Archäologie. Das zerfallende türkische Reich lockte die europäischen Mächte, die ihre politischen Ambitionen mit dem Wettbewerb im Bereich der Forschung verschleierten. Shapira, dem Bücher schon immer Verbündete waren und der in der Bibel so bewandert war wie kein anderer, den er in Jerusalem kannte, noch aus den Tagen, da er bei seinem Großvater in die Schule gegangen war, wußte, daß er mit dem Handel von Büchern und Antiquitäten seinen durstigen Geist stillen und seine Taschen füllen könnte. Wenn er seine Schritte mit Vernunft und Vorsicht plante, würde er den Konkurrenzkampf zwischen den Mächten zu seinen Gunsten nutzen können. Könige würden seine Emissäre sein, er würde Beziehungen mit Beduinenstämmen um das Tote Meer herum knüpfen, würde bis zu den Dörfern jenseits des Jordan reisen, Vertreter und Mittler einstellen, seine Netze auswerfen, Großes vollbringen. Was er jetzt vor allem brauchte, war eine Adresse, ein Laden, der den Namen des bekanntesten Antiquitätenhändlers Jerusalems über dem Eingang tragen würde.

In der Zwischenzeit ließ er sich von Mordechai-Schaike helfen, der den Sohn seines Freundes in seinem Laden aufnahm, ihm sogar die Partnerschaft anbot und auch bereit war, ihn in die Geheimnisse des Handels mit Gold und Edelsteinen einzuweihen. Doch Mosche wollte sein eigener Herr sein. Allein würde er stehen, und allein würde er fallen. Mordechai-Schaikes Laden war zwar im Herzen des Marktes gelegen, und die Versuchung, sich ihm anzuschließen, war groß, doch er fand kein Interesse an diesem Geschäft. Andere Steine fesselten ihn, deren Zauber ihm weit größer schien als alles Gold und Silber der Welt.

Das Glück winkte ihm, denn zu dieser Zeit beschloß Jakob Ben Schalom, ein Schneider und Stoffhändler auf dem Basar in der Davidstraße, seinen Laden zu vermieten und außerhalb der Stadtmauern zu ziehen. Ben Schalom sehnte sich nach einem eigenen Weingarten, einem Stück Land, das er eigenhändig bearbeiten konnte. Seine Familie hielt ihn für verrückt und schwor, daß sie ihr Leben nicht aufs Spiel setzen würde, um außerhalb der Stadt zu siedeln. Es stimmte zwar, daß die Straßen der Stadt verschmutzt waren und die Abfallgrube im jüdischen Viertel einen furchtbaren Gestank verströmte, doch die Stadttore wurden jeden Abend geschlossen, und wer würde sie dort vor Räubern und Mördern beschützen?

Eigentlich gehörte der Laden einem türkischen Händler, der in Akko wohnte und ihn an Ben Schalom vermietete. Nach dem Gesetz wurde die Person, die mehr als drei Jahre lang einen Laden oder ein Grundstück gemietet hatte, zum rechtmäßigen Besitzer und durfte mit seinem Besitzrecht handeln.

Bisher hatte Ben Schalom keinen Gebrauch davon gemacht und darauf gewartet, es auszunutzen, wenn er ein Bauer sein würde. Er wußte, daß die Zeit früher oder später kommen würde, denn im Land sprossen bereits die ersten Knospen. Sir Moses Montefiore hatte ein Grundstück außerhalb der Stadt gekauft und sogar begonnen, darauf Häuser zu bauen, und Jehoschua Jellin hatte zusammen mit seinem Schwiegersohn Jeheskel Jehuda begonnen, Bäume im Dorf Mozza zu pflanzen, und auch David Jellin hatte dort zusammen mit seinem Schwager einen Olivenhain gekauft, während Mordechai Zoref Weinreben, Feigen- und Mandelbäume in A-Tur pflanzte und ein weiteres Grundstück bei Ekron kaufte, von dem man Wunder erzählte. Nun war die Zeit reif, und er würde nicht länger in Jerusalem bleiben, zumal dieses Jahr ein Dürrejahr war und die Einwohner Mozzas bereit waren, ihr Land zur Hälfte seines Wertes zu verkaufen.

Ben Schalom wußte, daß der britische Konsul James Finn zwischen den Eigentümern des Weinbergs in Mozza und den jüdischen Käufern vermittelte, und bat ihn, auch für ihn ein Stück Land zu finden. Er hatte zwar kein Geld, aber dafür hatte er einen Besitz, der ebenso gut wie Bargeld war. Er würde seinen Laden für ein, zwei Jahre vermieten, und inzwischen würde der Boden Früchte tragen und sie ernähren. Finn fand ihm tatsächlich einen Weinberg und sogar einen Mieter für den Laden: Moses Wilhelm Shapira, den er von den Treffen der «Jerusalemer literarischen Gesellschaft» und aus der Zeit, da die beiden auf dem Gelände der Unierten Kirche wohnten, kannte. Finn lieh Shapira das Geld und übergab es dem Besitzer des Weinbergs im Namen des Schneiders. Das Geld wanderte von Finns Tasche in die des Bauern, ohne daß Ben Schalom den Mieter von Angesicht zu Angesicht sah. Als er herausfand, wer der Mann war, war er außer sich.

Eine ganze Woche lang war der Laden geschlossen, und sein Besitzer saß zu Hause. Als er endlich Mut faßte und den Laden wieder öffnete, wartete bereits der Abtrünnige auf ihn. Ben

Schalom rief einen der Laufburschen des Marktes zu sich herein und bat ihn, dem wartenden Mann zu sagen, daß er das Geschäft rückgängig mache. Shapira verstand zwar den Schneider, ging jedoch nicht darauf ein. In ganz Jerusalem gab es keinen Laden, der seinen Bedürfnissen besser entsprach als dieser. Er lag in der Davidstraße, am Eingang zum Jaffator, auf dem Weg aller Pilger und Touristen, die nach Jerusalem kamen. Er hätte es sich nicht leisten können, den Laden zu kaufen, aber den Mietpreis konnte er wohl zahlen. Mehr noch, er wußte – und das wußte Ben Schalom auch –, daß man ihn nicht mehr aus dem Laden herausholen konnte und Ben Schalom es nicht wagen würde, einen öffentlichen Skandal zu machen, ob aus Angst vor den Juden oder aus Respekt vor dem Konsul, der seit fünfzehn Jahren, seit dem Tag, da er nach Jerusalem gekommen war, als Beschützer und Erretter der Juden galt.

Also stand Ben Schalom nun neben dem Schreibtisch und tat so, als wäre nichts geschehen, als hätte der «Sklave der Mission» ihn nicht an der Nase herumgeführt. Er sehnte sich danach, die Stadt so schnell wie möglich zu verlassen, doch die Angelegenheiten konnten nicht an einem Tag erledigt werden, und was sollte er in der Zwischenzeit machen? Wenn man ihn in der Gesellschaft dieses Mannes sähe, würden die Rabbiner einen Bann über ihn und seine Familie verhängen, es würde ihm nicht mehr erlaubt sein, in der Gemeinde zu beten, und auch wenn er vor Kummer sterben würde, fände er keine wahre Ruhe, weil man ihn nicht auf dem jüdischen Friedhof begraben würde.

Als Selim El-Kari, der Ikonenmaler, auf der Straße vorbeiging, wußte Ben Schalom, daß dies der Mann war, den er jetzt brauchte. Jeder auf dem Markt kannte Selim, und Selim kannte jeden. Er hatte zwar keinen eigenen Laden, aber es mangelte ihm nicht an Aufträgen und Geschäften. Er war ungefähr zwanzig Jahre alt, flink und scharfsinnig, zu jeder Aufgabe, jedem Gewinn versprechenden Geschäft bereit, verkaufte einfältigen russischen Bäuerinnen Fäden vom Gewand Jesu, Holzsplitter vom Kreuz, Seiten aus dem Neuen Testament, und immer wieder fand sich ein naiver Abnehmer, der ihm bereitwillig in die Falle ging. «Jede Ware hat ihren Käufer», pflegte er zu sagen und belustigte die Schurken des Marktes mit Geschichten über seine Missetaten, während er die rechtschaffenen Händler verärgerte.

Ben Schalom rief Selim zu sich herein und erteilte ihm die Aufgabe, als Mittler zwischen ihm und seinem auferzwungenen Partner zu fungieren. Shapira, der zwar ungeduldig darauf wartete, den Laden zu übernehmen, ging in aller Ruhe vor. Zuerst, sagte er, müsse er die alte Ware loswerden, danach würde er die rechtmäßige Übertragung des Mietvertrags regeln; außerdem müsse er mit Lieferanten Kontakt aufnehmen und über die Preise, die Vermarktung und die amtlichen Lizenzen, die zu besorgen seien, Bescheid wissen – schließlich wirft der Mensch nicht über Nacht seine Haut ab und wird zum Händler. Da der Laden klein war und kaum für einen Menschen Platz bot, stellte er eine Kiste auf die Bank im hinteren Zimmer und schickte Selim von diesem Posten aus zu dem Mann, der am Tisch vorne mit dem Gesicht zur Straße stand. Selim lief grinsend zwischen den beiden Juden hin und her, von dem, der «Frag ihn» sagte, zu dem, der «Antworte» sagte. Oh, seine Freunde würden ihm nicht glauben, wenn er ihnen das erzählte.

In jenem Herbst verlobte sich Ben Schaloms Tochter, worauf dieser zu Finn ging und ihn bat, das Geschäft rückgängig zu machen, da er das Geld für die Mitgift seiner Tochter brauche. Finn gab ihm das Geld zurück und erklärte, daß er ihm den für den Landerwerb nötigen Betrag aus eigener Tasche leihe, da ihm die Sache der jüdischen Landwirte so sehr am Herzen lag. So wurde Ben Schalom sein Schuldner, ohne den Abtrünnigen losgeworden zu sein. Er beschloß daher, die Stadt sofort zu verlassen, und weder Bitten noch Proteste seiner Frau und Kinder halfen.

Shapira vergoß keine Tränen über Ben Schaloms hastige

Flucht. Gestern war er noch ein Eindringling gewesen, und heute gehörte ihm bereits das Königreich. Auf dem Tisch vorne im Laden stellte er die Souvenirs aus: Figuren aus Glas und Muscheln, getrocknete Blumen, von den Damen Blankherz gepreßt, Gebetsketten vom Basar der Missionswerkstatt. Die Reisebücher und heiligen Schriften legte er in eine Kiste im Hinterzimmer, und daneben stellte er eine Kiste mit den Antiquitäten, die er bereits erworben hatte. Immer wieder öffnete er diese Kiste, schaute hinein und schloß sie wieder. Er konnte zwar noch nicht den genauen Wert ihres Inhalts schätzen, wußte jedoch, daß er es noch lernen würde, so wie er nicht daran zweifelte, daß er für den Handel mit Antiquitäten und heiligen Schriften begabt war und sein Geschäft bald florieren und ihn im ganzen Land, vielleicht sogar auf der ganzen Welt berühmt machen würde.

Inzwischen betraten nur wenige Kunden den Laden. Die Touristen warfen einen flüchtigen Blick auf die Souvenirs, auf den Mann, der im Eingang stand und dessen blaue Augen in die Ferne schweiften, und gingen weiter. Er änderte den Standort der Ware, stellte die Artikel der oberen Regale auf die unteren und die Artikel der unteren auf die oberen Regale, verdeckte das Glitzernde und zeigte das Glanzlose, versuchte alle möglichen Tricks, um die Touristen anzulocken, aber nichts half. Die Untätigkeit zerrte an seinen Nerven, und schließlich fragte er seinen Nachbarn Abdallah, wann Touristensaison sei.

«Zu Ostern.»

«Und bis dahin gibt es keine Käufer?»

«Warum rufst du nicht Selim El-Kari?»

Selim stand am Ende der Straße, unter einem hohen Balkon, der die Davidstraße überblickte, und unterhielt sich mit einem *Fellachen*, dessen mit Weizensäcken beladener Esel die schmale Straße versperrte. Ein etwa zehnjähriger Junge, barfuß und schmutzig, stand daneben und lauschte dem Gespräch mit offenem Mund.

«Kennst du ihn nicht?» fragte Abdallah.

«Ich kenne ihn, aber wie kann er mir helfen?»

«Ah, Selim!» lachte der Mann. «Er wird dich betrügen und nachher bei seiner Mutter schwören, obwohl jeder weiß, daß er ein Bastard ist. Er wurde von den griechischen Mönchen großgezogen und hat viel von ihnen gelernt. Er ist ein Betrüger, ein aalglatter Dieb. Wenn es ihm gelingt, dich zu bestehlen, wird er sich nachher auf dem ganzen Markt damit brüsten. Ben Schalom pflegte die Kasse zu verschließen, wenn er in der Nähe war.»

«Aber er ließ sich von ihm helfen.»

«Ben Schalom wollte nur in seinen Büchern lesen. Er freute sich, daß jemand an seiner Stelle arbeitete. Obwohl er wußte, daß Selim einen Teil des Gewinns einsteckte, machte ihm das nichts aus. Viele Leute auf dem Markt machen von Selims Diensten Gebrauch. Er hat flinke Finger. Er ist der begabteste Maler Jerusalems und fertigt schönere Ikonen und Amulette an als jeder andere Künstler auf dem Markt. Das hat er im Kloster gelernt. Er kennt auch alle Beamten und weiß, wen er bestechen kann und mit wieviel. Er kennt alle Töpfer Jerusalems, alle Glaser Hebrons, alle Muschelarbeiter Bethlehems. Es wird erzählt, daß er das Bett des Paschas wärmte und zur selben Zeit der Liebhaber des sardinischen Konsuls war – und es würde mich nicht verwundern, wenn sich herausstellt, daß er es so eingerichtet hat, daß keine Käufer in deinen Laden kommen, damit du dich an ihn um Hilfe wenden mußt.»

«Hat er dich gebeten, ihn mir zu empfehlen?»

«Vielleicht», lächelte Abdallah.

Zwei Tage lang erwog Shapira die Vorteile des Mannes gegenüber seinen Nachteilen. Die Leere des Ladens überzeugte ihn schließlich. Nun, dachte er, ich werde ein Abkommen mit ihm schließen und in der Zwischenzeit die Geheimnisse des Antiquitätenhandels erlernen, und dann werde ich ihn schon irgendwie loswerden.

«Man sagt, daß du ein Lügner bist.»

«Richtig!»

«Daß du ein Dieb bist.»

«Richtig!»

«Ein Verräter.»

«Richtig!» lachte Selim. Er hatte große braune Kuhaugen und eine häßliche rote Narbe im Gesicht. Er neigte den Kopf zur Seite und betrachtete Shapira konzentriert.

«Was ist?» fragte Shapira.

«Ich kannte einen Mann, der dir ähnlich sah. Aber er war älter.»

«Wann war das?»

«Vor langer Zeit. Ich war noch klein. Wie Achmed.» Er zeigte auf den Jungen, der neben ihm stand.

«Wo bist du ihm begegnet?»

«Hier auf dem Markt. Willst du, daß ich ihn dir zeichne?»

«Ja.»

Selim zeichnete das Gesicht eines älteren Mannes, der seinem Vater ähnelte, obwohl die Wangen eingesunken waren und er noch magerer aussah, als er ihn in Erinnerung hatte.

«Kennst du ihn?» fragte Selim.

«Ich weiß nicht. Und wo ist der Bart? Die Schläfenlocken? Der Hut?»

«Der Mann war rasiert. Und er trug keinen Hut.»

«Was geschah mit ihm?»

«Weiß ich nicht.»

«Wer kannte ihn noch außer dir? War er mit anderen Leuten zusammen?»

Selim zuckte mit den Achseln.

«Ich weiß es nicht, ich war noch ein Kind. Ich habe mich an ihn erinnert, weil du ihm ähnlich siehst. Er hatte schöne klare blaue Augen. Wie du. Wer ist der Mann?»

«Ich weiß es nicht.»

Shapira steckte die Zeichnung in eine der Schubladen.

«Was ist mit deinem Gesicht passiert?»

«Das habe ich mir selbst zugefügt», erklärte Selim stolz. Der Junge verfolgte jede seiner Bewegungen.

«Wer ist der Junge?»

«Wir arbeiten zusammen. Hand in Hand.» Er verschlang die Finger. «*Jallah*, Achmed», zwinkerte er. «Sollen wir Kunden bringen?»

Der barfüßige Junge in den schmutzigen, übelriechenden Kleidern lief zu der Stelle, an der die Christenstraße mit der Davidstraße zusammentrifft, und machte sich dort an zwei Pilgerinnen heran. Er versperrte ihnen schamlos den Weg, befühlte ihre Kleider, ergriff ihre Hände, schrie sie an und belästigte sie. Die beiden versuchten ihn abzuwehren, protestierten mit lautem Geschrei und wollten schon in Tränen ausbrechen, als Selim El-Kari plötzlich rettend aus dem Nichts auftauchte. Er schrie den Jungen an, klatschte in die Hände, fuchtelte mit den Armen und bahnte ihnen einen Weg zu der Christenstraße. Der Junge folgte ihnen mit lautem Geschrei, bis Selim sie schließlich – «da uns keine andere Wahl bleibt» – in Shapiras Laden brachte und den schamlosen Quälgeist mit Drohungen fortjagte. Während sich die erschrockenen Pilgerinnen im Laden versteckten, schauten sie sich die Holz- und Muschelkästchen an, befingerten die Hals- und Gebetsketten und flehten Selim an, ein kleines Geschenk zum Zeichen ihrer Dankbarkeit anzunehmen. Selim willigte ein und verriet ihnen dafür, daß das Ziegenfell, das hier zu ihren Füßen lag, dem berühmten Maler Holman Hunt für sein Gemälde «Der Sündenbock» gedient hatte.

Selims und Achmeds Bemühungen lohnten sich. Wie abgemacht, kassierte Selim ein Zehntel des Wertes eines jeden Kaufs, der durch ihn getätigt wurde. Zu seiner Überraschung entdeckte Shapira, daß noch andere Gruppen von drei bis vier Mann auf dem Markt tätig waren; jede von ihnen hatte ihren eigenen Tätigkeitsbereich, ihr Spezialgebiet. Er hoffte, daß er nun, nach dem Abkommen mit Selim, in die komplizierte Welt des Marktes eingeführt werden würde.

Er veränderte den Standort der Ware nicht mehr. Im vorderen Teil des Ladens konnten Selims ahnungslose Opfer und zufällige Passanten billige Souvernirs kaufen, während hinten der wahre Handel abgewickelt wurde. In den Kisten dort lagen heilige Bücher, Münzen aus der Zeit der Hasmonäer, Siegelringe, Krugscherben. Der Laden schien von Tag zu Tag kleiner und enger zu werden, und Shapira begann von einem größeren Laden in der Batrak-Gegend zu träumen. Die Dunkelheit im Laden zog die armen Pilger an und schreckte die wohlhabenden Touristen ab. Doch das Geld floß trotzdem in seine Tasche. Dank Selims guten Beziehungen zu den Beamten des Gouverneurs wurde Shapira die Erlaubnis erteilt, in den Ruinen von Häusern zu graben, die niedergerissen wurden, um neuen Gebäuden den Weg zu räumen. Unter den Fundamenten konnte man manchmal Altertümer aus der Zeit des Zweiten Tempels oder der Kreuzfahrer finden. Die Behörden erlaubten nicht, im Steinschutt nach Antiquitäten zu suchen, damit historische Schätze nicht in die Hände der Ungläubigen fielen. Als Selim die Genehmigung erhielt, in der Stadt nach Funden zu graben, wußte Shapira, daß er gut daran getan hatte, Selim zum Gehilfen zu nehmen. Die «Genehmigung» kostete ihn zwar einen Haufen Geld und er befürchtete, daß ein beträchtlicher Teil davon in Selims Tasche wanderte, doch öffnete sie ihm die Tore der unterirdischen Welt Jerusalems. Er beschloß, das erste Jahr dem Studium zu widmen. Monatelang lernte er die phönikische, die nabatäische, die griechische, die althebräische Schrift sowie die Keilschrift. Er schrieb die Buchstaben in ein großes Notizheft, das er «Das Wörterbuch» nannte, und ermutigte auch Selim, sich ein solches Wörterbuch anzulegen. Selim war stolz auf sein rasches Aufnahmevermögen, auf seine gewandten Finger und auf sein Notizheft. Er gravierte antike Buchstaben in Lehm, und manchmal gelang es ihm sogar, seinen Herrn und Meister irrezuführen. Wenn er dabei erwischt wurde, lachte er vor Vergnügen. Er fürchtete sich nicht vor Shapiras Zorn, denn er wußte, daß dieser nicht ohne ihn auskommen könnte. Dank ihm machte der Laden gute Gewinne, und Shapira brachte jeden Abend einen Haufen Napoleons und Mejidas nach Hause, übergab sie Rosette, setzte sich und rauchte seine Wasserpfeife. Rosenduft breitete sich im Haus aus, und Rosette sortierte die Geldscheine und Münzen, rechnete sie zusammen und trug sie in ihr Buch ein, bevor sie sie in der Kiste verschloß. Das war die glücklichste Stunde für das Ehepaar Shapira. Nachdem er seine Taschen geleert hatte, zog Shapira seine Hausjacke an und wartete geduldig, während ihm Ali den Kaffee zubereitete. Rosette kehrte in der Zwischenzeit zu ihrer Stickerei zurück und erzählte ihm, was sich tagsüber zugetragen hatte. Anfangs hatte er erwogen, sie in seine Geschäfte mit einzubeziehen, doch sie sah in Selims Missetaten eine Art Sakrileg. Einmal hörte sie, wie er Pilgern «Ikonen aus dem Kloster des heiligen Sergej» verkaufte, und ihr kochte das Blut in den Adern. Es war etwas «Unchristliches» an diesen Betrügereien, und sie fühlte, daß es ihre Pflicht als Lutheranerin war, das Herz ihres Juden zum Glauben zu bekehren. Seine Begeisterung über jeden Kauf und Verkauf, über jede Entdeckung machte ihr angst, und seine häufige Abwesenheit erfüllte sie mit Trauer. Sie verstand nicht, warum er sich nicht mit dem Verkauf von Souvenirs begnügen konnte, aber als sie ihm sagte, was sie auf dem Herzen hatte, streichelte er ihren Nakken und meinte: «Du wirst mich beschützen, meine Lilie im Tal, Pastor Klein ist auch an Antiquitäten interessiert, ebenso wie Pfarrer Weser und die Theologen der Universität Halle.»

Die Gemeinde der Archäologen in Jerusalem wuchs von Tag zu Tag. Amateure und Professionelle, unter ihnen Pfarrer und Mönche, Konsuln und Touristen, Theologen und Kaufleute und auch solche, die einfach nur auf Gewinn aus waren, entdeckten in der Archäologie ihre Leidenschaft. Die Ausgrabungen in Jerusalem hatten im Grunde genommen erst zehn Jahre vorher begonnen, nachdem die europäischen Forscher eine lange Zeit nur mit Kartographie und Messungen beschäftigt waren. Die Stadtbewohner warfen Steine auf die Delegationen aus England, Holland und der Schweiz, gewöhnten sich jedoch mit der Zeit daran, die Vermesser und Kartographen an verschiedenen Plätzen in der Stadt zu sehen. Der erste Ausgraber in Jerusalem war der Franzose De Saulcy, und er war es auch, der die Königsgräber erforschte. Die Juden Jerusalems waren entsetzt über dieses Sakrileg und erhoben ein Geschrei, dessen Echo bis in die Salons der Crémieux in Paris und der Rothschilds in London drang und dazu führte, daß Fuad Pascha befahl, die Ausgrabungen abzubrechen. Die Franzosen wußten, daß sie von nun an umsichtig vorgehen mußten. Sie brachten einen begabten jungen Archäologen aus Konstantinopel nach Jerusalem – Charles Clermont-Ganneau, der offiziell als Übersetzer im französischen Konsulat arbeiten, in Wirklichkeit jedoch die Interessen Frankreichs im Wettkampf um die Vorherrschaft über die archäologische Forschung im Lande Israel wahren sollte.

Shapira wußte, daß er sich an diesem Wettkampf beteiligen und ihn mit Ehren bestehen mußte. Die Archäologen würden kommen und gehen, er aber würde bleiben, eine feste Adresse für alle, denen die Erforschung Jerusalems am Herzen lag. Er bemühte sich, seine Kenntnisse der Geschichte und der heiligen Schriften zu vertiefen, und lauschte aufmerksam dem Flüstern dieses regen Marktes, auf dem die Nachfrage größer war als das Angebot. Im hinteren Teil des Ladens häuften sich die Statuen und Münzen, die Siegel und Figurinen, die Amphoren und Ringe, und sogar zwei Sarkophage wurden dort untergebracht. Jetzt, zwei Jahre nach seiner «Neugeburt», beschloß er, nach Europa zu fahren, um mit den Gelehrten in Berlin und in London, den Kuratoren von Bibliotheken und Museen, mit Käufern und Verkäufern Kontakte zu knüpfen.

Bevor er sich auf den Weg machte, holte er Schimon Christian Levy aus der Werkstatt der Mission und machte ihn zum Verkäufer im Laden. Schimon stammte aus einer salonikischen Familie, die vor zwanzig Jahren von Jaffa nach Jerusalem gezogen und zum Christentum übergetreten war. Sein Onkel Schimonka war eine bekannte Figur in Jerusalem; er zog mit einem großen Holzkreuz auf dem Rücken durch die Märkte, und die

Kinder liefen ihm hinterher und bewarfen ihn mit Schlamm und faulem Obst. Schimon Levy blieb weiterhin im Hof der Kirche wohnen, obwohl er aufgehört hatte, an den Gottesdiensten teilzunehmen. Er war Schuster und verrichtete gewissenhaft seine Arbeit, redete kaum und war in ständiger Trauer versunken, die wie eine Mauer zwischen ihm und der Welt stand. Shapira wußte, daß der Mann ihm treu sein würde und seinen Interessen mit einer Ehrlichkeit und Hingabe dienen würde, die seinen Mangel an Geschäftssinn aufwiegen würden.

Mit der Einstellung Schimon Levys war kaum mehr Platz im Laden geblieben. Die billigen Souvenirs, Gebetsketten, Taufkleider und Holzfiguren legte er in Körben auf den Bürgersteig vor dem Laden, und einige Artikel hängte er an den Türrahmen, wodurch jedoch der Eingang zum Laden versperrt wurde. Shapira beschloß, nach seiner Rückkehr aus Europa einen neuen Laden zu finden, komme was wolle.

5

EIN PFIRSICHFARBENER HIMMEL hing über den Häusern, glühte im allmählichen Dahinsterben eines vergehenden Tages, und erst jetzt, nachdem die Straßenlaternen angezündet waren, versank die Sonne endlich im fernen Westen.

Auch in den Wohnungen gegenüber brannten nun Lichter, und ab und zu konnte er hinter den Vorhängen eine flüchtige dunkle Bewegung erkennen, als würde eine große Fledermaus ihre Flügel ausbreiten, kurz umherflattern und wieder in der Dunkelheit verschwinden. Nein, er, er selbst war jene Fledermaus, eine alte Fledermaus, müde und gekränkt, die Füße an der Öffnung einer Höhle gekrallt, die Augen starr und blind, und etwas in ihr, das kreischte und kreischte. Ihm schien, daß er tatsächlich ein schrilles Zwitschern hörte, schnell und regelmäßig, und er wollte sich die Ohren zuhalten, doch seine Finger waren auf dem Abzug der Pistole erstarrt. Das Zwitschern hielt an, und er fragte sich, ob er jetzt nicht etwas sah, was er einst in einer anderen Höhle gesehen hatte, Reihen von Fledermäusen mit weit aufgerissenen, blinden Augen hatten dort von der Decke gehangen und ein immer dichter werdendes Kreischen gegen die Gruppe von Männern erhoben, die ihre Grenze überschritten hatten, die es gewagt hatten, ihre Höhle zu betreten; und dann hoben und senkten sich die großen Ohren, füllten sich langsam wie vom Wind geblähte Segel, und die Flügel breiteten sich aus und schlugen, ein erregter Sturm erfüllte die Höhle, und das Kreischen, das Kreischen, das in den Ohren gellte, und Selim El-Kari, der ihn am Arm packte und schreiend hinauszerrte, und Doktor Almqvist, der «Wartet! Wartet!» rief und angesichts ihrer panischen Flucht in ein auf-

geregtes Lachen ausbrach, und die Felsen Moabs, an denen seine Rufe widerhallten, und Selim, der sich auf den Bauch warf und die Hände über dem Kopf zusammenschlug. Später kehrten sie dorthin zurück, Selim und er, und dort, in den hohen Felshöhlen, zwischen Aro'er und Wadi Mudjib, suchten sie die Schwestern seiner Schriftrollen, kratzten im kalten Sand zwischen den Spinnweben, atmeten den Geruch von Moder ein – und fanden nichts. Sogar die Fledermäuse waren verschwunden, als wäre alles nur eine brüchig gewordene Einbildung und Mutmaßung gewesen, obwohl die Beduinen schworen, daß sie hier, genau hier, an dieser Stelle die Schriftrollen gefunden hätten.

Wäre es doch tatsächlich ein böser Traum gewesen, der beim Erwachen verfliegt, dachte er nun. Aber die Schriftrollen gab es wirklich, sie waren es, die ihn zu diesem Fenster mit der vernagelten Jalousie gebracht hatten. Er war nur einen Schritt von Ruhm und Reichtum entfernt gewesen, und wäre es nicht für Clermont-Ganneau, so würde er jetzt nicht hier in diesem kalten, fremden Zimmer stehen, die Eingeweide vor Angst zusammengezogen, die Augen auf die erleuchtete Glasscheibe der gegenüberliegenden Wirtshaustür geheftet. Er versuchte sich zu erinnern, ob es einen Kamin im Zimmer gab, aber es gelang ihm nicht, sosehr er sich auch anstrengte, und er wagte es nicht, den Kopf zu wenden, denn vielleicht würde Clermont-Ganneau genau dann, in diesen wenigen Sekunden, aus dem Wirtshaus treten. Er erschrak einen Augenblick. Würde er ihn in der zunehmenden Dunkelheit erkennen? Dem Datum im Gästebuch zufolge hatte er Clermont-Ganneau vor sieben Monaten zum letztenmal getroffen. Doch, er würde ihn erkennen, sein Hohn würde ihm vorausgehen wie ein Vorbote, seine Bosheit wie ein Blitz im Dunkeln leuchten.

Sechs Jahre befanden sich die Schriftrollen in seinem Besitz, fünfzehn zerbröckelnde Pergamentstreifen, die er Buchstabe für Buchstabe abschrieb. Was er da, ein Wort nach dem anderen, mit vor Erregung berstendem Herzen entzifferte, so stellte sich allmählich heraus, waren ein Kapitel des fünften Buches Mose und Fragmente der Zehn Gebote. Er konnte kaum dem Drang widerstehen, auf die Knie zu fallen. Anfangs waren ihm die geringen Varianten zwischen dem Text der Schriftrollen und der kanonischen Version kaum aufgefallen, aber dann traf es ihn wie ein Blitz, daß diese Unterschiede von Bedeutung waren und die Schicksalsgöttin, Fortuna mit dem Füllhorn, ihm etwas in den Schoß gelegt hatte, auf das er sein Leben lang gewartet hatte, und nun müßte er nicht mehr sein Gesicht verdecken und könnte offen und mutig sagen, daß er höchstwahrscheinlich die originale Handschrift der Gesetze Mosis, wie sie auf dem Berg Sinai gegeben worden waren, in den Händen hielt. Und er erkannte, daß sich der Zweck seines Daseins erfüllte.

Warum nicht? Verdiente er es etwa nicht, sich Fortunas Gunst zu erfreuen, hatte er nicht seine besten Jahre dem Studium der Bibel gewidmet, hatte er nicht Wüsten und Meere überquert, Kontakte geknüpft mit den größten Museen Europas und mit dem geringsten der Beduinen des Stammes Tarabin, mit Forschern und Gelehrten, mit mächtigen Männern der Regierung, in Klöstern, Kirchen und Konsulaten ein weitverzweigtes Netz gespannt, das von Jerusalem bis nach Berlin und London reichte? Bei alledem wußte er, daß die Zeit kommen würde, da er zurückgezogen in seinem Haus sitzen würde und Gelehrte aus aller Welt zu ihm, zu Moses Wilhelm Shapira, Sohn des Nathanel-Isaak, weltweit bekannt als «Jerusalems Antiquitätenforscher», pilgern würden.

Er war fest entschlossen, eine hohe Summe für seine Schriftrollen zu verlangen. Auf diese Weise würde er nicht mehr so viel reisen müssen, könnte die Wüstentouren jüngeren Männern überlassen und sich dem Studium der Bibel widmen, das phönikische Hebräisch oder die Münzen aus der Zeit des Zweiten Tempels oder die Geschichte der Karäer erforschen. Wenn in den Höhlen Moabs Schriftrollen versteckt wurden, dann bestand die Möglichkeit, daß sich auch in anderen Höhlen in der

Umgebung, nördlich oder westlich des Toten Meeres, Schriftrollen befanden. Wer weiß, vielleicht würden ihm die Preußen oder die Engländer sogar eine Auszeichnung für seinen Beitrag zur Erforschung des alten Orients verleihen und eine von den vielen Forschungsgesellschaften in Jerusalem würde ihn bitten, Mitglied zu werden. Die Kollegen würden sich zu regelmäßigen Treffen in seinem Haus versammeln, während Rosette ihnen Tee servierte. Jetzt, da die Welt sein Wirken anerkannte, würde auch sie endlich einsehen, daß sie sich mit ihren Verdächtigungen geirrt hatte, und die langen Jahre der Entfremdung wiedergutzumachen versuchen, und er würde ihr vergeben, selbstverständlich würde er ihr vergeben. In den Jahren, in denen er sie brauchte, in denen er sie in Treue und Hoffnung liebte, in denen er den Honiggeruch ihres Körpers, ihren weichen Nacken, ihre Stimme, die protestierend «O Willi!» rief, liebte – in jenen Jahren vergalt sie es ihm mit Zweifel und Groll, und erst als ihre beiden Töchter geboren wurden, erst da lockerte sich ein wenig die beleidigte Maske auf ihrem Gesicht. Nein, er würde nicht nachtragend sein, sie würden das Blatt wenden und die Mädchen mit anständigen jungen Männern vermählen, wobei er die Männer aus der europäischen Gemeinde Jerusalems vorzog, weil sie dann in ihrer Nähe bleiben würden. Und wenn die Töchter auf eigenen Füßen standen, würden Rosette und er ihre Familie in Nassau besuchen, wer weiß, vielleicht würden sie sogar nach Benares in Indien reisen, wo jene wunderbare Frau lebte, Phoebe Carruthers-Warburton-Vaughn, die originellste Frau, der er je begegnet war. Er war auf das Literaturmagazin abonniert, in dem sie ihre Gedichte veröffentlichte, doch nun war schon seit Monaten kein Gedicht mehr von ihr erschienen, und er sah in ihrem Schweigen eine Hartnäckigkeit, die nur dazu gedacht war, ihn zu ärgern. Jetzt würde sie in den englischen Zeitungen, auf die sie abonniert war, von seiner Entdeckung lesen und sich vielleicht an den Mann Mosche und an ihre Begegnung am Bathseba-Teich erinnern, ohne zu ahnen, daß sie eine Wiederbegegnung an den Ufern des Ganges erwartete. Er würde ihr seinen Besuch nicht ankündigen, sondern plötzlich vor ihr stehen, so wie sie vor ihm erschienen war, als sie einander zum erstenmal begegneten.

Als Phoebe und ihre Mutter den Laden betraten, achtete er zunächst gar nicht auf sie. Sie waren wie alle anderen Touristen, die zwischen den Souvenirs aus dem Heiligen Land stöberten. Er vernahm abwesend den leicht kratzigen Ton ihrer hohen, überaus englischen Stimme, aber dann hörte er sie murmeln «Weit besser, daß du lächelnd mich vergißt». Erfahrung hatte ihn gelehrt, die gebildeten Besucher von der ignoranten Masse der Pilger zu unterscheiden, die sich nach einer göttlichen Offenbarung sehnten und sich derweilen mit einer billigen Ikone zufriedengaben. Nun hob er den Kopf, sah sie an und murmelte zur Antwort: «Als daß du meiner gedenkend traurig bist.» Sie verhielten sich wie zwei Spione, die entdeckten, daß die beiden Hälften der Banknote in ihrer Hand zu einander paßten. Die Gedichtzeilen Christina Rossettis erhellten den Laden mit einem starken neuen Licht, als hätte sich eine Wolke vom Fenster entfernt. Er bemerkte die Fülle ihres wilden Haares, das aus ihrem Hut wallte, ihren leicht vorstehenden Oberkiefer. Die großen grauen Pupillen verliehen den Augen den Ausdruck eines erschrockenen Rehs. Die Mutter war kleiner als sie, mit breiten Schultern und einem vollen Busen. Sie gehörte zu jenen geschäftigen Frauen, die einen trotz ihrer pausenlosen Aktivität langweilten. Sie befingerte die verschiedenen Artikel, während sie Fragen stellte, die sie dann sogleich selbst beantwortete. Das Geplapper schien ihre Tochter unberührt zu lassen. Am Nachmittag kam sie wieder in den Laden, diesmal ohne ihre Mutter. Das Mädchen, das sie begleitete, setzte sich auf die Treppen vor dem Eingang und spielte mit den Armreifen aus Glas. Da Shapiras Augen an das Halbdunkel gewöhnt waren, erkannte er Phoebe, gleich als sie eintrat. Sie näherte sich ihm mit weiten, unbeholfenen Schritten, und er staunte über ihre großen Füße und wußte, daß sie zu ihm gekommen war. «Möchten Sie den Teich sehen, in dem Bathseba badete?» fragte er. Ein trockenes Lachen sprudelte aus ihrer Kehle, und sie folgte ihm aus dem Laden. Sie war größer als er, und ihre weiße Haut leuchtete im Sonnenlicht. Sie sah ihn einen Augenblick an und lächelte amüsiert. Dann atmete sie schneller und sagte mit ihrer hohen, kratzigen Stimme: «Auf dem Weg hierher habe ich an König David gedacht. Das Mädchen, das mich begleitet, erzählte mir, daß sie aus Bethlehem kommt. Ich dachte mir, wer weiß, vielleicht stammt sie von ihm. Er liebte die Frauen. Michal und Abigail und Ahinoam und Maacha. Und als ich jetzt den Laden betrat, haben Sie mich gleich gefragt, ob ich den Bathseba-Teich sehen möchte.»

Sie kam jeden Tag, manchmal sogar zweimal am Tag zu ihm, und abends pflegte er mit ihr im Hotel Mediterranean der Brüder Hornstein zu speisen, während seine Augen ihr weißes Gesicht berührten und mieden, berührten und mieden. Er erfuhr, daß sie Dichterin war und mit ihren Eltern in Indien lebte und nun zur Hochzeit ihres Bruders nach England fuhr. Nach einem Aufenthalt von zwei, drei Monaten in ihrem Heimatland würde sie nach Indien zurückkehren. Sie war nicht besonders schön. Ihre Haut war so weiß, daß sie fast transparent schien. Ihre oberen Zähne standen leicht vor und hatten eine grünliche Farbe, während die unteren Zähne von ungleichmäßiger Länge waren. Ihr helles Haar war bernsteinfarben, stets unordentlich wegen seiner Fülle, wie ein wilder Sommergarten. Das Leben im Orient, unter Menschen, die kleiner waren als sie, hatte ihr die Angewohnheit gegeben, ihren Rükken beim Zuhören mit unbeholfenem Charme zu beugen und ihren Kopf zur Seite zu neigen, als wäre sie ein schwerhöriger Storch. Shapira war noch nie einer solchen Frau begegnet. Sie war sehr gebildet, aber da sie diese Bildung selbständig erworben hatte, war ihr Gehirn so ungeordnet wie ihr Haar. Sie konnte eine große Anzahl von Gedichten auswendig, die ihr bei den seltsamsten Gelegenheiten als Sprachrohr dienten. Sie konnte nicht sagen, daß sie hungrig war oder daß es draußen kalt war, ohne irgendeinen Vers zu zitieren. In ihrem Zimmer zog er ihr die feine Seide aus, öffnete die Knoten und Schleifen, Haken und Schnallen, und sie ließ ihn auf sich zusteuern, gurrte in seinen Armen, flüsterte Gedichtzeilen, murmelte ihre Begierde mit den Worten anderer, bis sie nur noch mit Worten geschmückt war und ihr weißer Körper mit seinem eigenen Pulsschlag aufflammte und erlosch, im Rhythmus seiner Lust ertrank. Er wußte nicht, daß es auch so, so anders möglich war, so unmittelbar in wohliger Wärme. Zu Rosette kam er durch die Kleider oder durch die Laken, fühlte sich wie ein Eindringling, ein Fremder, gemaßregelt vom Gefühl der Sündhaftigkeit, die sie ihm eingeredet hatte.

Als Phoebe ihm erzählte, daß sie in zwei Tagen Jerusalem verlassen würde, erschrak er. Sie hatte von seinem Herzen Besitz ergriffen. Er verstand nicht, wie sie ihn verlassen konnte. Er beneidete ihre Mutter, die mit ihr fuhr, beneidete den Hut auf ihren wilden Haaren, die Knöpfe an ihren grauen Schuhen und diskutierte wütend Rossettis Gedichte mit ihr. Als sie abreiste, saß er benommen im Laden und zögerte seine Heimkehr zu Rosette hinaus.

6

NACHDEM PHOEBE ABGEREIST WAR, wußte Shapira weder ein noch aus. Er fühlte sich betrogen, häßlich, einsam. Nachts lag er wach und plante, wie er sein Hab und Gut verkaufen und zu ihr fliehen würde, und am Tag darauf verzweifelte er und gab seine Pläne auf. Wohin würde er fahren? Zu wem würde er fahren? Sie gehörte dem niederen Adel kleiner Gutsbesitzer an, Verwandten dieses oder jenes Baronets, und war laut eigener Aussage nicht reich, doch er bemerkte, daß Geld nie eine Rolle für sie spielte. Würde auch er einmal reich genug sein, um nach Lust und Laune zu handeln?

Zum erstenmal seit sieben Jahren fühlte er sich schwach. Was würde aus ihm werden? Was mochte ihm die Zukunft bringen? Der Laden, die Ehe, der Handel mit Antiquitäten? Er war achtunddreißig Jahre alt und hatte noch immer nichts vollbracht. Auch er wollte sich schönen Dingen widmen, der Poesie, dem Reisen. Selbst Jerusalem war eine ständige Sehnsucht, eine anhaltende Erwartung geblieben, das Verlangen eines Juden, der auf das Kommen des Messias wartete und dabei von den Mauern seines kleinen Ladens eingeschlossen war. Geld! Geld, Geld! Nur Geld allein würde die Kluft zwischen ihm und Phoebe überbrücken. Nur Geld würde die schändlichen Lücken in seiner Biographie schließen und ihm die vornehmen Salons öffnen. Wäre er ein reicher Mann mit einem schönen Palast, Dienern und Dienstmädchen, würde es den Damen Carruthers-Warburton eine Ehre sein, in sein Haus eingeladen zu werden. Es war das Geld – nein, der Mangel an Geld –, der Phoebe von ihm fernhielt.

Der Laden brachte zwar Gewinn ein, aber dieser reichte nur,

um die Ausgaben zu decken. Fast ohne es zu merken, versank er in Trübsinn. Sieben Jahre waren vergangen, seit er Rosette geheiratet hatte. Kein Sohn war ihm geboren worden, es war ihm nicht einmal gelungen, den Laden auf seinen Namen zu übertragen. Alle zwei Jahre kam der Gesandte Ben Schaloms, um den Mietvertrag für weitere zwei Jahre zu erneuern. Jedesmal, wenn er im Laden auftauchte, geriet Shapira in Panik. Was würde geschehen, wenn Ben Schalom diesmal beschlossen hatte, die Partnerschaft rückgängig zu machen, wohin würde er dann gehen? Die Abhängigkeit von Ben Schalom machte ihm angst. Er versuchte sich zu erinnern, wie der Mann aussah, doch die Gestalt hatte sich in seinem Gedächtnis verwischt und ähnelte nun der Gestalt seines Großvaters. Der gleiche spärliche graue Bart, die gleichen eingefallenen Wangen zwischen den hervorragenden Schädelknochen, die gleichen wäßrigen, ausweichenden Augen. Aber vielleicht wichen die Augen nur vor ihm aus, vor dem Apostaten, der hinterhältig in seinen Laden und sein Leben eingedrungen war.

Ben Schaloms Gesandter erschien nun, ein volles Jahr vor der Zeit, und Shapira, der müde und verzweifelt war, erschrak nicht einmal. Aber der Mann brachte eine gute Nachricht. In jenem Jahr hatte die Regierung beschlossen, ausländischen Staatsbürgern den Kauf von Land und Häusern zu erlauben; Ben Schalom hatte sofort den Laden in der Davidstraße gekauft und bot ihn nun Shapira zum Kauf an, um sich selber am Bau einer neuen Siedlung außerhalb der Stadtmauern beteiligen zu können.

Eigentlich hätte Shapira sich freuen müssen, denn Ben Schalom hätte den Laden auch jemand anderem anbieten können. Ohne daß er sich darum bemüht hatte, war sein Traum Wirklichkeit geworden. Das war anscheinend der Lauf der Welt. Man wünschte sich etwas von ganzem Herzen und erreichte es nicht, und dann, wenn man es schon längst aufgegeben hatte, erfüllte es sich auf einmal. Nun, vielen Dank, aber nein, er wollte diesen elenden Laden nicht. Halperin, der Freund seines

Vaters, flehte ihn doch regelrecht an, seinen Laden zu übernehmen, und er selbst verstand nicht, warum er nicht darauf eingegangen war. Dabei war Halperins Laden doppelt so groß wie der von Ben Schalom, und das Fenster im Hinterzimmer blickte direkt auf den Bathseba-Teich.

Auf einmal erwachte wieder die alte Energie in ihm, und sein Kopf war voller Pläne. Er würde zu den jüdischen Gemeinden in den arabischen Ländern fahren und heilige Bücher von dort zurückbringen, er würde in den historischen Städten graben, in Nob, im Ur der Chaldäer, in Cyrene, und mit den größten Museen der Welt Geschäfte machen. Er würde die verlorene Stadt «El Jehuda» in der Sahara finden. Alles, was er sah und hörte, reizte seine Phantasie. Sogar in dem Besuch des österreichischen Kaisers in Jerusalem auf seinem Weg zur Einweihung des Suez-Kanals sah er ein Zeichen. Er zweifelte nicht, daß er zu Großem bestimmt war und daß eines Tages – vielleicht nicht morgen und vielleicht auch nicht übermorgen – sein Name weit und breit bekannt sein und sogar Phoebe und ihre Mutter erreichen würde, und dann würden sie sagen, ja, sie kennen diesen Shapira, sie sind ihm in Jerusalem begegnet.

Am Abend stieg er auf das Dach seines Hauses und streckte sich auf der Matte aus, um seine Wasserpfeife zu rauchen. Plötzlich hörte er weiche Schritte und sah Rosettes Gestalt im Licht des silbrigen Mondes schimmern. Sie pflegte ihn sonst nicht zu dieser Zeit zu stören. Dies war die Stunde der Abgeschiedenheit. Ali pflegte ihm die Wasserpfeife zu bringen, Rosenblüten in die Wasserschale zu streuen und sich zurückzuziehen, um ihn allein zu lassen. Er sah zum violetten Himmel und den blassen Sternen auf und blickte durch die Glasschale der Pfeife auf die anderen Dächer, bis sich seine Augenlider schlossen. Erst wenn ihn die Kälte weckte, erhob er sich von seiner Matte, kehrte ins Haus zurück und schloß sich auf dem Dachboden ein, wo er sich ein Arbeitszimmer eingerichtet hatte. Dort saß er dann bis Mitternacht, untersuchte und prüfte heilige Schriften oder sortierte Ware, die er vom Laden mitgebracht hatte.

Rosette setzte sich neben ihn, die Falten ihrer Robe glitten locker zwischen ihre Oberschenkel, während die blau-grünen Pfauenaugen in der goldenen Seide schwebten. Er hatte ihr die Robe während ihrer Flitterwochen in Damaskus gekauft. Das Hotel Kara Dimitri befand sich mitten auf dem Pferdemarkt. Vier Tage lang verließen sie nicht das Zimmer. Dort hörte Rosette auf, ihre Lippe zu beißen, und ihre Schreie gingen in dem Geschrei der Pferdehändler und Stallknechte unter. Am fünften Tag fühlte er, daß er sich nach Sonnenlicht sehnte. Er ging auf die Straße hinaus, und auf dem Markt, neben dem türkischen Bad, fand er die Robe. «Das sind deine Farben», sagte er ihr. «Gold für dein Haar, Blau für deine Augen.» Bis zur Hochzeit hatte sie den groben Kittel der Diakonissen getragen, doch nun genoß sie das Gefühl der weichen Seide.

Obwohl er ihr Gesicht nicht sehen konnte, spürte er, daß sie lächelte. Sie streckte sich auf der Matte aus, und als er sie fragte, was sie hierhergebracht habe, teilte sie ihm mit, daß sie schwanger sei. Tränen stiegen ihm in die Augen, und er fiel ihr zu Füßen. Siehe da, in der Zeit, in der er Pläne geschmiedet hatte, um Phoebe in seinen Bann zu ziehen, war sein Same in Rosettes Leib zu Fleisch und Blut geworden. Sieben Jahre waren vergangen, seit er sie zur Frau genommen hatte, und er hatte fast die Hoffnung aufgegeben. Er wußte, daß sie den Arzt der englischen Mission, Doktor Gerstman, konsultierte, und auch Pastor Klein schüttete sie ihr Herz aus: Bald würde sie vierzig sein, und die Aussichten waren nur noch gering; wurde sie dafür bestraft, daß sie den Orden verlassen und einen Konvertiten geheiratet hatte? Mehr als einmal traf Shapira die beiden im kleinen Salon an, sie mit einer Stickerei in der Hand, und Klein, dünn, braungebrannt und enthusiastisch wie ein Jüngling, saß in dem braunen Sessel unter dem Täfelchen mit dem Spruch «Wer untadelig lebt und tut, was recht ist, und die Weisheit redet vom Herzen». Es ärgerte ihn, daß sie fremde Leute in ihr Geheimnis einweihte, er fand jedoch nicht den Mut, es ihr zu verbieten. Und schließlich war es vielleicht gerade ihre Redseligkeit, die ihnen Erlösung brachte.

«*Schija, schija?*» lächelte er nun und wischte sich die Tränen aus den Augen.

«*Schija, schija.*»

«Bist du sicher?»

«Ja. Du warst böse, daß ich mit Pastor Klein über . . . über die Sache sprach.»

«Ich?»

«Ja, du.»

«Ich traf ihn im Mediterranean, er hat mir vor fremden Leuten Ratschläge gegeben.»

«O Willi! Wie furchtbar!»

Es war tatsächlich furchtbar gewesen, aber er konnte nicht darüber sprechen, da die «fremden Leute» Phoebe und ihre Mutter waren.

Klein stellte alle Tage des Jahres ein übertriebenes Maß an Fröhlichkeit zur Schau, in der Überzeugung, daß einem Mann, der sein Leben Gott gewidmet hat, die Pflicht auferlegt sei, mit seiner Glückseligkeit die Rechtschaffenheit seines Weges zu beweisen. Shapira, der sich in elender Stimmung befand, schien es, daß Klein vor lauter Fröhlichkeit nur so sprudelte. Seht nur, der Hüter der Seelen, dachte er bedrückt, es reicht, fünf Minuten mit solch einem Frohsinn konfrontiert zu werden, um einem die Laune zu verderben. Klein schlug Shapira auf die Schulter, lauschte mit staunender Miene den Worten der Mutter, stahl bewundernde Blicke von der Tochter und rührte sich nicht von ihrem Tisch, bis er eingeladen wurde, sich zu ihnen zu setzen. Lady Carruthers-Warburton freute sich offensichtlich über die Gesellschaft dieses Mannes, da Herr Shapira sich an diesem Abend äußerst seltsam benahm. Er versank in langes Schweigen, stocherte in seinem Teller herum, brummte wütend die Kellner an, verlangte von ihnen immer wieder, sein Weinglas zu füllen. Jerusalem hatte sie ermüdet, und sie sehnte sich nach dem Augenblick ihrer Abreise. Ihr schien, daß sie seit ihrer Ankunft nur Verrückten begegnet war; sogar Leute, die hohe Ämter bekleideten, wie der Konsul zum Beispiel, waren von einer Art Jerusalemer Fieber ergriffen, ja selbst Phoebe benahm sich merkwürdig, schlüpfte aus dem Hotel, um ihren Juden zu treffen, und lief dann wieder von ihm fort; nur das fehlte ihnen noch, ein kleiner Bastard-Jude. Ja, je schneller sie diese Stadt verließen, desto besser. Klein, mit seiner Glückseligkeit gewappnet, hörte nur, was er hören wollte. Es kam ihm gar nicht in den Sinn, daß man Jerusalem nicht lieben konnte. «Wir, die hier wohnen, wissen gar nicht, dieses Privileg zu schätzen, das uns zuteil wurde», meinte er zu den Damen. «Die Gewohnheit verwandelt den kostbarsten Diamanten in ganz gewöhnliches Glas, nicht wahr, Herr Shapira?» Shapira fragte sich, ob Klein damit auf Rosette anspielte. Klein verehrte sie ganz offen und trotzig, und bei der Rückkehr von seinen Reisen eilte er zuerst zu ihr, bevor er sich nach Hause begab. Shapira verachtete ihn, daß er nicht den Mut aufbrachte, einen Ehebruch zu wagen. Manchmal bemitleidete er ihn und Rosette fast. Ihr gemeinsames Beten, ihre vom Sticken zerstochenen Finger, das Lächeln, die Tränen, die von religiöser Hingabe geröteten Gesichter. Sie wagten nicht, das Kind beim Namen zu nennen, gaben seine Existenz gar nicht zu, und das Priestergewand diente ihnen als Barriere gegen ihre Triebe. Er war mutiger als die beiden. Und aufrichtiger. Er sah zu Phoebe hin. Diese lächelte vor sich hin, während sie mit seitlich geneigtem Kopf der Unterhaltung lauschte und errötete. Sie, die Ereignisse an Hand ihrer literarischen Vorgänge interpretierte, ahnte vielleicht den Verlauf dieses Abends und verfolgte ihn wie ein Zuschauer, der sich ein vertrautes Stück ansieht.

Durch das Interesse der Damen ermutigt, stürzte sich der Pastor in Anekdoten über seine beduinischen Freunde.

«In Vollmondnächten zerstampfen die Beduinen von El Amarna...»

«Klein wird der beduinische Pastor genannt», warf Shapira spöttisch ein.

«Richtig!» gab Klein fröhlich zu. «Sie zerstampfen also die Safransamen und legen sie in fünf Gläser Wein.»

«Wein?» unterbrach ihn Shapira wieder. «Die Beduinen?»

«Ein Fruchtbarkeitstrank!»

«Die Moslems trinken keinen Wein», demonstrierte Lady Carruthers-Warburton ihre Kenntnisse.

«Doch, doch!» insistierte Klein. «Es ist ein Mittel für jemand, der nicht... der nicht... in den Gebräuchen bewandert ist.»

«Den ‹Gebräuchen›! Aber Vater!» rief Lady Carruthers-Warburton aus und sah den Pastor verschmitzt an und musterte ihn von oben bis unten. «Wenn ein Ehepaar keine Kinder zur Welt bringen kann, ist es zu allem bereit», erklärte der Pastor. «Also! Das Ehepaar wartet, bis Vollmond ist, dann setzt es sich in den dunklen Schatten einer Palme. Der Gatte trinkt zwei Gläser von dem mit Safran vermischten Wein, und seine Frau trinkt zwei Gläser. Mit dem Wein aus dem fünften Glas muß er ihren Körper salben und dabei immer wieder sagen: ‹Gesegnet sei das gezogene Schwert, *schija, schija*!›»

«Gesegnet sei das gezogene Schwert, *schija, schija*», flüsterte Phoebe, und ihre Mutter rief: «Sag das nicht!» und hielt sich die Ohren zu. Shapira fühlte, daß er die Gesellschaft der drei keinen Augenblick länger ertragen konnte. Er haßte Phoebe für ihre Arroganz, haßte ihre Mutter für ihre Dummheit, haßte Klein für seinen Enthusiasmus. Merkten sie nicht, wie groß sein Kummer war? Er leerte sein Glas und erhob sich, wobei die Tassen klirrten und ein wenig Tee auf Phoebes Schoß verschüttet wurde. Sie sprang schreiend auf, und er mußte sich zurückhalten, die Tischdecke nicht herunterzureißen und das Geschirr auf dem Boden zerschmettern zu lassen.

Auf dem Weg nach Hause verwandelte sich seine Wut auf Klein in Wut auf Rosette. Sie durfte sich dem Pastor anvertrauen, soviel sie wollte, aber doch nicht die Manneskraft ihres

Gatten mit ihm besprechen! Bitte schön! Er würde tun, was ihm der Pastor geraten hatte. Zwar hatte er an diesem Abend bereits etliche Gläser Wein geleert, aber zwei Gläser mehr würden nichts schaden. Und sollte Rosette es wagen, sich zu weigern, das Ritual durchzuführen, so würde er ihr erklären, daß er nur Kleins Anweisungen befolgte, und hätte sie nicht soviel geplappert, so brauchten sie jetzt nicht auf diesen ganzen Hokuspokus zurückzugreifen.

In der Küche fand er einen Tiegel mit Safran, den er in fünf Gläser Wein mischte. Dann weckte er Rosette und zwang sie, mit ihm auf das Dach zu steigen. Als sie Protest erheben wollte, drohte er, die ganze Stadt mit seinem Geschrei zu wecken. Er stieß Rosette in eine dunkle Ecke, und nachdem er sich neben sie gesetzt hatte, begannen sie das abscheuliche Getränk zu trinken. Erst als sie sich entschieden weigerte, sich auf dem Dach zu entkleiden, stiegen sie ins Schlafzimmer hinunter, wo er den restlichen Trank auf ihren Körper schmierte. Kleins Anweisungen getreu befolgend, rieb er, sein Knie auf ihre Schenkel gepreßt, das schlammige Gebräu gleichmäßig in ihre Haut ein. Ihre Schenkel wurden rot, ihre Brustwarzen schwarz, die Bettlaken fleckig, und als ihr ein Stöhnen entschlüpfte, erinnerte er sich dunkel, zu spät vielleicht, daß er irgendeine Beschwörung flüstern müßte. Ihr kalter Bauch bebte unter seinen nassen Fingern, als es ihm plötzlich wieder einfiel, und er rief: «Gesegnet sei das gezogene Schwert, *schija, schija*!»

Er liebte Rosettes Körper, ihr gestärktes Nachthemd, den Rosenduft ihrer Haut, die Schreie, die sie ausstieß, wenn er sich wie Hannibal auf die Alpen ihres Körpers stürzte. Die ehemalige Nonne bekämpfte ihren Gatten stets, begehrend und ängstlich, fordernd und zurückschreckend. In den ersten Monaten ihrer Ehe vermochte sein Körper sie nicht zu befriedigen. Sie ging nackt im Haus herum, nur in die Seidenrobe gehüllt, Tag und Nacht bereit, als wollte sie alles aufholen, was sie in den dreißig Jahren der Enthaltsamkeit versäumt hatte. Selbst während der Mahlzeiten suchte sie seinen Körper unter der

Tischdecke. Nach der Vereinigung fiel sie auf die Knie, betete und schluchzte, schlug ihren Kopf gegen die Steinwand und den Fußboden und machte ihm Vorwürfe, als wäre er derjenige, der sie vom rechten Weg abbrachte.

Nun erstickte sie ihre Tränen an seinen Schultern und stöhnte «*Schija, schija*» und schüttelte das von Schweiß und Wein durchnäßte Haar aus den Augen. Sie begannen zu lachen, und er erzählte ihr, daß diese heidnischen Riten ein Fruchtbarkeitsmittel seien, daß nicht er, sondern Rosette den Zauberspruch hätte flüstern müssen, und meinte, nun hätten sie keine andere Wahl, als den Akt zu wiederholen, nachdem Rosette frischen Safran gekauft haben würde.

«Nein, nein und nochmals nein! Du bist betrunken, Willi!»

Rosette war inzwischen wieder zur Besinnung gekommen. War sie es, die «*Schija!*» geschrien hatte? Sie, Rosette Jöckel, die Tochter des Pastors von Dickschied, die Diakonisse aus Kaiserswerth, die gelobt hatte, das Werk der Jünger Jesu fortzusetzen? ER hatte ihr Willi anvertraut, damit sie ihn zum rechten Glauben bekehren würde, aber das menschliche Böse hatte das göttliche Gute besiegt, und sie wurde in den Abgrund der Fleischeslust und heidnischer Riten gezerrt.

Hatte Pastor Klein tatsächlich diesen Zauberspruch gesprochen? Ihre Lippen brannten, als hätten sie glühende Kohle berührt, und ihr war übel von dem Weingeruch, den die Bettlaken verströmten. Seit ihrer Heirat schien alles verdorben. Ihr Herz kam nur in Gegenwart des guten Klein zur Ruhe. Sie liebte die Dämmerstunden, wenn sie mit kleinen Kreuzen die frommen Sprüche stickte, die er für sie aussuchte, und er ihr Zuversicht gab, indem er ihr aus dem Buch der Bücher vorlas. Manchmal schien ihr, als sei sie wieder ein kleines Mädchen, das mit ihrem Vater zusammen saß. In der Küche der Familie Klein hing eine Stickerei, ihre eigene Handarbeit: «Hab ich das doch getan mit einfältigem Herzen und unschuldigen Händen». Doch nun war sie sich der Einfältigkeit ihres Herzens nicht mehr sicher und verstand nichts mehr. «Die Macht der Liebe ist größer als die

Macht der Gottesfurcht», hatte Pfarrer Fleischhacker ihr bei der Trauung gesagt. «Dir ist das Privileg zuteil geworden, im Herzen deines Mannes die Liebe zu Unserem Herrn zu pflanzen. Dein Vater kann stolz auf dich sein.»

Tränen der Liebe und der Sehnsucht nach Jesus füllten ihre Augen, und sie beschloß, sich mehr Mühe zu geben und Willis Herz der Kirche näherzubringen. Sie wußte, daß er sie liebte. Hatte er ihr das nicht immer wieder gesagt? Hatte er nicht das Gold ihrer Haare bewundert, das reine Blau ihrer Augen? Die Komplimente bezauberten sie, doch sie schreckte jedesmal entsetzt zurück, wenn er ihr zu Füßen fiel und seinen Kopf in ihren Schoß legte. Er war so anders als ihr Vater, so anders als ihr Bruder, anders als der arme Franz, der noch immer nicht ihre Schwester geheiratet hatte, anders als Klein. Trotz allem fühlte sie, daß sie gesündigt hatte, als sie ihn heiratete, und flehte ihn an, Gott sein Herz zu geben. «Du bist mein Gott, mein goldener Pfau», pflegte er darauf zu antworten, und sie weinte.

Rosette wischte sich den Trank vom Körper, hüllte sich in die Wolldecke und kniete auf den kalten Fußboden nieder.

«Bete mit mir.»

«Jetzt?»

«Jetzt, Willi, jetzt.» Ihre Stimme klang heiser, gequält, aber der Ton war resolut. «Ich glaube nicht, daß Pastor Klein dir diese heidnischen Sprüche beigebracht hat. Er würde nie solche Dinge sagen.»

«Er ist ein Mann, Rosette.»

«Nein, nein. Er ist ein guter Mensch, ein reiner Mensch.»

«Schon gut, Rosette, weine nicht.»

Sie wandte sich zornig von ihm ab und zog die Decke fester um ihre Schultern. Das Mondlicht schien durch das schmale Fenster und warf einen Silberstreifen auf den Steinfußboden. Er kniete sich neben sie, sein Atemhauch vermischte sich mit ihrem, während sie gemeinsam beteten, und er spürte ihre Schönheit, obwohl er sie nicht ansah. Als sie sich erhob, strahlten ihre Augen mit einer solchen Freude, daß er sich fragte, warum er gezögert hatte, mit ihr zu beten. Sie spürte seinen warmen, streichelnden Blick und flehte ihn an:

«Kommst du am Sonntag in die Kirche?»

«Wenn es dir Freude macht, komme ich.»

«Nein, komm nicht um meinetwillen, komme um Seinetwillen.»

«Ja, ich komme um Seinetwillen.»

«Du mußt mit mir in die Kirche kommen. Ich nehme nur deinetwegen an den Gottesdiensten auf englisch teil. Deinetwegen sehe ich kaum mehr Charlotte, die Damen Blankherz, Klein ... übrigens, er fährt weg.»

«Wohin? Nach England?»

«Nein, Gott behüte. Er fährt für ein paar Wochen nach Moab. Er hat dort einen Beduinenstamm entdeckt. Es besteht die Möglichkeit, daß sie konvertieren. Ich wage nicht einmal, es laut zu sagen. Wäre das nicht wunderbar, Willi?»

«Wo wird er sich aufhalten?»

«In Diban. Er hat dort irgendeine altertümliche Stele gefunden. Es gibt gar keine Protestanten in Transjordanien. Nicht einmal Bischof Gobat ist dorthin gekommen. Charlotte sagt, daß er sehr mutig ist. Sie wagt es nicht einmal, ihre eigenen Schülerinnen zu taufen. Weißt du, wie sie uns nennen? ‹Christliche Hunde›. Ich hoffe, sie werden ihm nichts antun.»

«Warum bringt er die Stele nicht nach Jerusalem?»

«Inge Blankherz hat dieselbe Frage gestellt. Und Klein hat gelacht. ‹Sie ist größer als Sie›, hat er ihr geantwortet, ‹und etwas schwerer.› Wir werden uns ein wenig um seine Frau und Kinder kümmern müssen. Wirst du sie mit mir besuchen gehen?»

Sofort entzündete sich eine Flamme der Vermutungen und Spekulationen in ihm. Was für eine Stele war das? Warum hütete der Pastor seine Zunge? Bisher hat er doch immer ausführlich über seine Abenteuer erzählt, und jetzt verbarg er den Fund vor ihm. Warum? Hatte er Angst, ihn mit jemandem zu teilen, war die Stele so wertvoll? Oder hoffte er, Rosettes Herz mit dem weltweiten Ruhm, den die Stele ihm einbringen würde, zu gewinnen? Darum war er wohl so guter Dinge gewesen im Hotel. Er kannte den Wahn, von dem ein Forscher ergriffen wird, der auf der Schwelle einer Entdeckung steht. So sah auch Odysseus aus, als seine Augen die Küste Ithakas erblickten, so sah Archimedes aus, als er entdeckte, daß sein Körper im Wasser an Gewicht verlor.

Diban, Diban ... er ließ den Namen auf der Zunge zergehen, durchforschte sein Gedächtnis, hörte kaum, was Rosette sagte, denn sein Herz war von einer anderen Leidenschaft gefangen, einer Leidenschaft, die nichts mit dem Fleisch zu tun hatte. Der Name kitzelte sein Gedächtnis, berührte die Grenzen der Erinnerung. Dibon! Das biblische Dibon. Dibon westlich der Sonne. Kemosch. Arnon, die Grenze Moabs.

Er schlug die Bibel auf und blätterte hastig in ihr, bis er die Stelle über Moab und den Sieg Israels über Sihon gefunden hatte: «Denn Feuer ist aus Hesbon gefahren, eine Flamme von der Stadt Sihons; die hat gefressen Ar in Moab und verzehrt die Höhen am Arnon. Weh dir, Moab! Du Volk des Kemosch bist verloren! Man hat seine Söhne in die Flucht geschlagen und seine Töchter gefangen geführt zu Sihon, dem König der Amoriter. Seine Herrlichkeit ist zunichte geworden von Hesbon bis nach Dibon, sie ist zerstört bis nach Nophach, bis nach Medeba.»

Ein Hauch von Zauber lag in diesen Namen. Nophach. Medeba. Im Sommer war er durch das Land Moab gereist. Er erinnerte sich an die flachen gelben Hügel, an einen einsamen Baum, eine erschrockene Antilope, die einen Augenblick lang reglos zwischen den Felsen verharrte und sofort verschwand, als wäre sie nie gewesen. Hesbon und Dibon waren nichts anderes als arme Lehmdörfer, die vom Buch der Bücher mit Schönheit ausgestattet wurden. Ihm fiel ein Gespräch mit dem englischen Pfarrer Tristram ein, der gesagt hatte, daß gerade die Ödheit des Landes Israel, die Tatsache, daß die Landschaft nichts Romantisches aufweise, was Auge und Herz gefangennehme, daß gerade diese Tatsache das sei, was das Land zur Wiege des Glaubens an Gott machte. Es gebe dort nichts, was die Phantasie anregte außer dem, was im Buch der Bücher darüber erzählt wurde.

Er würde Selim bitten, Näheres über die Reise des Pastors zu erfahren. Nein, er würde selbst nach Moab reisen, um mit eigenen Augen zu sehen, was Klein dort gefunden hatte.

«Was ist geschehen, Willi? Du bist auf einmal so blaß!» fragte Rosette plötzlich besorgt.

«Nichts ist geschehen. Ich fahre nach Moab.»

«Schon wieder? Du bist doch erst vor einem Monat zurückgekommen!»

«Ich fahre übermorgen. Ich will die Stele sehen, die Klein gefunden hat.»

«Aber morgen bist du doch noch hier.»

«Ich muß Vorbereitungen treffen, mit Selim reden.»

«Du kannst nach dem Gottesdienst mit ihm reden.»

«Nein, das kann ich nicht.»

«Warum nicht? Diese Reisen! Du begibst dich in unnötige Gefahr.»

«Ach Rosette!»

In der Nacht fühlte Shapira sich unwohl, aber als Rosette am Morgen den Arzt rufen wollte, versicherte er ihr erschrocken, daß es ihm schon viel besser gehe, Ruhe, das sei alles, was er brauche, und er war so beharrlich, daß sie den Arzt nicht rief. Er blieb im Bett liegen, ging nicht in die Kirche und rührte den ganzen Tag lang weder Speise noch Trank an.

7

DIE HUFE KLAPPERTEN auf dem felsigen Bergpfad und schlugen hin und wieder Funken. Er war gezwungen, langsamer zu reiten. Außer ihm und Selim und den zwei Wächtern des Taamira-Stammes ritt die restliche Expedition auf Maultieren und Eseln und kam nur langsam voran. Vergeblich trieb er sie zur Eile an. Die Beduinen kannten bereits den Wert des Geldes, aber nicht den Wert der Zeit. Es trieb ihn nach Diban, ohne daß er wußte, was ihn dort erwartete. Er hatte kostbare Zeit verloren, während er darauf wartete, daß Selim die Maultiere und Wächter mietete, Nahrungsmittel, Waffen, Zelte besorgte und im Büro des preußischen Konsuls den Schutzvertrag unterzeichnete. Er hatte eine Anleihe bei dem Bankier Frutiger aufgenommen, damit er die Mittel hätte, um zu gegebener Zeit die verschiedenen Beamten zu bestechen.

Als das Land Moab vor seinen Augen auftauchte und er die hellen Felsen und die roten Berge am südlichen Ende erblickte, sang er im Herzen: «Weh ist dir, Moab! Du Volk des Kemosch bist verloren! Moses, Sohn des Nathanel, ist gekommen, dich zu erobern.» Er fühlte sich wie ein Jäger, der in einen unbekannten Wald eindringt. Dort, zwischen den öden Hügeln, verbarg sich etwas, das ihm von der Göttin des Schicksals bestimmt worden war. Etwas, das den Lauf seines Lebens verändern würde, das ihm Ruhm und Reichtum einbringen würde. Ihm war, als würde er von einer unsichtbaren Macht zur Stele geführt, und er mußte sich beherrschen, nicht in stürmischen Galopp auszubrechen. Was erwartete ihn zwischen den Wasserfurchen des Arnon? Ein Überbleibsel aus den Kriegen der Moabiter gegen Sihon? Eine Inschrift von Balak? Waffen aus den Tagen Ehuds und Eglons? Omris Siegel? Ein von Mesa errichteter Altar?

Als das Lager in Sicht kam, hielt er die Karawane an. Seine Männer wußten, was sie zu tun hatten. Die Pferdereiter stürmten voran, während die Männer, die auf Maultieren und Eseln ritten, ihre Tiere antrieben und ohrenbetäubende Schreie ausstießen. Klein hatte seine Reise geheimgehalten und die Übernahme der Stele wie ein Verschwörer geplant. Jetzt würde er wissen, daß er auch Shapira einbeziehen mußte, wenn er heimlich vorgehen wollte. Sollten all jene, die mit Antiquitäten handelten, wissen, daß es nur einen Meister auf diesem Gebiet gab – Moses Wilhelm Shapira, dessen Netze überall ausgeworfen waren.

Als die Männer den Lärm vernahmen, stürzten sie aus den Zelten, kamen von den Feldern herbeigelaufen, sammelten sich von allen Seiten. Neben der Stele fand er den Ingenieur Warren und den jungen Franzosen Clermont-Ganneau, der ihm einen wütenden Blick zuwarf und ihn nicht einmal begrüßte. Klein war nirgendwo zu sehen.

Die Erde am Fuße der schwarzen Stele war aufgelockert und dunkler als der gelbe Sand auf dem Hügel. Irgend jemand hatte versucht, die Stele auszugraben. War es Klein? Oder einer der Beduinen? Die schwarze Basaltoberfläche war mit winzigen, dichtgedrängten und regelmäßigen Zeichen bedeckt, die den Spuren von Vogelkrallen glichen. Shapira bedeutete seinen Männern, von den Pferden zu steigen. Clermont-Ganneau säuberte die Buchstaben mit einem Pinsel, während Leutnant Warren neben ihm stand und die Worte, die aufgedeckt wurden, auf ein Blatt Papier abschrieb. Mit ihren Händen, ihren in die Erde gepflanzten Füßen, ihrem Bewußtsein, daß sie als erste hier waren, sagten sie: «Das ist *unsere* Stele.»

«Was ist geschehen?»

Klein tauchte plötzlich auf, und mit ihm Scheich Goblan. Er starrte verblüfft auf die Beduinen, die sich neben den Forschern scharten, dann erkannte er Shapira unter den Reitern. Wenn er überrascht war, ihn zu sehen – er zeigte es nicht. Shapiras Zorn richtete sich nun auch gegen Goblan. Goblan war angeblich sein Freund, sein Verbündeter. Jahrelang hatte er ihn mit Geschenken und Ehrerbietungen überhäuft in der Hoffnung, daß seine Bemühungen eines Tages Früchte tragen würden. Und nun war der Tag gekommen, und die Früchte wurden von anderen geerntet. Es war kein Zufall, daß er mit Klein zusammen ging. Es war allgemein bekannt, daß Goblan der ungekrönte Führer der Beduinen von Moab war und jeder, der seine Domäne betrat, seinen Schutz brauchte. Andererseits war das Leben eines Menschen nicht mehr wert als ein Faden von der *Keffije* auf seinem Haupt, wenn er in Goblans Begleitung die Grenzen Moabs verließ. Seine Habgier hatte ihn in blutige Fehden mit allen Stämmen in Transjordanien verwickelt und ihn sogar ein Auge gekostet, das ihm von dem Säbel eines Beduinen ausgestochen wurde, dessen Pferd er gestohlen hatte.

«Ich habe Aro'er gefunden», rief Klein. «Sie nennen den Ort Chirbet Arair. Er liegt nicht weit von hier, zwischen Diban und dem Fluß Arnon, genau so, wie es in der Bibel steht. Wenn Sie die Inschrift abgeschrieben haben, können wir alle dorthin gehen. Shapira, Sie sind auch eingeladen!»

«Vielen Dank!» antwortete Shapira spöttisch.

«Die Beduinen werden uns folgen», meinte Clermont-Ganneau.

«Woher sind sie plötzlich aufgetaucht?» fragte Klein.

«Ah, Sie haben den beeindruckenden Auftritt von Herrn Shapira und seinem Gefolge versäumt. Sagen Sie dem Scheich, er soll sie fortschicken, sie stören.»

«Der Ort ist nur drei Meilen von hier entfernt, und der Weg ist nicht beschwerlich.» Offensichtlich war Klein von Clermont-Ganneaus Sarkasmus nicht beeindruckt. Er war zu erregt über seine Entdeckung.

«Jetzt werden alle Bibelforscher hierherpilgern», murrte Clermont-Ganneau.

«Niemand kennt den Ort außer mir. Stellt euch vor, Aro'er!»

«Wir kennen ihn. Shapira kennt ihn. Alle Beduinen Moabs kennen ihn. Ein wenig Vorsicht würde unserem Geschäft nicht schaden.»

«Die Vorsicht hat Ihnen nichts geholfen», fiel ihm Shapira ins Wort. «Sie können nichts vor mir verbergen. Wenn Sie heimlich vorgehen wollen, müssen Sie auch mich einbeziehen!»

«Soll das eine Drohung sein?»

«Gott behüte! Aber Sie wissen ja, welche Begeisterung die Nachricht von der Entdeckung Aro'ers auslösen wird. Richtig, alle Bibelforscher werden hierherströmen und jedes Sandkörnchen Aro'ers durch das Sieb schütten, und wenn sie es nicht von jedem amoritischen oder moabitischen Überbleibsel säubern, dann werden es die Beduinen tun. Der türkische Gouverneur wird von dem Gold hören, das zwischen den Ruinen versteckt liegt, und die Steuern der Beduinen erhöhen, und diese wiederum werden den Preis für Schutz und Begleitung verdoppeln und verdreifachen, und in wenigen Monaten werden weder Sie noch ich ohne die Unterstützung der Regierungen weitergraben können. Von jetzt an werden die verschiedenen Konsuln um unser Recht konkurrieren, hier zu forschen und ausgraben zu können, und von hier ist es nur ein Schritt zu der Einmischung von Regierungen zugunsten ihrer Staatsbürger im Heiligen Land und zum Glaubenskrieg.»

«Übertreiben Sie nicht ein wenig, Herr Shapira?» fragte Klein.

«Er hat Talent für Theatralik», grinste Clermont-Ganneau. Sein Gesicht glühte vor Hitze, und er nahm einen Augenblick den Hut ab, um sich den Schweiß von Stirn und Hals zu wischen.

Shapira verstummte. Er wußte, daß er recht hatte, und auch Clermont-Ganneau wußte es. War der Krimkrieg nicht auch so ausgebrochen? Die zehn Jahre in Jerusalem hatten ihn gelehrt, daß er sich dem gewundenen Stil des orientalischen Handels anpassen mußte, wenn er erfolgreich sein wollte. Enthusiastische Amateure wie Klein ruinierten die Arbeit der wahren Forscher. Es gab zwei Sorten von Jerusalem-Besuchern: die zahlreichen Pilger, über zwanzigtausend in jedem Jahr, die auf Knien durch die Via Dolorosa gingen und Asche auf ihr Haupt streuten, in einer Hand einen Beutel mit Kerzen, in der anderen einen Beutel mit Zwieback, und weinten und stöhnten und die anderen Pilger haßten. Mit ihnen kamen die «Forscher»: Militärs und Priester, Händler und Ingenieure, mit Metermaß, Vergrößerungsglas und Bibel ausgerüstet. Die Erforschung des biblischen Landes war zu einer Wallfahrt des gebildeten Mannes geworden. Selbst als die türkischen Soldaten mit Gewehren und Bajonetten den Gläubigen den Eintritt zur Grabeskirche verwehrten, begaben sich die «Forscher» auf die Suche nach Kadesch Barnea und Medeba, nach Jabesch Gilead und Aro'er, ein jeder in der heimlichen Hoffnung, die Spuren der Urväter als erster zu entdecken.

«Ich hatte Angst, daß die Türken von der Stele Besitz ergreifen und sie nach Konstantinopel bringen würden», sagte Klein zu Shapira.

«Die Stele gehört ihm nicht, und Sie müssen sich nicht vor ihm rechtfertigen», mischte sich Clermont-Ganneau ein, der über die Stele gebeugt dastand und sie fast umarmte. Er war derjenige, der die Stele behandelte, die anderen waren nur seine Gehilfen. Shapira bewunderte die Impertinenz des jungen Franzosen. Wie alt mochte er sein? Zwanzig? Einundzwanzig? Er war gerade erst nach Jerusalem gekommen, und schon behandelte er seine Kollegen wie eine Bande von Eindringlingen, als wären sie Geheimagenten von Bismarck, dem verhaßten Feind der Franzosen. Vielleicht sollte er mit ihm zusammenarbeiten? Er könnte ihm so manches beibringen, auch über das Geschäftemachen hier. Er reiste schon seit Jahren in arabische Länder und kaufte Papageien und Affen, Tonscherben und Münzen ein, ohne daß die Verkäufer den wahren Wert ihrer Ware ahnten. Er pflegte sich wie ein arabischer Scheich gekleidet auf den Weg zu machen, in eine schwarze *Abaje* gehüllt, eine gelb gestreifte *Keffije* um den Kopf gewickelt. Wenn er auf seiner Stute Adjib galoppierte, flatterte die *Keffije* im heißen Wind, und ein Gefühl von Freiheit und Triumph erfüllte ihn. Er war nicht mehr der kleine jüdische Junge aus Kamenitz-Podolsk und auch nicht der elende Schreiner in der Missionswerkstatt. Ihm waren Flügel gewachsen, und er hatte sich in den legendären Pegasus verwandelt, der zum Helikon galoppierte. Warum sollten er und der junge Franzose nicht zusammen galoppieren, sich gemeinsam auf Forschungsreisen begeben und die Landkarte der Bibel entschlüsseln.

«Ist die Schrift phönikisch?» fragte Shapira.

«Wir sind uns nicht sicher», antwortete Warren und warf dem Franzosen einen fragenden Blick zu. Charles Warren war Leutnant im königlichen Feldzugkorps und stand an der Spitze einer offiziellen archäologischen Expedition, die von dem *Palestine Exploration Fund* unter der Schirmherrschaft Königin Viktorias ausgesandt worden war. Der um etliche Jahre jüngere Clermont-Ganneau hingegen war nur ein untergeordneter Dolmetscher im französischen Konsulat in Jerusalem. Trotzdem akzeptierte Warren seine Autorität.

Es schien, als hätten sich alle Beduinen Moabs in Diban eingefunden. Sie hockten auf den Felsen und verfolgten neugierig die Tätigkeiten der Fremden. Clermont-Ganneaus Nervosität nahm zu. Wieder bat er Klein, die Beduinen fortzuschicken.

«Das ist ihre Domäne, Charles», murmelte Warren.

Clermont-Ganneau verzog den Mund und setzte die Arbeit fort.

«Scheich Abu Dib läßt fragen, was in dem Stein ist», sagte Selim El-Kari, der von seinen Wanderungen zurückgekehrt war. «Er lädt uns in sein Zelt ein», fügte er im Flüsterton hinzu.

«Nachdem wir den Sand von der Stele entfernt haben, werden wir einen Gipsabdruck machen, und dann werden wir es wissen», sagte Clermont-Ganneau. «Kannst du ihm das erklären?»

«Ja. Und dann werde ich Ihnen die Buchstaben malen. Ich bin ein Künstler, nicht wahr, Mister Warren?»

«Selim El-Kari ist der beste Ikonenmaler in Jerusalem», bestätigte Warren großzügig.

«Sag Abu Dib, er soll die Beduinen entfernen.»

«Ich werde es ihm sagen.»

Selim machte sich auf den Weg und führte bereitwillig die Befehle Clermont-Ganneaus aus. Gut, daß ich noch rechtzeitig hierhergekommen bin, dachte Shapira. Morgen würden die Beduinen, die ihnen bei der Arbeit zusahen, über alle Höhlen und Felsspalten schwärmen. Wenn sie irgend etwas finden sollten, würden sie wissen, daß Klein und dessen Leute nicht die einzige Adresse waren, an die sich wenden konnten. Er war nicht bereit, alles aufzugeben, was er hier investiert hatte. Als Abu Dib seine Tochter verheiratete, sandte er ihr orangefarbene Korallenohrringe, und als sich Abu Dib selbst eine dritte Frau nahm, sandte er der Braut Armreifen aus blauem Glas. Bei seiner Rückkehr aus Jemen schickte er dem Scheich ein mit Muscheln besetztes Schwert, das er von dem Gouverneur in Sana geschenkt bekommen hatte, und lud ihn sogar in sein Haus in Jerusalem ein. Rosette war entsetzt über den Gedanken, mit diesen Götzendienern unter einem Dach zu wohnen, und schwor, daß sie das Haus verlassen würde, wenn diese auch nur den Fuß auf die Schwelle setzten. Das war jetzt nicht mehr nötig. Klein hatte jegliche Chance auf gute Geschäfte verdorben. Morgen würden lateinische und armenische und russisch-orthodoxe und syrische und koptische Priester und Mönche hier auftauchen und mit ihren Kreuzen aufeinander einschlagen, wie es ihr Brauch in der Grabeskirche war.

«Die Schrift ist dem Samaritischen ähnlich.»

Die Stimme Clermont-Ganneaus riß Shapira aus seinen Gedanken. Die Samariter waren die einzigen, die weiterhin Buchstaben benutzten, die der althebräischen Schrift glichen. Doch warum sollten sie eine samaritische Stele im Land Moab aufstellen? Die Völker dieser Gegend schrieben in der phönikisch-hebräischen Schrift. Clermont-Ganneau irrte sich. Das war keine samaritische Stele, die Buchstaben waren phönikisch-hebräisch.

Clermont-Ganneau pustete auf den Pinsel, und als er sah, daß die Borsten ausgefranst waren, befahl er Klein, ihm einen neuen Pinsel aus seiner Tasche zu bringen. Als wäre der Pastor sein Diener. Woher kam dieses Gefühl der Autorität, das sich allen um ihn herum aufzwang? Es war eindeutig, daß er nicht zu den Menschen gehörte, die sich fragten «Wer bin ich?» Er wußte, wer er war: er war Franzose, Katholik, Diplomat und Archäologe. Und was war er selbst? Ein altes Gewand, das neu genäht und gefärbt wurde, aber dem noch immer seine vorige Inkarnation anzumerken war, die man nicht zu respektieren brauchte. In den Augen der Christen war er ein Jude und in den Augen der Juden ein Abtrünniger, ein osmanischer Einwohner, der in Rußland geboren wurde und deutscher Staatsbürger war, ein Antiquitätenhändler, der seine Kenntnisse eigenhändig erworben hatte. Nein, er durfte sich von diesem Jungen nicht sein Selbstvertrauen erschüttern lassen.

«Das sind keine samaritischen Buchstaben», sagte er.

Clermont-Ganneau sah ihn einen Augenblick an. Der Hauch eines Lächelns huschte über sein Gesicht.

«Interessieren Sie sich für Archäologie? Mir wurde gesagt, daß Sie mit antiquarischen Büchern und biblischen Schriften handeln.»

Clermont-Ganneau wußte, daß es keine samaritischen Buchstaben waren! Er wollte die anderen irreführen und das Alter der Stele auf eine spätere Periode datieren!

«Selim! Kopier die Inschrift», befahl Shapira.

Von seinem Standort aus bemerkte er, daß einige Buchstaben runder waren als die der phönikischen Schrift und manchmal wie ein dicker Pinselstrich aussahen, als wären sie von Papier oder Pergament kopiert worden. Er ermahnte sich, keine voreiligen Schlüsse zu ziehen, fragte sich jedoch, ob er das Alter der Stele anhand der Schrift bestimmen könnte. Die Völker dieser

Region schrieben alle in der phönikischen Schrift, und sogar die hebräische Schrift war nichts anderes als phönikisch-hebräische Schrift, doch schon zur Zeit des Ersten Tempels unterschieden sich die Buchstaben der hebräischen Schrift von denen der phönikischen. War es möglich, daß hier, im Lande Moab, ein Überbleibsel der althebräischen Schrift gefunden worden war? Würde es die Bestätigung einer der biblischen Geschichten sein? Oder Zeugnis und Erinnerung an eine der Schlachten, die hier in Moab geschlagen worden waren? Shapira stellte sich hinter Selim und schaute auf das Blatt Papier in seiner Hand. Die geübten, flinken Finger des Ikonenmalers ließen kein Detail außer acht. Selim nahm einen neuen Pinsel und warf Shapira einen fragenden Blick zu.

«Gib acht, exakt abzuschreiben.»

«Verlaßt Euch auf mich, *ya sidi.*»

Wenn Clermont-Ganneau sich nur mit der Arbeit beeilen würde. Verstanden Warren und Clermont-Ganneau, was in den Stein graviert war? Nein, wenn er es nicht verstand, dann verstanden sie es erst recht nicht. Er sehnte sich danach, das Rätsel des Steins zu lösen, und in seinem Kopf schwirrte es von Vermutungen. Wer weiß, vielleicht war dies das erste und letzte Überbleibsel der althebräischen Schrift, jener Schrift, in der das Gesetz Mosis auf dem Berg Sinai geschrieben worden war. Und vielleicht gab es in der Gegend weitere Überreste dieser Schrift. Warum ausgerechnet in Diban? Was machte diesen Ort so besonders, so anders als alle anderen Orte? Vielleicht würden auch Aro'er und Holon den Schleier der Zeit ablegen, Jahza und Mephaath würden entdeckt werden, Nebo und Kirjathajim, Diblathajim und Beth-Gamul und Beth-Meon und Bozra. Ihm schien, daß er das Wort «König» entzifferte. Welcher König? Wer war einst König hier? Er holte seine Bibel aus der schwarzen *Abaje* und blätterte in ihr. Er erinnerte sich dunkel an etwas, Namen kitzelten sein Gedächtnis, sprossen wie keimende Samen aus der Erde seines Hirns. Er starrte auf die Stele, wollte an ihrer gravierten Oberfläche kratzen, noch ein Wort aus ihr holen. Sah er richtig? Stand hier «Sohn des Kemosch» geschrieben? Ihm fiel der Kampfruf ein, der ihm auf dem Weg nach Moab durch den Kopf gegangen war: «Weh ist dir, Moab! Du Volk des Kemosch bist verloren!»

Der Tag neigte sich, und Warren und Clermont-Ganneau arbeiteten nun schnell, schweigend und konzentriert. Von weitem, aus dem Lager, wurden die schwachen Flötenklänge einer monotonen Melodie herangetragen. Shapira empfand Trauer, als hätte er etwas verloren. Was besagten diese Buchstaben? Die Nacht würde kommen, und er würde es nicht wissen. Was besagten diese Buchstaben? Wurde hier die Schilderung eines Sieges verewigt? Die Schilderung einer Niederlage? War es eine Bitte um Fruchtbarkeit, das Versprechen eines Opfers? Er wußte, daß es ihm gelingen würde, die restlichen Worte zu entziffern. Er würde nicht eher vom Stein lassen, bis er ihn entziffert hatte. Er würde Abu Dib doppelt soviel versprechen, wie ihm der Franzose und der Engländer versprochen hatten. Und dann würde er ihn an das Britische Museum und das Museum in Berlin verkaufen. Seine Taschen würden sich mit Gold und Silber füllen, und sein Name würde weltweiten Ruhm erlangen. Der schwarze Stein war ihm von der Schicksalsgöttin geschenkt worden. Erst vor einer Woche hatte er sich von Phoebe getrennt, er, ein armer, gedemütigter Jude, der alles hinnahm, und schon damals hatte die schwarze Erlösung auf ihn gewartet, und er wußte es nicht.

Während Selim die Buchstaben abschrieb, die unter dem Staub sichtbar wurden, wandte sich Shapira der Gruppe von Beduinen zu, die im Sand saßen und dem Franzosen bei der Arbeit zusahen, und suchte Abu Dib unter ihnen. Selim drehte sich zu ihm um, zwinkerte und entblößte seine schönen weißen Zähne. «Er ist in seinem Zelt», sagte er.

Die dunklen Höcker des Scheichzeltes erhoben sich gegen die sinkende Sonne. Er fühlte sich beobachtet, aber es kam ihm niemand entgegen. Als er das Zelttuch öffnete, schlug ihm der schwere Geruch von Lammfleisch, Thymian und Dattelkuchen entgegen. Als sich seine Augen an die Dunkelheit gewöhnt hatten, bemerkte er die große schwarze Frau, die reglos dastand und ihn durch ihren Schleier ansah. Er war noch nie einer Beduinenfrau begegnet, deren Hände nicht mit irgend etwas beschäftigt waren. Er konnte nicht sagen, ob sie eine Negerin war oder der Abend sie in sein dunkles Gewand gehüllt hatte. «Guten Abend», sagte er. Ein sanftes Klirren von Metall antwortete ihm, als sie sich abwandte und aus dem Zelt ging. Waren es die Münzen, die von ihrer Stirn oder Nase herabhingen, oder waren es ihre Armreifen? Als sie das Zelttuch öffnete, wurden im Licht der sinkenden Sonne die runden Ballen ihrer orange gefärbten Ferse, die tiefe Sohle, das Funkeln von Metall um ihre Knöchel sichtbar. War das die neue Frau Abu Dibs? Ihr schwerer Duft hing noch einen Augenblick im Raum, dann öffnete sich wieder das Zelttuch, und Abu Dib und dessen Onkel Goblan, zwei seiner Söhne und ein Hirtenjunge mit einem spitzen Stock aus Schilfrohr, der lieblich klingenden Flöte, traten ins Zelt.

«Was ist in dem Stein?» fragte Abu Dib, nachdem ausgewählte Begrüßungsworte ausgetauscht worden waren.

«Nichts ist in dem Stein.»

«Ah.» Ein skeptisches Lächeln spielte um die Lippen des Scheichs.

«Die Frucht ist außen. Innen ist nur der Kern, der die Frucht hält. Er selbst ist nichts wert.»

«Vielleicht weißt du es nicht.»

«Ich weiß es. Ich habe dich nie betrogen.»

«Vielleicht wirst du betrogen? Von dem Franzosen, oder dem Engländer, oder dem Deutschen.»

«Nein. Ich werde nicht betrogen. Es ist nichts in dem Stein, nur das, was auf ihm zu sehen ist.»

«Alle wollen ihn kaufen.»

«Sie sind nur an dem interessiert, was auf ihm geschrieben steht. Sie werden die Inschrift abschreiben und sie nach Jerusalem bringen.»

«Und woran bist du interessiert?»

«Ich will den Stein.»

«Ist es ein magischer Stein?» fragte Goblan. Sein rotes, ausgestochenes Auge brannte wie Feuer.

«Nein!» lachte Shapira. «Natürlich nicht.»

«Er hat dich verhext, er hat alle verhext.»

«Ich gebe dir ein englisches Gewehr dafür. Mit Kupfer- und Muschelverzierungen.»

«Ich werde dir einen anderen Stein geben.»

«Nein. Ich möchte diesen.»

«Weil die anderen ihn wollen?»

«Ja. Es ist eine Ehrensache.»

«Es gibt viele solcher Steine.»

«Viele? Wo?» fragte Shapira, bemüht, seine Neugier zu verbergen.

«Die Kinder haben sie gesehen.» Abu Dib zuckte mit gespielter Gleichgültigkeit die Achseln. «Neben Wadi Mudjib. In einer Höhle bei Qumran. In der Nähe von Wadi Zarka.»

«Wenn du mir diesen Stein verkaufst, verpflichte ich mich, alle anderen Steine, die ihr finden werdet, zu kaufen. Jede Tonscherbe, jeden abgebrochenen Henkel. Hast du das Schwert erhalten, das ich dir geschickt habe?»

«Ja.» Abu Dib lächelte. «Es war Teil des Brautpreises, den ich für Alija bezahlt habe.» Er wies mit dem Kopf zum Eingang hin, aus dem vorher die Frau herausgegangen war. Shapira wollte Abu Dib über sie befragen, wußte jedoch, daß seine Neugier den Zorn seiner Gastgeber wecken würde. Er beschloß, das Zelt nicht eher zu verlassen, bis ihm seine Bitte erfüllt würde. Es ist wahr, dachte er, der Stein hat mich tatsächlich verhext. Nun tat es ihm leid, daß er Selim nicht mit hierhergenommen hatte. Selim, schlau und gerissen wie er war, hätte gewußt, wann «nein» bei den Beduinen «vielleicht» bedeutet und wann «ja» ein «Nein» bedeutete.

Durch den Schlitz im Zelttuch schienen die Sterne, dieselben Sterne, die vor fast dreitausend Jahren am Himmelszelt Moabs leuchteten, als Joram und Mesa gegen Nebo und Aro'er gekämpft hatten. Er lauschte den Geräuschen der Nacht, voller Angst, daß plötzlich der Engländer, der Franzose und der Deutsche auftauchen und seine Verhandlungen mit dem Scheich vereiteln würden. Die Leidenschaft des Sammlers, die reinste aller Leidenschaften, brannte nun in ihm, und er wußte, daß er sie nicht eher löschen könnte, bis daß der Stein ihm gehörte.

Eine alte Frau trat ein und brachte kleine Kaffeetassen und einen Mörser aus Stein. Von nun an wurde das Gespräch von dem rhythmischen Mahlen der Kaffeebohnen begleitet, und ihr Aroma vermischte sich mit dem scharfen Ziegengeruch, der von der Alten ausströmte.

Die schwarze Frau, die Alija hieß, schob das Zelttuch beiseite und stand einen Augenblick aufrecht im rötlichen Licht. Alle verstummten. Die eingetretene Stille vibrierte vor Spannung. Ihr weites, dunkles Gewand verhüllte nicht die prallen Brüste, die straffen Schenkel. Ihre Finger und Zehen waren orangefarben angemalt und leuchteten wie saftige, dunkle Trauben. Sie hielt eine große Schüssel mit Reis und Fleisch in der Hand, und Shapira fragte sich, was sich hinter dem Schleier, der ihr Gesicht bedeckte, verbarg. Sie spürte seine Neugier. Nicht nur, daß sie nicht vor seinem Blick zurückschreckte und ihre Augen schamvoll senkte – sie erwiderte seinen Blick, und am Ende war er es, der die Augen abwandte aus Angst, daß die Beduinen etwas bemerken könnten. Obwohl er nicht mehr zu ihr hinsah, wußte er, daß sie jetzt ihren Sieg feierte. Wer war sie?

Das Festmahl war ein Beweis dafür, daß die Beduinen Gäste erwarteten. Aber er hatte seinen Besuch gar nicht angekündigt. Für wen hatten sie es also vorbereitet? Für Clermont-Ganneau, für Warren, für Klein, für den, der den höchsten Preis bot?

Die schwarze Frau verließ das Zelt und kehrte sogleich mit einem Wasserkrug aus Ton zurück. Ihre breiten Ärmel waren ein wenig aufgerollt und entblößten ihre braunen Arme. Astarte, sagte er sich und atmete ihren warmen Ziegengeruch ein. Sie bewegte sich leise, und er spürte, wie das Blut in seinem Körper pochte. Er wußte, daß die Wüstennacht, die verhexte Stele, die schwarze Frau seine Nerven reizte und fürchtete, daß er plötzlich zu Boden fallen und vor Begierde aufschluchzen würde. Er sollte besser das Zelt verlassen, ehe er sich wie ein Wahnsinniger gebärdete. Morgen, bei Tageslicht, würde er mit dem Scheich weiterverhandeln.

In der Nacht wachte er mit zitterndem Körper auf. Die Kälte kroch in seine Knochen, und die stürmischen Winde drohten, die Zelte in Fetzen zu reißen. Ab und zu hoben sich die Ränder und gaben den Blick frei auf einen Wirbel tiefer Finsternis und fliegender Schatten. Er hatte von der schwarzen Astarte Abu Dibs geträumt, doch nun war von dem Traum nur noch eine geheimnisvolle Angst geblieben. Und vielleicht... nein, er hatte nicht geträumt. Alle Geräusche waren gegenwärtig, der Wind und die heulenden Hunde und der Geruch von Feuer, und plötzlich wurde seine Decke hochgehoben, und er griff wütend nach ihr, um sich wieder zuzudecken, und plötzlich war ein fremder Körper neben ihm und das Rascheln groben Stoffs, und sie stieß ihren Ellbogen in seinen Magen, als sie ihr Gewand auszog, und legte schnell ihre Hand auf seinen Mund, als er aufstöhnte, und nun war er hellwach und wußte, wer bei ihm war, und dachte, die Beduinen werden mich abschlachten.

Ihr Körper war feucht und verströmte den Geruch von Schweiß und Ziegen und noch einen anderen Geruch, der süßlich und abstoßend war wie der Geruch einer Krankheit. Die flatternden Zelttücher erhellten kurz ihr Gesicht, und er wußte nicht, ob er das Funkeln ihrer Münzen oder das Funkeln ihrer Augen sah. Ihr Bauch war kühl, und als er ihre Brüste berührte, entflammte seine Begierde, und die Geräusche des Sturms waren jetzt auch in seinem Kopf zu hören. Sie war fast so groß wie er, und nun umklammerte sie seine Schultern und stieß ein kurzes Quietschen aus, dann entspannte sich auf einmal ihr Körper und sie stöhnte. Er hörte wieder den Wind, hörte hastige Schritte und Schreie, und der Geruch von Rauch drang in seine Nase.

«Das war für das Schwert», flüsterte sie.

Sie hatte eine tiefe, kultivierte Stimme, und plötzlich begriff er, daß sie sich über ihn mokierte.

«Wer bist du?»

«Ich bin durstig. Ich könnte jetzt einen ganzen Krug Limonade austrinken.»

Ihr warmer Atemhauch kitzelte sein Ohr.

«Woher kommst du?»

«Einmal, vor langer Zeit, war ich die Verlobte von Fuad Leopardi.»

«Fuad mit dem Eisenarm? Bist du aus Jaffa?»

«Er war dreizehn Jahre alt, und ich war elf. Er war Türsteher im Lido, und er trug weiße Handschuhe.»

Obwohl er ihr Gesicht nicht sehen konnte, wußte er, daß sie lächelte.

«Und was geschah?»

Sie zuckte die Achseln. «Ich verließ ihn. Erst nachdem ich aus Jaffa geflohen war, fuhr er nach Deauville. Der König von Frankreich kam eigens dorthin, um mit anzusehen, wie er mit den Zähnen eine Ankerkette durchbiß. Warst du je in Deauville?»

«Nein.»

«Es liegt in Frankreich. Warst du in Frankreich?»

«Ja, ich war dort.»

«Auch er hatte blaue Augen ... Ich liebte ihn mehr als mich selbst.»

Er schwieg. Sie mußte anscheinend mit irgend jemandem über Fuad Leopardi und ihre Liebe zu ihm reden, sie war zu ihm gekommen, damit sie über ihn reden konnte. Und jetzt, da sie mit ihm geschlafen hatte, würde sie immer mit ihm über ihn reden können, aber früher oder später würde man ihre Abwesenheit bemerken, dachte er, und was dann.

Irgend etwas rollte draußen gegen das Zelttuch und blieb vor dem Eingang liegen, wobei sich der Spalt ein wenig öffnete und Sand hineingeweht wurde. Er horchte gespannt, und auch sie lag reglos, es schien, daß sie sogar zu atmen aufgehört hatte. Dann richtete sie sich leicht auf und kroch wie ein Tier auf allen vieren aus dem Zelt. Er lag da und starrte vor sich hin, noch lange nachdem sie von der Dunkelheit verschluckt worden war, angespannt lauschend, ängstlich wartend, bis er nicht mehr wußte, ob es Traum oder Wirklichkeit war. Draußen vermischten sich Geräusche des Grabens und Kratzens mit dem Pfeifen des Windes und dem Heulen der Tiere. Seine Zähne klapperten. Er wickelte sich in das Ziegenfell und bedeckte seinen Kopf, um die nächtlichen Geräusche fernzuhalten. Selim stöhnte und wand sich im Schlaf, dann rollte er zu Shapira hin und umarmte ihn auf der Suche nach einer warmen Quelle. Einen Augenblick wollte er ihn fortstoßen, dann erbarmte er sich seiner. Er fühlte das sanfte Pochen von Selims Körper durch die Ziegenfelle, und er schlief wieder ein.

Am Morgen lag bedrückende Stille über allem, als hätte sich die Kraft des Universums im Kampf gegen die nächtlichen Winde erschöpft. Selim war aus dem Zelt verschwunden, und Kaffeegeruch drang von draußen hinein. Er hörte nicht den üblichen Lärm des Morgens: das Brüllen der Maulesel, die Schreie des Kochs, das Wiehern der Pferde. Angst erfüllte sein Herz, und er eilte hinaus zu der schwarzen Stele.

Er sah schon von weitem, daß sie zertrümmert war. Mit Entsetzen spürte er, wie ihm das Blut aus dem Körper wich, und stand gelähmt da, leer wie ein trockener Weinschlauch. In diesem Augenblick wollte er nur eins: den Rücken kehren und fliehen. Nur ein einziges Mal in seinem Leben war ihm so zumute gewesen, als die Straßenlümmel in Kamenitz-Podolsk ihn und seinen Vater mit Steinen beworfen hatten. Sein Herz schwankte zwischen Wut und Angst angesichts der Macht des triumphierenden Bösen. Er starrte auf die Basaltsplitter, die aus dem schwarzen Bauch der Stele ragten, als läge ein Mensch mit herausquellenden Gedärmen vor ihm.

Geier kreisten über den öden Höhen, und aus dem Nebel stieg beißender Dunst auf. Die Erde rings um die Stele war verkohlt. Seine nächtlichen Träume waren also doch Wirklichkeit gewesen.

Selim erschien aus der Richtung des Beduinenlagers. Seine sanften Kuhaugen waren hart und starr, und die Narbe auf seiner Wange blitzte wie ein Messer.

«Goblan hat Abu Dib überzeugt, daß der Stein verhext ist», sagte er verächtlich. «Sie haben die ganze Nacht lang siedendes Wasser auf den Stein gegossen und ihn am Morgen zerschlagen, um herauszufinden, was in ihm verborgen ist.»

Nicht weit von dem zertrümmerten Stein kauerte die Gestalt eines Menschen, der die Arme über dem Kopf zusammengeschlagen hielt. Der Mann erhob sich. Es war Clermont-Ganneau. Seine Augen waren gerötet, seine Stimme erstickt.

«Sind Sie jetzt zufrieden, Herr Shapira?»

«Ich?» Shapira wollte sich auf ihn stürzen, wurde aber von Selim festgehalten.

«Das wäre nie passiert, wenn Sie nicht mit Abu Dib und Goblan gesprochen hätten.»

«Das ist meinetwegen passiert?!»

«Laß gut sein, Charles», mischte sich nun Warren ein, der nicht weit von ihm saß, die Beine gekreuzt, der Rücken kerzengerade.

«Wir arbeiten seit vier Tagen hier. Und Tatsache ist, daß die Stele erst zerschlagen wurde, als Sie hierherkamen. Was haben Sie ihnen dafür versprochen?»

Shapira schüttelte Selim ab und packte Clermont-Ganneau am Kragen. Der junge Franzose war kleiner als er, und er spürte seine Angst. Seine Stimme war schrill und hoch.

«Mein Konsul wird sich beim Gouverneur von Sichem über Sie beschweren. Sie werden keinen Fuß mehr an diesen Ort setzen.»

«Ich?» Shapira schüttelte Clermont-Ganneau wie ein Sieb. «Sie sind der Eindringling, nicht ich. Ich unterhalte schon zehn

Jahre lang gute Beziehungen mit den Beduinen hier, den Chamajde, den Taamira, den Aduwan – sie alle sind meine Freunde. Sie würden mich nie betrügen. Sie lieben mich, sie achten mich.»

Er stieß den Franzosen fort. Seine Augen traten vor Wut aus ihren Höhlen.

«Wer sind Sie überhaupt? Ein Kind! Ihr Franzosen! Ihr denkt, daß ihr alles wißt. Niemand kann mehr dorthin gehen, wo De Saulcy vorher war. Auch er dachte, genau wie Sie, daß er nur rechts und links Geld zu verteilen braucht, um das Herz der Beduinen zu gewinnen. Es werden noch viele Jahre vergehen, bis wir wieder an die Orte können, durch die er gereist ist. Seinetwegen wurden alle Forschungen im Jordantal abgebrochen.»

«Forschungen!» Clermont-Ganneau grinste verächtlich. «Sie meinen Handel! Warum können Sie sich nicht damit begnügen, mit Ikonen zu handeln? Mit den Thorarollen, die Sie in Ägypten und Syrien kaufen, um sie dann den Museen in Europa zu verkaufen?»

«Und warum können Sie sich nicht mit Ihrer Aufgabe als Dolmetscher zufriedengeben? Wo ist Klein?» erinnerte er sich plötzlich. «Wenn irgend jemand ein Vorrecht auf die Stele hat, so ist es Klein. Er hat sie schließlich gefunden. Und wer hat Sie überhaupt gebeten hierherzukommen.»

«Klein hat sich an mich gewandt, weil er meine Kenntnisse in den alten Sprachen brauchte.»

«Ihre Kenntnisse? Ihre Arroganz! Die Franzosen haben ein besonderes Talent, sich in die Angelegenheiten anderer einzumischen. Eure Ruhmsucht übersteigt eure Fähigkeit, mit Vernunft zu handeln. Hättet ihr euch nicht in Mexiko eingemischt, so wäre Maximilian nicht ermordet worden. Was geht euch Mexiko an? Was geht euch Savoy und Nizza an? Die Sucht nach ‹Gloire›?»

«Ich bitte dich, Charles, bitte, Herr Shapira», mischte sich Warren ein. «Hört auf, diese Diskussion ist lächerlich.»

«Klein hätte wissen müssen, daß niemand eine Chance hat, wenn ein Franzose seine Nase in etwas steckt.»

«Sehr richtig. Und Sie sollten sich das auch merken, Shapira.»

«Wisch dir die Rotznase, Junge.»

Einen Augenblick sah es so aus, als würde sich Clermont-Ganneau auf Shapira stürzen, doch Warren stellte sich vor ihn.

«Hör auf, Charles, laß es sein. Tröste dich damit, daß wir einen Gipsabdruck von der Stele haben.»

«Wir?»

Clermont-Ganneau warf Warren einen wütenden Blick zu. Seine Augen füllten sich mit Tränen, und er kehrte ihnen den Rücken. Dann drehte er sich wieder um, holte tief Atem und sagte zu Warren, jedes Wort betonend:

«Ich habe für diese Stele bezahlt, und sie gehört mir. Kaputt oder ganz – DIE STELE GEHÖRT MIR.»

«Laß uns gehen!» sagte Shapira zu Selim. «Wir kehren nach Jerusalem zurück.»

Die Chamajda hatten ihn also hintergangen. Sein Freund Goblan mit dem ausgestochenen Auge. Dessen Bruder Abu Dib. Der Scheich hatte mit ihm verhandelt, als die Stele bereits an Clermont-Ganneau verkauft war. Sie hatten ihn zum Gespött gemacht. Ihm fielen seine prahlerischen Worte über seine Freundschaft mit den Beduinen ein. Er hatte sich in aller Augen lächerlich gemacht. Wußte Klein von dem Kauf? Selbstverständlich wußte er davon. Mit ihm würde er später abrechnen. Interessant, wohin er plötzlich verschwunden war.

Die Gefolgsmänner waren mit dem Abbrechen der Zelte und dem Verladen des Gepäcks beschäftigt. Auch sie schienen diesen verfluchten Ort so schnell wie möglich verlassen zu wollen. Im Westen hing ein Nebelschleier in der vor Hitze flimmernden Luft, und Staubwolken zogen langsam und unausweichlich heran. Er suchte Selim und fand ihn neben der Stele.

«Die Pferde und Maultiere müssen gesattelt werden», sagte er zu Selim.

«Ich gehe schon.»

«Selim El-Kari behauptet, daß er eine neue Stele anfertigen kann, die genauso aussieht wie diese hier», sagte Clermont-Ganneau.

Shapira fühlte, wie ihm das Blut aus dem Gesicht wich.

«Dann ist er noch dümmer, als ich dachte.»

«Sie haben recht, über solche Dinge spricht man nicht. Er behauptet, daß er gefälschte Antiquitäten an erfahrene Sammler verkauft habe, ohne daß diese es gemerkt hätten.»

«Mir?»

Selim sprang auf: «Nein! Ich schwöre bei meiner Mutter, *ya sidi*!»

«Er hat versprochen, mir einige seiner Kunstwerke zu zeigen.»

«Ich werde Sie nicht zu überzeugen versuchen, daß ich keine Ahnung habe, um was es sich handelt.»

«Sie sind doch Partner, oder?»

«Nein.»

«Herr Shapira ist mein Bruder!» erklärte Selim stolz.

Es wäre sinnlos gewesen, wenn er versucht hätte, sich zu rechtfertigen, zu erklären, zu leugnen. Clermont-Ganneau glaubte das, was er glauben wollte, und Selim El-Kari würde nie verstehen, wie sehr er ihm geschadet hatte.

«Hast du die Inschrift abgeschrieben?» fragte er Selim.

«Ja.»

«Gut. Dann laß uns gehen.»

8

ICH BIN. MESA. DER SOHN.
DES KEMOSCH . . . KÖNIG. VON.
MOAB. DER DIBONITE.

Shapira entspannte sich und holte tief Luft. Er hielt nun den Schlüssel zur Entzifferung der Inschrift auf der schwarzen Stele in der Hand. ICH BIN. MESA. DER SOHN. DES KEMOSCH . . . KÖNIG. VON MOAB. DER DIBONITE. Er konnte sich nicht satt sehen an der Wortzeile. Die Buchstaben wiesen eine starke Ähnlichkeit mit der althebräischen Schrift auf, und trotzdem waren sie anders. Er erhob sich und trat ans Fenster, dann kehrte er wieder zur Inschrift zurück. Er betrachtete sie von der Seite. Vielleicht war es gar nicht Hebräisch, sondern Moabitisch? Es wäre doch nur natürlich, daß der König von Moab die Stele auf moabitisch beschriften ließ. Er konnte sich nicht erinnern, je irgend etwas in moabitischer Schrift gesehen zu haben. Anhand der wenigen Worte, die er bisher entziffern konnte, lag die Vermutung nahe, daß die Stele Mesas Version der biblischen Geschichte wiedergab. Jetzt, da es ihm gelungen war, einige Buchstaben zu entziffern, strebte er danach, durch die ganzen dreißig Zeilen zu eilen und ihr Geheimnis zu lüften. Seine Augen schweiften über die leere Stelle, das Stück, das abgebrochen war, noch bevor die Beduinen die Stele zertrümmerten, und schon jetzt bedauerte er den Verlust der vier Zeilen. Wenn die Inschrift auf der Stele mit dem, was in der Bibel stand, übereinstimmte, würde man zumindest den Inhalt dieser Zeilen erahnen können.

Nun würden die Mitglieder seiner Glaubensgemeinschaft den Beweis erhalten, nach dem sie sich schon so lange gesehnt hatten. In seinen Händen hielt er das Zeugnis von der Wahrhaftigkeit der Heiligen Schrift: In Diban, dem biblischen Dibon, der Stadt Mesas, war eine Stele mit seiner Inschrift gefunden worden. Gab es einen überzeugenderen Beweis als diesen?

Im Buch Jeremia fand er eine Beschreibung des Volkes, das in Moab ansässig war: «Moab ist von seiner Jugend an ungestört gewesen und auf seinen Hefen still gelegen und ist nie aus einem Faß ins andere gegossen und ist nie in die Gefangenschaft gezogen; darum ist sein Geschmack ihm geblieben und sein Geruch nicht verändert worden», und danach, in einem Atemzug beinah: «Herunter von der Herrlichkeit, du Tochter Dibon, und setz dich in den Staub! Denn der Verwüster Moabs wird zu dir hinaufkommen ...»

Nur wer im Land Moab gewesen war, konnte diesen Fluch verstehen. Durst und Raub waren seit eh und je der Fluch der Moabiter gewesen. Er erinnerte sich an Alija, die schwarze Tochter von Diban. Ihre Gestalt flackerte vor seinen Augen wie eine gesichtslose Alabasterfigur, die langsam durch die Dunkelheit schreitet. Sie war wie die einstigen Töchter Moabs. Die Frauen Mesas.

Ali brachte ihm die Wasserpfeife und blies behutsam auf die graue Kohle. Er ging barfuß, mit lautlosen Schritten.

«Selim ist hier.»

«Ich will ihn nicht sehen. Er soll morgen in den Laden kommen.»

«Ja, mein Herr.»

Am Morgen hatte sich ein ärgerlicher Vorfall ereignet. Selim hatte ihm eine Tonscherbe mit einer althebräischen Inschrift gebracht. Der Architekt Schick, der sich gerade im Laden befand, bat, sie ihm zu verkaufen, da er bereits eine ähnliche Tonscherbe besaß, und zahlte sogar einen anständigen Preis dafür.

Nachdem Schick aus dem Laden gegangen war, verriet Schimon Levy Shapira, daß er zufällig Zeuge der Geburt dieser «antiken» Tonscherbe gewesen war, als er eine Woche davor die Werkstatt Martin Bulus' besucht hatte.

Selim schrie erregt, niemand hätte gewußt, daß die Scherbe gefälscht ist, wenn Schimon Levy nicht sein großes Maul aufgerissen hätte.

«Irgend jemand hätte es entdeckt.»

«Nein. Niemand hätte es gewußt.»

«Martin Bulus weiß es. Und Schimon Levy. Und wer weiß, wer noch alles.»

«Martin wird doch nicht erzählen, daß er die Tonscherbe gefälscht hat. Und ich werde es sicher nicht verraten.»

«Du hast Clermont-Ganneau verraten, daß du Antiquitäten fälschst.»

«Er hat es allein herausgefunden. Von mir hat er nichts erfahren.»

«Es ist verboten, gefälschte Antiquitäten zu verkaufen, Selim. Wenn man dich auch nur ein einziges Mal erwischt, wird man nichts mehr von dir kaufen.»

«Alle Händler verkaufen Fälschungen.»

«Ich nicht.»

«Gut.» Selim setzte eine beleidigte Miene auf. «Ich wollte dir eine Freude machen. Ich mußte Martin drohen, damit er mir die Tonscherbe verkauft. Frag Achmed.»

«Achmed weiß also auch Bescheid. Es würde mich freuen, wenn du mir echte Antiquitäten bringen würdest.»

«Wie wirst du wissen, daß sie echt sind?»

«Ich werde es wissen.»

«Heute wußtest du es nicht.»

Ein Verdacht stahl sich in Shapiras Herz.

«Hast du mir schon gefälschte Antiquitäten verkauft?»

«Ich?!»

Er schwor bei seiner gottseligen Mutter, bei seiner rechten Hand, der Künstlerhand, daß er noch nie, aber noch nie derart beleidigt worden sei, daß er Shapira liebe, als wäre er sein eigener Bruder, seiner Mutter Sohn, und er habe ihm wieder Mut machen wollen nach dem Schmerz, der ihm durch den Verlust der Stele in Diban zugefügt worden sei, aber nun würde er eine Lehre daraus ziehen.

Die Schwüre überzeugten Shapira. Nun wußte er, daß Selim ihm Fälschungen verkauft hatte.

«Du bist ein Lügner.»

«Das bin ich nicht.»

«Schwör es mir. Nein! Schwöre nicht. Ich glaube dir kein einziges Wort, du bist ein Lügner und ein Fälscher!»

«In Ordnung. Ich bin ein Lügner und ein Fälscher. Bist du jetzt zufrieden? Freust du dich?»

«Nein, ich freue mich nicht.»

«Siehst du? Ich habe dir eine schöne Tonscherbe mit einer Inschrift aus der Zeit der Perser gebracht, damit du nicht mehr traurig sein sollst nach allem, was dir die Fremden in Diban angetan haben, und du fällst über mich her. Soll ich sagen, daß ich ein Lügner bin? Ich bin ein Lügner. Soll ich sagen, daß ich ein Fälscher bin? Ich bin ein Fälscher. Bist du jetzt zufrieden? Nein, du bist nicht zufrieden. Was willst du also?»

Selim sah Shapira verzweifelt an, und Shapira sah Selim verzweifelt an.

«Wir müssen die Tonscherbe von Schick zurücknehmen», sagte Schimon Levy.

«Schick sagte, die Scherbe stammt aus der Zeit der Perser, das haben wir alle gehört», sagte Selim. «Er hat uns geglaubt, richtig? Werden wir ihn jetzt zum Gespött machen?»

«Er wird bestenfalls denken, daß wir nicht zwischen einer gefälschten und einer echten Scherbe unterscheiden können», meinte Shapira, «und schlimmstenfalls wird er denken, daß ich ihn betrogen habe. Er wird wütend sein, daß wir ihn an der Nase herumgeführt haben. Vielleicht wird er sich schämen und niemandem davon erzählen, und vielleicht wird er die Geschichte in ganz Jerusalem verbreiten. Nein, wir können es ihm auf keinen Fall sagen.»

«In Ordnung», willigte Selim ein. Er fühlte, daß er den Kampf gewonnen hatte, und sah Shapira stolz an. Sie waren Brüder.

«Soll ich die Wasserpfeife aufs Dach bringen?» fragte Ali.

«Nein, heute nicht. Bring mir noch eine Lampe und geh dann schlafen.»

In den letzten zwei Wochen hatte dieser Dialog jeden Abend stattgefunden. Wenn Ali sich wunderte, warum sein Herr die Gewohnheit aufgegeben hatte, in der Dämmerstunde seine Wasserpfeife auf dem Dach zu rauchen, so war es ihm nicht anzusehen. Er zögerte einen Augenblick, dann verließ er das Zimmer.

Als er mit der Lampe zurückkehrte, verweilte er einen Augenblick.

«Hat Selim etwas gesagt?»

«Ja. Er hat mich gebeten, Euch auszurichten, daß irgend jemand heute nacht die persische Tonscherbe aus Schicks Haus gestohlen hat.»

Shapira reagierte nicht darauf. Nachdem Ali gegangen war, lächelte er. Dann wandte er sich wieder der Inschrift zu. So mußte Champollion vor fünfzig Jahren zumute gewesen sein, als es ihm gelang, die Hieroglyphen zu entziffern. Das Gefühl, am Eingang einer Höhle zu stehen, deren Wände jeden Augenblick von einem grellen Licht überflutet werden. Die Liebe gebar Neid und Zorn in ihm. Er verfluchte Clermont-Ganneau, daß er ihm die Freude verdorben hatte. Er hatte sein Leben lang darauf gewartet, daß das Versprechen erfüllt werden würde, darauf gewartet, daß sich ihm die Tore öffneten und ihm Einlaß zu den Ländern des Ruhms gewährten. Die Mesa-Stele wäre der Schlüssel zu diesen Toren gewesen, die Antwort auf seine Erwartungen. Sie hätte sein Jerusalem sein können, wäre Clermont-Ganneau nicht gewesen.

Die Worte entzifferten sich langsam und offenbarten sich als Mesas Dankgebet an seinen Gott Kemosch, der ihn aus den Händen Israels und dem Hause Omris errettet hatte. Er stellte sich Mesa als einen wohlhabenden und stolzen Scheich vor. Im zweiten Buch der Könige hieß es von ihm, daß er viele Schafe besaß und dem König von Israel alljährlich Wolle von hunderttausend Lämmern und hunderttausend Widdern entrichten mußte. Shapira kannte die öden Steppen Moabs und wußte, wie schwer diese Steuer gewesen sein mußte, und konnte daher Mesas Beschluß, sich von der Last Israels zu befreien, gut verstehen. Es schien, daß Ahabs Tod der geeignete Zeitpunkt dafür war. Die Worte in der Bibel erhielten Bestätigung von der Mesa-Stele und wurden durch seine eigene Kenntnis des Landes Moab bekräftigt. War das nicht, was seine Lehrer gesagt hatten, daß die Heilige Schrift für sich selbst spreche und weder Symbol noch Metapher sei? Hier, im Land der Bibel, mutete der uralte Disput mit den Katholiken beinah seltsam an. Hatte er sich nicht selbst gefragt, so wie auch Joram fragte: «Welchen Weg wollen wir hinaufziehen», als er von Jerusalem nach Moab aufbrach? Hatte er nicht überlegt, ob er von Süden her, aus der Richtung Edoms, oder von Norden her, über Jordanien, reisen sollte? Moab, jenes Land, das Elisa als Musik des Spielmanns bezeichnet hatte, war keine Metapher, sondern ein Land von versiegten Quellen und einer unter dem Schmerz ihrer Felsen stöhnenden Erde. Wie konnte ein gläubiger Mensch – ob Christ oder Jude – die Worte der Bibel nicht so nehmen, wie sie waren, wenn doch die Orte darin so genau beschrieben waren?

Shapira erinnerte sich an Herman-Paul Gordon, den Missionar, der ihn dazu bewogen hatte, seinen Glauben zu wechseln. Sein Großvater hatte dem Mann ins Gesicht gespuckt, als er herausfand, wer er war, ohne zu ahnen, daß dieser Akt das Schicksal seines Enkels besiegelte.

Herman-Paul freute sich, als er erfuhr, daß sie ins Heilige Land fahren wollten. Er glaubte, je mehr Juden dorthin kämen, desto näher würde der Tag der Erlösung rücken.

«Sie spucken mir ins Gesicht, weil Sie sich vor der Wahrheit fürchten», sagte er zu dem Alten. «Gott hat das Land Abraham, Isaak und deren Samen versprochen, richtig?»

«Richtig», antwortete der Enkelsohn, während der Großvater ihn am Ärmel zupfte und versuchte, ihn davon abzuhalten, dem Abtrünnigen zu antworten. Er schämte sich seines Großvaters und dachte, daß an den Worten des Fremden etwas Wahres war – sie fürchteten sich vor der Wahrheit, und die Wahrheit war, daß das Leben der Juden wertlos und ehrlos war. Warum? Warum war gerade dieses elende Volk auf der ganzen Welt zur Zielscheibe des Hasses geworden? War es *dazu* auserwählt worden?

Sein Großvater verlor beinah den Verstand vor Schwäche und vor Sorge, daß seine Kraft nicht ausreichen würde, das Heilige Land zu erreichen. Er sah sich als «Träger der Sünde», als einen Mann, der durch sein Leiden die Sünden aller Kinder des Exils büßen würde. Von der Familie waren nur er und sein Enkelsohn übriggeblieben. Seine Tochter war gestorben, die anderen Enkelsöhne entführt worden, sein Schwiegersohn spurlos verschwunden, und die Stadt, in der in seiner Kindheit so viele Juden gelebt hatten, war nur noch mit Geistern bevölkert. Erst spät, in einer Art Offenbarung, erkannte er, daß sein Schwiegersohn Nathanel-Isaak klüger war als er, da dieser begriffen hatte, daß der Haß und die Vorurteile in alle Ewigkeit fortbestünden und es für das Volk Israel nur in seinem alten Land eine Zukunft gebe. Er beschloß, seinem Schwiegersohn zu folgen, und die innere Freiheit, die in diesem Entschluß lag, erfüllte ihn mit Stolz und Freude.

Es waren Tage des Krieges, die Straßen waren in schlechtem Zustand, und sie zogen monatelang durch Städte und Dörfer, fielen den Kaprizen von Polizisten und Narren zum Opfer, und mit der Hoffnung schwand auch ihr Geld dahin. In Rumänien angelangt, betraten sie im Grunde genommen Feindesland. Sie waren schutz- und staatenlos, von ihrer Heimat entwurzelt und angefeindet.

In Bukarest angekommen, mußten sie feststellen, daß nur jenen Juden eine Aufenthaltserlaubnis bewilligt wurde, die beweisen konnten, daß sie sich ihren Lebensunterhalt mit Arbeit verdienten. Mosche erhielt eine solche Erlaubnis von der Synagoge der Schreiner, doch die Stadt, in der neun von zehn Juden Schreiner waren, hatte einem Vierundzwanzigjährigen ohne jegliche Erfahrung keine Arbeit zu bieten. Vier Monate lang saßen sie in Bukarest und warteten und wußten nicht, worauf. Der Großvater weinte in den Nächten vor Sehnsucht nach Jerusalem, und Mosche versprach ihm, daß es ihm noch gewährt sein würde, die Erde des Landes zu küssen, aber er glaubte selbst nicht daran. Als er eines Nachts mit knurrendem Magen und wundgelaufenen Füßen in die Herberge zurückkehrte, überfielen ihn zwei Zigeuner, zerrten ihn in den Stall hinunter und stahlen ihm sein letztes Geld. Er blieb am Boden liegen. Hoffentlich sterbe ich hier und jetzt, dachte er, was bedeutet mir der Großvater und wie lange wird es noch dauern, bis er seine Seele aushaucht, und ich selbst. Hoffentlich ist das hier mein Grab. So dachte er, als er plötzlich spürte, daß ihn jemand auf die Beine zu stellen versuchte und ihm die Erde, das Stroh und den Staub vom Mantel klopfte. Der Fremde brachte ihn in die Herberge zurück, wobei er auf jiddisch vor sich hin murmelte.

Beim Licht der Lampe wurde Herman-Paul Gordon sichtbar, ein großer, hagerer Mann von fünfzig Jahren mit asketischem Gesicht und einem Bart, der einst rot, aber nun fast weiß geworden war. Das Mitleid des Fremden war Balsam für seine Seele, und auch als man ihm zuraunte, der Mann sei ein Seelenjäger, schreckte er nicht vor ihm zurück. Er schien glücklich zu sein und voller Zuversicht, und Mosche wünschte sich, auch nur eine Spur dieser Glückseligkeit und Zuversicht mit ihm teilen zu können, denn was er jetzt mehr als alles brauchte, war Hoffnung.

«Glaubst du an Ihn?» fragte er Mosche.

«Ich weiß es nicht.»

«Ist es möglich, daß Er Sein Versprechen an das Volk Israel brechen würde?»

«Ich weiß es nicht.»

Aber Herman-Paul wußte es. Er wußte auf alle Fragen eine Antwort.

«Nein. Nein, es ist nicht möglich. Ihr, die ins Land Israel geht, ihr werdet den Messias bringen. Wie heißt es im Buche Daniel? ‹Aber zu jener Zeit wird dein Volk errettet werden› – damit seid ihr gemeint. Du und dein Großvater. Errettet ihr euch denn nicht? Und wohin wird sich dieses Volk erretten? Ins Heilige Land! Und was wird sein, wenn alle Juden dorthin kommen? ‹Und viele, die unter der Erde schlafend liegen, werden aufwachen, die einen zum ewigen Leben, die andern zu ewiger Schmach und Schande.› Eintausendzweihundertneunzig Jahre hat Gott für die Herrschaft des Bösen bestimmt. Nun ist die Zeit vollendet, von der Daniel spricht. Die Stunde der Erlösung ist gekommen. Die Kinder Israels kehren in das Gelobte Land zurück, und der Weg öffnet sich zum Königreich des Messias, das hinfort tausend Jahre lang bestehen wird.»

Herman-Paul wiegte leicht seinen Körper, während er sprach, und seine Augen waren geschlossen, als lauschte er, was in seinem Inneren vorging.

«Aber wenn du glaubst, was in dem Buch der Bücher steht», beharrte Mosche, «dann mußt du doch auch an das auserwählte Volk glauben. Gott hat UNS von allen Völkern auserwählt, warum soll ich dann fremden Göttern folgen?»

«Fremden Göttern?» rief Herman-Paul erstaunt. «Wir alle haben einen Gott und ein Land und ein Gesetz. In der Bibel heißt es ‹Und die Heiden werden zu deinem Lichte ziehen›. Wie sollen die Heiden zu unserem Lichte ziehen, wenn wir weiter in der Dunkelheit des Exils bleiben? Wir müssen ans Licht treten und die Rolle annehmen, die uns von der Geschichte auferlegt wurde. Die Nationen wetteifern miteinander um das Privileg, uns, den Juden, zu helfen, in unser Land zurückzukehren, denn erst nach der Erlösung der Juden wird der Messias zum zweitenmal kommen. Wir haben uns lange genug abgesondert, nun müssen wir mit den anderen Völkern zusammenarbeiten, am besten, wir lassen uns von England helfen, das an die absolute Wahrheit der Bibel glaubt. Frankreich ist der Ansicht, daß man die Juden unterdrücken muß, bevor man sie konvertiert. Nein, wir werden uns von England helfen lassen, wie uns das Buch der Bücher lehrt: ‹Die Inseln harren auf mich und die Tarsisschiffe vor allem.› ‹Inseln›, ‹Tarsisschiffe› – das ist eindeutig England! England wurde mit dieser heiligen Mission betraut, und es ist England, das die Juden in ihr Land zurückbringen wird, und nachdem sich alle dort versammelt haben, wird sich unser Messias zum zweitenmal offenbaren, und das himmlische Königreich wird auf Erden errichtet.»

«Kann man jetzt ins Heilige Land fahren?»

«Ja. Der Krieg begann zwar in Jerusalem, aber es wurde nicht davon berührt. In wenigen Wochen wirst du mit eigenen Augen die Pforten sehen können, derentwegen dieser Krieg ausbrach. Du kannst über das Schwarze Meer ins Heilige Land reisen. Dort hat sich nichts geändert. Die Russen können Konstantinopel ‹Czarograd› oder sonstwie nennen, es wird ihnen nichts nützen. Die Türken haben vorher dort geherrscht, und sie werden auch zukünftig dort herrschen. Der Vertrag von Paris hat sie noch stärker gemacht.»

«Aber ich bin Russe. Sie werden mich als Feind ansehen.»

«Wie lange ist es her, daß du Rußland verlassen hast?»

«Fast ein Jahr.»

«Gut. Die neuen Gesetze, die in Rußland erlassen wurden, haben dich staatenlos und heimatlos gemacht. Ich werde dir ein Laisser-passer besorgen, und sobald du im Heiligen Land ankommst, kannst du dir von einer der europäischen Mächte, England oder Preußen, Schutz erbitten. Wenn du einmal getauft und Mitglied der Kirche bist, wirst du keine Schwierigkeiten haben, Schutz zu erhalten.»

«Und die Türken werden mich hineinlassen?»

«Gerade jetzt ist es sehr leicht, ins Land zu kommen. Ich verstehe nicht, warum die Juden die Chance nicht nutzen. Die Regierung ist durch den Krieg geschwächt worden. Nachdem die Verträge unterzeichnet sind, wird sie wieder stark werden. Jetzt ist die Zeit.»

Mosche Shapira tat alles, was Herman-Paul ihm sagte. Er wurde zur Taufe geführt und sagte, was er zu sagen hatte. Aus Selbstliebe wurde Selbsthaß in ihm geboren, das Gefühl, daß ihn das Leben betrogen hatte und er ein anderes Los verdiente, das besser war als dieses, und da er die Welt nicht verändern konnte, würde er sich selbst verändern, sich eine neue Identität zulegen und das Leben genießen. Der eine wird es Selbstmord nennen, dachte er, ein anderer darin die Wiedergeburt oder Erlösung oder Verdammnis sehen, ihm war es gleich, von nun an würde sein Leben mit ihm anfangen und mit ihm enden, er würde nicht mehr der letzte oder der erste Jude sein, sondern Mosche und Mosche allein.

Während die Welt ihre Arme ausstreckte, um Mosche aufzunehmen, lag sein Großvater in der Herberge im Sterben und haderte mit Gott und der Welt. Er flehte seinen Vater im Himmel an, ihn zu verschonen und ihm zu erlauben, den Plan zu verwirklichen und zu seinem Schwiegersohn nach Jerusalem zu gelangen, und Mosche, sein Enkel, flehte ihn an, sie beide zu verschonen und die Stimme zu senken. Der Großvater war ihm noch mehr Vater als sein leiblicher Vater, und er liebte ihn mit einer Mischung aus Bitterkeit, Scham und Reue. Er wußte, daß die Kräfte des Alten nicht ausreichen würden, die beschwerliche Reise zu überstehen, und obwohl er ihn am Anfang nur begleiten wollte, wurde ihm der Großvater nun zu einem Klotz am Bein, der ihm den Weg zu seinem neuen Leben, seiner neuen Identität, seiner Zukunft erschwerte. Der Alte stöhnte, protestierte und weinte einige Tage lang, bis er schließlich verstummte und in röchelnden Schlaf versank. Mosche saß neben ihm, hin und her gerissen zwischen Wut auf den Großvater und Selbstmitleid, Ungeduld und Schuldgefühlen, und die Holzringe auf den Fußbodenfliesen schläferten ihn mit ihrer im Lampenlicht kreisenden Bewegung ein. Er wagte nicht, sich zu rühren, um den Großvater nicht zu erschrecken. Jetzt, da sein Leben ein Ziel hatte, wurde er ungeduldig, fast so zornig wie der Alte. Er wollte sich unverzüglich auf den Weg machen, in der Gewißheit, daß dort ein neuer, wundervoller Lebensabschnitt auf ihn wartete. Seit er zurückdenken konnte, hatte Großvater seine Schritte gelenkt, seinen Weg gestaltet und ihm seinen Willen aufgezwungen. Und sogar jetzt, da er im Sterben lag, vermochte er noch immer seinen Enkel, der schon ein erwachsener Mann war, mit der Kraft alter Beschuldigungen und Eide an den Stuhl zu ketten. Am Mittag stieg er aus dem Bett und stand auf seinen dürren Beinen, als wäre neue Gesundheit in seine Glieder geflossen.

«Wir haben die Reisepapiere erhalten, Großvater. Und Geld haben wir auch. In einem Monat, spätestens in zwei, werden wir in Jerusalem sein.»

«Wer hat uns die Papiere gegeben?»

«Herman-Paul Gordon.»

Zwei rote Flecken entbrannten auf den eingesunkenen Wangen des Alten. Er murmelte etwas, schloß mit klarer lauter Stimme: «Gelobt sei der Name des Herrn von nun an bis in alle Ewigkeit!», legte sich wieder ins Bett und schloß die Augen. Draußen begann es zu schneien, und Mosche heftete seine Augen auf das Fenster und starrte auf die hellen Flocken, die sanft herabfielen. Der Großvater rang mit jedem Atemzug, stöhnte, röchelte und wimmerte, fand selbst im Schlaf keine Ruhe. Der Schnee auf dem Fensterbrett häufte sich, und Mosche suchte Trost darin und ließ seine Gedanken in warme Länder schweifen. Einen ganzen Tag lang dauerte der Kampf zwischen Leben und Tod, bis der Großvater am nächsten Tag um die Mittagszeit seine Augen öffnete und fragte: «Ist das Jerusalem? Sind wir in Jerusalem?»

«Ja.»

Das runzlige Antlitz strahlte vor Freude. Die Anblicke, die sich seinen Augen zeigten, füllten sie mit einem Glanz, den Mosche nie zuvor in ihnen gesehen hatte. Und so, auf sein Jerusalem zuschreitend, hörte das fiebernde Herz zu schlagen auf, über das vor Zorn verzerrte Gesicht legte sich gnadenvolle Ruhe, und Stille trat im kleinen Zimmer ein. Selbst der Schnee hörte auf zu fallen, und die Holzringe auf den Fußbodenfliesen kreisten nicht mehr.

Mosche bestattete ihn in der kalten, fremden Erde, fern von den Gräbern der Gerechten, zwischen denen er liegen wollte. Mosche ertastete die Reisepapiere und das Geld in seiner Tasche und fragte sich, was geschehen wäre, wenn sein Großvater genesen wäre. Dann verscheuchte er den Gedanken. Großvater war tot und er lebte, und in Jerusalem erwartete ihn ein neues Leben als Sohn der Unierten Kirche. In seiner Tasche befand sich ein Brief an Bischof Gobat mit einer Empfehlung für den neuen jüdischen Christen Mosche-Moses Shapira. Wie wundersam doch die Wege des Schicksals waren.

Langsam gab die Inschrift ihr Geheimnis preis. Es war ein süßer Sieg für Mesa. Nach Jahren der Versklavung an Ahab genoß er es, seine Eroberungen zu schildern: von Medeba zum Land von Ataroth und von Jahza nach Beth-Bamoth und Bezer und Nebo, wo er VOM MORGENGRAUEN BIS ZUM MITTAG kämpfte. Die Heiligtümer, die er von dort als Kriegsbeute nahm, legte er vor seinen Gott Kemosch und vor Astarte Kemosch nieder. Einen Augenblick tauchte vor seinen Augen die Gestalt der schwarzen Beduinin auf, der er in den Zelten Dibans begegnet war. War Astarte die Gefährtin Kemoschs? Glich sie der grausamen Astarte, der Göttin der Pferde, der Jagd und des Kriegs, der Göttin der Liebe und des Morgensterns? Opferten ihr die Menschen ihre Töchter, so wie Mesa seinen Erstgeborenen Kemosch opferte, als er sah, daß er den Krieg verlor? Den biblischen Texten zufolge wendete dieses Opfer tatsächlich Moabs Glück, und er besiegte Israel: UND ISRAEL WARD VERLOREN. VERLOREN. VERSCHWUNDEN. Der Sohn starb, der Vater siegte. Irgend jemand zahlte immer den Preis des Sieges. Er mußte nur aufpassen, daß er nicht die zahlende Seite sein würde.

Er preßte seine Finger gegen die Schläfen. Als er den Hals streckte und die Augen öffnete, sah er durch das Fenster das Licht der Morgendämmerung. Dort, hinter den Bergen Moabs, sammelte Venus, der Stern Astartes, ihr Licht ein, und die Morgensonne ging auf. Die schwarze Astarte von Kemosch stieg nun zum Wadi Mudjib, dem einstigen Fluß Arnon, hinab, um Wasser zu holen. Seltsam, er mußte immer wieder an sie denken, obwohl er ihr Gesicht nicht gesehen hatte. Jenseits der Mauer waren die Stimmen der türkischen Soldaten zu hören; die Wachtposten lösten sich ab, und die Tore wurden geöffnet. Er erhob sich und trat ans Fenster. Am Ende der Straße erschien eine Gruppe von Häftlingen, die an Händen und Füßen mit Eisenketten gefesselt waren. Sie wurden zur Arbeit am Sichemtor eingesetzt und pflasterten dort den alten römischen Weg mit Steinen. Als er zum erstenmal die Prozession dieser elenden Männer in Ketten sah, beschlich ihn Angst. Doch heute schien auch das rhythmische Rasseln der auf den Boden schlagenden Ketten zu der Welt von einst zu gehören, zu der Welt des blinden Simson, der im Gefängnis die Mühle drehte, zu der Welt König Davids, der Abners Tod beklagte. Shapira war glücklich. Vor zweitausendsiebenhundert Jahren hatte ein moabitischer Schreiber eine Inschrift graviert, die den Sieg seines Königs Mesa verewigen sollte. Und nun hatte er, Shapira, diese Inschrift aus ihrem jahrtausendelangen Schweigen erlöst. Die uralte Inschrift war die Brücke zwischen Mesa, dem Moabiter, und Moses, dem Jerusalemer. War es noch irgend jemandem gelungen, sie zu entziffern? Clermont-Ganneau? Warren? Tränen der Erregung netzten seine Augen. In dieser Morgendämmerung war er der einzige Mensch auf Erden, der Moabitisch lesen konnte.

Er sammelte die Papiere ein, die verstreut auf dem Tisch lagen, legte sich auf das Sofa, zog das Schaffell über seine Beine und schlief sofort ein.

9

ALS ER DIE AUGEN ÖFFNETE, sah er, daß Rosette neben ihm kniete. Sie trug die Seidenrobe mit den Pfauenaugen, und die Sonne, die durch das östliche Fenster schien, entblößte ihren Körper mit ihrer goldenen Transparenz. Bevor sie etwas sagen konnte, streckte er seine Hand aus und zog sie an sich. Sie stieß einen überraschten Schrei aus und beruhigte sich sofort. Ihre Wange lag kühl an seiner, und er schloß die Augen und gab sich der Stille hin. Seine Finger glitten durch ihr Haar, während er dem sanften Pochen ihres Körpers lauschte. Rosette regte sich, und obwohl er versuchte, sie davon abzuhalten, befreite sie sich aus seiner Umarmung und setzte sich neben ihn auf das Sofa.

«Heute ist Sonntag.»

«Guten Morgen, mein goldener Pfau.»

«Kommst du mit mir in die Kirche, Willi?»

«Ja, ich komme mit, natürlich komme ich mit.»

Rosette lächelte überrascht. Er hatte die Kirche seit Wochen nicht betreten, und sie war alleine zu den Gottesdiensten gegangen. In der Kirche traf sie die Gemeinde des Bistums, im ganzen etwa zwanzig Familien, die einander gut kannten. Niemand fragte, wo ihr Gatte war. Manchmal versuchte sie sich mit Pastor Klein oder ihrer Freundin Charlotte Pils zu beraten, doch die beiden mieden es, ihr Ratschläge zu geben. Klein befand sich meistens auf einer seiner Expeditionen zu den Beduinenstämmen, und Charlotte war mit der Gründung eines neuen Waisenheims beschäftigt, und wenn sie zu ihr kamen, bemühte sie sich, ihren Besuch so angenehm wie möglich zu gestalten und sie nicht mit ihren eigenen Sorgen zu belasten.

Insgeheim zweifelte sie an der Gläubigkeit ihres Mannes. Was ist das für ein Christ, der nicht in die Kirche geht?

Seine Bereitschaft, heute mit ihr mitzukommen, erfreute sie. Sie küßte ihn auf die Wange und sprang vom Sofa auf, um sich umziehen zu gehen, aber er packte sie am Arm.

«Ich habe die Inschrift auf der Stele entziffert.»

«Ja?»

«Sie ist auf moabitisch geschrieben.»

«Kannst du Moabitisch?»

«Ja, ich kann Moabitisch.»

«Wer hat es dir beigebracht?»

«Die Stele.»

«Du siehst... merkwürdig aus.»

«Ich bin glücklich.»

«Wegen der Stele?»

«Ja.»

«Wie wußtest du, was auf ihr geschrieben steht?»

«Die moabitische Sprache ähnelt der hebräischen. Soviel ich weiß, bin ich im Moment der einzige Mensch auf Erden, der Moabitisch kann. Ich habe den Schlüssel zu einer Kultur, die es einst gegeben hat und die nun nicht mehr existiert.»

«Wir kommen zu spät!»

«Die Inschrift bestätigt, was im zweiten Buch der Könige geschrieben steht.»

«Pfarrer Weser wird zufrieden sein, und Klein, und Charlotte.»

«Und du?»

«Ich?»

«Freust du dich, Rosette?»

«Du machst mir angst. Was ist los mit dir?»

Er hielt sie am Handgelenk fest.

«Du hast mir nicht geantwortet, mein Pfau.»

«Ja, natürlich freue ich mich.»

Er legte seine Hand auf ihren Bauch. In ihrem warmen, elfenbeinfarbenen Körper wuchs heimlich das Enkelkind eines russischen Juden und eines deutschen Pastors, das Kind, das ihm ein lebendes Denkmal sein würde. Seit er Rosette geheiratet hatte, war sie seine ganze Familie, und bevor sie ihm erzählt hatte, daß sie schwanger war, hatte er nicht geahnt, wie sehr er sich nach einem Sohn sehnte.

«Wie geht es heute unserem Sohn?»

«Es ist eine Tochter.»

«Woher weißt du das?»

«Ich bin sicher. Willst du einen Sohn?»

«Mir ist es gleich. Ein Sohn oder eine Tochter, solange es nicht so aussieht wie du! Fühlst du dich gut?»

«Ja, Willi», lächelte sie. «Ich habe schon mit der Hebamme gesprochen.»

«Wird sie kommen?»

«Ja, sie wird kommen.»

Die einzige europäische Hebamme in der Stadt war eine polnische Jüdin, und Shapira konnte sich denken, daß sie nur ungerne eingewilligt hatte, ins Haus des «Abtrünnigen» zu kommen. Rosette hatte ihr sicher die doppelte Summe in die Hand gedrückt.

«Hast du schon eine Kinderschwester gefunden?»

«Ja, Willi. Ihr Name ist Warda. Sie ist sehr hübsch und stammt aus einer alten Kreuzfahrerfamilie.»

«Und warum verziehst du das Gesicht?»

«Sie schwört, daß sie eine fromme Christin ist, aber ihr Kopf ist voll von Aberglauben und heidnischen Gedanken.»

«Sie ist sicher eine gute Christin auf ihre Art.»

«Es gibt nur eine Art, ein guter Christ zu sein, und das ist durch die Kirche, Willi.»

«Ja, schon gut. Ich wäre schon längst aufgestanden, aber du liegst ja auf mir!»

«Oh, Willi!»

Sie lächelte und floh aus dem Zimmer, wobei die Pfauenaugen blinzelten und zwischen den Falten ihrer Robe verschwanden.

Als sie aus der Kirche traten, war der Himmel wolkenverhangen. Die *Kawasse* standen am Tor, prächtig anzusehen mit ihren gebogenen Säbeln und den mit Gold- und Silberfäden bestickten Samtwesten.

Rosette stand glücklich bei ihren Freunden, und ihre Hände hielten das alte Gebetbuch umklammert, das einzige Erbstück aus dem Haus ihres Vaters. Auf der Innenseite des Buchdeckels hatte der Pastor aus Hessen die Namen aller Familienmitglieder und daneben die Geburts- und Todesdaten eingetragen. Vor acht Jahren war das Datum ihrer Vermählung hinzugefügt worden, und in wenigen Wochen würde dort ihr Kind eingetragen werden, das kleine Kind von Jerusalem.

«Kommt doch zum Abendessen zu uns!» drängte Rosette.

«Die Mädchen.» Charlotte zeigte auf eine Gruppe von Kindern, die soeben aus der Kirche kamen.

«Nur für eine Stunde. Bitte, Charlotte. Du arbeitest zu schwer. Heute ist Sonntag, und ich habe einen Gugelhupf gebacken.»

«Ich komme!»

Die beiden kicherten und wurden rot. Rosette lacht so selten, dachte Shapira. Die Trennung von den Diakonissen bereitete ihr großen Kummer. Sie begnügte sich mit wenig, und wenn es von ihr abhinge, würde sie auch ihren Körper kasteien. Wie leicht es war, sie glücklich zu machen. Er brauchte nur mit ihr in die Kirche zu kommen, um Rosen auf ihren Wangen blühen zu lassen. Plötzlich fing er Gesprächsfetzen auf.

«Ich verstehe das nicht!» sagte Konsul Petermann zu Pastor Weser. Seine Stimme war dünn und hoch vor Erregung. «Die Stele war doch in Kleins Händen, oder?»

«Ja und nein. Er hat sie entdeckt, aber sie gehört ihm nicht.»

«Aber er war doch der erste, der sie entdeckte. Wie hat er sie sich von dem Franzosen unter der Nase wegschnappen lassen?»

«Der Franzose hat sie ihm nicht weggeschnappt. Er hat sie gekauft.» Weser hüstelte verlegen.

«Herr Shapira!» rief der Konsul, als er sah, daß dieser dem

Gespräch lauschte. «Ich bin äußerst betrübt über die ganze Sache. Wir brauchen diese Stele, als Lutheraner, die die Bestätigung der heiligen Schriften suchen, wie auch als Preußen. Die Stele hätte den Höhepunkt des bevorstehenden Besuches des Thronfolgers bilden können.»

«Ich habe die Inschrift der Stele entziffert», sagte Shapira.

Die Worte verblüfften seine beiden Gesprächspartner. Julius-Heinrich Petermann, der dritte deutsche Konsul in Jerusalem, war, wie seine beiden Vorgänger, ein renommierter Orientalist, ein Forscher semitischer Sprachen. Da er das Land der Bibel liebte, hegte er eine besondere Sympathie für die Konvertiten, einschließlich Shapira.

«Und?» fragte Petermann.

«Die Schrift ist moabitisch.»

«Moabitisch!» riefen Weser und Petermann wie aus einem Munde.

«Sie beschreibt Mesas Sieg über Israel und das Haus Omri. Es ist im Grunde genommen eine Art Fortsetzung des dritten Kapitels im zweiten Buch der Könige.»

«Und das haben wir uns entgehen lassen!» rief Petermann.

«Wir brauchen keine Beweise, daß die Bibel recht hat», versuchte Weser ihn zu besänftigen.

«Sie sagen das? Wir, die Gläubigen, brauchen diesen Beweis nicht. Und die Tatsache, daß er in die Hände der Katholiken gefallen ist, das stört Sie nicht? Nun wird die Stele in irgendeinem Lager in Frankreich verstauben und vergessen werden, und das alles nur, weil Klein... können wir zu Ihnen kommen und die Inschrift sehen?»

«Es wird uns eine Ehre sein.»

Rosette schickte Ali voraus, den Ofen anzuzünden, und die Gesellschaft trat aus dem Kirchhof und macht sich auf den Weg. Die Straße war schmal wie die meisten Straßen Jerusalems, und sie mußten in einer Reihe gehen und achtgeben, nicht in den offenen Kanal inmitten der Straße zu fallen. An der Spitze schritt der *Kawass* des Konsuls mit erhobenem Zepter, dessen silberne Spitze im Sonnenlicht glänzte. Ihm folgten Shapira und der Konsul mit seiner Frau, und hinter ihnen gingen Rosette und Charlotte Arm in Arm. Das Ende bildete Pfarrer Weser mit seiner Frau und seinen Söhnen. Shapira war seit langem nicht mehr so stolz und glücklich gewesen. Der Konsul war eine äußerst wichtige Persönlichkeit in Jerusalem, er war es, dem es gelang, dem preußischen Konsulat den Status des Generalkonsulats des Norddeutschen Bundes zu geben. Er besaß unermeßliche Autorität und Macht, und Shapira wußte, daß er ihm durch seinen Besuch Ehre zuteil werden ließ. Er wußte auch, daß Rosette jetzt stolz auf ihn war, und hoffte, daß sie seine Tätigkeiten nun in einem anderen Licht sehen würde.

Es begann zu regnen, als sie den kleinen Hof erreichten, und die Gäste eilten lachend und keuchend ins Haus. Plötzlich waren sie eine Bande von Kindern, die vor dem Wind und Regen flohen.

Shapira stieg in die Keller hinunter und kehrte mit zwei Flaschen zurück. Er schenkte den Männern Branntwein und den Frauen süßen Wein ein. Rosette hatte den Wein eigenhändig aus Weintrauben von Hebron hergestellt, und ihr Gesicht strahlte angesichts der Lobpreisungen. Sodann erhob sich Shapira und bat die Männer in sein Arbeitszimmer, um ihnen die Abschrift der Mesa-Stele und ihre Übersetzung zu zeigen.

Das Arbeitszimmer war von dem sonderbaren, gespannten Licht erleuchtet, das manchmal wie ein lauerndes Biest über Jerusalem lag. Graue Wolkenfetzen verdeckten die schmalen Fenster, die in die dicken Wände eingehauen waren, und im Osten hüllte der Regen die schwarzen Berge in violetten Dunst.

«Ich verstehe Klein nicht», seufzte Petermann, nachdem er die Inschrift studiert hatte. «Ich verstehe ihn einfach nicht. Unsere Regierung hätte für diese Stele jeden Preis gezahlt. Sie waren dort. Er hätte sich von Ihnen helfen lassen können. Was für ein Verlust!»

Klein ist in Rosette verliebt, wollte er sagen. Die Erklärung war so klar und einfach, daß er sich wunderte, wieso die anderen es nicht merkten. Darum hat er mir nichts von der Stele erzählt! Weil er eifersüchtig ist auf mich! Aber Rosette, dachte er, was empfindet sie für ihn?

Es fiel ihm schwer, Petermanns Worten zu folgen. Die hohe Fistelstimme zerrte an seinen Nerven.

«Früher oder später werden auch wir so etwas wie den Palestine Exploration Fund gründen.»

«Wenn man ihre Veröffentlichungen verfolgt, kommt es einem vor, als wäre ganz England vom Bibelfieber ergriffen», bemerkte Weser.

«Unter dem Deckmantel des Exploration Fund können inoffizielle Vertreter – Archäologen, Topographen, Naturforscher von der Sorte Tristrams zum Beispiel – nach Israel geschickt werden, ohne bei den Türken Verdacht zu erregen oder Protest auszulösen. Nebenbei, Herr Shapira – Pastor Weser weiß es bereits, es ist kein Geheimnis mehr –, wir haben mit den Türken einen Vertrag unterzeichnet, der es den Deutschen ermöglicht, sich in Palästina anzusiedeln.»

«Je mehr Deutsche hierherkommen, desto größer wird unser Einfluß sein.»

Der Konsul sparte mit Worten, doch sie verstanden. Zu jener Zeit war es Bismarcks Politik, den Orient aus dem Spiel zu lassen und sich nicht in den kolonialistischen Wettkampf mit den anderen europäischen Mächten einzulassen, doch der Tag würde kommen, da die Türkei bankrott gehen würde, und dann täte Deutschland gut daran, eine sichere Stellung dort zu haben.

«Moabitisch!» Petermann kehrte zum Thema der Stele zurück. «Ich werde meinem Freund Professor Schlottmann von der Universität Halle von der Stele schreiben. Wer hätte gedacht, daß so eine Überraschung in den Dünen von Diban entdeckt werden würde!»

«Wer weiß, was noch alles in Moab verborgen liegt?»

«Ich werde meinen Gehilfen, Selim El-Kari, dorthin schikken.»

«Weiß er, wonach zu suchen ist?»

«Natürlich. Er ist der Mann, der die Inschrift auf der Stele abgeschrieben hat. Er ist ein Ikonenmaler, mit geschickter Hand und scharfen Augen, und er kann bereits moabitische Buchstaben schreiben, als wäre er ein Schreiber aus dem neunten Jahrhundert vor Christus.»

Shapira versuchte, den Eindruck zu hinterlassen, daß er Selim El-Kari auf ihre Veranlassung hin nach Moab schicken würde, während sich der Mann schon seit einer Woche dort aufhielt.

Die drei Männer verweilten noch einen Augenblick bei der Inschrift, dann verließen sie das Zimmer und kehrten in den kleinen Salon zurück. Rosette blickte auf und sah ihren Mann an, der auf der Treppe stand und sie mit eigenartiger Miene anschaute. Ihr blasses Gesicht war nun von Wein und Freude gerötet. Sie schenkte ihm ein feines, intimes Lächeln, das sofort seine Ängste verscheuchte. Sollte Pastor Klein tatsächlich in Rosette verliebt sein, so wußte sie nichts davon. Auf Rosette könnte er sich stets verlassen. Sie würde ihn niemals betrügen.

Sein Glück währte nicht lange. Am nächsten Morgen wurde die Mesa-Stele auf ihrem Weg zum Hafen in Jaffa durch die Straßen Jerusalems getragen, und es schien, als hätten sich alle Bewohner der Stadt versammelt, um Clermont-Ganneaus Triumphzug beizuwohnen. Die zerschlagene Stele wurde von acht Männern in einer eigens für sie angefertigten Kiste getragen; hinter ihr, in einer anderen Kiste, die von vier Männern getragen wurde, befand sich der Gipsabdruck, nach dem die zerschlagene Stele rekonstruiert werden würde. Der französische Konsul, der die Kisten begleitete, trug seine Gala-Uniform und war von einer Gefolgschaft von Beamten umgeben, und neben ihm schritt der lateinische Patriarch mit seinem Gefolge. Der Konsul hatte anscheinend beschlossen, der Prozession eine königliche Atmosphäre zu verleihen und den mächtigen Eindruck zu schwächen, den der Besuch von Kaiser Franz-

Josef hinterlassen hatte. Frankreich und das Lateinpatriarchat, die mit Österreich und den Franziskanern um die Repräsentierung der Interessen der Katholiken im Heiligen Land konkurrierten, hatten einen schweren Schlag erhalten, als die Kutsche des Kaisers auf der neuen Straße, die der Sultan speziell für diesen Anlaß pflastern ließ, durch die Stadttore fuhr. Für die moslemischen Bewohner der Stadt bestand kein Zweifel, daß der Sultan der höchste und wichtigste Herrscher der Welt war, aber als sie sahen, daß sich unter den Empfängern des österreichischen Kaisers der Pascha, die Konsuln und das Militär, die Kirchenoberhäupter und Oberrabbiner befanden, begriffen sie, daß der österreichische Kaiser die zweitwichtigste Persönlichkeit nach dem Sultan war. Dieser Zustand war für Frankreich und das lateinische Patriarchat unerträglich, zumal der Besuch des preußischen Kronprinzen bevorstand. Sie mußten einfach den bei den ignoranten, primitiven Massen entstandenen Eindruck korrigieren, und die Mesa-Stele fiel ihnen wie Manna vom Himmel.

Shapira schloß seinen Laden und stellte sich zwischen die Zuschauer, die den Triumphzug verfolgten. Enttäuschung und Neid füllten sein Herz. Dort ist meine Stele, meine Prozession, mein Ruhm, mein Reichtum, dort ist mein gestohlener Schatz, und dort ist der Dieb, der ihn durch die Stadt trägt. Aber er würde nicht aufgeben: er würde der erste und beste unter den Moab-Forschern sein. Der Schlüssel lag bereits in seiner Hand, auch hatte er bereits Beziehungen mit den Beduinen in Moab und den großen Museen in Europa geknüpft. Er versuchte, sich auszurechnen, wieviel Geld er für die Stele bekommen hätte. Rosette und er wären aus ihrem kleinen Haus auf dem Zionsberg ausgezogen und in ein großes, geräumiges Haus übersiedelt, vielleicht außerhalb der Stadtmauern. Im Eingang eines Geschäfts auf der anderen Straßenseite bemerkte er die Damen Blankherz, die neugierig und aufgeregt auf Zehenspitzen standen. Die Mesa-Stele hatte sie für eine Weile sogar den ewigen Verlobten vergessen lassen.

Jeden Morgen trat Shapira als erstes an das schmale, gen Osten gerichtete Fenster und schaute auf die rötlichen Berge, welche die Ebenen Moabs verdeckten. Was tat Selim dort? Was hielt ihn so lange auf? Und was war, wenn er irgendwelche Schätze gefunden hatte und die Stammesangehörigen der Chamajde oder der Aduwan ihn deswegen ermordet hatten? Er wagte es nicht, irgend jemandem seine Befürchtungen mitzuteilen, selbst Schimon Levy hatte er nichts von Selims Auftrag erzählt.

Die Tage wurden kürzer und kälter, und er stieg kaum noch auf das Dach. In der Abenddämmerung brachte ihm Ali die Wasserpfeife ins Arbeitszimmer, und dann setzte er sich mit ihr auf die Pritsche vor dem östlichen Fenster und blickte auf die Landschaft, bis sie von der Dunkelheit verschluckt wurde. An diesem Abend schob er die Pfeife beiseite. Er saß angespannt da und wartete auf ein Klopfen an der Tür.

«Geh noch nicht schlafen», sagte er zu Ali. «Ich erwarte Besuch.»

Ali antwortete nicht. Er nickte mit dem Kopf und verließ das Zimmer. Er war in der letzten Zeit sehr gealtert und stöhnte manchmal, wenn er sich bückte und eine schwere Last aufhob. Er beklagte sich nicht, schwieg die meiste Zeit, sonderte sich von den anderen Dienstboten ab und war seinem Herrn mit sklavischer Treue ergeben.

An jenem Tag, dem siebten November 1869, hatte der Kronprinz den preußischen Adler über dem Eingang zum Moristan enthüllt. Ein riesengroßes Zelt war auf dem Vorplatz errichtet worden, und darin versammelten sich der Gouverneur von Akko und der *Wali* von Damaskus, der den Prinzen auf seiner Reise begleitete und mit ihm bis nach Suez fahren sollte, die Konsuln, Bischöfe und Archimandriten, syrische, koptische und armenische Geistliche, Priester und Mönche und, natürlich, Juden. Vor kurzem hatten sie in großer Anzahl am Empfang des österreichisch-ungarischen Kaisers teilgenommen, und nun kamen sie, um dem preußischen Kronprinzen, den

Freund der Juden, den die Antisemiten «Friedrich Cohen» nannten, die Ehre zu erweisen. Neben ihnen standen die Kinder der Missionsschule und sangen Psalmen zu Ehren des Kronprinzen. Shapira betrachtete sie und dachte, daß auch sein Kind so eine levantinische Mischung sein würde.

Er ließ seinen Blick über die Geladenen schweifen und musterte die Gesichter unter den weißen Sonnenschirmen, als er plötzlich in einem der gewölbten Kreuzfahrertore Selim entdeckte. Dieser stand inmitten einer Gruppe von ortsansässigen Moslems, die sich hinter der türkischen Ehrengarde drängten, und starrte ihn an. Wann war er zurückgekehrt? War er schon lange in Jerusalem? War er zuerst in den Laden gegangen und dann, als er ihn geschlossen vorfand, hierhergekommen, um ihn zu suchen? Die Kinder hatten zu singen aufgehört, und nun wurde die preußische Fahne mit Trompeten und Fanfaren gehißt. Als Shapira wieder zu Selim hinschaute, sah er, daß dieser verschwunden war. Er suchte ihn noch lange zwischen den weißen Gewändern der Priester, den blauen Kleidern der Diakonissen, den mit Edelsteinen besetzten Brusttaschen der Patriarchen, den blitzenden Schwertern der Konsuln, den Fesen, den Zylindern, den Schleiern, den *Keffijot*, den *Streimel*. Doch Selim war spurlos verschwunden.

Nun wartete er auf ihn, und wußte doch, daß Selim nicht kommen würde, ehe nicht alle im Haus zu Bett gegangen waren. Und tatsächlich, als er sich schon zu fragen begann, ob seine Augen ihn nicht getäuscht hätten und es tatsächlich Selim war, den er am Morgen gesehen hatte, war plötzlich ein Rascheln unten im Hof zu hören, und er vernahm die Schritte Alis, der die Treppe heraufstieg, um seinem Herrn die Ankunft eines Gastes mitzuteilen.

Selim stellte seine Lampe auf den Boden und holte ein schmutziges Lumpenbündel aus seinem Gewand. Er legte es auf den Tisch und öffnete es vorsichtig. Auf dem zerknitterten Stoff lag ein kugelförmiger Gegenstand aus Ton – eine Figurine mit Hörnern in der Gestalt einer Frau. Unter ihren Brüsten waren phönikische Buchstaben eingraviert und sieben Punkte, die wie eine Weinrebe aussahen, und in der Leistengegend war ein kleines Loch gebohrt. Die Buchstaben glichen denen auf der Mesa-Stele.

«Wo hast du das gefunden?»

«In Medeba.»

«Es lag einfach so im Staub?»

«Nein. In einer Höhle.»

«Woher wußtest du, wo du suchen mußt?»

«Ich wußte es nicht. Ich hatte Glück. Die Buchstaben ähneln den Buchstaben auf der Stele, nicht wahr? Ist das Moabitisch?»

«Ja, sie ähneln einander. Du kennst doch diese Buchstaben. Du hast sie selbst abgeschrieben.»

«Was steht hier geschrieben?»

«Ich weiß es nicht. Ich muß erst die Inschrift entziffern.»

Shapira erinnerte sich an die persische Tonscherbe, die sie Schick verkauft hatten.

«Bist du sicher, daß diese Tonfigurine nicht von Martin Bulus hergestellt wurde?»

Die Narbe in Selims Gesicht verdunkelte sich, und er riß Shapira die Figurine aus der Hand.

«Glaubst du mir nicht? Ich werde sie Schick verkaufen. Clermont-Ganneau. Den Engländern. Kann Martin Bulus Moabitisch?»

«Nein. Aber du kannst es.»

«Sieh sie dir an.» Selim hielt die Figurine vor Shapiras Gesicht. «Kann ich so etwas erfinden?»

«Ja.»

«Ich gehe.»

«Ich wollte dich nicht beleidigen. Aber es wäre ja nicht das erste Mal, daß Altertümer in Jerusalem gefälscht wurden.»

Er nahm Selim die Figurine aus der Hand und betrachtete sie. Die kleinen Punkte erschienen ihm nun wie eine Reihe von Sternen und nicht wie eine Weinrebe. Die Modellierung war grob gearbeitet und voller Details, und soweit er auf den ersten

Blick sehen konnte, verbanden sich die Buchstaben nicht zu einem Wort oder einer Wortkombination. Selim könnte diese Figurine gefälscht haben. Er hätte keine Skrupel diesbezüglich. Und trotzdem, vielleicht war sie tatsächlich echt?

«Gab es noch mehr Tonfunde dort?»

Selim zuckte mit den Achseln.

«Du warst doch dort, oder?»

«Ich habe dir gesagt, daß ich dort war.»

«Und du hast nichts anderes gefunden?»

«Nein.»

«Wie kann es sein, daß du nur diese eine Figurine gefunden hast? Wo es einen Fund gibt, gibt es noch andere Funde. Hast du den Rest für dich selbst genommen?»

«Nein, warum sollte ich? Du zahlst mir doch für alles, was ich dir bringe.»

«Natürlich zahle ich. Also wo ist der Rest? Es muß doch noch irgendwelche Krüge, Töpfe, Flaschen, Schalen, Öllampen, Kultfiguren gegeben haben. Die Menschen, die dort lebten, brauchten doch Geräte.»

«Goblan erzählte mir, daß er noch mehr gesehen hat.»

«Goblan?»

«Ich konnte doch nicht einfach so nach Moab hineinmarschieren und zu suchen anfangen. Man hätte mir die Kehle durchgeschnitten. Er hat mir Schutz gegeben, was mich viel Geld gekostet hat. Hundert Piaster, ehe wir noch zu suchen begannen.»

«Und was habt ihr gefunden? Ich hatte also doch recht! Ihr habt etwas gefunden, und du wolltest es vor mir verheimlichen!»

«Goblan hat mir nicht erlaubt, die Funde mitzunehmen. Er hat mir aufgetragen, dich zu fragen, wieviel du für sie zahlen wirst.»

«Jetzt redest du!»

«Er meinte, daß auch der Franzose an ihnen interessiert sei.»

«Gibt es viele Tonwaren?»

«Ich habe sie nicht gesehen.»

«Was hat Goblan gesagt?»

«Er hat gesagt, ich soll dich fragen, wieviel du für sie zahlen wirst.»

Shapira begann die Geduld zu verlieren. Selim, dieser geldgierige Lügner, versuchte, sich einen guten Gewinn zu sichern. Er würde nicht zögern, die Funde jenem anzubieten, der den höchsten Preis für sie zahlte.

«Der Preis hängt von der Anzahl der Funde ab. Gab es viele?»

«Ich weiß es nicht.»

«Was glaubst du?»

«Ja.»

«Dutzende?»

«Ja.»

«Hunderte?»

«Ja.»

Er zögerte einen Augenblick, bevor er fragte:

«Tausende?»

Selim zuckte die Achseln. Seine Hand war tief im Gewand vergraben und klimperte mit den Münzen darin.

«Willst du diese Tonfunde?»

«Ja.»

«Ich werde sie dir bringen.»

«Wann fährst du wieder nach Moab?»

«In einer Woche. Ich muß die Maultiere vorbereiten, Wächter, Lastträger, einen Koch und Waffen mieten. Ich brauche Geld, Geld für den Gouverneur, Geld für den Scheich der Chamajde, Geld für Goblan. Eintausend Piaster.»

«Dreihundert bekommst du jetzt und dreihundert, wenn du nach Jerusalem zurückkehrst.»

«Ich kann mich nicht mit weniger als tausend auf den Weg machen. Die Funde selbst müssen schließlich auch bezahlt werden.»

«Wie lange wirst du in Moab bleiben?»

«Zwei Wochen oder einen Monat oder noch länger.»

«Ich komme mit.»

«Nein.»

«Warum nicht?»

«Wenn sie dich sehen, werden sie den doppelten Preis verlangen.»

«Du hast recht. Ich komme nicht mit. Erzähl niemandem von den Tonscherben. Weder den Deutschen noch den Franzosen, Engländern oder Türken, weder deinen Freunden, den Töpfern, noch den Ikonenmalern, nicht einmal Achmed darfst du etwas verraten. Wenn Klein dem Franzosen nichts von der schwarzen Stele erzählt hätte, würdest du dir heute das schnellste arabische Pferd kaufen können.»

Selims Lider schlossen sich einen Augenblick. Als er die Augen öffnete, waren sie feucht vor Gier.

«Bereite das Geld vor, und ich werde die Tonfunde bringen», sagte er, nahm seine Lampe und schlüpfte hinaus.

Shapira blieb allein mit der Figurine. Er nahm sie in die Hand und betrachtete sie. War dies Astarte, jene «Astarte Kemosch», die auf der Mesa-Stele erwähnt wurde? War dies die moabitische Göttin der Fruchtbarkeit und der Liebe, die Schwester Anats und Ischtars und Ascheras, die vom Erdboden verschwunden waren? Wieviel Geld würde er für sie bekommen? Würde ihr Wert sinken, wenn Hunderte oder gar Tausende solcher Funde in den Steppen Moabs entdeckt würden? Funde wie diese waren noch unbekannt, und ihre Seltenheit würde Verdacht erregen. Daher wäre es besser, sie würden so viel wie möglich finden. Selim hatte so getan, als hätte er nur diese Figurine gefunden. Hätte er nicht auf ihn eingeredet, so hätte er nicht zugegeben, daß es mehr von ihnen gab. Aber vielleicht hatte er die Geschichte mit den Tonfunden erst erfunden, als er sah, wie versessen er auf sie war, und würde nun gehen und im Ofen von Martin Bulus «antike Figurinen» brennen. Nein, nein, die Figurine war echt, er glaubte, daß sie echt war, und wenn er daran glaubte, würden auch andere daran glauben.

Er strich behutsam über die Tonfigur, und Sandkörner blieben an seinen Fingern haften. Was bedeuteten die sieben Punkte, symbolisierten sie irgendein Ritual, einen Zyklus von Tagen, Stunden, Jahren, die Gestirne? Die Gestalt Alijas flakkerte wieder vor seinen Augen auf, die verschleierte Astarte Kemosch, Tochter der Tonfigurine, die er nun in den Händen hielt. Das Leben beider Frauen hatte nur zwei Ziele: Überleben und Fortpflanzen, und alle Symbole und Riten waren die Folge dieser beiden Ziele. Ihn fröstelte vor Kälte, und er dachte, das ist das Wesen aller Dinge, die aufgehende Sonne und die Kälte, die ich empfinde, das Universum und das Fleisch, das ist die ganze Astarte.

10

SIE BETRATEN DEN LADEN zu dritt, Selim an der Spitze, gefolgt von Achmed, der einen Sack auf der Schulter trug, und Martin Bulus, dem Steinmetzen, der in einer Hand eine lange dünne Tonpfeife hielt und mit der anderen seine Ziege an einem Strick nach sich zog. Selim war mit sich selbst zufrieden. Er war mit der Schlauheit von Narren begabt, die die Welt nach ihren eigenen Maßstäben maßen, und seine Selbstsicherheit amüsierte Shapira. Selim ließ Achmed den Sack auf den Boden stellen und holte zwei Büsten römischer Herrscher daraus hervor; Lorbeerkränze schmückten ihr Haupt, und auf ihrer Brust waren zwei Reihen von Buchstaben eingraviert, die sich auf den ersten Blick nicht zu Worten verbanden. Selim erzählte, Martin Bulus habe diese Büsten zufällig gefunden, als er unten im Tal arbeitete. Selim sei ihm begegnet, als er sich auf den Weg in die Stadt machte, um sie den Priestern seiner Kirche zu verkaufen. Die beiden trauten ihren Ohren nicht, als Shapira ihnen sagte, er verzichte auf die Ehre, denn wer sei er, daß er den griechischen Priestern etwas wegnehmen würde, was für sie bestimmt sei.

«Dort, wo Martin gegraben hat, hatten einst Römer gelebt, nicht wahr?» sagte Selim. «Agrippa. Gallus. Und ihre Statuen sahen wie diese hier aus. Sammler lieben diese Statuen. Sie sind bereit, viel Geld für sie zu zahlen.» In seine Stimme hatte sich der lyrische Ton geschlichen, den er für finanzielle Angelegenheiten aufbewahrte.

«Die Büsten sind nicht antik», sagte Shapira. «Irgend jemand hat sie in der Erde vergraben, damit Martin sie finden würde. Sie wurden hier in Jerusalem angefertigt.»

«Die Römer waren hier, richtig? Sie haben Sachen hinterlassen, richtig? Also warum nicht diese Statuen?»

«Es ist schade um meine und um eure Zeit. Ich dachte, du wärst schon auf dem Weg», wandte er sich an Selim.

«Ich habe Martin versprochen, ihm zu helfen, die Statuen zu verkaufen.»

«Und mir hast du versprochen, nach Moab zu gehen.»

Ein paar italienische Touristen betraten den Laden, und Bulus ging auf die Straße hinaus.

«Ich dachte, du wärst schon in Moab», zischte Shapira zornig.

«Ich mache mich auf den Weg, sobald ich diese Statuen verkauft habe. Auf Selims Wort.»

«Selims Wort! Also gut, ich kaufe sie dir für vier Franken ab, und basta. Hast du schon die Maultiere gemietet, die Zelte, Leibwächter, einen Koch?»

«Noch nicht.»

«Worauf wartest du?»

«Auf das Geld.»

Die Büsten, die auf dem Tisch standen und noch Erde in ihren Ritzen hatten, lenkten nun die Aufmerksamkeit der italienischen Touristen auf sich. Römische Kaiser aus dem Heiligen Land! Shapira versuchte, sie vom Kauf abzuhalten, doch seine Zurückhaltung reizte ihre Kauflust nur noch mehr. Selim übernahm die Rolle des Mittlers und gab sich nicht eher zufrieden, bis er die Statuen für zwanzig Franken verkauft hatte.

«Willst du mich ruinieren?» rief Shapira, als die Käufer gegangen waren.

«Ich? Warum? Was ist passiert?»

«Was ist passiert!»

«Ich wollte dir nur helfen. Du brauchst doch Geld.»

«Noch so eine Hilfe von dir, und ich bin verloren.»

«Ich habe dich nicht gezwungen, sie zu verkaufen», sagte Selim. «Hast du das Geld für meine Reise nach Moab?»

«Nicht alles.»

«Frutiger hat jetzt Bargeld.»

«Woher weißt du das?»

«Es ist ihm gelungen, einen Käufer für die Grundstücke in Mamila zu finden. Und ich habe gehört, daß er den Brüdern Navon vorige Woche Land verkauft hat.»

Shapira hatte von Selim einen guten Tip erhalten, und Frutiger gab ihm tatsächlich eine Anleihe.

Nachdem sich Selim auf den Weg gemacht hatte, saß er da und wartete gespannt auf seine Rückkehr, als könne er mit seiner Konzentration die Zukunft beeinflussen. Rosette und er saßen nun Abend für Abend beieinander, lauschten dem prasselnden Regen und Hagel und warteten. Rosettes Bauch ragte wie ein Bug aus ihrer schmalen Hüfte, und ihre straffe Haut schien von innen zu leuchten. Die nahende Geburt und der Mann, der in Moab grub, vermischten sich in seinem Kopf und lösten abwechselnd Glückseligkeit und Angst in ihm aus, als wäre er selbst schwanger. Manchmal sprang er abrupt auf und setzte sich wieder, und an einem Abend, als die Stille unerträglich wurde, weinte er und wußte nicht warum. In den Nächten lagen beide wach und horchten angespannt auf die Geräusche, hörten das Klirren der Schwerter, wenn die Wachen auf der Mauer herumhüpften, um sich warm zu halten, hörten Wasser tropfen, Steine rollen, einen Säugling husten. Es schien, als sei nicht nur die Luft erstarrt, sondern auch die Zeit.

Schließlich kehrte Selim aus Moab zurück. Er erzählte, Scheich Kablan vom Stamm der Aduwan habe ihn bis zur Grenze von Diban begleitet, und von dort habe der Stamm der Adjaja ihm Schutz gegeben. Abu Dib habe Mutluk zu sich gerufen, den Mann aus seinem Stamm, in dessen Besitz sich einige Tonfunde befanden. Nach komplizierten Verhandlungen, bei denen schließlich Selims Gerissenheit Mutluks Hartnäckigkeit besiegte, erklärte sich dieser bereit, ihm zwei Funde für 25 Piaster zu verkaufen. Nach seinen Worten hatte er sie gefunden, als er nach Salpeter suchte. Selim mußte Mutluk und Abu Dib schwören, niemandem von dem Verkauf der Funde zu erzählen, und als es Abend wurde, schmuggelten sie ihn über die Grenze aus Moab hinaus.

«Gibt es noch mehr Tonfunde dort?»

«Kablan sagt, daß es in Medeba und in Diban noch viele gebe, es jedoch gefährlich sei, sie von dort herauszuholen. Die Adjaja glauben, daß die Inschriften auf Schätze hinweisen. Sie fürchten, ihre Entdeckung würde den Zorn ihrer Götter erwekken und Dürre und Tod über sie bringen. Vor zwei Jahren haben sie einen Hirten getötet, weil er es gewagt hatte, sich ein paar Krüge zu nehmen, die er in einer der Höhlen fand.»

Die zwei Figurinen, die Selim zurückgebracht hatte, wiesen eine erstaunliche Ähnlichkeit mit der kleinen Figurine auf, die er insgeheim «Astarte Kemosch» nannte. Die moabitischen Buchstaben auf ihren Bäuchen waren hervorgehoben, während die Buchstaben auf ihren Rücken eingraviert oder eingeprägt waren. Die Figuren sahen wie krugförmige Mumien aus. Aus dem Kopf der weiblichen Figurine ragten fünf kleine Sputzen, und die Ohren waren innen hohl und hatten anscheinend als Henkel gedient. Die männliche Figur war kleiner, nicht größer als 15 cm. Die Buchstaben glichen denen auf der Mesa-Stele. Auch hier verbanden sie sich nicht zu verständlichen Worten, aber er zweifelte nicht, daß die Schrift moabitisch war. Waren dies die Götzen der Moabiter, die in der Bibel erwähnt wurden? Hatte ihm das Schicksal tatsächlich das fehlende Glied in der Geschichte der alten Völker gegeben?

«Ist das alles?»

«Ja.»

«Ich habe für deine Reise eine Anleihe von hundert Franken aufgenommen!»

«Ich konnte nicht dort bleiben. Sie hätten mich umgebracht. Abu Dib hat versprochen, noch mehr Tonfunde für dich zu sammeln.»

«Und wer garantiert mir, daß er sie nicht einem anderen verkaufen wird?»

«Er will eine Wassermühle für die Funde haben.»

«Welche Funde? Die Funde, die ich nicht erhalten habe? Die ich nicht gesehen habe? Woher weiß ich überhaupt, ob es noch mehr von ihnen gibt?»

«Es gibt noch mehr.»

«Wir wollen sie erst einmal sehen, danach können wir über die Mühle reden.»

Gerade jetzt, da er es so sehr wollte, konnte er nicht nach Moab reisen. Die Zeit der Geburt nahte, und er fürchtete, Rosette allein zu lassen. Er war gereizt und unruhig, wie ein Liebhaber, der seine Geliebte zu sehen begehrt und niemandem seine Gefühle mitteilen kann. Er hatte Angst, noch mehr Leute in das Geheimnis einzuweihen. Das Gerücht über die moabitischen Tonfunde sollte sich nicht in ganz Jerusalem verbreiten. Inzwischen machte er sich auch Sorgen, woher er das Geld für weitere Funde nehmen sollte. Er konnte Frutiger nicht um noch eine Anleihe bitten, ehe er die erste zurückgezahlt hatte. Auch wollte er sich nicht von jemand anderem Geld leihen, denn es sollte sich nicht herumsprechen, daß er sich in finanziellen Schwierigkeiten befand. Er würde nachsehen müssen, wieviel Geld Rosette gespart hatte. Sie hatte einen Beutel mit Ersparnissen, die für den Kauf von Weizen bestimmt waren, in einem anderen Beutel verwahrte sie das Geld für den Kauf von Weintrauben. Es waren noch drei Monate bis zum Ende der Ernte geblieben. Er würde das entwendete Geld sicherlich vor der Zeit der Weinlese zurücklegen können. Aber nein, was würde er Rosette sagen, er konnte doch nicht so tun, als hätte er vergessen, ihr zu erzählen, daß er das Geld genommen hatte. Er erwog andere Quellen einer Anleihe: die Hoteliers Hornstein, die Bank von Hamburger, Frutigers Partner Spitler – nein, er konnte doch nicht aus beiden Taschen Geld nehmen. Schließlich fiel ihm Duisberg ein, der ehemalige preußische Konsul in Khartum, der einen Weinladen nahe dem Jaffator besaß, und er machte sich sofort zu ihm auf.

Duisberg erklärte sich bereit, Shapira die Anleihe zu geben, wollte jedoch wissen, wofür er sie brauchte. Shapira machte eine Andeutung über streng vertrauliche Regierungsinteressen, was jedoch Ungehaltenheit bei Duisberg auslöste, der sich beleidigt fühlte, daß er nicht für würdig gehalten wurde, in das Geheimnis dieser «Interessen» eingeweiht zu werden. Shapira versprach wiederzukommen, sobald er sich mit den betreffenden Leuten beraten habe, und ging niedergeschlagen. Die Zeit arbeitete gegen ihn, und er sah bereits, wie die Beduinen einem anderen die Funde verkauften, sah Selim als Diener eines neuen Herrn nach Moab reisen.

Am nächsten Tag kam Selim mit einer weiteren moabitischen Tonfigurine in den Laden, die ihm – so sagte er – Scheich Kablan geschickt hatte. ‹Ich wickle ihn um den kleinen Finger›, zwinkerten seine Augen seinem ewigen Schatten Achmed zu. Und er hat recht, dachte Shapira, ist es ihm nicht gelungen, mir die «römischen» Büsten zu verkaufen?

«Das ist eine grobe Fälschung.»

«Woher weißt du das?»

«Man wird dich ins Gefängnis sperren, und ich werde kommen und zusehen, wie du die Straßenarbeiten am Sichemtor verrichtest.»

«Das ist einer der Funde des ermordeten Beduinen.»

«Wie bequem! Es gibt niemand, der es bezeugen kann.»

«Was ist nicht in Ordnung mit der Figur?»

«Nichts ist in Ordnung.»

«Sind die Buchstaben moabitisch?»

«Du kennst diese Buchstaben doch, sowohl von der Mesa-Stele als auch von den anderen Figuren.»

Selim schwor bei seiner heiligen Mutter, daß er nichts mit der Herstellung der Figur zu tun habe und sie ihm tatsächlich von Kablan geschickt worden sei. Shapira zögerte, Selim zu verraten, worauf er seinen Verdacht gründete, denn er wollte nicht, daß Selim aus seinen Fehlern lernte. Aber vielleicht war Selim tatsächlich nicht der Betrüger?

«Die Figurine ähnelt den Krügen, die man hier auf dem Markt kaufen kann. Sogar die Spuren des Töpferrades sind noch auf ihr zu erkennen. Und die Buchstaben! Die Buchstaben wurden aufgesetzt, nachdem sie im Ofen gebrannt wurden, während die Buchstaben auf echten Figuren aufgeprägt wurden, solange der Ton noch weich war. Und was ist mit dem Natrium?»

«Hier sind keine Spuren von Natrium.»

«Aber auf den alten Figuren gibt es welche. Wer hat diese Figur hergestellt? Martin Bulus?»

«Warum soll ich dich belügen?»

«Weil es so einfach und bequem ist. Nein, ich verlasse mich nicht auf dich. Ich werde selbst nach Moab reisen und Chana Louis mitnehmen.»

«Die Beduinen wissen, daß er der Begleiter des Konsuls ist, und werden mehr Geld von dir verlangen.»

«Meine Mutter pflegte zu sagen, nur die Reichen können es sich leisten, billig zu kaufen. Ich habe dich nach Moab geschickt, und du bist mit leeren Händen zurückgekehrt.»

Duisberg betrat den Laden, angeblich war er zufällig in der Nähe gewesen. Seine Augen fielen auf die Figurine, die auf dem Tisch stand.

«Was ist das?»

«Das gehört Selim.»

«Scheich Kablan hat es mir verkauft», prahlte Selim. «Ein Beduine aus seinem Stamm hat es in einer Höhle bei Diban gefunden.»

«Die Schrift ähnelt der Schrift auf der Mesa-Stele, richtig?»

«Ja, es ist die gleiche Schrift.»

Pilger betraten den Laden. Shapira wandte sich ihnen zu und zeigte ihnen Bilder vom Heiligen Land, während er dem Gespräch lauschte, das im Hinterzimmer fortgeführt wurde. Er wußte, daß er eingreifen müßte, bevor es zu spät war, aber was sollte er sagen; in dem Augenblick, da er das Wort «Fälschung» aussprach, würde der Verdacht auch an den echten Figuren haften, und er konnte es auch nicht zulassen, daß Selim El-Kari, dieser Marktdieb, eine wichtige historische Entdeckung verdarb. Als die Pilger ihre Käufe getätigt hatten, kehrte er ins Hinterzimmer zurück.

«Die Figurine gehört zu meiner Sammlung», erklärte er mit glühenden Wangen. Ein hauchdünnes Lächeln umspielte Selims Lippen. Er hatte wieder einmal gesiegt.

«Herr Shapira hat das Vorrecht.»

«Wieviel kostet sie?» Duisberg wollte zumindest wissen, wieviel er verloren hatte.

«Dreißig Mark.»

«Was?!» rief Shapira.

Selim setzte eine beleidigte Miene auf. «Du weißt ebensogut wie ich, daß diese Figur einzigartig ist.»

«Ich habe für diese beiden Figuren, die viel wertvoller sind, fünfundzwanzig Piaster bezahlt!»

«Ich bin bereit, dreißig Mark zu zahlen», sagte Duisberg.

«Nein!» rief Shapira. «Sie gehört zur Sammlung, man kann sie nicht von dem Rest trennen.»

«Dann zahl mir dreißig Mark.»

«Das tue ich natürlich nicht. Du bekommst zwölf Piaster.»

Duisberg nahm dreißig Mark aus seiner Tasche und legte sie auf den Tisch.

«Sie ist nicht einmal drei Mark wert», protestierte Shapira.

«Ich gebe Ihnen noch dreißig Mark für die anderen beiden Figurinen. Es wäre tatsächlich schade, sie zu trennen.» Die Konkurrenz entfachte Duisbergs Eifer.

«Nein. Aber sollte ich doch noch beschließen, sie zu verkaufen, dann verkaufe ich sie Ihnen, das verspreche ich.»

«Reisen Sie nach Moab?» fragte Duisberg Shapira.

«Nein.»

«Ich reise dorthin», meinte Selim.

«Haben Sie dort etwas gefunden?»

Selim und Shapira schwiegen.

«Sie beleidigen mich, Shapira. Sie bitten mich um eine Anleihe, ohne mir sagen zu wollen, wozu Sie das Geld brauchen, dann versuchen Sie, Selim davon abzuhalten, mir eine Figurine zu verkaufen, die Sie gar nicht haben wollen, und jetzt, da ich Sie frage, ob Sie etwas in Moab gefunden haben, verstummen Sie, als wäre ich ein Spion des Gouverneurs.»

«Sie verstehen nicht, ich versuche nur, Sie zu schützen. Die Figur ist keinen Piaster wert.»

«Und trotzdem kaufen Sie sie? Nun, mir ist sie etwas wert. In zehn Jahren werde ich sie für zweihundert Mark verkaufen können, und in hundert Jahren wird man sich an den Namen Duisberg einzig und allein dank dieser Figur erinnern. Auch Weinhändler haben ihre Träume, Shapira.»

«Wer bin ich, daß ich Ihre Träume stehle», mischte sich Selim hastig ein. «Die Figur gehört noch immer mir, und ich verkaufe sie Ihnen.»

«Ich verstehe, daß es in Moab noch mehr von diesen Funden gibt. Wollten Sie mit dem Geld eine Expedition finanzieren?»

«Ja.»

«Ich mache Ihnen einen Vorschlag. Sie verkaufen mir die Figur, und ich gebe Ihnen die Anleihe, um die Sie mich gebeten haben.»

Fasziniert und hilflos schaute Shapira zu, wie die gefälschte Ware von einer Hand in die andere ging. Wer mit Hunden schlafen geht, wacht mit Flöhen auf, pflegte Rosette zu sagen. Er hätte Selim schon längst loswerden sollen. Er hatte von Anfang an gewußt, daß der Mann ein Lügner und Betrüger war, und hätte er sich nicht mit ihm eingelassen, so wäre er nicht in diese unangenehme Situation gekommen. Er würde niemals behaupten können, nicht gewußt zu haben, daß die an Duisberg verkaufte Figurine gefälscht war. Er wußte es, und Selim wußte es, und Achmed wußte es. Und wenn es je herauskommen sollte, würde es nicht nur seinem Ansehen schaden, sondern er würde auch Selims Erpressungen ausgeliefert sein.

Ihm schien, daß er noch nie so aufgeregt war wie in den letzten Tagen. Der Regen hatte nachgelassen, die Luft war klar und scharf, und im Hof begannen Rosettes Blumen zu blühen. Rosette war ruhelos; ständig mit Stricken und Nähen von Windeln, Laken, Mäntelchen und Mützchen beschäftigt. Trübe Flecken verunstalteten ihren Teint, als vermochte ihre Schönheit nicht zwei Lebewesen auf einmal zu umfassen, und sie ging im Haus umher wie ein riesiges Zelt, war ganz auf das Leben, das in ihrem Inneren wuchs, konzentriert, schwieg stundenlang, und nur ihre geschäftigen Hände verrieten die erstickte Fiebrigkeit.

Das Warten auf das Kind und das Warten auf die Rückkehr der Expedition aus Moab vermengten sich miteinander und wurden eins, und manchmal fürchtete er, daß die Spannung ihm den Verstand rauben würde, bevor eins der beiden Ereignisse eintrat.

Als Selim endlich mit den Tonfunden zurückkehrte und drei mit Säcken beladene Esel im kleinen Hof festband, stand Rosette auf der Treppe. Die weiße Schürze, das blasse Gesicht, der goldene Zopf und der gewölbte Bauch verliehen ihr das Aussehen eines himmlischen Cherubs. Ihr Blick haftete auf dem kleinen Granatbaum, den sie im Hof gepflanzt hatte. Zwei Jahre hatte sie ihn mit kostbarem Wasser begossen, und nun war er von den Eseln zertrampelt worden. Hinter ihr stand Warda, das Kindermädchen aus Bethlehem, ein hohes besticktes Häubchen auf dem Kopf, und starrte mit brennender Neugier auf Selim.

Selim erlaubte niemandem, die Säcke anzurühren. Er entließ die Viehtreiber, dann lud er die Säcke ab, lehnte sie vorsichtig an die hohe Steinmauer und öffnete einen von ihnen. Weizenkörner ergossen sich auf seine Hände, rieselten durch seine gespreizten Finger. Plötzlich fiel eine kleine rötliche Figurine in seine Hand, dann noch eine... und noch eine... Er nahm eine Figurine nach der anderen aus den Säcken, männliche, weibliche und hermaphroditische Figurinen mit auffallenden Geschlechtsorganen, Vasen, Krüge, Schalen und winzige münzengroße Tonsiegel.

Shapira stand verblüfft vor dieser Fülle, ihm schwindelte beim Anblick der Brüste und Beine und der Buchstaben, die phönikisch aussahen und den moabitischen Buchstaben ähnelten. Auf einem Teil der Tonware waren Salzspuren sichtbar, und plötzlich sprangen ihm in Ton gravierte Zeichen in die Augen – Punkte, Sterne, Hörner. Seine Wangen glühten, und er sehnte sich bereits nach dem Moment, da er mit seinen Tonfunden allein sein würde. Wie herrlich würde das Sortieren sein und dann die Entschlüsselung, die sich langsam enthüllende Bedeutung der Worte. Nun stand er wieder am Anfang des Weges, wie damals, als er die Inschrift der Mesa-Stele sah und die Erkenntnis noch vor ihm lag.

Der Berg von Weizenkörnern wuchs, wurde unter ihren Füßen zertreten, ließ Staubwolken aufsteigen. Plötzlich stand Rosette neben ihm. In der Hand hielt sie ein grobgliedriges Fruchtbarkeitsidol. «Was ist das, Willi, was ist das, was ist das?!» fragte sie wieder und wieder, wobei ihre Stimme immer höher wurde und ihr Gesicht zusehends errötete.

«Das ist offensichtlich ein moabitischer Fruchtbarkeitsgott.»

«Das ist eine Schande!» rief sie und warf Selim einen zornigen Blick zu.

«Rosette, gib mir die Figur und geh ins Haus.»

«Ich will diese Dinge nicht in meinem Haus sehen. Das sind heidnische Götzen.»

«Natürlich sind das heidnische Götzen, Rosette. Es handelt sich ja um eine Kultur, die vor dem Monotheismus existierte.»

«Kein frommer Christ würde diese Figuren in sein Haus bringen.»

«Beruhige dich, Rosette, sie werden nicht hierbleiben.»

«Ich kann mit diesen Abscheulichkeiten nicht unter einem Dach leben.»

«Rosette, ich bitte dich, sei ein liebes Kind und geh ins Haus. Ich habe doch gesagt, daß sie nicht in unserem Haus bleiben werden. Diese ‹Abscheulichkeiten› sind die einzigen Überbleibsel eines Volkes und einer Kultur, die von der Erde verschwunden sind. Und was auch dir wichtig ist – sie bestätigen, was in der Bibel geschrieben steht. Laß Ali und Warda die Weizenkörner wegkehren, danach werde ich die Funde auf mein Zimmer bringen.»

«Auf dein Zimmer? Aber Willi! Hier liegen mindestens zweihundert Funde!»

«Nachdem ich sie untersucht habe, werde ich sie in den Laden bringen lassen.»

Er wünschte, sie würde gehen. In diesem Augenblick wollte er niemanden um sich haben, wollte nur mit seinen Tonfunden allein sein, sie betrachten und auf sich wirken lassen. Er wußte, daß die Erleuchtung irgendwann kommen und er alles herausfinden würde, was über sie herauszufinden war, wenn er mit ihnen vertraut war.

«Zweihundertzwei!» verkündete Selim, nachdem er den letzten Sack geleert hatte.

Selim, Ali und der Sudanese halfen Shapira, die Funde in sein Arbeitszimmer zu tragen.

«Hast du irgendwem von diesen Funden erzählt?»

«Nein. Aber ich kann nicht für Goblan, diesen schwarzen Räuber, bürgen. Ich mußte ihm noch zweihundert Piaster zahlen, nur damit er seinen Mund hält, Allah erbarme sich seines gesunden Auges. Er beneidet Abu Dib um seine Negerin und hat sich eine dritte Frau gekauft. Und auf dem Rückweg hat mich der Gouverneur von Sichem angehalten, und ich mußte auch ihm zweihundert Piaster zahlen.»

«Du bekommst einhundert.»

«Einhundert!» schrie Selim. «Das Geld, das du mir gegeben hast, reichte gerade noch, um diese Männer zum Schweigen zu bringen. Mir ist es gleich, ob andere von den Tonfunden wissen. Nur meine Treue zu dir hält mich davon ab, zum russischen Archimandriten zu gehen – er hat sich schon mehrmals an mich gewandt – oder zum Gouverneur, der mich gebeten hat, ihm Antiquitäten für das Museum in Konstantinopel zu besorgen. Sie sind bereit, jeden Preis zu zahlen. Aber ich sagte ihnen, daß ich nur für dich arbeite. Nächstes Mal werde ich nur noch für einen Händler arbeiten, der bereit ist, mir meine Ausgaben zurückzuerstatten.»

«Was heißt ‹nächstes Mal›? Gibt es noch mehr solcher Tonfunde?»

«Goblan meint ja.»

«Ich glaube diesem schwarzen Raben nicht. Du hast keine mehr gesehen?»

«Ich glaube ihm. Goblan liebt Geld. Du wirst mindestens einen Taler mit jeder einzelnen Scherbe verdienen, das heißt, du hast im Moment zweihundertzwanzig Taler in diesem Zimmer. Und du bist nicht bereit, mir die elenden Piaster zurückzuzahlen? Ich habe mein Leben aufs Spiel gesetzt, um diese Funde zu bekommen, denn ich sagte mir, ich werde meinem Herrn etwas bringen, das sein Herz erfreut, damit er endlich die moabitische Stele vergessen kann.»

«Wenn ich die zweihundertzwanzig Taler erhalte, die du mir versprichst, wirst du deinen Anteil bekommen.»

Unablässig forderte Selim, was ihm zustand, rollte die Augen, flehte, drohte, schmeichelte, bis sich die beiden Männer schließlich müde und heiser die Hand gaben. Shapira zahlte die dreihundert Piaster, und Selim versprach, die restlichen Funde aus Moab zu bringen.

Als er endlich allein war, blickte er auf die Tonwaren, die den Raum füllten, und wußte nicht, wo er anfangen sollte. Er nahm seine Astarte Kemosch, die auf dem Schreibtisch stand, in die Hand, die erste Figurine, die er gekauft hatte. Seine Finger glitten über den Ton, streichelten seine polierte, körnige Oberfläche. «Zwar weiß ich viel, doch möcht' ich alles wissen», erinnerte er sich an den Vers aus *Faust*. Einige der Siegel waren so winzig, daß er Angst hatte, sie aus Versehen zu zertreten, und viele der Figuren waren mit Schriftzeichen bedeckt.

«Willi?»

Rosette stand in der Tür, ihr Gesicht war rot vor Zorn.

«Ich kann mit diesen Götzen nicht unter einem Dach wohnen, Willi. Zerschlag sie!»

«Ich soll sie zerschlagen?!»

«Auch unser Urvater Abraham hat die Götzen zerschlagen.»

«Er hat sie zerschlagen, weil die Menschen an sie glaubten. Aber ich glaube nicht an sie. Niemand glaubt heute noch an sie. Das ist Vergangenheit. Denk nur. Die Bibel spricht von Götzen, und wir haben bisher überhaupt nicht gewußt, was das bedeutete, wie sie aussahen, was sie symbolisierten. Und nun werden wir es wissen.»

«Der Herrgott hat diese Zeit vom Antlitz der Erde getilgt.»

«Rosette! Komm her zu mir, mein Pfau...»

«Nein!»

Er ging vorsichtig zwischen den Figuren hindurch bis zur Tür.

«Gott wird dich strafen, Willi.»

«Das ist die wichtigste Entdeckung, seit Champollion die Hieroglyphen entzifferte! Ich werde der erste Mensch seit Josephus Flavius sein, der Moab beschreibt. In diesem Augenblick bin ich der einzige Mensch auf Erden, der von der Existenz dieser moabitischen Funde weiß.»

«Selim ist ein Gauner.»

«Richtig. Aber er hilft mir, die moabitischen Figuren zu bekommen. Die größten Museen der Welt werden sich um sie reißen. Und dann werden wir in ein neues Haus ziehen.»

«Ich will nicht in ein neues Haus ziehen. Vernichte sie.»

«Gott bewahre!»

«Wie kommt es, daß Klein nie von diesen Figuren gehört hat? Er ist praktisch in Moab zu Hause?»

«Das ist also, was dich stört, daß Klein sie nicht entdeckt hat. Es tut dir weh, daß die Ehre nicht ihm zuteil wurde.»

«Siehst du, schon streiten wir uns wegen dieser Abscheulichkeiten. Du hast keine christlichen Gefühle. Als hättest du das Judentum nie aufgegeben.»

«Ich habe es aufgegeben, Rosette.»

«Nun, dann hat das Judentum dich nicht aufgegeben.»

Zorn wallte in ihm auf, seine Hände zitterten, und er fürchtete, daß er sich nicht beherrschen könnte.

«Willst du damit sagen, daß ich ein ungläubiger jüdischer Betrüger geblieben bin?»

«Nein! Nein! Aber wie ist es möglich, daß niemand vor der Entdeckung der Stele von den moabitischen Funden hörte? Kommt dir das nicht merkwürdig vor? Hier liegen doch Hunderte von Scherben. De Saulcy war dort, Tristram war dort, Klein war dort, alles Leute, die nach Altertümern suchen. Kommt dir das nicht merkwürdig vor?»

«Nein, ganz und gar nicht! Nachdem De Saulcy so klug war, überall Geld zu verstreuen, haben die Stämme einander bekämpft, und dabei sind zahlreiche Menschen ums Leben gekommen. Damit das nicht noch einmal geschieht, halten sie jetzt jeden Fund geheim.»

«Ja? Wie kommt es dann, daß Selim plötzlich solch einen Fund gemacht hat?»

«Weil niemand dort nach ihnen gesucht hat. Nach der Entdeckung der Mesa-Stele war es doch logisch, anzunehmen, daß noch mehr Funde dort gemacht werden würden. Wenn die moabitische Kultur tatsächlich an diesem Ort existierte, dann kann es doch nicht sein, daß nur die eine Stele, die Klein gefunden hat, erhalten geblieben ist.»

«Du redest, als gehörte dir die Stele und Klein habe sie dir gestohlen. Er ist dir nichts schuldig.»

«Den Protestanten ist er nichts schuldig? Den Deutschen ist er nichts schuldig? Es geht hier um einfache Treue.»

«Du redest von Treue? Gott wird dich strafen, Willi, dein Gott wird dich strafen.»

«Verschwinde. Verschwinde von hier!»

Er hätte sie geschlagen, wäre sie nicht schwanger gewesen. Und danach hätten sie sich vielleicht wieder versöhnt. Doch nun trat ein eisiges Schweigen zwischen sie. Er schloß sich in seinem Arbeitszimmer ein und studierte die Tonfunde. In seinem Kopf kreiste die Frage: «Wie ist es möglich, daß niemand vor der Entdeckung der Stele von den moabitischen Funden gehört hat?» Eine beunruhigende Wahrheit lag in dieser Frage, und er verdrängte sie ärgerlich. Rosette mit ihrer Frömmigkeit. Rosette und ihr ewiger Argwohn. Sie würde ihm niemals vertrauen. Mit kalter Klarheit sah er sich und sie, wie sie wirklich waren: er – warm und temperamentvoll, fähig zu lieben, und sie – eine Nonne, die gesündigt hatte. Er war die Dornenkrone auf dem Haupt der Diakonisse, er war ein Jude in ihren Augen, ein unverbesserlicher Jude. Wie dumm er gewesen war! Als er sie kennenlernte, hatte er noch auf die große Veränderung, die Erlösung gewartet. Eines Tages würde er aufwachen und entdecken, daß er ein anderer Mensch war, ein wahrer Christ, und dann würde er ausziehen, um die Welt zu erobern. Doch inzwischen hatte er festgestellt, daß er die Mauer seiner selbst war, denn wie konnte man ein wahrer Christ sein, wenn man Mosche Wilhelm Shapira hieß, in Kamenitz-Podolsk geboren wurde und in Jerusalem lebte und einer Kirche angehörte, in der es weder ein Kreuz noch einen Gekreuzigten gab, nur zwei in hebräisch geschriebene Bundestafeln. Ohne es zu merken, war er zu seiner alten Identität zurückgekehrt, wie einer, der nach Hause kommt, seinen neuen Mantel ablegt und seinen alten Kittel überstreift. Im Grunde genommen unterschied er sich nicht von den Mitgliedern jener kleinen Gruppe von Konvertiten in Jerusalem, Leuten wie Hornstein, in dessen Hotel den Juden koscheres Essen serviert wurde, oder wie Bergheim, der zu *Pessach* das *Chametz* in seiner Mühle verkaufte. Ihre kommerziellen Verbindungen mit den Juden verpflichteten sie zu diesem Verhalten, und obwohl sie es nicht wollten, kamen sie zurück zum Glauben. Hätten sie zum Beispiel in Rom unter den Jesuiten gelebt, wäre es ihnen vielleicht gelungen, aus ihrer Haut zu schlüpfen. Aber hier? Hier waren sie weder Juden noch Christen. Wenn seine eigene Frau ihn mit Argwohn behandelte, warum sollte er dann nicht auch die Feindseligkeit der restlichen Menschen auf sich ziehen? Und vielleicht hatte sie recht. Gott hatte Abraham befohlen, die Götzenbilder zu zerschlagen, und nun kam er und hauchte ihnen neues Leben ein. Konnte es sein, daß Gott ihm Versuchungen in den Weg legte und ihn wieder und wieder prüfte?

Er hob eine kleine, mit Sternen geschmückte Tafel vom Boden auf. Die Funde würden nicht lügen. Auf der Tafel unten befanden sich winzige Spuren, die aussahen, als würden sie von einer Töpferscheibe stammen. Konnte man in Moab altertümliche Brennöfen finden? Oder hatten sie den Ton in der Sonne gebrannt? Der Sand dort war rötlich, doch diese Altertümer waren hell, cremefarben, von ihrer Farbe her den Töpferwaren Jerusalems ähnlich. Auf einigen von ihnen waren die grünlichweißen Spuren von Natrium zu sehen.

«Ich fahre nach Moab», sagte er zu Ali.

«Für wie lange?»

«Für eine Woche. Paß auf meine Frau und das Haus auf, während ich fort bin.»

«Wann macht Ihr Euch auf die Reise?»

«Übermorgen.»

Dieses Mal traf er alle Vorbereitungen allein und bat Rosette nicht, ihm zu helfen. Sie verfolgte wortlos sein Tun, und erst als er im Begriff war, aus dem Haus zu gehen, kam sie zu ihm.

«Ich glaube, Warda hat sich in Selim verliebt.»

«Warda? Und wie kommt sie mit Ali aus?»

«Ali? Was hat Ali damit zu tun?»

«Ali ist klüger als wir alle. Mach dir keine Sorgen, es ist nicht ihr erstes Baby. Und sie hat gute Empfehlungen.»

«Das ist richtig.» Sie lächelte.

Als er das Tor öffnete, sah er, wie sich der alte Diener eine Träne aus dem Auge wischte.

«Was ist geschehen, Ali?»

«Ihr geht fort.»

«Ich habe dir doch schon vorgestern gesagt, daß ich fahre.»

«Vorgestern seid Ihr nicht gegangen. Heute geht Ihr.»

Eine Gruppe von fünf Männern machten sich auf den Weg: Selim, der die Expedition leitete und ihr Reiseführer war, Doktor Chaplin, der Arzt der englischen Mission, Pfarrer Weser, Vorsteher der deutschen evangelischen Gemeinde in Jerusalem, und . . . Duisberg. Shapira hatte sie gebeten, den großen Museen Europas den Kauf seiner Sammlung zu empfehlen, woraufhin sie zuerst zu den Orten reisen wollten, an denen die Funde gemacht worden waren.

Ihre Beute war nicht groß: ein Krug, ein paar Tonscherben, eine große Statuette. Die Funde wurden in einer Höhle in der Gegend von Kubeiba entdeckt, zu der sie Scheich Mutluk geführt hatte. Mutluk, der wußte, daß Selim mit seinem Feind Goblan ein Abkommen geschlossen hatte, war den Mitgliedern der Expedition zunächst feindselig gesonnen und machte keine Anstalten, ihnen zu helfen. Die Gesetze der Wüste waren einfach: Die Freunde meines Feindes sind meine Feinde. Doch am Ende taten die Geschenke und Schmeicheleien ihre Wirkung, und Scheich Mutluk verriet ihnen, daß er ein Hellseher sei und es in seiner Macht liege, die Rätsel der Höhlen und Hügel zu lösen und ihnen zu zeigen, wo archäologische Stücke verborgen lagen.

Doktor Chaplin betrat eine der Höhlen mit seiner Lampe. Graues Moos bedeckte die Wände. Aus der rechten Höhlenwand ragte ein Felsen, der wohl ein Meter hoch war. Mutluk deutete auf ihn. «Dort», sagte er. Der Felsen war aus Granit und steckte tief in der Erde. Die Gruppe grub und hakte stundenlang, während Mutluks Jungen die Steine aus der Höhle entfernten. Schließlich wurde hinter dem Gestein, in der weichen Erde, eine Nische sichtbar und über ihr, in der Felsdecke, eine große Statuette. Zwei Reihen hervorstehender Buchstaben schmückten ihre Brust und zwei Reihen eingravierter Buchstaben ihren Rücken. In der Erde der Nische wurden zwei Tonscherben mit Inschriften und ein paar Knochen gefunden.

Die Entdeckung löste große Erregung in den Herzen der Ausgräber aus, doch Selim war enttäuscht. Wie sehr man ihm auch zuredete, er war untröstlich. Was waren schon ein paar Scherben und eine Statuette nach all den Altertümern, die er in Diban und Medeba gefunden hatte?

Am letzten Morgen, als sich die Karawane auf den Heimweg machte, erspähten Selims Adleraugen einen flachen Erdwall. Er hielt sein Pferd an, stieg ab und begann mit den Fingern in der Erde zu graben. Unter der obersten Schicht fanden sich Tonscherben sowie durchlochte Tonperlen, auf denen noch immer Spuren roter Farbe sichtbar waren.

«Irgendeine Dame hat ihren Schmuck verloren», meinte Doktor Chaplin.

«Sie hat ihn wohl vor ihrem eifersüchtigen Gatten versteckt», sagte Weser.

Die Männer waren guter Dinge und machten ihre Witze auf Kosten der antiken Dame. Sie kehrten zwar mit wenig Funden zurück, aber die Expedition war ein Erfolg gewesen. Shapira tat so, als teilte er ihre Freude. Die Entdeckung des Erdwalls war zu einfach gewesen, und Selim hatte zuviel Glück gehabt.

Einige Wochen später kam Claude Conder in Shapiras Laden. Im Hinterzimmer wurden ihm siebenhundert Tonfunde gezeigt. Shapira erzählte ihm, daß sich bei ihm zu Hause weitere dreihundert befänden, die er noch nicht klassifiziert habe. In der Tat, die «Shapira-Sammlung» war die sensationellste Entdeckung des Jahres. Professor Palmer schrieb, daß der Fund der moabitischen Stele das Jahr 1870 zum *annus mirabilis* in der Erforschung des Landes Israels gemacht hatte. Die verschiedenen Regierungen erhielten von ihren Repräsentanten in Jerusalem ausführliche Berichte über die moabitischen Altertümer. Pfarrer Weser fertigte Zeichnungen von ihnen an und schickte sie an Professor Schlottmann, dem renommierten Bibelforscher der Universität Halle; Doktor Chaplin und Charles Drake malten sie in einer Serie von zweihundert Aquarellen, die sie dem Palestine Exploration Fund in London schickten, und eine amerikanische Forschungsgesellschaft machte sich nach Hesbon in Transjordanien auf, in der Hoffnung, weitere Schätze dort zu finden. Berichte und Artikel über die «Shapira-Sammlung» erschienen sowohl in wissenschaftlichen Journalen als auch in den Tageszeitungen und konkurrierten mit Reportagen über die Erfindung des Telegrafen, den preußisch-französischen Krieg oder der Nachricht, daß Sarah Bernhardt beschlossen hatte, ihr Theater in ein Militärhospital umzufunktionieren. Jerusalembesucher wollten unbedingt einen Blick auf die Sammlung werfen, und Shapira trennte mit einem Seil den Durchgang zwischen dem vorderen Teil des Ladens, in dem Souvenirs an Pilger und Touristen verkauft wurden, und dem hinteren Teil, in dem sich heilige Bücher und Antiquitäten befanden. Innerlich segnete er den guten Halperin. Was hätte er mit all den Funden getan, wenn er noch in Ben Schaloms kleinem Laden gesessen hätte?

Eine Spur von nationalem Stolz schlich sich in die Diskussion über die Authentizität der moabitischen Tonfunde. Die deutschen Gelehrten behaupteten, die Sammlung sei mindestens ebensoviel wert wie die Mesa-Stele und die Inschrift von El-Chamma. Pfarrer Weser wurde zum offiziellen Mittelsmann zwischen Shapira und den deutschen Museen ernannt und Shapira selbst zum «Agenten der preußischen Regierung», nachdem er bereits der «Agent des Britischen Museums» war.

Es war tatsächlich ein *annus mirabilis* für Shapira. Die Geburt seiner Tochter Auguste erfüllte sein Herz mit Glückseligkeit und Sorge. Wenn er nach Hause kam, lief er als erstes zu der Wiege. Rosette hatte ihm verboten, das Kind auf den Arm zu nehmen, und so stand er da und betrachtete es mit der gleichen erregten Demut, mit der der kühnste Kämpfer auf einen Tautropfen schaut. Wenn endlich das Geld fließen wird, werden wir in ein neues, geräumigeres Haus ziehen, dachte er. In seiner Phantasie sah er sich bereits mit Auguste im Hof sitzen, im Schatten der Weinreben, die sich von der Laubhütte rankten, und las ihr Gedichte von Goethe und Schiller, Batjuškov und Puschkin vor.

Der Konsul Carl Viktor von Alten höchstpersönlich teilte dem Antiquitätenhändler den Beschluß der preußischen Regierung mit, die «Shapira-Sammlung» zu erstehen. Wie sein Vorgänger befaßte sich auch der alte Baron mit archäologischer Forschung und war Mitbegründer des Deutschen Vereins für die Erforschung Palästinas. Von Alten veröffentlichte Artikel über die Geschichte Jerusalems, und seine «Beteiligung» an der Entdeckung der moabitischen Altertümer, für die er später zum Generalkonsul befördert wurde, erfüllte ihn mit tiefer Befriedigung. Er versuchte erst gar nicht, seine Zufriedenheit zu verbergen, als er Shapira in sein Büro bat, um ihm mitzuteilen, daß der Kaiser beschlossen habe, die erste Serie der Funde zu kaufen, insgesamt neunhundertelf Stück, für die Shapira zwanzigtausend Taler verlangte.

Nachdem er die erste Sammlung an das Museum in Berlin verkauft hatte, schickte er Selim auf neue Expeditionen und begann die zweite Sammlung zusammenzustellen. Dieses Mal waren die Engländer auf der Hut. Claude Conder kam tagtäglich in den Laden, um die verschiedenen Statuetten zu malen; die Aquarelle schickte er dann an den Palestine Exploration Fund in London. In einer detaillierten Beschreibung, die er im Bulletin des Exploration Fund veröffentlichte, berichtete er, daß die Shapira-Sammlung von Tag zu Tag anwachse und die neuen Stücke nicht minder interessant seien als die der ersten Sammlung. Er selbst kaufte fünfzehn Tonfiguren und schickte sie an den Exploration Fund. Shapira, der Unbehagen darüber empfand, daß er ausgerechnet den Deutschen seine moabitischen Funde verkauft hatte, war daran interessiert, die neue Sammlung an die Engländer zu verkaufen, um die guten Beziehungen aufrechtzuerhalten, die er mit ihnen geknüpft hatte.

Eines Tages, während Shapira die Funde sortierte, erzählte ihm Conder beiläufig, daß Clermont-Ganneau nach London ins Büro des Palestine Exploration Fund gekommen sei und die Aquarelle begutachtet habe, die Drake und Chaplin von der ersten Sammlung gemalt hatten.

«Und?» fragte Shapira, voller Angst, daß seine Stimme ihn verraten würde.

«Er ist sich nicht sicher.»

«Worüber ist er sich nicht sicher? Seien Sie doch bitte nicht so britisch. Reden Sie!»

«Nun, ich zitiere aus dem Brief, den ich erhalten habe: ‹Clermont-Ganneau sagt, er habe das Gefühl, daß alle Ihre Funde, vom ersten bis zum letzten, gefälscht seien.›»

«Alle! Und das allein anhand der Zeichnungen?»

«Er meint, daß eine so große Menge an Inschriften in paläographischer Hinsicht unlogisch sei und daß sie unübersetzbar seien.»

«Wenn er unfähig ist, etwas zu übersetzen, dann ist es ‹unübersetzbar›? Was für eine Arroganz!»

Durch das Fenster sah er, daß der Teich voll mit Müll war, ein widerlicher Anblick! Wie konnten Menschen so leben, wie konnte er selbst in diesem Schmutz leben? Sein Herz zog sich zusammen wie eine geballte Faust.

«Wie hat er seine Schlußfolgerung begründet?»

«Mein Freund John schreibt, Clermont-Ganneau könne den Fälscher anhand seiner ‹pseudo-moabitischen› Schrift erkennen. Das ist sein Ausdruck, nicht meiner. Er nannte den Namen Selim El-Kari.»

«Den Schuldigen hat er auch schon gefunden. Nicht nur, daß er weiß, daß sie gefälscht sind, er weiß sogar, wer sie gefälscht hat. Und er behauptet, ein Mann der Wissenschaft zu sein! Wo sind die Fragezeichen? Wo ist das Zögern, die Bescheidenheit, die Vorsicht? Wo ist die Untersuchung?»

«Sie haben recht. Der Mann ist erstaunlich arrogant. Ich glaube, daß Ihre Funde echt sind, und auch Drake glaubt es.»

«Warum wurde er überhaupt ins Büro des Exploration Fund gebeten? Er ist doch Franzose.»

«Er ist zwar Franzose, aber er ist auch Mitglied des Exploration Fund. Regen Sie sich nicht auf, er verlachte auch meine Interpretation der Zeichen und Worte, machte sich über Duisberg lustig, und Pfarrer Weser nannte er ‹den Archäologen-Pfarrer›, im Unterschied zu Klein, der die Ehre hatte, als ‹Beduinen-Pastor› bezeichnet zu werden. Kurzum, Sie befinden sich in guter Gesellschaft.»

«Der arme Selim! Wie undankbar. Selim war doch derjenige, der die Inschrift der Mesa-Stele abschrieb, bevor sie von den Beduinen zerschlagen wurde. Wenn Selim nicht gewesen wäre, hätten wir die Stele nicht rekonstruieren können. Dank ihm wissen wir heute, daß es eine moabitische Sprache und eine moabitische Kultur gegeben hat.»

«Nun ... er behauptet, daß er Selims besondere Handschrift erkennt. Bestimmte Abweichungen, bestimmte Buchstaben, die auf der Abschrift der Mesa-Stele sowie auf den moabitischen Tonfunden vorkommen.»

«Natürlich. Sowohl die Stele als auch die Tonfunde sind moabitisch. Sie wurden höchstwahrscheinlich zur selben oder zu einer ähnlichen Zeit angefertigt.»

«Bitte, regen Sie sich nicht auf.»

«Wie soll ich mich nicht aufregen? Ich werde beschuldigt, gefälschte Altertümer zu verkaufen. Und von wem? Von einem Mann, der sie nicht einmal mit eigenen Augen gesehen hat. Er hat ein ‹Gefühl›! Was ist das, ein ‹Gefühl›? Ein neuer wissenschaftlicher Schlüssel?»

«Niemand beschuldigt Sie. Das ist nur die Meinung eines einzelnen, die Meinung eines Mannes, der nicht sonderlich beliebt ist. Ein Mann ohne Skrupel, arrogant und voller Vorurteile. Professor Schlottmann ist eine viel bedeutendere Autorität als Monsieur Clermont-Ganneau, und sein Artikel, in dem er die Echtheit der moabitischen Funde bestätigt, hat nicht nur Jerusalem, sondern auch Paris und London erreicht.»

«Ich bin kein Mann der Wissenschaft. Ich bin Händler. Vielleicht kann ich die Forscher gerade deshalb so sehen, wie sie wirklich sind. Im Gegensatz zu Clermont-Ganneau sind die meisten von ihnen sehr vorsichtig. Der leiseste Zweifel macht ihnen angst. Ich bin überzeugt, daß viele sich von meinen Funden abwenden werden, wenn Clermont-Ganneaus Urteil bekannt wird. Sie werden es vorziehen, nichts zu tun und sich zu irren, als irgend etwas zu tun und sich zu irren.»

«Ich glaube, daß die Funde echt sind. Ich habe doch schon fünfzehn Stück gekauft. Jeder, der sie gesehen hat, glaubt, daß sie echt sind. Wenn Clermont-Ganneau nach Jerusalem kommt, wird er seine Meinung ändern.»

«Kommt er nach Jerusalem zurück?»

«Ja.»

«Wann? Wozu?»

«Er wird eine archäologische Expedition leiten, die sich etwa ein Jahr im Land aufhalten wird.»

«Eine Expedition des Palestine Exploration Fund?»

«Ja.»

«Warum? Haben die Engländer nicht genug gute Leute im Land? Sie! Drake! Chaplin, Warren, Palmer! Wenn jemand aus England hierhergeschickt wird, warum dann nicht einer Ihrer Leute? Jemand, der schon vorher im Land gearbeitet hat.»

«Das Abkommen wurde zwischen dem britischen und dem französischen Außenministerium geschlossen, und die Expedition wird von beiden Seiten finanziert.»

Shapira schwieg. Wenn die Außenministerien Frankreichs und Englands Clermont-Ganneau mit einer so wichtigen Aufgabe betraut hatten, würde das Geld und das Prestige, das sie in ihn investierten, seinen Ansichten Autorität verleihen. Er spürte plötzlich, daß er schon seit langem auf diesen Schlag gewartet hatte, als hätte er gewußt, daß man ihm auflauerte, um ihn zu strafen. Er war schuld. Da die moabitischen Tonfunde so gut verkauft worden waren, hatte er Selim aus Bequemlichkeit die Verantwortung für ihre Entdeckung überlassen und keine Fragen gestellt. Absichtlich hatte er jeglichen Zweifel erstickt aus Angst, das Huhn zu töten, das ihm goldene Eier legte. Die rostbraunen Tonfiguren tanzten vor seinen Augen. Man konnte keinem vertrauen. Selim, Klein, Clermont-

Ganneau, er war von Blutegeln umgeben. Sogar seine eigene Frau wandte sich von ihm ab. Auf wen würde er sich verlassen können, wenn sich herausstellte, daß die Altertümer tatsächlich gefälscht waren? Wer würde ihn anhören? Wer würde vergeben?

Eine böse, giftige Angst würgte ihn. Er rief sich seine Errungenschaften, seinen Reichtum, seine Tochter in Erinnerung, doch die Bedrückung wich nicht. Wenn das Museum in Berlin doch endlich beschließen würde, die moabitischen Funde auszustellen! Worauf warteten sie? Monate waren vergangen, seit man ihn über die bevorstehende Ausstellung informiert hatte, und seitdem war nichts geschehen. Was hielt sie auf? Niemand würde es wagen, an der Echtheit der Funde zu zweifeln, wenn diese Ausstellung stattfände.

Mittags kam Duisberg in den Laden und erzählte aufgeregt, er habe vom Schatzmeister des englischen Konsulats gehört, daß das Britische Museum auf Clermont-Ganneaus Ratschlag hin beschlossen habe, die erworbenen moabitischen Altertümer vorläufig im Archiv aufzubewahren.

Eine Woche davor hatte Duisberg von der Regierung eine Auszeichnung für seine Hilfe bei der Erwerbung der moabitischen Altertümer für das Museum in Stuttgart erhalten. Nun fürchtete er, daß der Glanz der Auszeichnung gedämpft würde, und verlangte von Shapira, «etwas zu tun».

«Verklagen Sie den Mann! Er verleumdet Sie ja! Ein Händler, dessen Name befleckt ist, kann sein Geschäft schließen. Ich bin doch auch Händler, ich weiß Bescheid. Es ist wie ein Erdrutsch, der nicht aufgehalten werden kann. Mehr noch, auch wenn sich am Ende herausstellt, daß Sie unschuldig sind, so genügt es, daß sich die ganze Geschichte herumspricht, und niemand wird mehr die moabitischen Funde anrühren wollen.»

«Das nächste Mal fahre ich selbst nach Moab», sagte Shapira. Er wußte, daß es nicht sein guter Ruf war, der Duisberg Sorgen machte.

«Ich komme mit.»

«Bitte sehr. Aber einstweilen sollten wir uns darauf einigen, Clermont-Ganneaus Meinung nicht überall zu verbreiten.»

«Selbstverständlich! Sehr richtig! Sicher doch!»

Müdigkeit kam über ihn. Wenn Conder von Clermont-Ganneaus Urteil wußte, dann wußten es auch Drake und Doktor Chaplin, und wenn Duisberg und der Schatzmeister davon wußten, dann wußten es auch Weser und der Konsul. Er erzählte Duisberg nicht, daß Clermont-Ganneau an der Spitze einer archäologischen Expedition ins Land kommen würde. Der Mann würde es noch früh genug erfahren.

Nachdem Duisberg gegangen war, fing Schimon Levy zu lachen an.

«Erinnert Ihr Euch an die persische Scherbe, die wir Konrad Schick verkauft haben?»

«Was hat das eine mit dem anderen zu tun?»

«Selim!»

«Wir haben doch ausgemacht, nicht darüber zu reden.»

«Mein Mund ist versiegelt!» lächelte Schimon.

Shapira beschloß, den Laden zu verlassen, vor Schimon zu fliehen und schlechten Nachrichten zu entgehen. Er ging hastig durch die schmalen, belebten Gassen, vorbei an den Geschäften in der Christenstraße, an den Getreide- und Gemüseständen in der Davidstraße. Allein die Erwähnung von Clermont-Ganneaus Namen reichte, um ihn tief zu erschüttern. Was war ihm dieser Mann? Wer war dieser Clermont-Ganneau, ein eifriger junger Archäologe, wie viele andere auch, der keinen Grund hatte, einem gewissen Moses Wilhelm Shapira den Krieg zu erklären. Denn was hatte er, Shapira, ihm angetan? Im Gegenteil, Clermont-Ganneau war derjenige, der Shapira die Mesa-Stele regelrecht unter der Nase weggenommen hatte. Alle in Jerusalem wußten, daß er ein schamloser Dieb war, genauso wie alle wußten, daß er tödliche Angst vor den Beduinen hatte und erst nachdem er sich mit einer Eskorte umgeben hatte, es gewagt hatte, nach Moab aufzubrechen. Wer konnte ahnen, daß er an der Spitze einer englisch-französischen Expedition ins Land zurückkehren würde? Shapira war verloren! Die alte Angst ergriff ihn wieder. Wie in seinen Alpträumen aus den Kindheitstagen, wenn er sich vor einer Strafe retten wollte, die er gar nicht verdiente, versagten seine Beine und er blieb stehen, provozierte seine Verfolger allein dadurch, daß er nicht floh.

Als er nach Hause kam, fand er Rosette im kleinen Salon in Gesellschaft von Frau Klein und einem fremden Ehepaar. Rosette saß am Ende des Tisches in ihrem geschmacklosen grauen Kleid, die Demut in Person. Mit ihrem Verhalten versuchte sie, die Lebensgier ihres Mannes zu «sühnen», zog sich zurück und weigerte sich, an seinen «heidnischen Vergnügen» teilzunehmen. Vergeblich erzählte er ihr, daß Pfarrer Weser, der Generalkonsul und sogar Seine Majestät der Kaiser großes Interesse an seinen moabitischen Funden bekundeten. Sie legte ihre wenigen Schmuckstücke ab und ging gekränkt im Haus umher. Sie machte es sich zur Gewohnheit, am Ende des Tisches zu sitzen, in der Hand ihre Stickerei, die Lippen zusammengepreßt, und da sie selbst rein wie ein Engel war, war es klar, für wessen Sünden sie büßte.

«Was willst du?» explodierte er eines Tages. «Daß ich auf Knien die Via Dolorosa gehe wie die russisch-orthodoxen Frauen?»

«Es wird alles wie eine Seifenblase zerplatzen. Selim El-Kari ist ein Lügner, und ich bin sicher, daß er die Scherben hier in Jerusalem hergestellt hat, und du bist sein Komplize.»

«Glaubst du mir?»

«Ja.»

«Ich habe dich nicht gehört.»

«Ich sagte ja.»

«Ich war mit Doktor Chaplin und Pfarrer Weser und Duisberg in Moab. Glaubst du ihnen?»

«Es ist Selim, dem ich nicht glaube.»

«Aber wir waren es, die die Funde gemacht haben, nicht Selim.»

«Er hat sie versteckt, damit ihr sie dort findet.»

«Unsinn!» Er lachte gereizt.

«Selim hat euch dorthin gebracht. Er hat euch zu den Funden geführt, richtig?»

«Professor Schlottmann, einer der größten Experten für heilige Schriften, hat bewiesen, daß sie echt sind, aber dich hat er natürlich nicht überzeugt. Nein! Rosette Jöckel weiß es besser.»

«Warum veröffentlicht er dann seine Studie nicht? Er hat doch längst versprochen, sie zu veröffentlichen.»

Dies hätte Shapiras glücklichstes Jahr sein können. Die Samen, die er zwanzig Jahre gesät hatte, waren aufgegangen und trugen nun Früchte: Er hatte sein Vaterland verlassen, war zum Christentum konvertiert, hatte sich in Jerusalem niedergelassen, geheiratet und einen angesehenen Beruf ergriffen. Nun wünschte er sich, die ganze Welt zu umarmen, schöne Möbel, Kleider und Juwelen zu kaufen, der Welt sein Glück und seinen Reichtum ins Gesicht zu werfen wie einer, der eine Fahne auf der eroberten Festung schwenkt. Statt dessen unterdrückte er seine Freude und mußte achtgeben, Rosette nicht zu entsetzen. Sie, die sein Herz mit ihrem unschuldigen Ernst, ihrem Glauben und ihrer Bescheidenheit gewonnen hatte, verwendete nun all diese Eigenschaften gegen ihn. Nach der Geburt ihres Kindes wollte sie mit ihrer Mütterlichkeit die ganze Welt umarmen, und sogar ihren Ehemann, doch schon kurze Zeit später zog sie sich wieder in ihren Panzer zurück. Seine Lebensfreude erschien ihr wie Gotteslästerung und seine Lebensgier wie der Fluch von Götzenbildern. Sie hatte so große Angst vor ihnen, daß es ihm fast schien, als glaubte sie an ihre Macht.

Sie stellte ihm ihre Gäste vor. Herr und Frau Frank waren Angehörige des Templerordens. Sie gingen von Haus zu Haus und luden die Mitglieder der kleinen deutschen Gemeinde zur Grundsteinlegung von «Ebn Ezer» ein, des Hauses, das sie im Refaim-Tal, außerhalb der Altstadtmauern, zu bauen planten.

«Ein alter Traum wird Wirklichkeit!» lachte Matthäus Frank

aufgeregt. «Ich habe beschlossen, die ganze Gemeinde zu der Feier einzuladen. Sie kommen doch hoffentlich?»

Der Mann schien verlegen, und Shapira fragte sich, wie es hier in seiner Abwesenheit zugegangen war. Rosette stickte eifrig, die Augen auf die kleinen Kreuze geheftet, die Lippen zusammengepreßt. Frau Klein saß zurückgelehnt auf dem Stuhl, ihr Gesicht glänzte vor Neugierde.

«Matthäus?» flüsterte die Templerin, und ihr Mann reagierte sofort und sprang vom Stuhl auf.

«Bitte! Sie fliehen doch nicht vor mir?» rief Shapira. «Rosette macht ausgezeichneten Wein aus Hebron-Weintrauben. Und das ist doch ein Anlaß zum Anstoßen. Es geschieht nicht alle Tage, daß ein Mann sein Haus in Jerusalem baut. Ali!»

Rosette sah kurz auf. Alle wußten, daß die Kirche in Deutschland den Bann über die Mitglieder des Ordens verhängt und sie sogar exkommuniziert hatte, doch warum sollte man einem Mann zürnen, der mit seiner eigenen Person die Idee der «Rückkehr nach Jerusalem» verwirklichte? War das nicht eben das, was sie alle taten – Rosette, Klein, Shapira? Niemand hatte diesem Frank geholfen, keine Institution hatte ihm ihren Schutz angeboten, und sogar die anderen Templer schoben die Rückkehr nach Jerusalem von Jahr zu Jahr hinaus und ließen sich lieber in Haifa, Jaffa und Scharona nieder, und selbst dort kam im ersten Jahr ihrer Ankunft ein Zehntel von ihnen ums Leben. Die wenigen Templer, die sich in Jerusalem niederließen, taten es auf eigene Initiative, ohne jegliche Unterstützung oder Ermutigung, in gesellschaftlicher Isolation sowohl zu Hause als auch außerhalb.

«Werden Sie allein im Refaim-Tal wohnen?» fragte Shapira.

«Ich hoffe, daß dort eines Tages eine Kolonie von Templern entstehen wird.»

«Und wie werden Sie sich Ihren Lebensunterhalt verdienen, wenn ich fragen darf?»

«Ich werde eine Dampfmühle errichten.»

«Im Refaim-Tal?»

«Ja.»

«Mein Schwager, der Gatte von Rosettes Schwester, besitzt eine Dampfmühle und verdient ganz anständig damit, nicht wahr, Rosette?»

«Ja.»

«Jerusalem ist nicht Hessen, so helf uns Gott!» Frank sah zum Himmel auf, und seiner Frau entschlüpfte ein schnarrendes Lachen. Als er sie anschaute, hatte sie bereits die Hand auf den Mund gelegt, aber ihre Augen lächelten weiter. Sie sah wie eine Bäuerin aus, ihr Gesicht war gesund und frisch. Sie hatte kleine Augen, und ihre Lippen waren zu breit, um als schön zu gelten, doch sie verliehen ihrem Gesicht eine Herzlichkeit, und es war ihnen anzusehen, daß sie zu lachen gewohnt waren. Ihre Jugendlichkeit und Heiterkeit versetzten ihm einen Stich. Wie lange würde es dauern, bis Jerusalem ihr die Vitalität aussaugen würde?

Ali betrat das Zimmer, ein Tablett mit einer Flasche Rotwein und kleinen Glaskelchen in der Hand.

«Also, auf das Wohl der Siedler!» Shapiras Stimme war laut und enthusiastisch, seine Gesten waren ungestüm und ausholend in der Bemühung, das boshafte Schweigen Rosettes zu überspielen.

«Es würde mich sehr freuen, wenn Sie sich uns anschließen würden», lächelte Herr Frank. «Wir werden in unserer Siedlung sehr auf Sauberkeit achten. Und die Häuser werden aus Ziegelsteinen gebaut, mit großen Fenstern und Ziegeldächern und Steinmauern um die Höfe herum, wie in unserem Dorf in Württemberg.»

«Und Bäume», fügte seine Frau schüchtern hinzu. «Für den Schatten und zur Zierde.»

«Rosette? Was meinst du? Würdest du außerhalb der Mauern wohnen wollen, in einem großen, neuen Haus?»

«Ich möchte auf dem Zionsberg bleiben.»

«Frau Shapira ist eine ehemalige Diakonisse», erklärte Frau Klein. «Sie kam mit Schwester Charlotte Pils nach Jerusalem.»

Frau Frank nickte eifrig, wie ein kleines Mädchen, das die Lehrerin beeindrucken will. Dabei fiel ihr eine Locke über die Stirn, was ihr noch mehr Charme verlieh. Was hatte diese hübsche junge Frau dazu bewogen, ins Heilige Land zu kommen? Die Liebe zu ihrem Mann? Ihr Glaube? Die meisten Templer waren einfache Leute vom Land, Bauern oder Handwerker, erfüllt von der Sehnsucht nach dem himmlischen Königreich. Aber kein Königreich, ja nicht einmal der Schatten eines Königreichs erwartete sie hier, und Rosettes kalte Arroganz ärgerte ihn.

«Wie hoch ist heute der Preis für Land im Refaim-Tal?»

«Anderthalb Piaster pro Quadratmeter.»

«Ich möchte gerne dieses Haus verlassen und in ein neues, größeres ziehen, aber Rosette ist wenig dazu geneigt. Und Sie, Frau Klein, was meinen Sie? Würde es angenehm sein, nur unter Deutschen zu leben?»

«Solche Entscheidungen treffe ich nicht allein.»

«Wo ist übrigens der Pastor?» fragte Rosette. «Ich habe ihn schon lange nicht gesehen.»

«Er ist mit der britischen Expedition nach Moab gereist.»

Die Nachricht wühlte Shapira wieder auf. Die unangenehmen Überraschungen, die dieser Tag bescherte, schienen kein Ende zu nehmen. Für eine solche Expedition waren doch Vorbereitungen nötig gewesen. Wieso hatte er nichts davon gehört? Er wußte, daß Klein ihn nicht mochte – hatte er das nicht bei der Affäre mit der Mesa-Stele bewiesen? Außer dem Pastor wußten doch noch andere von der Expedition, die Angestellten des britischen Konsulats, die Mitglieder des Deutschen Vereins für die Erforschung Palästinas, die anglikanische Gemeinde. Hatten sich denn alle gegen ihn verschworen? Hatte man beschlossen, die Expedition vor Moses Wilhelm Shapira geheimzuhalten? Warum? Wer war der Mann, der für diese Geheimhaltung verantwortlich war? Clermont-Ganneau? Der brauchte doch nur den Namen «Shapira» zu hören, um sogleich alle seine Funde als eine absolute Fälschung anzusehen. Aber warum hatten die anderen auf ihn gehört? War es der Erfolg, der ihn, Shapira, verdächtig machte? Die Tatsache, daß es ihm gelungen war, Kostbarkeiten zu finden, die ihren Augen entgangen waren? Er war ein Fremder für sie, es nützte nichts, so zu tun, als hätte er Wurzeln geschlagen. Er war ein «Jude», und er würde ein «Jude» bleiben, und nichts konnte das ändern.

Die Ehefrau des Pastors spürte anscheinend, was in ihm vorging.

«Man hat versucht, die Expedition geheimzuhalten.»

«Vor mir?»

«Gott behüte! Vor den Beduinen, aus Angst, daß sie einander umbringen würden vor lauter Neid und Konkurrenz. Die Männer des Stammes Aduwan, die für den Transport nördlich des Flusses Hesbon zuständig sind, kamen ins Konsulat in Jerusalem, um einen Vertrag zu unterschreiben, in dem sie sich verpflichteten, die Expedition zu beschützen, und erklärten bei dieser Gelegenheit, daß sie jedes Mitglied eines fremden Stammes, das es wagt, den Hesbon zu überqueren, töten würden. Am nächsten Tag kamen die Männer des Stammes Taamira und unterzeichneten einen Vertrag, in dem sie sich verpflichteten, die Expedition südlich vom Toten Meer zu beschützen. Auch sie erklärten, jeden fremden Beduinen zu töten, der es wagt, in ihren Herrschaftsbereich einzudringen. Und außer den beiden großen Stämmen gibt es noch etliche kleinere Stämme, die nicht minder grausam sind. Ich werde nicht eher beruhigt sein, bis ich meinen Mann gesund und munter zu Hause sehe.»

«Abu Dib ist mein Freund. Ich hätte bei den Verhandlungen helfen können.»

«Auch du hast deine Reise nach Moab mit Duisberg, Chaplin und Weser geheimgehalten», sagte Rosette.

«Ich hatte Angst vor den Franzosen und den Russen, nicht vor meinen Brüdern. Ah», seufzte er, «manchmal scheint es mir, daß der Haß der Atemhauch Jerusalems ist.»

Die kleinen, forschenden Augen der Templerin sahen plötzlich dumm und argwöhnisch aus, und die weiten Hosen ihres

Mannes wirkten geradezu lächerlich. Das Ehepaar schien die eingetretene Spannung zu spüren. Es erhob sich und verabschiedete sich von den Gastgebern. Auch Frau Klein erhob sich und verließ mit ihnen zusammen das Haus.

Er ließ sich in den Sessel fallen und schloß die Augen. Zu viele Dinge waren heute geschehen. Die schlechte Nachricht von Conder, das Gerücht, das Duisberg ihm erzählt hatte, und schließlich die Worte von Kleins Frau. Das war alles kein Zufall. Er fragte sich wieder, wodurch er den Verdacht seiner Mitmenschen auf sich lenkte. Ihren Haß. Sie wollten ihm Angst einjagen, ihn aus Jerusalem vertreiben, weil ihnen sein Scharfsinn ein Dorn im Auge war. Denn hatte er die Niederlage der Mesa-Stele nicht gewendet und war mit seiner Tonsammlung als Sieger hervorgegangen? Der Name des Jerusalemer Antiquitätenhändlers Shapira wurde zum Begriff, was nicht nur ihrem Ansehen, sondern auch ihrem Geldbeutel geschadet hatte. Als er vor zwanzig Jahren mit dem Handel begann, hatte er nicht genug Geld, um die Ladenmiete zu zahlen, und nun erstreckten sich seine Geschäfte von Jemen bis London, und die größten Gelehrten der Welt klopften an seine Tür. Nun, er würde sich nicht ducken, er würde nicht mit falscher Bescheidenheit auftreten.

Eine kleine feuchte Hand berührte die seine, und er öffnete die Augen. Seine Tochter Auguste war ins Zimmer gekrochen und stand nun vor ihm, die Hände auf seine Knie gestützt. Der goldene Flaum glänzte auf ihrem Kopf im bläulichen Licht der Abenddämmerung, und ihre großen blauen Augen blickten ihn verwundert an. Er seufzte und nahm sie auf den Schoß, streichelte ihr kühles, samtweiches Gesicht und legte seine Wange an ihren warmen kleinen Kopf. Als sie sich zu winden begann, wippte er sie auf den Knien und summte:

> Es war einmal ein König,
> der hatt einen großen Floh...

Auguste patschte seine Wangen, gurrte und lachte. Sie versuchte, ihm die Finger in den Mund zu stecken, und er nahm sie und drückte sie an seine Lippen. Sie ähnelte ihrer Mutter, und er spürte, daß sie auch ihre Charaktereigenschaften von ihr erben würde.

«Willi, hör auf», sagte Rosette, «Auguste wird Schluckauf bekommen.»

«Und wenn?» Er lachte und drückte seinen Kopf in den Bauch des Kindes. «Sollen wir aufhören zu lachen, damit wir keinen Schluckauf bekommen? Sollen wir aufhören zu gehen, damit wir nicht fallen?»

Er warf das Kind in die Luft und fuhr fort:

«Den liebt er gar nicht wenig,
als wie seinen eigenen Sohn.»

«Du wirst nie aufhören, mich zu überraschen», lächelte Rosette.

«Meine arme Rosette. Sie will ein ruhiges Leben ohne Überraschungen und hat einen Mann geheiratet, dessen ganzes Leben Sturm und Feuer ist. Tut es dir leid?»

«Nein.»

«Ich möchte dir Geschenke machen, dein Herz erfreuen. Wir sind reich! Warum sollen wir es nicht genießen? Warum übersiedeln wir nicht in ein großes, geräumiges Haus? Was ist so schlecht an der Idee, außerhalb der Stadtmauern zu wohnen?»

«Sie hat dir gefallen, die Templerin.»

«Ich traue meinen Ohren nicht! Sie ist eifersüchtig!»

«Unsinn, Willi. Warum sollte ich auf eine einfältige Bäuerin eifersüchtig sein?»

«Du bist überheblich, das ist das Problem mit dir. Die Selbstgerechtigkeit hat dich stolz gemacht. Die Templerin ist eine nette junge Frau voller Lebensfreude. Du solltest ihr helfen, sich in Jerusalem einzuleben. Sie ist eine Deutsche, genau wie du, auch sie ist in dem Glauben an das Buch der Bücher ins Heilige Land gekommen.»

«Sie ist eine Ketzerin!»

«In den Augen der Katholiken bist auch du eine Ketzerin. Und in den Augen der Moslems sind die Katholiken Ketzer. Und in den Augen der Juden sind die Moslems Ketzer. Rosette... Rosette... Du mußt dieser Frau helfen.»

«Wenn sie dir so gut gefällt, dann hilf du ihr doch.»

«Sie ist eifersüchtig!» Er klatschte seine Hände vor Augustes Gesicht. «Eifersüchtig, eifersüchtig, eifersüchtig!»

«Willi!»

«Laß uns umziehen! Warum sollen wir in Armut und Enge leben, wenn wir uns Geräumigkeit und Luxus leisten können? Warum sollen wir keinen großen Brunnen haben, Öllampen in jedem Zimmer, Eisenbetten anstatt unserer Holzbänke? Na, was meinst du?»

«Nein. Du bist oft auf Reisen, und ich bleibe allein zurück. Ich wohne lieber nahe der Kirche, innerhalb unserer Gemeinde. Das Krankenhaus ist hier und die Schule, und sogar die Nähe der Wachtposten auf der Mauer gibt mir Sicherheit, wenn du nicht zu Hause bist. Überhaupt wäre es besser, wenn die christlichen Juden innerhalb der Gemeinde und nicht außerhalb von ihr wohnen würden.»

«Sie erzieht mich wieder. Mir gefällt diese Überheblichkeit nicht, Rosette. Jede Gemeinde in Jerusalem hat ihre eigene Wohngegend, warum sollten ausgerechnet die christlichen Juden eine Ausnahme bilden? Weil Rosette Shapira sie nicht mag? Ich jedenfalls wäre froh, in einer solchen Gegend zu wohnen. Vielleicht hast du vergessen, daß auch ich ein christlicher Jude bin.»

Sie erhob sich und nahm Auguste auf den Arm. Sie sah wieder wie eine Lehrerin aus, die mit ihrem Schüler unzufrieden ist.

11

ENDLICH BEGANN SICH DER TAG *zu neigen. Alles war gleich und doch anders. Der Rinnstein an der Straßenecke warf einen verzerrten Schatten, und schwarze Löcher klafften zwischen den Zacken der Dachziegel. In Jerusalem neigte sich das Licht mit einemmal, hier aber lag etwas Drohendes in der anhaltenden Dämmerung. In den Ländern des Nordens verloren die Menschen den Verstand wegen des Lichts. Dieser Gedanke war tröstend. Wenn er das Warten nicht mehr aushielt, würde er auch den Verstand verlieren. Er versuchte zu erraten, wie spät es war. Seine Uhr war in der Tasche, aber seine Finger, die den Abzug umklammerten, waren erstarrt, und er wagte nicht, seine Augen von der Tür des Wirtshauses abzuwenden. In Jerusalem verschlossen die Wachtposten bei Anbruch der Dunkelheit die Stadttore, und in der Stille waren nur ihre Schritte und das Rasseln ihrer Schwerter zu hören, wenn sie auf den Mauern auf und ab gingen. Abends saß er im Arbeitszimmer, über seine Bücher gebeugt, während die Wasserpfeife leise blubberte, und sobald er die Wachablösung hörte, sah er aus dem Fenster und rezitierte wie sein Großvater: «Stehe des Nachts auf und schreie zu Beginn jeder Nachtwache.» Nichts schien sich in Jerusalem verändert zu haben, seit die sechzig Helden Salomos die Stadt bewacht hatten. Dieselben Mauern, dieselben Schwerter, dieselbe Angst in den Nächten.*

Wie lange würde er noch vor dieser vernagelten Jalousie warten? Vielleicht sollte er sich einen Zeitpunkt festsetzen: Um sieben Uhr verlasse ich das Fenster und lege mich schlafen, und am Morgen nehme ich meinen Koffer und kehre nach Jerusalem zurück. Nein, das war genau das, was er wollte – ihn erschöpfen. Er war ihm bestimmt hierhergefolgt und lauerte nun hinter einem der gegenüberliegenden Fenster auf ihn, entschlossen, nicht eher auf die Straße zu gehen, bis sein Feind besiegt war und den Ort verlassen hatte. War er es, der nach seinem Leben trachtete? Als hätte er ihn nicht schon getötet, als er Schmach und Schande über ihn brachte, als er die Maske des Zauberers angelegt und die giftige Verwünschung «Fälscher-Fälscher-Fälscher» geflüstert hatte. Am Anfang hatte er über die Unverschämtheit des jungen Mannes gelacht, dann aber begann er sich zu rechtfertigen und am Ende sogar zu entschuldigen. Er fand sich selbst lächerlich. Plötzlich erschienen ihm seine Hände zu groß, so rot und rauh, und der apologetische Ton, und diese Nase! Er sah die Leute an und versuchte zu raten, ob sie zu ihm hielten oder seine Feinde waren. Und die Leute, die seine ausweichenden Blicke spürten, begannen zu glauben, daß an den Worten des Franzosen vielleicht etwas Wahres sei, dieser Jude gebärdete sich tatsächlich sonderbar mit seinen verstohlenen Blicken und all seiner Begeisterung, schließlich war ein Mensch nicht ohne Grund ausweichend. Aber vielleicht dachten sie gar nicht so, sondern er bildete es sich nur ein. Was reizte den Franzosen so an ihm? Hegte er einen Groll gegen ihn, weil er nach der Mesa-Affäre von ihm ein Dieb genannt worden war, war es der Neid, daß der Schlüssel zu einer alten Kultur in die Hände des Jerusalemer Antiquitätenhändlers gefallen war, oder war es vielleicht jener uralte Haß, der keine Rechtfertigung oder Erklärung brauchte, jener Haß, den ein anständiger Katholik mit der Muttermilch saugte? Clermont-Ganneau wollte ihn aus den Reihen der ehrenhaften Gesellschaft vertreiben. Bitte sehr, mit dieser Pistole in der Hand würde er die Beweise des stattlichen Franzosen prüfen und ihm ein Bruder Kain sein. Jeder hat das zu tun, was ihm bestimmt ist.

Clermont-Ganneau kehrte als Sieger nach Jerusalem zurück, so wie er fünf Jahre davor mit der Mesa-Stele zurückgekehrt war. Sein blonder Bart war von der Sonne ausgebleicht, sein Gesicht braungebrannt nach den vielen Wochen der Ausgrabungen, und er glich nun einem seiner Kreuzritter-Ahnen. Er war jung, noch immer jünger als die meisten Anwesenden, doch es bestand kein Zweifel, daß niemand es wagen würde, ihm zu widersprechen. Allein die Tatsache, daß die Versammlung in der Bibliothek des Lateiner Patriarchats gehalten wurde, zwang seine Gegner zur Kapitulation. Er wußte, daß alle über die Wiederentdeckung von Tel Geser hören wollten und daher ihre Rivalitäten und ihren Stolz überwinden und an diesen Ort kommen würden, den sie für gewöhnlich mieden.

«...Meine Ausgrabungen haben eindeutig bewiesen, daß Tel Jeser das biblische Geser ist. Ich bin daher der erste Christ, der nach Geser zurückgekehrt ist, seit Richard Löwenherz vor 782 Jahren dort gekämpft hat.»

In der ersten Reihe saßen die franziskanischen Mönche, jene spanischen und italienischen Bauern, die die Katholiken Hunderte von Jahren im Heiligen Land repräsentiert hatten. Hinter ihnen, zwischen seinen lazaristischen Mönchen, saß der französische lateinische Patriarch, der Mann, der den Franziskanern einen beträchtlichen Teil ihrer Befugnisse und ihrer Einkünfte genommen hatte. Neben dem Fenster saß eine Gruppe griechischer Mönche, die hohe Turbane mit Schleiern trugen. Vor Shapira saß Konrad Schick, der zur Zeit auf Bitte des *Wakh* zusammen mit Clermont-Ganneau und Claude Conder an der Restauration von Gebäuden auf dem Tempelberg arbeitete, und neben ihm saß der anglikanische Bischof, der Mann, wegen dessen Ankunft in Jerusalem die Katholiken eiligst einen eigenen Bischof in die Heilige Stadt sandten und seinetwillen sogar das Lateiner Patriarchat errichteten. Die Spannung, die zwischen den beiden Bischöfen herrschte, hatte religiöse und nationale Gründe, doch da Clermont-Ganneau ein französischer Katholik war, der im Namen des britischen Palestine Exploration Fund nach Palästina gekommen war, waren sie nun zwangsläufig Partner.

Der lateinische Patriarch erhob sich und dankte Clermont-Ganneau im Namen aller Anwesenden für seinen faszinierenden Vortrag. Das Publikum applaudierte wieder, und Shapira beobachtete den Gesichtsausdruck der Männer, die sich hier eingefunden hatten und, wie er selbst, zwischen ihrem Interesse an Archäologie und ihrer Abneigung oder ihrem Neid hin und her gerissen waren. Clermont-Ganneau löste widersprüchliche Gefühle aus: Feindseligkeit gegenüber dem Forscher und Begeisterung für seine Forschung. Er hatte tatsächlich bewiesen, daß in Tel Jeser neben dem Dorf Abu Schuscha Reste der Stadt gefunden wurden, die der Pharao von Ägypten König Salomon zum Geschenk gemacht hatte. Der Franzose erzählte, daß er an dem Ort ägyptische, kanaanitische und hasmonäische Überreste gefunden hatte. Bergheim, der neben Shapira saß, hob seine Hand und fragte, wie der Forscher auf die Idee gekommen sei, daß gerade dieser Ort das biblische Geser sei.

«Ihre Dörfler, Herr Bergmann, erzählten mir, daß sich dort das Grab von Scheich Muhammad Jesri befindet. Gibt uns dieser Name keinen Hinweis auf die Identifizierung des Ortes?»

Seine Hände lagen auf den Hüften, seine Brust war geschwollen, und ein spöttisches Lächeln umspielte seine Lippen. Frauen lieben solche Prahler, dachte Shapira. Er erinnerte sich noch an die Aufregung, die Jaffa bei der Ankunft eines hübschen, jungen Vizekonsuls ergriffen hatte.

Das grelle Licht draußen blendete die Augen. Shapira unterhielt sich mit Drake, als Clermont-Ganneau in Begleitung des lateinischen Patriarchs und des französischen Konsuls an ihnen vorbeiging.

«Eine ausgezeichnete Präsentation», hustete Drake, als steckten Sandkörner in seiner Kehle. Der Mann, der von einer britischen Forschungsgesellschaft ins Land geschickt worden war, hatte die Früchte seiner Entdeckung den französischen Katholiken überreicht. Drake war ein sympathischer, liebenswerter Mann mit einem angenehmen Temperament und großem Charme, und nun, da er in diesen Streit hineingeraten war, war er unglücklich und verlegen. «Und was gedenken Sie jetzt zu tun?» fragte er.

«Ich möchte mir die moabitische Sammlung des Herrn Shapira ansehen», antwortete Clermont-Ganneau mit einem Lächeln.

«Bitte sehr, es wird mir eine Ehre sein.»

«Wann?»

«Wann ist es Ihnen recht?»

«Morgen?»

«Morgen begebe ich mich nach Hebron, schade... ein ausgezeichneter Vortrag!»

«Danke. Und Ihre moabitischen Funde? Werden sie noch zum Verkauf angeboten?»

«Einige von ihnen, ja.»

«Er ist nicht bereit, mir seine moabitischen Altertümer zu zeigen», lachte Clermont-Ganneau.

«Warum nicht, aber natürlich ja!» stammelte er.

«Wann also?»

Shapira starrte in die Luft, als prüfe er seinen Terminkalender. «Aber warum wollen Sie sich die Mühe machen, wenn Sie schon im vorhinein wissen, daß die Funde gefälscht sind?»

«Sind sie etwa nicht gefälscht?»

«Nein, sie sind nicht gefälscht.»

«Warum haben Sie dann Angst, sie mir zu zeigen?»

«Er hat beschlossen, daß ich Angst habe. Ich habe keine Angst.»

«Wann also?» verlangte Clermont-Ganneau zu wissen. Sein Gesicht war plötzlich ernst.

«Ich komme gegen Ende der Woche zurück.»

«Schön. Werden Sie mich begleiten?» wandte er sich an Drake. Shapira drehte sich um, eilte dem französischen Konsul nach und ließ den errötenden Drake zurück. Die Sonne brannte wie ein weißglühender Ofen und blendete seine Augen. Er fühlte sich wie ein gefangenes Tier. Er wollte Clermont-Ganneau nicht seine Sammlung zeigen. Doch wie konnte er ihn abweisen, wenn es jedem neugierigen Touristen, der sie sehen wollte, erlaubt war? Der Franzose war gerissen! Er hatte sich nicht zufällig an ihn gewandt, als Drake neben ihm stand. Er wußte, daß er ihn nicht abweisen konnte, ohne daß es Verdacht erweckte.

Es war noch früh, aber er kehrte nicht in den Laden zurück. Er ging nach Hause. Innerlich brannte er vor Wut. Nachdem er seinen Durst mit kaltem Wasser gelöscht hatte, trat er in den kleinen Innenhof. Rosette saß mit Auguste auf der Treppe und brachte der Kleinen das Stricken bei. Wieder und wieder versuchte das Mädchen, den Wollfaden um ihren Finger zu wickeln. Er beobachtete die beiden eine Zeitlang gerührt und verwundert staunend. Auguste war zweifellos «Rosettes Tochter» – hübsch, fleißig, duldsam, geschäftig. Rosettes Gesicht war geschwollen, und ihre Schwangerschaft war an den dicken Hüften, den schwerfälligen, träumerischen Bewegungen zu erkennen. Würde es diesmal ein Sohn sein? Sie war die meiste Zeit gereizt, und er hütete sich, sie mit seinen Sorgen zu belästigen, aber diesmal verriet seine Blässe den inneren Aufruhr, in dem er sich befand.

«Was ist geschehen, Willi?»

«Nichts.»

«Du bist früh nach Hause gekommen.»

«Die Hitze.»

«Die Tonfunde! Ich kenne diesen Blick. Was ist geschehen?»

«Ich habe mir Clermont-Ganneaus Vortrag im Lateiner Patriarchat angehört. Schau mich nicht so an. Auch unser Bischof war da, und Baron von Alten, alle waren da! Die Engländer, die Deutschen, die Russen, die Griechen, sogar die Juden waren da! Sie haben dem Franzosen königliche Ehren erwiesen. Ich reise morgen früh nach Hebron. Ali!»

«Du fliehst vor ihm!»

Der Diener erschien und ersparte Shapira eine Antwort.

«Ich mache mich morgen nach Hebron auf», sagte er zu Ali. «Ich werde dort bei Gerschon Cohen auf dich warten. Bereite inzwischen die beiden Maultiere, Proviant, Waffen und Zelte vor.»

«Wohin reist Ihr?»

«Nach Jemen.»

«Du bist doch erst vor vier Monaten aus Jemen zurückgekehrt», protestierte Rosette.

«Ich fahre dorthin, um heilige Bücher zu kaufen. Das ist doch, was du willst? Daß ich aufhöre, mit Scherben zu handeln?»

«Alle werden sagen, daß du vor Clermont-Ganneau fliehst.»

«‹Alle werden es sagen›!»

«‹Er ist ein Fälscher›, wird man sagen. ‹Clermont-Ganneau hat ihn entlarvt, und darum ist er geflohen.› Du mußt in Jerusalem bleiben.»

«Ich bleibe nicht. Ich fahre.»

«Fährt Selim mit dir?»

«Nein.»

«Er betrügt dich. Er betrügt alle.»

«Mäßige deine Stimme.»

«Warum? Muß ich seine Ehre wahren? Seinen guten Ruf? Er ist ein Fälscher, das hast du selbst gesagt.»

«Die Dienstboten, Rosette!»

«Bleib hier, Willi. Gerade jetzt darfst du auf keinen Fall fort.»

«Clermont-Ganneau sagt, daß die Protestanten Beweise suchen für das, was in der Bibel steht, und daß ich ihnen diese Beweise geliefert habe.»

«Das hat er gesagt?» Rosette war entsetzt.

«Ja, ‹das hat er gesagt›», ahmte er sie nach. «Wenn du glaubst, daß ich die Funde gefälscht habe, warum soll er es dann nicht glauben?»

«Du verzerrst alles, was ich sage. Ich habe nie gesagt, daß du die Funde gefälscht hast. Ich habe gesagt, daß Selim ein Verbrecher ist, und wenn du mit ihm zusammenarbeitest, wirst du zu seinem Komplizen.»

Bevor er wußte, was er tat, gab er ihr eine Ohrfeige und schlug sie auf die Schulter, und als sie zu Boden fiel, schlug er auf ihren Rücken ein. Er hatte sie noch nie geschlagen, er hatte noch nie irgend jemanden geschlagen, und nun erstarrte er vor Entsetzen. Rosette kauerte auf der Erde und bedeckte ihren Kopf mit den Händen. Auguste stand schreiend neben ihr. Ali tauchte aus der Scheune auf, und Warda kam aus der Küche gelaufen. Das Geschrei der Dienstboten vermischte sich mit Augustes Weinen und dem Gekläffe der Hunde Jerusalems, und Shapira floh aus dem Hof in sein Zimmer und warf die Tür hinter sich ins Schloß. Was hatte Rosette ihm angetan, warum hatte er ausgerechnet jetzt, da sie seinen Sohn im Leibe trug, die Hand gegen sie erhoben?

«Ich verzeihe dir, Willi.»

Sie stand in der Tür, ihre Wange war geschwollen, und er dachte: der Christ, der die andere Wange hinhält. Plötzlich stürzte ein Damm ein, und er brach in Tränen aus.

«Wenn du mir nicht glaubst, wer soll mir dann glauben?» stammelte er, während er sich die Tränen aus dem Gesicht wischte. «Sag mir, daß du mir glaubst!»

«Ich glaube dir, Willi.» Ihre Stimme war kalt und kompromißlos. «Es ist Selim, dem ich nicht glaube. Ich bitte dich, Willi, laß von den Götzen ab. Sie werden uns zerstören.»

«Aber ich habe noch die zweite Sammlung! Und ich bin derjenige, der sie bestellt hat.»

«Was heißt, du hast sie ‹bestellt›?»

«Verdächtigst du mich auch?»

«Du hast es selbst gesagt!»

«Rosette, ach, Rosette», lachte er bitter.

«Ich lebe in Jerusalem, um das himmlische Königreich zu erben. Ich warte auf die Wiederkunft Christi. Jeden Tag. Jeden Augenblick. Verstehst du nicht? Wir sollten unseren Besitz verkaufen und unter den Armen verteilen. Und du sagst, du hast die zweite Sammlung ‹bestellt›. Du gibst es zu.»

«Ich meinte, daß ich Selim nach Moab geschickt habe und mich im voraus verpflichtet habe, alles zu kaufen, was er von dort zurückbringt.»

«Das ist Anstiftung! Mich kannst du belügen, Willi, IHN nicht. Die Lüge bleibt an dir haften, sie wird deine zweite Haut. Du hast alles: ein Haus, ein Einkommen, eine Familie. Alles, was der Mensch braucht.»

Ihre Augen standen hervor, und ihr erhobener Zeigefinger schwebte über ihrem Kopf. Müdigkeit überkam ihn, er war der ständigen Auseinandersetzung überdrüssig, der Bitte um Vergebung, der Selbstrechtfertigung, der Leugnung.

«Ich will Geld haben.»

«Du hast Geld.»

«Viel Geld. Man wird mich anders behandeln, wenn ich Geld habe.»

«Ich auch?»

«Ja. Tu nicht so, Rosette. Wir beide wissen, was die Leute hinter meinem Rücken sagen. ‹Da ist dieser Dieb Shapira, da ist dieser kleine jüdische Bastard Shapira.›»

«Das ist nicht wahr.»

«Das ist wohl wahr. Seit zehn Jahren versuche ich, die preußische Staatsbürgerschaft zu erlangen. Seit zehn Jahren! Sie wird jedem verliehen: Juden, Armeniern, Griechen – nur mir nicht!»

«Hornstein hat sie auch nicht bekommen. Dabei arbeitet sein Sohn im Konsulat, und der Konsul hat ihn empfohlen.»

«Ich pfeife auf sie! Sie haben mir einen Gefallen getan! Ich schulde niemandem etwas!»

«Auch mir schuldest du nichts? Geh zu IHM, Willi, ER wird dir helfen, der ganzen Welt zu beweisen, daß sie sich irrt, daß sie dir unrecht tut.»

«‹Die ganze Welt› gibt ihre Fehler nicht zu, Rosette, sie gesteht allerhöchstens Niederlagen. ‹Die ganze Welt› sorgt dafür, daß Menschen wie ich niemals ihren Platz vergessen.»

«Hast du aufgehört, an IHN zu glauben?»

«Nein.»

«Und ich, bin ich dir wichtig, Willi?»

«Nur du bist mir wichtig, Rosette. Ich habe keine andere Familie, kein anderes Zuhause.»

«Dann tu es um meinetwillen, Willi, gib die Götzen auf! Wir haben genug Geld, wir brauchen nicht noch mehr.»

«Der Archimandrit von der russischen Mission möchte einige der Tonfunde kaufen. Er hat sie schon ausgesucht. Und er hat mir hundert Taler im voraus bezahlt.»

«Hundert Taler!»

«Die Funde bringen viel Geld ein, Rosette.»

«Es ist unreines Geld. Das hast du selbst gesagt.»

«Nein. Das habe ich nie gesagt.»

«Die Götzen haben dich verhext!» Ihre Stimme war laut und schrill. «Du redest von diesen Funden wie ein Betrunkener. Ich kann in deinen Augen sehen, wann du an sie denkst. Sie sind zu einer Mauer zwischen dir und der Welt geworden. Auguste hat keinen Vater, ich habe keinen Ehemann, sogar Bücher liest du nicht mehr. Früher hast du Gedichte rezitiert, und heute langweilt dich alles. Du wartest die ganze Zeit auf den Augenblick, da du zu deinen moabitischen Funden zurückkehren kannst. Versprich mir, daß dies der letzte Verkauf sein wird! Ich habe dir Treue geschworen und bleibe bei dir im Guten und im Schlechten, aber du sollst wissen, wenn ein Körnchen Verdacht an dir haftenbleibt, wird jeder dir mißtrauen. Selbst wenn du die echten Gesetzestafeln findest, wird niemand bereit sein, sie von dir zu kaufen.»

Tränen rannen aus ihren Augen, und sie wandte sich von ihm ab und trat ans Fenster. Der erschöpfte Shapira versprach, nach dem Verkauf der Funde an den russischen Archimandriten nicht mehr mit Altertümern zu handeln. Innerlich fragte er sich, was er mit den Hunderten von Funden seiner zweiten Sammlung machen würde. Er legte seinen Arm um ihre Schultern und zog sie an sich. Mit sanften Lippen küßte er ihren Hals, blies zärtlich auf die winzigen goldenen Löckchen, die sich aus ihrem Zopf gelöst hatten, und spürte, wie sie unter seiner Berührung erschauderte. Dieses Mal lag keine Versöhnlichkeit in ihrer Ergebung, keine Sanftmut, als sie auf das Sofa sank. Ihr Rücken war mit dunkelroten Flecken bedeckt, die er reuevoll zu küssen begann, und sie zog ihn an sich, zornig, mit stummer Verzweiflung.

«Ich fahre nicht nach Jemen, gut?»

«Gut.»

«Ich gehe nach unten und sage Ali, daß wir nur nach Hebron fahren.»

«Gut.»

«Warum lächelst du?»

«Nur so, Willi.»

In Hebron wohnte er wie immer bei Gerschon Cohen, einem jüdischen Christen, der in den dreißiger Jahren mit einer Gruppe von Schülern des Rabbi von Wilna nach Jerusalem gekommen war. Wie sie glaubte auch er, daß der Messias im Jahre 5600 des jüdischen Kalenders kommen würde, einem Jahr, in dem laut Kabbala die Erlösung beginnen würde. Sein Traum ging nicht in Erfüllung, und nicht nur, daß der Messias im Jahre 1840, dem ersehnten Jahr 5600, nicht kam, sondern er verlor Frau und Kinder bei der Plage, die zu jener Zeit in Jerusalem wütete. Ihren Tod sah er als «Zeichen» an, das er jedoch nicht verstand. Als sich Jehuda Bibas in Hebron niederließ und die Juden aufrief, sich um die Fahne des Messias zu scharen, mit Waffen zu trainieren und das Land Israel von den türkischen Tyrannen zu befreien, schloß er sich ihm an. Alsbald erkannte er, daß die Juden noch nicht bereit waren für die Mission, die ihnen das Schicksal bestimmt hatte. Zwei schottische Missionare, die er traf, erklärten ihm, daß der Messias im Grunde schon gekommen sei, und wenn er seine Lehre übernehme, würde er das himmlische Königreich näherbringen und die Wiederkunft Christi befördern. Wie ein Ertrinkender klammerte er sich an den Trost, den sie ihm boten.

Gerschon Cohen hatte Nathanel-Isaak Shapira nicht gekannt, obwohl ihr Leben auf parallelen Bahnen verlaufen war, doch Mosche-Moses machte ihn zu einer Art Adoptivonkel und schickte ihm jeden Monat eine kleine Geldsumme. Als Gegenleistung kaufte Gerschon Handschriften und Heiligtümer für ihn, und einmal gelang es ihm sogar, eine «fehlerhafte» Thorarolle zu erstehen. Für gewöhnlich wurde das Geschäft heimlich abgewickelt, von einer Witwe, die der Hunger dazu zwang, ihr Allerkostbarstes an einen Abtrünnigen zu verkaufen. Shapira fragte nie, wer der Verkäufer war, und Gerschon erzählte es ihm nie. Im Gegensatz zu der Feindseligkeit, die die Pharisäer gegenüber Abtrünnigen zeigten, wurde Gerschon mit Zurückhaltung, fast mit Mitleid behandelt. Niemand näherte sich ihm, aber er wurde auch von niemandem verachtet. Er war nun rund sechzig Jahre alt, und Shapira schien es, daß er von Mal zu Mal wahnsinniger wurde vor Sehnsucht und Enttäuschung. Er kasteite Körper und Seele und betete, daß seine Qualen das Ende beschleunigen möchten.

«Goblan hat nach dir gefragt, Mosche.»

«Wann?»

«Gestern. Er kehrte aus Gaza zurück, und auf dem Weg nach Mudjib kam er durch Hebron. Er sagte, er würde bei Abrahams Eiche haltmachen und dort auf dich warten.»

Shapira war aufgeregt. Gestern hatte er doch noch gar nicht gewußt, daß er nach Hebron fahren würde! War dies etwa kein Zeichen vom Himmel? Er wußte, daß er sich nicht mit Goblan treffen durfte, der Mann würde ihm Tonfunde anbieten, und er würde sich dazu verleiten lassen, sie ihm abzukaufen, und somit sein Versprechen an Rosette brechen. Aber als die Stunden vergingen, wurde er immer unruhiger, und die Neugier verwandelte sein Gehirn in einen vor Vermutungen wimmelnden Bienenkorb. Er hatte ohnehin vorgehabt, noch ein paar Tage in Hebron zu verweilen, bis Clermont-Ganneau Jerusalem verlassen hätte, also, wovor fürchtete er sich, er würde Goblan treffen!

Am Mittag sattelte er seine weiße Stute und machte sich mit Ali und einem der Wächter gen Osten auf. Ali wollte im windgeschützten Tal reiten, doch Shapira zog die Höhen vor. Erst jetzt, zum erstenmal seit er Jerusalem verlassen hatte, empfand er Erleichterung, die bedrückende Angst war gewichen. Er galoppierte auf Adjib daher, die *Keffije* flatterte in seinem Nakken, der Wind peitschte seine Augen, er atmete die Weiten ein und war eins mit seiner Stute.

Der Tag neigte sich, als im Osten im Schoße einer niedrigen Höhe, neben einem Süßwasserbrunnen, die schwarzen Zelte Abu Dibs auftauchten. Der Himmel verfinsterte sich, ein eisiger Wind kam auf, und nur im Westen drangen die roten Sonnenstrahlen zwischen den spärlichen Baumkronen hervor. Die Pferde strauchelten, und die Reiter stiegen ab, um sie vorsichtig zwischen den Bodenspalten und Felsen zu führen. Die Stille der Berge erweckte wieder seine Ängste; ihm schien, als folgte ihnen jemand, er spürte den Schatten eines Dämons, der sich mit ihm bewegte, mit ihm lief, mit ihm stehenblieb. Wann immer er sich abrupt umdrehte, begegnete er den verständnisvollen Augen seines treuen Dieners Ali.

Sein Herz hörte erst auf zu hämmern, als sie das warme, dunkle Zelt Abu Dibs betraten, in dem der Scheich in der Gesellschaft seines Onkels Goblan und zweier seiner Söhne saß. Ein brauner Hund, der neben der Kohlenschaufel lag, streckte sich, stand träge auf und trottete zu Shapira hin, um ihn zu beschnuppern.

«Ist das der Bruder des Hundes, den du mir einmal geschenkt hast?»

«Ja», lächelte Abu Dib.

Das Zelttuch öffnete sich, und Abu Dibs altes Weib trat mit einem Kaffeemörser ein. Dann war ein sanftes Klingeln zu hören, das die Erscheinung Alijas ankündigte, der Negerin, die er sich genommen hatte. Seine Augen nahmen zum erstenmal ihre goldgefärbten Zehennägel wahr und den Schleier mit Münzen, der ihr Gesicht bedeckte. Sie hielt einen *Finjan* und kleine

Tassen in der Hand, und einen Augenblick lang wurden ihre Alabasterarme entblößt. Er atmete den Ziegengeruch ein, der das Zelt füllte, und fragte sich, ob dies der Geruch der Erinnerung sei. Als sie neben der Kohlenschaufel kniete, sah er, daß sie einen Säugling auf dem Rücken trug, der von einem unter ihrer Brust festgebundenen Stoffriemen gehalten wurde.

«Ich habe Zitronen aus Hebron gebracht, ein Geschenk für die Frauen», sagte er und überreichte Abu Dib ein Säckchen.

Abu Dib reichte Alija das Säckchen, und sie steckte es ein und verließ leise das Zelt. Jetzt war nur das rhythmische Mahlen des Kaffees im Zelt zu hören, und Angst befiel ihn. Wußte noch irgend jemand aus dem Stamm, daß sie Zitronen begehrte? Wer war sie? Wie sah sie aus? Und der Säugling, von wem war er?

Nachdem der Kaffee serviert worden war und die Männer sich mit Heldentaten gebrüstet hatten, erzählte Goblan von einem Hirten des Stammes Adjaja, der in der Nähe des Mudjib verhexte Amulette gefunden hatte. Im Jahre 1865 war eine Gruppe beduinischer Hirten vor den Soldaten des *Wali* geflohen. Sie versteckten sich im Flußbett des Mudjib, östlich von Diban. Die Uferwände des Wadis dort waren sehr steil und voller Höhlen. In einer von ihnen entdeckten die Beduinen Krüge, in denen in Lappen gewickelte Bündel lagen. Sie glaubten, Goldschätze gefunden zu haben, doch als sie die Bündel öffneten und nur schwarze, zerbröckelnde Häute darin fanden, warfen sie sie enttäuscht fort. Einer der Hirten kehrte dorthin zurück und holte sich ein paar von den Häuten, ohne zu wissen, was er mit ihnen anfangen würde. Innerhalb kurzer Zeit warfen seine Schafe Junge, und seine Herde vermehrte sich, und da wußte er, daß diese Häute Amulette waren.

Goblans Auge leuchtete rot im Licht der Kohlen.

«Willst du die Amulette nicht?» fragte er Shapira.

«Nein. Das Glück des einen ist das Unglück des anderen. Der Hirt wird die Amulette, die einen reichen Mann aus ihm gemacht haben, nicht verkaufen.»

«Willst du sie?»

«Ich muß sie zuerst sehen.»

«Ich habe Scheich Machmud El-Arakat in Abu Dis ein Stück Pergament geschickt.»

«Ich muß nach Jerusalem zurück.»

«Er wird am Brunnen der Apostel auf dich warten.»

«Ich werde nicht auf ihn warten. Wenn er mich findet, gut, wenn nicht, reite ich weiter. Und was willst du dafür haben?»

«Mein Sohn will deine Stute.»

«Niemals.»

«Ich zahle dir einen guten Preis für sie.»

«Ich verkaufe Adjib für nichts in der Welt.»

«Ich gebe dir ein junges arabisches Pferd für sie. Sie ist alt.»

«Nein. Die Stute ist mein Glück.»

Goblan lachte und hob seine Hand.

«Dafür hast du mich hierhergerufen? Um mir die Amulette zu verkaufen?»

«Ja.»

Shapira lachte. Nur das hatte ihm noch gefehlt. Daß er die heidnischen Götter der Moabiter durch verhexte Häute ersetzte.

Als die Kohlen sich in graue Asche verwandelten, verabschiedeten sich Abu Dib und Goblan von Shapira. Die Frauen breiteten Wolldecken und Schaffelle auf dem Boden aus. In der Nacht lag er wach und wartete voller Angst, bis er plötzlich, ohne irgendeinen Laut zu hören, spürte, daß jemand neben ihm lag. Die Luft war stickig, und er wunderte sich, daß Ali, dessen Gehör doch sonst so scharf war wie das eines Hundes, nicht aufwachte. Und was war mit dem beduinischen Wächter? Waren seine Sinne betäubt? Was war mit ihnen los? Dann hörte er ein leises Rascheln, und die schwarze Astarte, die Frau ohne Gesicht, lag wieder in seinen Armen. Er zog sie an sich und betastete mit suchenden Händen ihren Kopf. Der Münzenschleier schmückte nicht mehr ihre Stirn, doch ihr Kopf war bedeckt. Ein Geruch von Weizen und Kohle und dem Öl, mit dem sie ihren Körper einrieb, strömte von ihr aus. Ein Pferd wieherte draußen, und einen Augenblick erstarrte sie, hob den Kopf und lauschte. Dann schlang sie ihre jungen, kräftigen Beine um ihn und drückte die Hände auf seine Schultern. Sie ist mein, dachte er, mein mit dem Recht des Mannes über das Weib. Mein ohne Schuld und ohne Reue.

«Hast du irgend etwas von Fuad Leopardi gehört?» flüsterte sie ihm ins Ohr.

«Nein.»

«Er ist in Chicago. Warst du je in Chicago?»

«Nein.»

«Es liegt in Amerika.»

«Woher weißt du, daß er dort ist?»

Sie schwieg.

«Wenn ich etwas erfahre, sag ich es dir.»

«Ich werde nicht mehr lange hiersein.»

«Gehst du fort?»

«Ja.»

«Weiß Abu Dib davon?»

«Nein.»

«Und der Säugling – –»

Ihr Körper erstarrte in der Umarmung, und sie legte ihre Hand auf seinen Mund, wie beim letztenmal.

«Wer hat dir von Chicago erzählt?»

Sie zuckte die Achseln. Einen netten Weg hat sie gefunden, über Leopardis Abenteuer zu erfahren, dachte er.

«Und mir hast du gesagt, daß du ihn mehr als dich selbst geliebt hast.»

«Das stimmt auch!» Jetzt lag Zorn in ihrer Stimme.

«Du schläfst mit jedem!»

«Wer sagt das?»

«Ich.»

«Und du? Liebst du nicht deine Frau?»

Er wollte mit ihr nicht über Rosette sprechen. Sie erhob sich auf allen vieren und flüsterte ihm ins Gesicht: «Wem eine große Liebe genommen wurde, der kann alles danach machen. Danke für die Zitronen.» Dann schlüpfte sie aus dem Zelt.

Der Boden fühlte sich kalt an. Er spitzte die Ohren und lauschte den Atemzügen Alis und des Wächters. Was war mit ihnen los? Hatte sie ihnen ein Schlafmittel in die Speisen getan? Oder war alles vielleicht nur ein Traum gewesen?

Es gelang ihm nicht mehr einzuschlafen. Sobald der Morgen graute, weckte er Ali und den Wächter und teilte ihnen mit, daß sie nach Jerusalem zurückkehrten. Er verabschiedete sich von Abu Dib und Goblan und bestieg sein Pferd. Vergeblich hoffte er, die Gestalt der Astarte, wenn auch nur für einen flüchtigen Augenblick, zu sehen. Aber sie war verschwunden, und er fragte sich wieder, ob vielleicht alles nur ein Traum gewesen war.

Bei seiner Rückkehr nach Jerusalem erzählte ihm Rosette, daß während seiner Abwesenheit Halperin gestorben sei, nur wenige Wochen nach dem Tod seiner Frau Feigele. Seinen Laden hatte Murad Halperin Mosche-Moses Wilhelm Shapira, dem Sohn seines Jugendfreundes Nathanel-Isaak, unter der Bedingung hinterlassen, daß sein Name weiterhin auf dem Ladenschild stehen würde.

«Ein Schild!» sagte Rosette ungläubig. «Manche hinterlassen Kinder, andere hinterlassen Gold oder Gedichte, aber ein Schild? Der Regen wird es verwaschen, und die Sonne wird es ausbleichen, und innerhalb kurzer Zeit wird nichts mehr von ihm übrigbleiben.»

«Ich werde mich um das Schild kümmern.»

Er zog sich auf sein Zimmer zurück und ließ seinen Gefühlen freien Lauf. Vater, armer, verlorener Vater. Nun war der letzte Mensch dahingeschieden, der sich noch an ihn erinnert hatte, der letzte Mensch, mit dem er über ihn sprechen konnte. Nun war nur noch das Bild geblieben, das Selim aus dem Gedächtnis von ihm gezeichnet hatte, als sie einander zum erstenmal begegneten. Er bewahrte es im Laden auf, und manchmal, wenn er die Schublade öffnete, schauten Vaters Augen plötzlich zu ihm auf.

Am nächsten Morgen erschienen Clermont-Ganneau und Drake im Laden. Der Engländer stand mit zusammengezogenen Schultern da, als friere er, ein verlegenes Lächeln auf seinem Gesicht. Er sah wie ein netter kleiner Junge aus, der bei irgendeinem Streich ertappt worden war.

Shapira folgte den Besuchern ins Hinterzimmer. Er setzte sich auf das Fensterbrett und schaute auf den Bathseba-Teich hinaus, während Clermont-Ganneau und Drake sich jeden einzelnen Fund ansahen, die Figurinen studierten, die Buchstaben entzifferten, die Einkerbungen und Vorsprünge befühlten.

«Das ist ja eine regelrechte archäologische ‹Phantasie›!» meinte Clermont-Ganneau schließlich.

«Es ist primitive Kunst», antwortete Drake, als müsse er sich entschuldigen.

«Sie haben recht. Die Jerusalemer Töpfer zeichnen sich nicht gerade durch Finesse aus. Das ist das gleiche Material, das man in ganz Jerusalem finden kann.»

«Und die Salzspuren?»

«Was ist mit ihnen? Die Jerusalemer Fälscher verstehen ihr Handwerk. Sie tauchen die Scherben in eine Natrium-Lösung, und siehe da – schon sind es ‹Antiquitäten›!»

«Aber ... sehen Sie doch, hier, da ist das Natrium in den Ton gedrungen, so etwas kann man doch nicht fälschen.»

«Ich kann es wohl. Selbst Sie können es. Das Natrium ist in den Ton gedrungen, weil der Ton lange in der Lösung lag und weich wurde. Sie glauben doch nicht allen Ernstes, daß die Sachen echt sind? In einem oder in zehn Jahren wird niemand mehr begreifen, wie ein vernünftiger Mensch diese groben Arbeiten für Antiquitäten halten konnte. Man wird über uns lachen! Auf den Jahrmärkten in Frankreichs Dörfern werden Puppen aus Ton verkauft, aber diese naive Kunst hat wenigstens einen gewissen Charme, eine gewisse Spontaneität, aber die hier? Sehen Sie nur! Hier sind sogar die Spuren der Töpferscheibe zu erkennen.»

«Und die Buchstaben?» fragte Drake hartnäckig. «Und die moabitische Schrift?» Er wußte, daß der Kampf verloren war, kämpfte jedoch tapfer weiter. Er war schließlich der Mann, der die Zeichnungen von der ersten Sammlung angefertigt und sie dem Palestine Exploration Fund nach London geschickt hatte.

«Gefälscht! Das ist genau die gleiche Schrift wie die auf der Mesa-Stele, ich kann sogar den Stil des Fälschers erkennen. In meinem Besitz befinden sich noch ein paar andere seiner ‹Kunstwerke›.»

Shapira wollte den Mann niederschlagen. Er ballte die Fäuste und bedauerte, daß der Franzose größer, stärker und wesentlich jünger war als er. Als die beiden Männer mit der Besichtigung fertig waren, begleitete er sie schweigend zur Tür, dann ging er wieder hinein und lehnte sich gegen den Türrahmen. Er hörte Clermont-Ganneau lachen: «Was für eine archäologische Phantasie!»

«Sie, Sie...» begann der gute Drake zu stammeln, «Sie behaupteten, die Funde seien gefälscht, noch bevor Sie sie gesehen haben.»

«Aber ich habe die Zeichnungen gesehen, die Sie nach London schickten! Und obwohl ich von Anfang an wußte, was ich hier vorfinden würde, habe ich meinen Kollegen mitgeteilt, daß ich meine Meinung erst bekanntmachen würde, wenn ich handfeste Beweise habe. Und jetzt habe ich sie.»

«Sie hegen Vorurteile gegen Shapira.»

«Richtig. Aber meine Vorurteile haben sich als berechtigt herausgestellt. Der Mann ist ein Betrüger, und ich versichere Ihnen, daß ich Jerusalem nicht eher verlassen werde, bevor ich den Töpfer finde, bei dem unsere Fälscher ihre ‹moabitischen Altertümer› hergestellt haben.»

In dem Augenblick, da die beiden Männer aus der Christenstraße verschwunden waren, schickte Shapira Achmed zu Selim, um ihn in den Laden zu rufen. Nach einer Stunde kehrte der Junge zurück und teilte Shapira mit, daß sein Herr schon seit zwei Tagen nicht zu Hause gewesen sei und niemand wisse, wohin er gegangen sei und wann er zurückkehren werde. Shapira glaubte ihm nicht. Die Zeit verstrich, es wurde Abend und Selim erschien noch immer nicht. Es begann zu regnen, und einer nach dem anderen schlossen die Händler die Eisenjalousien ihrer Geschäfte, und erst als er als einziger in der verlassenen Straße zurückgeblieben war, beschloß auch er heimzugehen. In seiner Vorstellung sah er, wie Clermont-Ganneau von einem Töpfer zum anderen ging und sich lachend ihre Geschichten anhörte. Am nächsten Tag schickte er Achmed wieder auf die Suche nach Selim – doch dieser schien wie vom Erdboden verschluckt. Verzweiflung und mörderische Wut stiegen abwechselnd in ihm hoch. Die Zeit schien stehengeblieben zu sein und wollte nicht vergehen. Erst am Abend, nachdem Schimon Levy heimgegangen war, tauchte Selims Gestalt plötzlich im Ladeneingang auf.

«Clermont-Ganneau will dich ins Gefängnis stecken», schleuderte er Selim ins Gesicht.

«Was habe ich getan? Warum soll er mich ins Gefängnis stecken? *Jallah!*» Er stieß Achmed. «Verschwinde!»

Der Junge floh aus dem Laden und blieb draußen stehen.

«Er behauptet, daß du die moabitischen Funde gefälscht hast.»

«Ja?» Shapira glaubte, einen Funken der Achtung in Selims Augen aufblitzen zu sehen. «Was ist er, ein Polizist? Was will er?»

«Er beschützt die anständige Gesellschaft vor Betrügern.»

«Soll er es beweisen.»

«Das ist genau, was er versucht. Er verhört jetzt alle Töpfer in Jerusalem.»

«Du hast doch allen Altertümer verkauft, den Franzosen, den Deutschen, den Engländern, dem Sultan. Sind sie alle dumm?»

«Ich habe sie von dir gekauft. Alle wissen das. Ich habe Zeugen.»

«Und du wirst mich nicht in Schutz nehmen? Nicht zu meiner Verteidigung kommen?»

«Ich befürchte, der Franzose wird einen der Töpfer bestechen, damit er behauptet, die Altertümer für dich gefälscht zu haben.»

«Dann lügt er.»

«Das interessiert Clermont-Ganneau nicht. Er ist sicher, daß die Funde gefälscht sind, und jetzt sucht er nur noch den Beweis, daß du der Fälscher bist. Man wird dich vor Gericht stellen, dir die Hand abschneiden und dich ins Gefängnis stecken.»

«Wenn ich ins Gefängnis komme, dann kommst du auch ins Gefängnis. Du wolltest moabitische Altertümer, und ich habe sie dir gefunden. Und jetzt drohst du mir. Du bist nicht mein Bruder. Du bist genau wie Clermont-Ganneau.»

Seine braunen Kuhaugen wurden gelb, ein verborgenes Gift war aus ihren Tiefen gedrungen und hatte ihre Farbe verändert. Sein Mund verzerrte sich, und die häßliche Narbe in seinem Gesicht wurde noch röter.

«Ich versuche dir zu helfen, Selim. Wo warst du gestern? Warum bist du nicht gekommen?»

«Ich habe den Deckel eines Sarkophags gefunden.»

«Und was hast du mit ihm gemacht?»

«Ich habe ihn dem italienischen Konsul verkauft.»

«Wir haben doch ausgemacht, daß du mir alles bringst, was du findest. Was bist du für ein Partner?»

«Monsieur Ganneau wird sagen, daß auch der Sarkophag gefälscht ist. Du wirst ihm glauben, nicht mir, und dabei haßt er dich. Er will dich ruinieren. Ich habe alles für dich getan. Alles. Du bist nicht mein Bruder.»

Die beiden Partner sahen sich abschätzend an.

«Wenn der Franzose das Gerücht verbreitet, daß die Funde gefälscht sind, wird niemand mehr von mir kaufen, und dann werde ich natürlich auch nichts mehr von dir kaufen können.»

«Man wird ihm glauben, nicht dir.»

«Richtig.»

«Warum?»

Shapira schwieg. Wie konnte er etwas erklären, das ihm selbst unklar war?

«Der Franzose hat dir angst gemacht», sagte Selim.

«Vielleicht.»

«Warte, bis er die neuen Funde sieht. Sie haben interessante Inschriften.»

«Ich habe die zweite Sammlung noch nicht verkauft. Bring mir nichts mehr.»

«Die weiblichen Figurinen werden dir gefallen. Es sind auch ein paar schwarze darunter.»

«Nein.»

«Magst du keine schwarzen moabitischen Frauen? Deiner Ehefrau werden sie gefallen.»

Da Shapira schwieg, grinste er und sagte: «Zahl mir, nachdem du sie verkauft hast.»

«Nein!»

«Dann suche ich mir eben einen anderen Partner.»

«Bitte sehr.»

«Und ich werde keine Zeit mehr haben, mich um die Töpfer zu kümmern.»

«Laß uns erst mal die eine Sache beenden, dann können wir uns der anderen zuwenden. Zuerst die Töpfer, danach die neue Sammlung.»

«Ich will nicht, daß die Funde bei mir im Haus bleiben.»

«Dann finde einen anderen Platz.»

«Habe ich schon.»

«Bei mir? Selim! Gut, bring mir ein paar Stücke. Den Rest kannst du von mir aus vernichten.»

Selim grinste. Er schwor, daß er für seinen Herrn sein Leben lassen würde, aber in seinen Augen lag Verachtung.

Es regnete die ganze Nacht hindurch und hörte auch am nächsten Tag nicht auf. Dieses Jahr würden die Brunnen voll und die Wasserverkäufer arbeitslos sein. Das spärliche Licht der Öllampe vermochte die Trübheit, die im Laden herrschte, nicht aufzuhellen.

Am Morgen brachte Selims sudanischer Dienstbote einen Sack voller Tonfunde in den Laden. Als er gefragt wurde, wo sein Herr sei, zuckte er die Achseln. Shapira wußte zwar, daß Selim es nicht geschafft haben konnte, mit den Töpfern zu reden, aber er verließ sich auf den Überlebensinstinkt des Mannes, auf seine Habgier, auf den gelben Funken in seinen Augen. Doch wer weiß, welchen Schaden Clermont-Ganneau bereits angerichtet hatte. Mit wem er geredet hatte. Der Abend brach kalt und schwarz herein, die Straße leerte sich, und die einsame Stimme des Muezzin trillerte mit wehmütiger Eintönigkeit. Er zündete noch eine Kerze an, saß da und wartete und starrte auf die zitternde Flamme. Schließlich öffnete sich die Tür, und Selim trat ein.

Es war ihm gelungen, Clermont-Ganneaus Spuren zurückzuverfolgen, und er hatte die Töpfer, bei denen der Franzose noch nicht gewesen war, vor ihm gewarnt. Dort, wo er zu spät kam, hatte er zumindest erfahren, was sie ihm erzählt hatten.

«Bist du sicher, daß die anderen Töpfer ihm nichts sagen werden?»

«Sie sind meine Freunde, sie würden mich nie verraten. Ich habe ihnen gesagt, daß der Franzose kommt und geht, wir jedoch hierbleiben. Das hat mich Geld gekostet.»

«Red langsam und erzähl mir alles, laß ja nichts aus.»

«Clermont-Ganneau ist sicher, daß ich die Tonwaren hergestellt habe. Er sucht Beweise und hofft, mich auf frischer Tat zu erwischen.»

«Wer hat dir das erzählt?»

«Der *Kawass* des französischen Konsuls. Er hat ihn überallhin begleitet und ihm als Dolmetscher gedient.»

Die erste Geschichte hörte Clermont-Ganneau in der Werkstatt von Hadj Chalil El-Malchi. Die Arbeiter freuten sich, daß der «*Chawadja* auf dem weißen Pferd» Interesse an ihrer Arbeit bekundete, und plauderten bereitwillig mit ihm. Einer der Arbeiter, Abu Mansur, erzählte ihm, er hätte einmal bei einem Christen namens Selim El-Kari gearbeitet, der Tonfiguren und -statuetten mit Inschriften herstellte.

«Hat er bei dir gearbeitet?»

«Ja. Clermont-Ganneau fragte ihn, wo Selim die Figuren brenne, und Abu Mansur nannte ihm die Werkstatt von Bakr El-Masri. Bei Bakr El-Masri fand der Franzose einen Arbeiter namens Chassan, der ihm erzählte, daß er Selim noch aus der Zeit kenne, als er in der Werkstatt eines gewissen Alawijeh gearbeitet hatte. Er sagte, daß Selim El-Kari den weichen Ton in der Nacht nach Hause genommen und daraus Figuren und Krüge geformt und sie mit Inschriften bedeckt habe.»

«Stimmt das?»

«Ich wiederhole nur das, was Chassan dem Franzosen erzählt hat. Willst du weiterhören?»

«Ja.»

«Wenn die Stücke fertig waren, brachte er sie – stets in der Nacht – in die Werkstatt von Achmed Alawijeh zurück, um sie in seinem Ofen zu brennen.»

«Wo befindet sich diese Werkstatt?»

«Am Damaskustor. Clermont-Ganneau stellte dieselbe Frage. Er fragte auch, wo ich wohne, und Chassan, der Alleswisser, erzählte ihm, daß ich früher neben dem Lateiner Patriarchat gewohnt habe und nun neben dem spanischen Konsulat wohne.»

«Woher weiß er das?»

«Wer in Jerusalem kennt nicht Selim El-Kari? Aber nun kommt das Wichtigste! Der Arbeiter erzählte ihm auch, daß er und sein Freund mit eigenen Augen gesehen hätten, wie ich die Scherben in eine Wanne mit Natrium tauchte.»

Seine Stimme klang dumpf, als hätte die Dunkelheit den Ton seiner Stimme gedämpft. Die beiden Männer saßen stumm da, ein jeder in seine eigenen Gedanken versunken.

Shapira hatte nicht einmal gemerkt, daß es aufgehört hatte

zu regnen. Rosette wunderte sich bestimmt, warum er nicht nach Hause kam. Ich bin vierundvierzig Jahre alt und muß über jeden Schritt, den ich tue, Rechenschaft ablegen, dachte er verbittert. Dann erinnerte er sich an Alija und den Säugling. Er wußte, daß es sein Kind war. Und er wußte nicht einmal, ob es ein Junge oder ein Mädchen war. Er verscheuchte diese Gedanken.

«Ist das alles?» fragte er schließlich Selim.

«Nein.»

Zum erstenmal zögerte Selim. Dann erzählte er, daß jener Arbeiter, Chassan Abd El-Baki, die Geschichte vor dem englischen Konsul und vor Drake wiederholt hätte. Sie notierten seine Zeugenaussage, und er unterschrieb sie.

«Hat Drake die Geschichte geglaubt?»

«Dein Freund Drake glaubt, daß die erste Sammlung nicht gefälscht ist. Er hat die Funde ja selbst nachgezeichnet und sie sogar empfohlen. Aber er ist bereit, Clermont-Ganneaus Meinung bezüglich der zweiten Sammlung zu akzeptieren.»

Der Regen hatte den Bathseba-Teich aufgefüllt, und nun schwammen Wolkenfetzen in dem schwarzen Wasser. Eine Katze heulte, und ein starker Wind wehte, wühlte das Wasser auf und peitschte die Wände der hoch über dem Teich stehenden Häuser naß.

«Du hast mich ruiniert», sagte Shapira.

«Dich? Und was ist mit mir?»

«Ich hoffe, man wirft dich ins Gefängnis und du verrottest dort bis an dein Lebensende.»

«So redest du? Nach allem, was ich für dich getan habe? Ich dachte, daß du mich liebst. Du hast mir die moabitischen Buchstaben beigebracht, hast mich gelehrt, zwischen den verschiedenen Epochen zu unterscheiden, alles, was ich über Antiquitäten weiß, weiß ich von dir. Was war ich schon, bevor ich dich traf? Ein Amuletten- und Ikonenmaler. Du hast einen Fachmann für Antiquitäten aus mir gemacht. Du wolltest Funde – ich brachte dir Funde. Du wolltest noch mehr Funde – ich brachte dir noch mehr Funde. Du wolltest, daß ich zu den Töpfern gehe – ich bin zu den Töpfern gegangen. Ich würde meine rechte Hand für dich hergeben, und du willst mich für den Rest meines Lebens ins Gefängnis werfen. Du bist nicht besser als Clermont-Ganneau. Du bist genau wie er. Wie alle anderen. Ihr seid alle gleich. Der kleine Finger von Achmed ist mehr wert als ihr alle zusammen. Er würde mich nie verraten.»

Shapira war erschöpft. Morgen wird man mich ins Gefängnis stecken, dachte er, und dann werde ich mit Ketten gefesselt die Straßen der Stadt ausbessern. Es sei denn, es gelingt mir, noch in dieser Nacht zu fliehen.

«Kann Abd El-Baki seine Geschichte beweisen?»

«Ich erwürge ihn vorher!»

«Das würde nur beweisen, daß er recht hat. Tu ihm nichts an.»

«In Ordnung.»

«Ich fragte, ob er seine Geschichte beweisen kann.»

«Abd El-Baki wird schweigen wie ein Grab. Er war durcheinander! Er hat armenische Tonfiguren bei mir gesehen! Der Franzose hat ihm angst gemacht, ihm Worte in den Mund gelegt! Dieses Spiel können beide Seiten spielen. Der Franzose wird bereuen, was er ihm angetan hat. Wichtig ist, die Funde weiter zu verkaufen. Wenn wir jetzt damit aufhören, wird man sagen, daß wir Angst vor ihm haben.»

«Wer wird sie jetzt noch kaufen?»

«Sitzen denn lauter Dummköpfe im Museum in Berlin, die nicht zwischen echten und gefälschten Antiquitäten unterscheiden können? Ist das Wort eines Franzosen mehr wert als die Meinung der Gelehrten im Britischen Museum?»

«Sie sind Feiglinge.»

«Die Gelehrten sind Feiglinge?»

«Ja.»

«Dann werden wir ihnen eben angst machen.»

«Wie?»

«Selim wird schon etwas einfallen.»

Ihm schien, als horchte jemand hinter der Tür, bereit, jeden Augenblick aus der Finsternis hervorzustürzen. Im *Faust* war der Teufel als fahrender Scholar verkleidet. Und der Franzose, war er etwa kein fahrender Scholar? Durst quälte ihn plötzlich, und ihm schien, als könne er seine Pistole durch die Wände des Lackkastens sehen.

«Ist er stark, der Franzose?» fragte Selim.

«Stark?»

«Reich, berühmt, angesehen.»

«Er wurde berühmt, nachdem er die Mesa-Stele entdeckte.»

«Was will er von dir?»

«Ich weiß es nicht. Mir scheint, daß jeder neue Fund, der mit Moab zusammenhängt, den Wert seiner Entdeckung herabsetzt.»

«Wir haben die Inschrift vor ihm entziffert.»

«Vielleicht ist es das, was ihn so ärgert.»

«Er ist auf alle neidisch. Ich habe gehört, daß er angefangen hat, in Qumran am Toten Meer zu graben. Warum sollte er aufhören zu graben und Zeit und Geld verschwenden, um Töpfer in Jerusalem auszufragen? Warum will er uns schaden?»

«Dir will er nicht schaden. Nur mir.»

«Er will alles für sich selbst. Der deutsche Pastor hat schuld. Warum hat er dem Franzosen die Stele gegeben? Und auch dein Freund Drake hat dich verraten.»

Die Missetaten Clermont-Ganneaus brachten sein Blut in Wallung, doch Drakes Verrat schmerzte. Der Mann war aufrichtig, klug und freundlich, und er hatte an ihn geglaubt.

«Der Franzose hat ihn beeinflußt.»

«Du mußt mit Monsieur Ganneau reden. Ihm angst machen.»

«Wir sagen, daß der Böse nicht einmal vor dem Tor zur Hölle Reue verspürt.»

«Wer ist ‹wir›?»

Shapira öffnete den Lackkasten. Der Perlmuttgriff der Pistole glänzte im Dunkeln. Wer würde es wissen? Wer würde es beweisen können?

Selim wartete auf eine Antwort, und er sah ihn verwirrt an. Was hatte er gefragt? Wer ist wir? O Gott, o Gott, flehte er. Er selbst stand nun vor dem Tor zur Hölle. Er schloß den Kasten, und das Klicken hallte im Raum. Er ging zur Ladentür und zündete die Laterne an. Selim rührte sich nicht, vielleicht fürchtete er sich vor ihm, und erst als er die Tür öffnete und das matte Licht von der Straße in den Laden drang, hörte er, daß Selim hinter ihm herging.

«Du hast die Funde bei mir bestellt. Merk dir das», sagte Selim.

Shapira stolperte, und die Laterne fiel krachend auf den Boden. Feuerfunken sprühten in seine Augen. Selim half ihm auf die Beine und bot ihm seinen Arm als Stütze an. Seine Berührung stieß ihn ab, aber er hielt sich trotzdem an ihm fest, um nicht zu stürzen. Als sie die Straßenecke erreichten, gab ihm Selim seine Lampe.

«Ich kenne jeden Pflasterstein, jede Windung der Straße. Morgen schicke ich dir noch einen Sack mit dem Sudanesen.»

«Nein! Schick ihn nicht!»

«Gib ihm meine Lampe.»

«Selim!»

Aber der Mann war bereits verschwunden. Shapira schloß einen Moment die Augen und lauschte der Dunkelheit. Ihm schien, daß alles rings um ihn lauschte.

Am 24. Januar 1874 erschien im Londoner *Athenaeum* ein Artikel von Charles Clermont-Ganneau, in dem er in allen Einzelheiten von der «Untersuchung» berichtete, die er in Jerusalem in der Sache der moabitischen Tonfunde durchgeführt hatte. Der Artikel löste große Aufregung in Jerusalem aus. Die europäische Gemeinde der Stadt teilte sich in zwei Parteien: die einen waren persönlich in die Affäre der moabitischen Funde verwickelt und fühlten sich von Clermont-Ganneaus Behauptungen angegriffen, während die anderen Schadenfreude gegenüber den ersteren empfanden. Doktor Otto Kersten, der nach dem Abgang von Baron von Alten zeitweilig als deutscher Konsul amtierte, rief Pfarrer Weser, den Vorsteher der deutsch-evangelischen Gemeinde, zu sich und verlangte eine Erklärung. Weser selbst sah sich als einen der Hauptleidtragenden. Schließlich war er derjenige, der Professor Schlottmann auf die moabitischen Funde aufmerksam gemacht hatte, und er hatte einen nicht geringen Einfluß darauf gehabt, daß das preußische Kaiserreich sie gekauft hatte. Weser versicherte dem Konsul, daß er eine Gegenuntersuchung durchführen und die Wahrheit ans Licht bringen würde. Mit deutscher Gründlichkeit prüfte er die Beschuldigungen Clermont-Ganneaus, verhörte die Zeugen, deren Namen im Artikel erwähnt wurden, und fand «beachtliche Unterschiede zwischen ihren gegenwärtigen Erklärungen und denen, die sie Clermont-Ganneau in der Vergangenheit gegeben hatten». Weser war der Ansicht, daß eine Konfrontation zwischen den Zeugen, den Franzosen und den Deutschen das Rätsel dieser unterschiedlichen Zeugenaussagen lösen würde.

Als Pfarrer Weser zu Shapira kam, um ihn zu dem Treffen einzuladen, war er überrascht, wie dieser reagierte. Shapira – im Grunde der Hauptleidtragende in diesem Drama – benahm sich arrogant und feindselig. Er erklärte, daß er nicht vor Gericht stünde und nicht bereit sei, sich verhören zu lassen. Außerdem war er überzeugt, daß der Franzose Wesers Initiative ablehnen würde. «Die Gesetze, die für gewöhnliche Sterbliche gelten, gelten nicht für Monsieur Clermont-Ganneau», sagte er. «Vor allem, da ich seiner Meinung nach eine interessierte Partei bin. Haben Sie vergessen, daß ich der Fälscher bin, der aus den dubiosen Moabetika Profit gezogen hat? Für ihn ist alles, was ich sagen werde, wertlos!»

Shapira hatte recht. Als Weser Clermont-Ganneau zu dem «kleinen Treffen» einlud, das am folgenden Morgen im Kloster des Johanniterordens stattfinden sollte, stieß er auf Argwohn. Erst als Clermont-Ganneau es durchgesetzt hatte, daß das Treffen im deutschen Konsulat stattfinden und außer Drake auch sein Freund Claude Conder mit von der Partie sein würde, willigte er ein.

Die Franzosen wurden von Herrn Leconte, einem Attaché an der französischen Botschaft, repräsentiert. Weser kam mit seinem alten Freund Duisberg, an dessen Rockaufschlag die Auszeichnung steckte, die ihm von der bayerischen Regierung für seine hervorragenden Dienste bei der Erwerbung der moabitischen Altertümer verliehen worden war. Das Amt des Protokollbeamten von seiten der Preußen übte ein Angestellter des deutschen Konsulats aus, der Armenier Serafion, der auch als Dolmetscher fungierte. Zur Überraschung der Engländer und der Franzosen gestand Weser, daß er die arabische Sprache nicht beherrsche und die moabitische Schrift nicht lesen könne.

Einer nach dem anderen wurden die Helden des Dramas ins Zimmer gerufen: die Töpfer, die Angestellten und Besitzer der Werkstätten, all jene, die Clermont-Ganneau in seinem Artikel erwähnt hatte.

Als erster trat Chassan ein, der Zeuge, auf dessen Aussage Clermont-Ganneaus Schlußfolgerungen hauptsächlich beruhten. Zitternd und weinend gestand er, daß ihm der *Chawadja* auf dem weißen Pferd – er zeigte auf Clermont-Ganneau – eine Falle gestellt habe. Er habe ihn von den anderen isoliert, geschlagen und gedroht, ihn zu töten, und ihn gezwungen, bestimmte Worte auswendig zu lernen.

Der Töpfer Abd El-Baki schwor bei Allah und der heiligen Dreifaltigkeit, daß ihn der *Chawadja* gezwungen habe, alles auswendig zu lernen, was er vor Drake und dem englischen Konsul sagen sollte, und gedroht habe, ihm «die Zunge zu stehlen», wenn er sich die Worte nicht genau merkte.

Bakr El-Misri schwor im Namen aller Heiligen, daß Chassan ihm gleich darauf von den Erpressungen des Franzosen erzählt habe.

Der Besitzer der Werkstatt, Achmed Alawijeh, schwor, daß alle Aussagen, die hier gemacht wurden, die reine Wahrheit seien. Er kenne Selim El-Kari gar nicht und habe niemals für jemanden mit diesem Namen gearbeitet.

Und schließlich – der letzte Akt! Der Held des Dramas, Selim El-Kari, betrat das Zimmer. Obgleich osmanischer Staatsbürger – und nach dem Gesetz der osmanischen Jurisdiktion unterworfen –, erklärte der deutsche Konsul, daß er ihn im Konsulat inhaftiere. Und während seiner Haft – ohne gerichtliche Verhandlung! – wurden Männer in sein Haus geschickt, um dort nach Scherben zu suchen.

Selim protestierte lauthals, rollte seine schönen Augen gen Himmel und schwor, daß sein Herz rein und seine Hände sauber seien. Empört wandte er sich an Clermont-Ganneau und bezichtigte ihn der Verleumdung. Weser befahl dem Dolmetscher, Selim zum Schweigen zu bringen, aber Clermont-Ganneau bestand darauf, den Mann reden zu lassen.

«Monsieur Ganneau», erklärte Selim, «traf mich vor zwei Monaten neben dem griechischen Kloster in der Christenstraße und sagte mir, daß er mir hundert Pfund gebe, wenn ich sagen würde, daß die Tonfunde des Herrn Shapira gefälscht seien und wir beide sie eigenhändig hergestellt hätten.»

Clermont-Ganneau erhob sich und fing zu klatschen an. Er gratulierte den Anwesenden zu der gelungenen Vorstellung, dann musterte er seine Ankläger spöttisch. Als sein Blick auf Pfarrer Weser fiel, sagte er:

«Sie haben mich irregeführt, Herr Weser. Das ist kein ‹kleines Treffen›, das ist ein Prozeß, der von einer bestochenen Jury geführt wird.»

«Tatsächlich? Wer wurde hier bestochen? Ich? Der Konsul? Herr Duisberg?»

«Jeder einzelne von Ihnen hat bei der dubiosen Erwerbung der Scherben seine Hand im Spiel gehabt.»

«Wenn überhaupt irgend etwas an der Erwerbung der Altertümer dubios ist, so sind es Ihre unbegründeten Schlußfolgerungen, das haben wir hier eindeutig bewiesen. Die Tatsachen sind eindeutig, aber Sie akzeptieren sie nicht, weil Sie von Anfang an beschlossen haben, daß die Funde gefälscht sind. Ihr Urteil ist korrupt. Wir haben die Zeugen vernommen. Sie haben sie beeinflußt, haben ihnen durch Drohungen die Worte entlockt, die Sie hören wollten.»

«Warum sollte ich das tun?»

«Weil Sie um Ihren guten Ruf fürchten. Wie ist es möglich, daß Clermont-Ganneau in Moab war und die Hunderte von Tonfunden übersehen hat? Was für ein Archäologe ist er? Sie haben gedacht, daß Sie sich mit der Entdeckung der Mesa-Stele ewigen Ruhm erkaufen, und plötzlich haben die Deutschen einen nicht minder wichtigen Fund in Moab gemacht. Nun beschuldigen Sie uns, daß wir die Zeugen aus nationalen und persönlichen Interessen bestochen hätten. Ich schlage vor, Sie überprüfen Ihre eigenen Beweggründe, Monsieur Clermont-Ganneau.»

Inzwischen waren die Männer vom Haus des Gefangenen Selim El-Kari zurückgekehrt und berichteten, daß sie dort nichts gefunden hätten, was auf eine Fälschung von Altertümern hindeuten könnte.

«Es hätte mich sehr überrascht, wenn sie tatsächlich irgend etwas gefunden hätten», murmelte Clermont-Ganneau. Er machte Drake, Conder und Leconte ein Zeichen, und die vier verließen zornig den Raum.

Die Nachricht von der Untersuchung im deutschen Konsulat sprach sich rasch herum. Anfang März erschien ein weiterer Artikel von Clermont-Ganneau im Londoner *Athenaeum*, in dem er das «theatralische Treffen im deutschen Konsulat» beschrieb. Der Artikel war im Geiste der kretischen Parabel geschrieben: Wenn ich ein ehrlicher Mensch bin und die Wahrheit sage, dann haben die Zeugen gelogen und die Funde sind gefälscht, und wenn die Zeugen das eine Mal gelogen haben, so haben sie auch die vorigen Male gelogen. Er beschuldigte die Deutschen, daß sie sich nicht gescheut hätten, ein nationales

Problem aus der Affäre zu machen und ihn im Namen des nationalen Stolzes und des Patriotismus in den Schmutz zu ziehen. Er schloß den Artikel auf dramatische Weise mit drei Fragen, die er an Professor Schlottmann richtete, den Mann, «der die ganze Verantwortung für die dubiose Erwerbung der moabitischen Altertümer trägt»:

> Warum hat das Museum in Berlin nicht die restlichen Stücke der Shapira-Sammlung gekauft, nachdem ich meine Schlußfolgerungen veröffentlichte?
> Warum wird die Sammlung, die sich seit vierzehn Jahren im Besitz des Museums befindet, nicht ausgestellt?
> Warum hat Herr Schlottmann seine wichtige Studie, die er uns schon seit langem versprochen hat, das *Corpus inscriptionum Moabiticarum*, noch nicht veröffentlicht?

Der Mann, der seine ganze Energie darin investiert hatte, den moabitischen Tonfunden den Namen «Shapira-Sammlung» zu geben, entdeckte nun, daß der Ruf, den er sich erworben hatte, zweischneidig war. Das Hinterzimmer seines Ladens in der Christenstraße war mit der «zweiten Sammlung» gefüllt, die ursprünglich für das Museum in Berlin bestimmt war.

Selim verlangte von Shapira das Geld für die Altertümer, und je klarer es wurde, daß sich keine Käufer finden würden, desto lauter wurden seine Forderungen. Shapira erinnerte Selim daran, daß er zwar auf seine Bitte eingegangen sei, die Funde in seinem Laden zu lagern, er sich jedoch nicht verpflichtet hätte, für sie zu zahlen. Er verlangte sogar von Selim, sie aus dem Laden zu entfernen.

«Du weißt, daß ich das nicht tun kann!» Selims Kuhaugen funkelten bernsteinfarben. «Was ist, wenn man mein Haus wieder durchsucht? Willst du, daß man sie bei mir findet?»

Eines Tages tauchte er sogar bei Shapira zu Hause auf und verlangte in Gegenwart Rosettes und der Dienstboten, was ihm «zustand», und drohte dem Herrn des Hauses, «die ganze Wahrheit» zu verraten.

«Du machst mir keine Angst», sagte Shapira.

«Ich werde zu Clermont-Ganneau gehen!»

«Er behauptet, du seist ein Fälscher.»

«Nein! Das stimmt nicht! Ich habe ihm eine Kopie der Mesa-Stele gemacht, bevor sie zerschlagen wurde. Er glaubte mir damals, warum sollte er mir jetzt nicht glauben? Wenn ich ein Fälscher bin, dann habe ich vielleicht auch die Mesa-Stele gefälscht?»

«Vielleicht hast du sie tatsächlich gefälscht?» lächelte Shapira. Das Lächeln machte Selim nur noch zorniger.

«Du hast Ware bei mir bestellt, und ich habe sie dir geliefert. Schimon Levy weiß das auch.»

«Willi!» schrie Rosette. «Zahl ihm! Zahl ihm und zerschlage diese Götzen, dann sind wir sie ein für allemal los.»

«Rosette, misch dich nicht ein!»

«Ich halte es nicht mehr aus. Die moabitischen Funde! Die moabitischen Funde! Du hast dein Wort gegeben, Willi! Du hast dein Wort gegeben und gelogen. Du belügst mich immer.»

«Immer? Ich belüge dich immer? Du glaubst also, daß ich ein jüdischer Lügner bin. Das glaubt ihr wohl alle, der lügende Jude. Endlich hast du es ausgesprochen.»

«Nein! Das habe ich nicht gesagt! Das hast du gesagt!» schrie sie. «Du bist ein Lügner, weil du ein Lügner bist, nicht weil du ein Jude bist. Nicht alle Juden sind Lügner. Aber du bist ein Lügner!»

Shapira erschrak, als er sah, daß sie die Beherrschung verlor.

«Beruhig dich, Rosette. Ich halte mein Versprechen. Ich versuche, die verdammte Sammlung loszuwerden.»

«Auch die gnädige Frau sagt, daß du bezahlen mußt!» mischte sich nun Selim ein. «Es steht mir zu! Es ist mein Geld! Du hast mir nicht einmal für meine Nachforschungen bei den Töpfern gezahlt. Du hast Ware bestellt? Bezahle sie. Ich habe mein ganzes Geld in ihre Beschaffung investiert, ich habe mich sogar verschuldet. Ich muß meine Schulden zurückzahlen.»

«Willi, gib ihm das Geld, und dann soll er verschwinden! Ich hole die Kasse!» Sie wollte aus dem Zimmer laufen, aber Shapira packte sie am Arm.

«Komm in den Laden», sagte er zu Selim. «Ich mache keine Geschäfte zu Hause.»

«Ich kam in den Laden», schrie Selim nun, da er sah, daß die Dame des Hauses auf seiner Seite war. «Einmal, zweimal, dreimal! Was hat es mir geholfen? Ich will mein Geld! Mein Geld!»

«Willi, Willi!» schrie Rosette entsetzt. Plötzlich sank sie auf das Sofa, bleich wie die Wand, ihre blauen Augen vor Angst aufgerissen: «Willi, um Himmels willen, das Baby!»

Selim holte Warda, die, anstatt Rosette zu helfen, in ein furchtbares Geschrei ausbrach. Selim zögerte einen Augenblick, dann schlüpfte er aus dem Zimmer und verschwand. Shapira versuchte, Rosette Luft zuzufächern. Halb bewußtlos begann sie zu weinen, die Tränen strömten über ihre Wangen, und sie stammelte mit erstickter Stimme: «Ich habe das Kind verloren, Willi...»

Nun bemerkte er die dunkle Lache. Er wollte fliehen, weglaufen, blieb jedoch wie erstarrt auf der Stelle stehen, murmelte tröstende Worte und fächerte ihr Luft zu.

«Ich habe für meine Sünde gezahlt», sagte Rosette und starrte auf die gewölbte Decke.

Sie lag im Krankenhaus der Diakonissen, dort, wo sie sich kennengelernt hatten. Es war das erste Mal in zwei Tagen, daß er mit ihr alleine war; Rosettes Anblick schmerzte ihn, und er schlug die Augen nieder. Ihr Haar war wie ein fahler Heiligenschein auf dem Kissen ausgebreitet. Sie sprach mit leiser Trauer, als wäre sie an einen anderen Ort hinübergegangen.

«Ich hätte hierbleiben sollen.»

«Und wer hätte sich um mich gekümmert?»

Er beugte sich vor, nahm ihre Haare in die Hand und vergrub sein Gesicht darin.

«Gott hat mich gestraft, Willi.»

«Dich? Weshalb? Du bist rein wie eine Quelle.»

«Nein, ich bin nicht rein. Ich habe meine Freundinnen im Stich gelassen und meine Aufgabe aufgegeben.»

«Glaubst du denn nicht? Betest du denn nicht? Quäle dich nicht so, Rosette. Würdest du auf Auguste verzichten? Auf mich?»

Sie betrachtete die blauen Augen, den kurzen, von grauen Strähnen durchzogenen Bart, den Schnurrbart, der die vollen Lippen verdeckte.

«Nein.»

«Ich kann mich nicht ändern, Rosette. Und weißt du was? Du liebst mich, so wie ich bin.»

Der Hauch eines Lächelns spielte um ihre Lippen.

«Du bist unverbesserlich, Willi.»

«Das ist richtig, aber versuch es trotzdem weiter.»

«Das werde ich auch.»

«Das Schicksal hat mich dir vorgesehen.»

«Vielleicht.»

«Tut es dir leid?»

«Nein.»

«Du hast mich immer behandelt, als wäre ich etwas Makelhaftes. Etwas, das repariert werden muß. Mein jüdisch-russisches Temperament, mein Enthusiasmus, mein Sinn für Abenteuer, das alles hat dir angst gemacht. Aber so ist das nun mal. Es gibt kein Zurück. Du bist mit mir, eine Komplizin in allen meinen Verbrechen.»

«Willi!»

«Du warst für mich ein Symbol für alles, was ich begehrte. Hell und einfach, ruhig und zuversichtlich. Ich hoffte, daß mit den Jahren auch an mir etwas davon haftenbleiben würde.»

«Vielleicht werden wir noch Kinder haben, Willi.»

«Bestimmt werden wir noch welche haben.»

«Ich wollte einen Sohn. Für dich, Willi.»

«Ich bin sicher, daß wir noch Kinder haben werden. *Schija, schija.*»

«Willi?»

«Ja, Rosette.»

«Willi! Schwör mir, daß du nicht mehr mit Altertümern handeln wirst.»

«Es gibt ohnehin niemanden, der sie noch kaufen will, Rosette.»

«Wenn du es mir nicht schwörst, bleibe ich hier im Krankenhaus.»

Ihre Stimme zitterte, und sie sah zur Lampe auf, die an der Decke hing, als könne sie seinen Anblick nicht ertragen. Ihre Arme lagen auf dem Laken, und sie streckte und ballte ihre Hände, wie sie es sich in den letzten Wochen angewöhnt hatte, als ihre Finger starr und geschwollen wurden. Die weiße Haut ihrer Finger sah schuppig aus, und Shapira fühlte sich von ihnen angewidert. Ihm fiel die Lache ein, die aus ihrem Leib getropft war, und Übelkeit stieg in ihm hoch, und er schämte sich seiner Gefühle. Wenn sie doch nur endlich aufhören würde, ihre Hände zu strecken und zu ballen!

«Ich werde nicht mehr mit Altertümern handeln. Ich verspreche es dir.»

«Ach, Willi.» Sie reichte ihm ihre Hand, und er küßte sie.

Was für eine Farce! Wäre es nicht so erniedrigend, so würde er jetzt lachen. Über sich selbst lachen. Clermont-Ganneau war viel erfolgreicher, als er ahnte. Seinetwegen hatte Rosette ihr Kind verloren, seinetwegen stand nun der Ekel zwischen ihnen, seinetwegen hatte er ein Versprechen gegeben, das all seine Hoffnungen zunichte machte. Mit fünfundvierzig Jahren war er zu müde und zu alt, um ein neues Leben anzufangen. Im Gegensatz zu Rosette sah er weder Anmut noch Erlösung in der Armut. Er war wieder der ängstliche Jude, der den kommenden Tag fürchtet, der sich fragt, woher er das Brot für seine Familie nehmen soll, er war wieder der ewig «Zurückgewiesene», den die Kinder auf der Straße mit Steinen bewerfen durften und den die Erwachsenen mit Argwohn behandelten, weil er irgend etwas an sich hatte, das sie nicht verstanden. Nun würde der

Verdacht in offene Verachtung umschlagen. Was für eine Erleichterung! Der Mann ist ein Fälscher, und darum darf man ihn hassen, soll man ihn sogar hassen.

«Mach dir keine Sorgen, Willi.»

«Gut.»

«Wenn Selim zurückkehrt, verstecke ich dich unter meiner Schürze.»

Er war wütend auf sie. Sie hatte sein Kind verloren, all das Blut, das aus ihrem Leib geflossen war, und sie scherzte. Na gut, von nun an würde er unter ihrer Schürze sitzen.

12

ENDE DES JAHRES 1874 verließ Clermont-Ganneau das Land und kehrte nach Paris zurück. Shapira hatte auf diesen Tag gewartet, aber die Bedrückung wich nicht. In den Nächten träumte er, daß ihn die Wachtposten in den Kerker warfen. Auch als Rosette ihm sagte, daß sie wieder schwanger sei, hellte sich seine Gemütsverfassung nicht auf. Er wartete angsterfüllt und wußte nicht worauf. Wenn er morgens erwachte, hatte er einen schalen Geschmack im Mund, und Trauer umhüllte ihn wie Nebel. Im Laden saß er im düsteren Hinterzimmer und starrte vor sich hin. Wenn die Zeit kam, den Laden zu schließen, ging er nach Hause, stieg auf das Dach, rauchte seine Wasserpfeife und starrte auf die Dächer, bis ihn die Kälte wieder ins Haus trieb. Er hielt die Tränen zurück, um nicht erklären zu müssen, was er selbst nicht begriff. Er war, wie in Swinburnes Gedicht, ein müder Fluß, der sich nach dem Meer sehnte, und wie der Dichter dankte er Gott, daß er nicht ewig leben müßte. Die alten Kunden mieden nun den Laden, und die Pilger interessierten sich nicht für die Funde im Hinterzimmer. Wären da nicht die schwangere Rosette und Auguste gewesen, hätte er seinem Leben ein Ende gesetzt. Seine Hoffnung auf Ruhm und Reichtum war zerstört, er hatte keine Kraft mehr, von neuem danach zu streben, aber was für einen Sinn hatte sein Leben ohne dem? Wenn er sich doch nur in irgendeine abgelegene Höhle zurückziehen könnte, um in ihr auf das Ende seiner Tage zu warten, sich von der Zeit verzehren zu lassen, so wie die Meereswinde die Felsen zerbröckeln.

Seine Bedrückung gewann plötzlich Gestalt, als die Cholera-Epidemie in Jerusalem ausbrach. Neben seinem Haus, gegenüber dem Jaffator, zogen Dutzende von Maultieren mit Familien, die ihre Habe umklammerten, vorbei. Die leidgeprüften Bewohner flohen aus der heiligen, verdammten Stadt. Auch die wenigen Touristen, die sich noch in der Stadt aufhielten, verließen sie fluchtartig, als sie hörten, daß der Gouverneur den Befehl erließ, die Tore zu schließen. Der Gouverneur selbst floh sofort nach Erlassung des Befehls, bevor der Todesengel mit seiner Sichel durch die Stadt ziehen würde. Alle erinnerten sich noch an die Heuschreckenplage, die die Stadt zehn Jahre zuvor befallen hatte, das Geschrei vom Ende der Tage, den Wahnsinn und die Angst.

Rosette, die stündlich auf Strafe oder Erlösung wartete, fühlte, daß ihr Platz nun im Krankenhaus war, an der Seite ihrer Freundinnen, der Diakonissen. Sie drängte sogar die vor Angst zitternde Warda, sich ihr anzuschließen. Auguste blieb zu Hause und spielte Todesspiele mit den Nachbarskindern. Sie führten Begräbniszeremonien für kleine, in Blätter gewickelte Steine durch, und er saß da, sah ihnen zu und überlegte, ob er es verbieten sollte oder nicht. Hinter der hohen Steinmauer war das Echo der Beerdigungen zu hören, die klappernden Schuhe und Stöcke, die Gebete und Wehklagen, der Trauergesang. Es schien, als wäre die ganze Welt in ihre lärmenden Todesrituale versunken.

Als Rosettes Geburtswehen einsetzten, schickte er Ali zu der Hebamme, aber die Plage hatte auch sie nicht verschont, sie hatte am selben Morgen ihre Seele ausgehaucht. Als Warda begriff, daß sie nun der gnädigen Frau bei der Geburt helfen müßte, warf sie ihr besticktes Häubchen auf den Boden, wand und krümmte sich und schrie, daß ihr Ende nahe. Shapira nahm Auguste an der Hand und floh mit ihr aus dem Haus. Die Wachtposten an der Mauer kannten ihn und ließen ihn passieren. Ihm schien, als sei die Luft jenseits der Mauern klarer, frei von den Dünsten der Plage. In was für eine Welt brachte er sein Kind? Was erwartete den armen Säugling außer Armut und Krankheit, Krieg und Neid, Fanatismus und mörderischem

Haß? Und was geschähe, wenn er selbst der Cholera zum Opfer fiele? Was würde Rosette mit ihren beiden Kindern anfangen? Und selbst wenn er die Epidemie überstehen sollte, so war er doch schon fünfundvierzig Jahre alt, und war es nicht ein unverantwortlicher Akt, in einem solchen Alter Kinder in die Welt zu setzen?

Auguste bückte sich und pflückte Blumen, die zwischen den Felsen blühten. Der Anblick erfüllte sein Herz mit Liebe und Erbarmen. Seine kleine Tochter hatte noch nie einen Wald oder einen Fluß gesehen, nie Vögel in rauschenden Wipfeln zwitschern gehört, nie einen Apfel vom Baum fallen sehen. Nur kahle Berge, die in der Sommerhitze brannten und vom Winterregen überschwemmt wurden. Er hockte sich neben sie, und die beiden pflückten zusammen einen Strauß Blumen für Rosette.

Als sie zurückkehrten, lief ihnen Warda entgegen, ihre Brust geschwollen vor Stolz, und teilte ihnen mit, daß Rosette ein Mädchen geboren hatte. Rosette lächelte, als ihr Mann und ihre Tochter die Blumen auf ihrem Bett auslegten. Ihre Augen waren tief und dunkel, fast schwarz. Sie deutete auf das winzige, zarte Köpfchen, das mit einem dünnen Leinenmützchen bedeckt war, und Shapira weinte. Ihm schien, als hätte er in seinem ganzen Leben keinen in seiner Schönheit so schmerzvollen Anblick gesehen wie das Bild von Rosette und dem Säugling. Es lag etwas Erhabenes und Reines darin.

«Wie heißt sie?» fragte Auguste.

«Rosette? Ziona? Jerusalem?» schlug der Vater vor.

«Miriam!» bat Auguste. «Wie meine Freundin.»

«Und wie die Mutter Jesu», meinte Warda.

«Und die Schwester Mosis», sagte Mosche.

Es gab bereits mehrere Miriams in seiner Familie, Tanten, Schwägerinnen, Nichten. Er wußte nicht, was aus ihnen geworden war, wen sie geheiratet hatten, wie ihre Ehemänner hießen. Als er es noch von seinen Eltern oder seinem Großvater hätte erfahren können, interessierte es ihn nicht, und jetzt gab es niemanden mehr, den er fragen konnte.

Auguste nahm dem Säugling das Mützchen ab. Seine Stirn war hoch und gewölbt, und ein glänzender goldener Flaum bedeckte sein rosiges Köpfchen.

«Wie häßlich dieses Baby ist!» sagte Warda. «Ein Äffchen! Ein kleines Äffchen!»

Auguste brach in Weinen aus, als sie die beleidigenden Worte hörte, doch ihre Mutter erklärte ihr, daß Warda das nicht wirklich meinte, sondern nur die bösen Geister vertreiben wollte.

«Miriam wurde zwischen der achtzehnten moslemischen Beerdigung und der vierten griechischen Beerdigung geboren», sagte Rosette zu ihrem Gatten. «Ich habe sie gezählt, um mich abzulenken.»

Sie schloß die Augen. Auch jetzt, nach der anstrengenden Geburt, war ihr Gesicht fast faltenlos. Sie trägt die Last ihrer Jahre gut, dachte er.

«Mama ist tot!» rief Auguste erschrocken.

«Nein, Dummerchen, sie ist nur müde und ist eingeschlafen. Komm.»

Als sie hinausgingen, sagte er zu Auguste: «Du hast einen schönen Namen für dein Schwesterchen gewählt. Er gefällt mir.»

«Auguste ist auch ein schöner Name.»

«Ein wunderschöner Name.»

Ausgerechnet nachdem er Rosette versprochen hatte, von dem Handel mit Tonfunden zu lassen, wurden diese zum Tagesgespräch in Deutschland. Hatten bisher ausschließlich Theologen und Archäologen Interesse an ihnen bekundet, so entfachten sie nun die Phantasie eines breiteren Publikums, und Bücher von Gelehrten erschienen, die zu dem Streit um die moabitischen Funde Stellung nahmen.

Im Jahre 1876 erschien ein Buch von A. Koch in Stuttgart, in dem der Autor, von Schlottmanns Forschungsarbeit beeinflußt, zu dem Schluß kam, daß die moabitischen Altertümer nicht gefälscht seien. Etwa um die gleiche Zeit erschien in Straßburg ein Buch von Professor Kautzsch und Dr. Socin, das nicht minder umfangreich und begründet war als das von Koch, mit dem Ergebnis: die Altertümer sind gefälscht! Kautzschs und Socins Behauptungen erinnerten Shapira an Rosettes Argumente: Wie war es möglich – fragten die beiden Gelehrten –, daß niemand vor der Entdeckung der Mesa-Stele von diesen moabitischen Altertümern gehört hatte? Und wie war es möglich, daß die Archäologen, die im Lande Moab Ausgrabungen machten, keine einzige Tonware fanden, die dem erstaunlichen Fund von Herrn Shapira und dessen Freunden auch nur im geringsten ähnelte? Und wie kam es, daß nach der Entdeckung der Mesa-Stela plötzlich immer mehr moabitische Altertümer auftauchten? Jedermann wußte, daß Fälschungen im Mittleren Osten im allgemeinen und in Jerusalem im besonderen häufig vorkamen, und obgleich es stimme, daß einige der Archäologen die Altertümer mit eigenen Händen ausgruben, so dürfe man nicht vergessen, daß an den zwei, drei von Pfarrer Weser initiierten Expeditionen auch die Herren Shapira und Selim El-Kari teilgenommen hatten und der naive Gelehrte höchstwahrscheinlich Figuren und Krüge ausgrub, die vorher dort vergraben worden waren. Kautzsch und Socin zählten die Fehler auf, die die Hersteller der «moabitischen» Altertümer in mythologischer, paläographischer, archäologischer und künstlerischer Hinsicht gemacht hatten. Kautzsch hatte sogar versucht, eigenhändig eine Tonscherbe zu fälschen, und festgestellt, daß es nichts Leichteres gab! Die Schlußfolgerungen der beiden Gelehrten waren so entschieden, daß sie am Ende – und dies war für Shapira der einzige Lichtblick in ihrem Buch – auch die Echtheit der Mesa-Stele in Frage stellten!

Der Wachhund der Stele reagierte in Windeseile. Clermont-Ganneau unterstützte den Großteil der Argumente von Kautzsch und Socin, wies jedoch höhnisch ihren Verdacht bezüglich der Mesa-Stele ab: «Das ist Zaghaftigkeit, die an Absurdität grenzt», bestimmte er. Seiner Ansicht nach war Selim der Hauptschuldige. Schließlich war er ein professioneller Ikonenmaler, und er beherrschte die moabitische Schrift. Die Hand, die die moabitischen Buchstaben von der Mesa-Stele abgeschrieben hatte, war auch fähig, die moabitischen Tonwaren zu beschriften.

In die Diskussion über die Echtheit der Funde griff auch das preußische Parlament ein, von dem das meiste Geld für deren Erwerbung gekommen war. Die Politiker beschuldigten Baron Usedom, den Direktor der staatlichen Museen, und machten ihn und die Deutsche Morgenländische Gesellschaft für die bedauerliche Affäre verantwortlich. Die Debatte, die am 16. März 1876 stattfand, endete mit dem Beschluß, eine Untersuchungskommission einzuberufen, die die Echtheit der Altertümer überprüfen sollte. Die Kommission kam zu dem Ergebnis, daß die Möglichkeit bestehe, daß ein Teil der Exponate nicht gefälscht sei. Das Urteil enttäuschte Clermont-Ganneau, der sofort darauf reagierte: «Alle moabitischen Tonfunde sind gefälscht, von dem ersten bis zum letzten», schrieb er.

In Jerusalem wurde die deutsch-französische Debatte mit großer Spannung verfolgt. Die Siege und Niederlagen spiegelten sich auch in den Beziehungen zwischen den verschiedenen Gemeinden wider, und die Figur des konvertierten Antiquitätenhändlers Shapira wurde zu einem fragwürdigen, widersprüchlichen Symbol für das ganze Thema Altertümer im Lande Israel. Wird im Land der Bibel tatsächlich Archäologie «hergestellt»? Werden ahnungslose Forscher von gerissenen Betrügern irregeführt? Sind die Archäologen unfähig, zwischen echten und gefälschten Funden zu unterscheiden?

Shapira fühlte sich wie ein im Netz gefangener Schmetterling. Der Laden in der Christenstraße zog jetzt wieder mehr Kunden an als früher, und die Fremdenführer bezogen ihn in ihre Führungen ein. Shapira haßte das Getuschel der *Kawasse*, die die Pilger begleiteten, und die neugierigen, nach Skandal dürstenden Blicke. Er wagte nicht zu protestieren und wußte, daß er dankbar sein müßte, daß man ausgerechnet vor seinem

Laden stehenblieb. Der Verkauf von Souvenirs war der vulgäre Teil des Geschäfts, doch allein aus Rußland kamen jedes Jahr fünfzehn- bis zwanzigtausend Pilger nach Jerusalem, und obwohl sie in der Regel nur für wenige Kopeken einkauften, machte ihre große Anzahl den Verkauf lohnenswert. Er hatte es sich zur Gewohnheit gemacht, im hinteren Teil des Ladens zu sitzen, in dem die Tonfunde der zweiten Sammlung lagen und das Halbdunkel füllten.

Es war Pfarrer Weser, der den bitteren Nebel zerriß. Er kam in den Laden, um sich von Shapira zu verabschieden. Seine Mission im Heiligen Land war beendet, und er kehrte nach Deutschland zurück.

«Ihre Frau sprach mit Tankmar von Münchhausen und überredete ihn, sein Schweigen zu brechen», sagte Weser.

«Rosette?»

«Ja. Diese schmutzige Affäre hat einen äußerst wichtigen Aspekt, der sich zweifellos auf die Position der Preußen im Heiligen Land auswirken wird. Bedenken Sie das! Unsere Politiker haben bombastische Erklärungen abgegeben, die die Interessen der katholischen Frösche unterstützen. Wenn wir selbst erklären, daß die moabitischen Funde, die wir für die staatlichen Museen in Deutschland erworben haben, gefälscht sind, dann tun wir nicht nur unrecht, sondern wir sind auch Dummköpfe, was noch viel schlimmer ist.»

Freiherr Tankmar von Münchhausen, der energische junge Konsul der preußischen Regierung, der das Amt von Doktor Otto Kersten übernommen hatte, betrachtete es als seine Hauptaufgabe in Jerusalem, Preußens Einfluß im Land zu stärken, und sah in jedem deutschen Staatsbürger einen Protegé, der diesem Ziel diente. Getreu seinem Versprechen an Rosette, schrieb er im November 1877 einen langen Brief an Shapira, in dem er auf zurückhaltende Weise seinen Glauben an die moabitischen Funde zum Ausdruck brachte. Nach seinen Worten sei er zu dem gleichen Ergebnis gelangt wie die Herren Koch und Drake, da Altertümer dieser Art nicht in Jerusalem hergestellt werden könnten. Die Hypothese des Missionars Klein, daß sie außerhalb von Jerusalem, möglicherweise in Hebron hergestellt worden seien, wies er aufgrund mangelnder Beweise ab. Er schrieb, daß er mit dem schwedischen Gelehrten Doktor Almqvist nach Moab gereist sei. Die Expedition habe ihre eigenen Ausgrabungen durchgeführt und Tonware mit moabitischen Inschriften gefunden. Zu ihrem Leidwesen wurden die Ausgrabungen wegen des russisch-türkischen Krieges abgebrochen, doch war es ihm noch gelungen, in einer Höhle die Scherben einer Tonfigur mit moabitischer Inschrift zu finden.

Shapira schickte den Brief an das Londoner *Athenaeum*, und die Zeitschrift veröffentlichte ihn sofort. Die moabitischen Altertümer waren gutes Material, und jede Nachricht über dieses Thema löste Reaktionen in der Öffentlichkeit aus. Zwei Wochen später erschien im *Athenaeum* die Antwort Clermont-Ganneaus. Er verriet den Lesern, daß der Deutsche Tankmar von Münchhausen und der Schwede Almqvist mit niemand anderem als Selim El-Kari nach Moab gereist waren. Sie seien in die Grube gefallen, die sie selbst gegraben hätten. Und so hing der böse Geist weiterhin an Shapira und begleitete ihn auf Schritt und Tritt, und es schien, daß er nur mit seinem vollkommenen Niedergang endlich Ruhe finden würde.

Von Münchhausens Brief war Balsam für Shapiras Seele, aber zur selben Zeit, als der Brief im *Athenaeum* veröffentlicht wurde, ereignete sich in Jerusalem eine neue Farce, deren Hauptfigur wieder einmal Selim war.

Eines Tages kam Selims sudanesischer Dienstbote in den Laden und erklärte, sein Herr bräuchte dringend die Hilfe des Herrn.

«Was ist passiert?»

«Der deutsche Konsul ist mit zwei Polizisten gekommen, und sie durchsuchen jetzt sein Haus.»

«Geh zu deinem Herrn zurück. Ich komme gleich.»

«Euer ‹Bruder› befindet sich wieder in Schwierigkeiten», sagte Schimon Levy, nachdem der Sudanese gegangen war.

Da er keine Antwort erhielt, fügte er hinzu: «Laßt ihn allein damit fertig werden.»

Die Entschiedenheit, mit der er die Worte sprach, überraschte Shapira. Er begriff, daß Schimon Levy ihn beschützen wollte, und war gerührt.

Am Nachmittag beschloß Shapira, ein wenig Luft zu schöpfen. Am Zionstor traf er Conders Stellvertreter, den jungen englischen Offizier Horacio Herbert Kitchener, der von seiner Arbeit in der Zitadelle zurückkehrte. Er blieb stehen, denn er suchte ein freundliches Gespräch, ein unverbindliches Geplauder.

«Ist mein Laden von der Spitze des Turmes zu sehen, Leutnant Kitchener?»

«Ich denke schon. Den Teich sieht man natürlich ohne Probleme.»

«Von dort hat David Bathseba beim Baden beobachtet. Stören Sie die Räumungsarbeiten nicht bei Ihren Vermessungen?»

«Nein, sie stören nicht.»

«Conder war ein Freund von mir. Ich würde mich sehr freuen, wenn Sie mich einmal besuchten.»

«Vielen Dank.»

«Vielleicht haben Sie jetzt Zeit und trinken eine Tasse Tee mit mir? Sie haben doch den ganzen Tag Staub geatmet. Und ihr Engländer ... wir Jerusalemer haben einen Witz über die Engländer, wir sagen, sie stehen auf dem Ölberg und warten auf den Messias mit einer Tasse Tee in der Hand.»

«Ja, ich habe den Witz gehört. Vielen Dank, aber heute kann ich nicht.» Er besann sich plötzlich und sah Shapira in die Augen. «Haben Sie es denn noch nicht gehört?»

«Was?» erschrak Shapira.

«Selim El-Kari hat mir moabitische Figuren verkauft, deren Inschriften mit denen Ihrer moabitischen Figuren identisch sind.»

«Sind sie gestohlen? Von mir?»

«Nein, sie sind nicht gestohlen. Sie wurden in der Werkstatt von Martin Bulus hergestellt.»

Seine Beine begannen zu zittern. Der Mann hatte eine unverblümte militärische Direktheit und zielte genau. Nun wußte er, warum Selim ihn gerufen hatte.

«Ich habe Ihre moabitische Sammlung im Büro des Palestine Exploration Fund in London gesehen. Selims Figuren haben eine allzu große Ähnlichkeit mit ihr. Ich habe dem Konsul davon erzählt, und er erhielt vom Gouverneur die Genehmigung, eine Haussuchung bei Selim zu machen. Wir, das heißt ich, ein Repräsentant des deutschen Konsulats und zwei türkische Polizisten, sind zu ihm hingegangen und haben noch andere moabitische Figuren bei ihm gefunden sowie vier kleine Eisenmeißel, die er offensichtlich zum Gravieren benutzt hat.»

«Und was geschah?»

«Er gestand.»

«Er gestand?»

«Ja. Er meinte, die Figuren könnten gefälscht sein. Er sei kein Gelehrter und daher nicht fähig, ihre Echtheit zu beurteilen. Aber wenn sie tatsächlich gefälscht sein sollten, so trage Martin Bulus die Schuld, der Mann, der ihm die Figuren verkauft habe. Nun ja, die ganze Angelegenheit war äußerst unangenehm.»

«Was sagt der Herr Konsul dazu?»

«Er glaubt noch immer, daß die moabitischen Altertümer echt sind.»

«Und Sie?»

Kitchener zuckte die Achseln.

Sie maßen einander mit Blicken. Die sinkende Sonne hüllte den Engländer in ein rötliches Licht. Er benetzte seine Lippen und wandte die Augen ab.

«Phoebe Carruthers-Warburton richtet Ihnen Grüße aus.»

«Ach!»

«Ja.»

«Sie kennen sie?»

«Ja. Ich glaube, sie kommt Ende des Sommers wieder nach Jerusalem.»

«Lebt sie noch immer in Benares?»

«Ich weiß es nicht. Ich traf sie in London. Sie hat einen Freund von mir geheiratet.»

«Ich würde Ihnen gerne meine zweite Sammlung zeigen. Kommen Sie doch. Kommen Sie und sehen Sie selbst. Alle Mitglieder des Palestine Exploration Fund sind meine Freunde: Wilson, Warren, Conder.»

Das Blut strömte wieder durch seinen Körper und sein Kopf war leicht, als hätte er einen kräftigen Schluck Wein getrunken. Er wollte den reservierten Engländer am Ärmel packen, mit ihm plaudern, den im grellen Licht schwankenden Himmel zum Stillstand bringen.

«Ich habe das Buch gelesen, das die Expedition des Exploration Fund im vorigen Jahr veröffentlicht hat. Es sind Fehler darin. Viele Fehler. Ihr habt euch zum Beispiel in der Anzahl der jüdischen Bürger geirrt. Sie machen die Hälfte der Einwohner Jerusalems aus.»

«Sie haben recht», gestand Kitchener widerwillig. «Zehn Jahre sind zwischen der Zählung und der Herausgabe des Buches vergangen, und jetzt sind die Fakten bereits überholt.»

«Als ich vor zwanzig Jahren nach Jerusalem kam, lebten siebentausend Juden in der Stadt. Heute sind es fast doppelt so viele. Wer hätte gedacht, daß ich eines Tages der Vertreter des Britischen Museums sein würde? Ich habe dem Museum diesen Monat drei wunderschöne Handschriften aus Sana geschickt, in der arabischen Übersetzung des Rabbiners Saadia.»

Die Wachtposten auf der Mauer schlossen die Stadttore für die Nacht, und er verstummte. Er wußte, daß er zuviel redete, ein kleiner Jude, der sich aufdrängte, das war er. Zu hitzig, zu eifrig. Ein Mann geht von der Arbeit nach Hause, und dieser Jude Shapira klammert sich an ihm fest wie ein Blutegel und langweilt ihn mit seinem Geschwätz. Und trotzdem, es war gut, daß er solch ein Jude war, denn hätte er den Mann nicht angehalten, so hätte er nicht von der Haussuchung bei Selim und von Phoebes kommendem Besuch erfahren.

Als er das Haustor öffnete, wartete Selim bereits im Schatten des Zaunes auf ihn.

«Du hast mich im Stich gelassen», sagte Selim. «Ich habe dich gerufen, und du bist nicht gekommen.»

«Ich konnte nicht.»

Er sah schön aus im Schatten, das Licht strömte auf seinen Körper wie glitzernde Körnchen. Shapira sah ihn verblüfft an, da er ihm plötzlich so rein erschien. Selim hat sich befreit, dachte er, er hat sich von den Ängsten befreit, von den halben Wahrheiten.

«Ich werde dir nie mehr glauben. Du bist nicht mehr mein Bruder.»

«Du wirst mir nicht glauben?» Er räusperte sich, bemüht, so distanziert und herrisch wie Kitchener zu klingen. «Du bist ein Lügner, ein Betrüger. Die Polizei hat Tonfiguren und Meißel in deinem Haus gefunden.»

«Sie sind nicht von mir. Sie sind von Martin Bulus. Die Polizisten haben mir geglaubt.»

«Sie haben dir nicht geglaubt. Jetzt wissen alle, wer und was du bist.»

«Na gut, dann wissen es eben alle. Auch du wußtest, wer ich bin, als du mich gebeten hast, dein Partner zu sein.»

Shapira kicherte. In Selims Bosheit lag etwas Unschuldiges, eine klare, natürliche Logik. Selims Gesicht färbte sich gelblich. Das Kichern ärgerte ihn offensichtlich.

«Ich will das Geld für die zweite Sammlung.»

«Nimm die ganze Sammlung. Sie gehört dir.»

«Nein. Du hast sie bestellt, und du wirst für sie zahlen.»

«Wenn du es noch einmal wagst, deine Stimme in meinem Haus zu erheben, rufe ich die Polizei. Diesmal wirst du nicht davonkommen. Sie werden dich ins Gefängnis stecken.»

«Wenn du nicht bezahlst, was du mir schuldest, werde ich

allen erzählen, daß ich die moabitischen Funde in deinem Auftrag gefälscht habe.»

«Wer wird dir glauben?»

«Man wird mir schon glauben.»

«Bitte sehr. Erzähl es ruhig. Du kannst mir nicht noch mehr schaden, als du mir bereits geschadet hast.»

Er stieg die Treppe hinauf und schloß die Tür hinter sich. Dann trat er ans Fenster und sah hinaus. Selim zögerte, dann ging er und ließ das Tor offen. Auf seine Art war er nun ein freier Mensch. Shapira beneidete ihn fast.

«Willi?»

Rosettes Flüstern erschreckte ihn. Er hatte sie nicht ins Zimmer kommen gehört, und nun begriff er, daß sie Zeugin des Gesprächs geworden war. Er sah sich durch ihre Augen, ein erwachsener Mann, der sich im Schatten verbarg.

«Hast du uns durchs Fenster beobachtet?» fragte Shapira.

«Er hat vorher schon mit mir gesprochen.»

«Was hat er dir gesagt?»

«Was hat er *dir* gesagt?»

«Verhörst du mich?»

Rosette seufzte.

«Er sagte, wenn du ihm nicht bezahlst, was ihm zusteht, wird er sich an Clermont-Ganneau wenden. Er hatte einen Brief an ihn bei sich und las mir Auszüge daraus vor und war sehr enttäuscht, als er feststellen mußte, daß ich kein Griechisch verstehe. Ist er Grieche?»

«Er wurde von den griechischen Mönchen aufgezogen.»

«Sein Sudanese hat Warda erzählt, daß ganz Jerusalem von den moabitischen Tonfiguren, die in seinem Haus gefunden wurden, spricht.»

«Das Geschwätz von Dienstboten.»

«Er hat mir erzählt, daß du die Töpfer, die im deutschen Konsulat verhört wurden, bestochen hast. Er hat Clermont-Ganneau darüber geschrieben.»

«Das ist, was Clermont-Ganneau behauptet.»

«Was hätte ich ihm antworten können?»

«Du hättest ihm sagen können, daß du ihm nicht glaubst.»

«Hast du die Töpfer bestochen, Willi?»

«Was glaubst du, Rosette, habe ich sie bestochen?»

«Ich frage dich.»

«Und wem wirst du glauben? Den Töpfern oder mir?»

«Du kannst dich nicht an einem Betrug beteiligen und zur selben Zeit behaupten, daß du ein ehrlicher Mensch bist. Man kann nicht ein halber Betrüger sein.»

«Schlottmann glaubt, daß meine Funde echt sind. Und Koch und Fleischer auch. Aber meine eigene Frau glaubt es nicht. Sie sitzt am Tischende und stickt stumm und demütig ihre Verse, und das Kreuz, das sie auf dem Rücken trägt, das bin ich. Ich!»

Er schlug sich so heftig gegen die Brust, daß sein Brustkorb einen dumpfen Klang wiedergab. Rosette stand aufrecht, die Augen geschlossen, die Lippen zusammengebissen. Er sah sie an und seufzte.

«Du weißt, daß ich dich nicht schlagen werde, Rosette. Das ist deine Art, mich zu erniedrigen. Mir zu sagen, nicht genug, daß du ein Fälscher bist, du bist auch ein schlechter Mensch, der schwache, hilflose Frauen schlägt.»

«Du hast mir meine Frage nicht beantwortet.»

«Du glaubst mir doch eh' nicht. Selims Wort ist mehr wert als meines.»

«Wer mit Hunden schlafen geht, der wacht mit Flöhen auf.»

«Ach ja, Rosette? Sag mir nur, was ich bin, der Hund oder der Floh?»

Als er am nächsten Tag zur Mittagszeit aus dem Laden heimkehrte, fand er das Haus leer.

«Wo sind sie?» fragte er Ali.

«Im Krankenhaus. Aber sie sind wohlauf.»

Er begab sich direkt in «ihr» Zimmer, das Zimmer, in dem sie einander kennengelernt hatten. Eine Frau saß mit baumelnden Beinen auf dem Bett, und eine andere Frau hielt eine Schüssel an ihre Lippen. Als er wieder auf den Gang hinaustrat, sah er

Rosette mit zwei Eimern Wasser über den Hof gehen. Der Hof war in helles Licht getaucht, und die Sonne glänzte auf ihrem Haar und spiegelte sich in den Eimern. Als sie sich bückte, um die Eimer abzustellen, blieb ihr Körper gebeugt, als hätte sie keine Kraft, sich wieder aufzurichten. Sie war in den alten gestärkten Kittel gekleidet, den sie zu Hause immer zum Teigkneten trug. Sie ist alt, dachte er, und brennender Zorn packte ihn.

Er ging zu ihr hin. «Schon gut, Rosette. Du hast erreicht, was du wolltest. Nach Hause!» befahl er und griff sie am Arm.

Einer der Eimer kippte scheppernd um, das Wasser bespritzte ihren Kittel, und sie begann zu schreien, die Hunde begannen zu bellen, und die Tauben im Hof flogen erschrocken in die Luft. Zwei Diakonissen stürzten hinaus und versuchten ihn aufzuhalten, während er seine schreiende Frau aus dem Hof zerrte. Auch auf der Straße hörte sie nicht zu schreien auf, und erst als sie nach Hause kamen, verstummte sie. Er hielt sie weiterhin fest, obwohl sie nicht mehr versuchte, sich aus seinem Griff zu befreien.

«Wo sind die Kinder?»

«In Talitha Kumi.»

«Noch bin ich am Leben, Rosette.» Er schüttelte sie so stark, daß ihre Zähne klapperten. «Du wirst mich nicht verlassen. Ich werde es nicht zulassen. Weder du noch die Kinder. Niemals.»

«Ich muß nachdenken.»

«Worüber?»

«Über uns. Über dich.»

«Na los, denk nach!»

«Ich kann in diesem Haus nicht nachdenken. Nicht, wenn du hier bist und mich durcheinanderbringst.»

«Ich werde dir ein neues Haus bauen! Morgen! Morgen fange ich an, mich darum zu kümmern. Ich verspreche es dir!»

«Ich will kein neues Haus.»

«Ich kann die zweite Sammlung verkaufen, dann werde ich zumindest den Einkaufspreis zurückerhalten, und auch die Bücher aus Jemen werden etwas einbringen.»

«Klein sagt, daß die Juden ihre Thorarollen nicht verkaufen.»

«Klein! Klein! Klein!» Er schüttelte sie wieder, bis sie die Hand hob und seine Brust berührte, worauf er zurückschreckte, als habe ihn ihre Berührung versengt. «Ich weiß nicht, was er dir erzählt hat, aber er wird nie und nimmer seine Frau verlassen. Du bleibst bei mir, Rosette. Bei mir! Wir werden ein gutes Leben haben, du wirst sehen. Ich verspreche es. In unserem neuen Haus werden wir ein neues Leben beginnen.»

Sie fing an zu weinen und wandte sich ab, und er legte seine Hände auf ihre Schultern und drehte sie zu sich um. Der alte, abgetragene Kittel strömte Wärme aus, und ihr verweintes Gesicht füllte sein Herz mit Trauer. Er zog sie an sich, versuchte mit seinem Körper auszudrücken, was er nicht mit Worten sagen konnte. Sie richtete sich auf und stieß einen Seufzer aus.

«Ich brauche diese Trennung, Willi.»

«Ich werde gehen! Ich! Am besten, ich verlasse Jerusalem für eine Weile.»

Warum nicht. Er würde die zweite Sammlung ohnehin nicht verkaufen können, und je eher er das einsah, desto besser. Er mußte seinen guten Ruf wiederherstellen. Um ihrer und seiner Töchter willen. Bisher hatte er sich nicht an der öffentlichen Diskussion über die Echtheit seiner Tonfunde beteiligt, aber jetzt würde er sein Schweigen brechen. Noch heute würde er einen scharfsinnigen und wohlbegründeten Brief an das *Athenaeum* verfassen, der Clermont-Ganneau zum Gespött machen würde. Und dann würde er sich auf eine lange Reise begeben, fern von den Vorurteilen, fern vom Haß.

Zehn Stunden waren vergangen, seit er sich auf den Weg gemacht hatte. Shapira wartete ungeduldig auf den Augenblick, da er sich von der Eskorte trennen würde. Der Stamm Awarna hatte ihnen neun Beduinen zugewiesen, zwei Mann beritten und sieben Mann zu Fuß, und die letzteren erschwerten das Vorankommen der Kolonne. Die Maultiere, Esel und Pferde konnten sich nur mühsam auf den glatten

Felsen halten, als sie die kahlen, erodierten Berghänge der Wüste Judäa hinabstiegen. Der Dunst, der vom Toten Meer aufstieg, verstärkte die bedrückte Stimmung der Männer, und sie unterhielten sich kaum noch miteinander. Als das Flußbett des Kidron in der Ferne sichtbar wurde, waren sie zu erschöpft, um sich zu freuen. Shapira beschloß, haltzumachen und das Nachtlager aufzuschlagen und erst am nächsten Tag nach Jerusalem weiterzureiten.

Die Reiter führten ihre Tiere zur Tränke, und Mensch und Vieh stillten ihren Durst. Er versuchte ein Anzeichen von Regen zu wittern. Die Wüste hatte nicht nur seinen Körper, sondern auch seinen Geist ausgetrocknet. Die Reise war zwar erfolgreich gewesen, denn er kehrte mit der seltenen Ausgabe einer auf arabisch geschriebenen *Mischne Thora* des Maimonides und einer alten Schriftrolle, die er von den Juden Sanas erbeutet hatte, nach Jerusalem zurück, aber der Weg war länger und beschwerlicher, als er angenommen hatte.

Im Katharinenkloster im Sinai war er einem jüdischen Gewürzhändler aus dem Jemen begegnet, der ihm von einer sechshundert Jahre alten Schriftrolle erzählte, die in Sana aufbewahrt wurde. Die Geschichte entzündete seine Phantasie, und er machte sich voller Hoffnung nach Jemen auf. Während der langen Reise zerstreute er sich mit Gedanken über den Preis, den er für die Schriftrolle erzielen könnte, und was er mit dem Geld anfangen würde. Er könnte fast jede Summe verlangen, er hatte keine Konkurrenz auf diesem Gebiet. Doktor Ginsburg von der Bibliothek des Britischen Museums hatte bereits Dutzende heiliger Bücher von ihm gekauft, und je größer die Sammlung im Museum wurde, um so wichtiger wurde sie, und je wichtiger sie wurde, desto größer wurde der Eifer der Kuratoren, sie zu erweitern. Diesmal würde er darauf bestehen, daß die Schriftrolle in einem der großen Säle ausgestellt und sein Name auf der Plakette vermerkt würde. Und vielleicht würde die Affäre mit den moabitischen Tonfunden durch seine Leistungen auf diesem Gebiet in Vergessenheit geraten. Er würde eine Firma gründen, Zweigstellen in Berlin und London eröffnen, und Menschen auf der ganzen Welt würden «Shapira» sagen und an heilige Bücher denken, genauso wie sie «Lloyd's» sagten und an Schiffahrt dachten.

Bis er Jemen erreichte, hatte er alle Einzelheiten des Geschäfts durchdacht, und als die Männer von Sana sich weigerten, ihre Schriftrolle zu verkaufen, war ihm, als hätten sie ihm etwas geraubt, das ihm gehörte. Zwar empfingen die Juden den Rabbi aus Jerusalem auch diesmal mit Liebe und Erregung, doch die Thorarolle wollten sie nicht aus dem Versteck holen. Nur einmal im Jahr, zu *Simchat Thora*, wurde sie der Öffentlichkeit gezeigt. Je mehr er sie drängte, desto hartnäckiger wurden sie, und schließlich wandte er sich an den türkischen Gouverneur, der mit seinen Soldaten die Synagoge betrat und ihnen die kostbare Schriftrolle mit Gewalt nahm. Die herzzerreißenden Schreie der Juden machten sein Herz nur noch härter. Wenn sie getan hätten, worum er sie gebeten hatte, hätte er nicht die Soldaten zu Hilfe nehmen müssen. Nun lag die Rolle in dem Lederbeutel unter seinem Kinn, und nur ein Sammler, dem es gelungen war, seine Hand auf einen seltenen Gegenstand zu legen, vermochte die Glückseligkeit zu begreifen, die er durch die körperliche Berührung mit seinem Schatz empfand.

Jemand zerrte an dem Lederbeutel, und er hielt ihn zähneknirschend fest. Warmer Atem streifte sein Gesicht. Astarte? Er wollte die Wachtposten rufen, doch aus seiner Kehle drang kein Laut. Dann waren Schreie zu hören, Hunde bellten, und er lag da und lauschte. Das ganze Lager erwachte und geriet in Aufruhr. Männer liefen umher, stießen Flüche aus, Schreie der Angst und des Protests. Das Jaulen eines streunenden Schakals genügte, um die Ungeheuer der Nacht in den Herzen der Beduinen heraufzubeschwören. Am Morgen würden sie von Löwen und Tigern erzählen, sich ihres Heldenmuts rühmen und eine zusätzliche Bezahlung für ihre imaginären Rettungsakte verlangen.

Ali erschien im Zelteingang und zog jemanden hinter sich her.

«Sitz und rühr dich nicht!»

Er stieß den Mann, und dieser hockte sich wortlos hin.

«Das ist ein Beduine vom Stamm der Adjaja. Er behauptet, daß er beim Brunnen der Apostel auf dich gewartet hätte.»

Adjaja... Brunnen der Apostel... die Worte reizten sein Gedächtnis, und er bat Ali, die Kohlen zu schüren.

«Es gelang ihm, an den Wachtposten vorbeizuschlüpfen», sagte Ali zornig.

«Und wie wurde er erwischt?»

«Er betrat irrtümlich das Zelt des Wachkommandanten.»

Im Licht der glühenden Kohle wurde das Gesicht des Mannes sichtbar. Sein keuchender Atem und das Knistern der Kohle waren die einzigen Geräusche, die im Zelt zu hören waren.

«Wie heißt du?»

«Salem.»

«Bist du der Mann, der die Häute in der Höhle fand?»

«Goblan hat mich geschickt.»

Goblan hatte von ihm gesagt, daß er seine eigene Mutter für ein paar Groschen verkaufen würde, und Shapira zog es vor, nicht zu viele Fragen zu stellen. Was er nicht wußte, konnte ihm nicht schaden. Er sah aus wie ein Mann, der schon so manchem die Kehle durchgeschnitten hatte.

Salem griff in sein Hemd und holte ein kleines Stück Stoff hervor, in das ein Gegenstand eingeschlagen war. Shapira nahm eine Handvoll Münzen aus der Tasche und gab sie dem Mann. Er fragte sich, ob Salem selbst die Pergamente von dem Hirten gestohlen hatte oder nur Goblans Bote war.

«Wollt Ihr noch mehr Häute?»

«Erst muß ich dieses Pergament untersuchen.»

«Ich werde zu Euch in den Laden kommen.»

Shapira holte noch ein paar Münzen aus seiner Tasche.

«Gib sie Goblan.»

«Er ist tot.»

«Tot? Seit wann?!»

«Eine Schlange hat ihn gebissen.»

Noch bevor er weitere Fragen stellen konnte, war der Mann aus dem Zelt geschlüpft. Ein Hund bellte, und andere Hunde antworteten mit fernem Gebell. Im Licht der glühenden Kohle öffnete er den Stoffetzen und holte ein dunkles, zusammengefaltetes Pergament hervor, das sich klebrig anfühlte und kaum größer war als seine Hand. Im rötlichen Licht des Feuers wurden kleine Einritzungen sichtbar, die Buchstaben sein konnten. Er wickelte das Pergament wieder in den Stoff, steckte es in den Lederbeutel und legte sich hin.

13

DIE BUCHSTABEN AUF DEM WIRTSHAUSSCHILD wurden fast gänzlich von der Dunkelheit verschluckt. Die Gaslampe flackerte, und sie tauchten einen Augenblick auf und verschwanden wieder. Das Wirtshaus hatte sich geleert, die Glocke an der Tür war verstummt, und nur ein schwaches Licht erhellte die verglaste Tür, ein helles Rechteck, das in der dunklen Mitternachtsstunde leuchtete.

Wo versteckte sich Clermont-Ganneau? Vielleicht hätte er sich von Verbrechern Rat holen und ihre Methoden erlernen sollen. Was war, wenn er ihn bemerkt hatte und geflohen war? Er bezweifelte nicht, daß er in den letzten Monaten an Orte geraten war, an denen sich Verbrecher aufhielten. Hatte er sich wohl gefühlt in ihrer Gesellschaft? Bilder flackerten in seinem Gehirn auf und erloschen wie die Flamme der Straßenlampe, vage Erinnerungen an elende Hotels, in denen er zusammen mit Matrosen, Dirnen und Taschendieben übernachtet hatte. Ja, er fühlte sich wohl in ihrer Gesellschaft, die Freiheit rief ihn, der Kampf war beendet.

Er verspürte quälenden Durst. Seine Zunge klebte am Gaumen, und die Trockenheit seiner Kehle härtete seine Muskeln. Ihm war, als hörte er in den anderen Zimmern des Hotels das Geräusch von fließendem Wasser, als hörte er, wie Menschen sich wuschen, Wasser aus Krügen, Schüsseln und Eimern gossen. Wenn er nur die Kraft hätte, sich von der Stelle zu rühren. Eine Katze heulte plötzlich und sprang aus dem gegenüberliegenden Treppenhaus, das Licht der Straßenlampe flackerte wieder, und hebräische Buchstaben erschienen auf dem Schild. Obwohl er wußte, daß ihn seine Augen täuschten, sah er, wie hebräische Buchstaben von dem Schild in die Nachtluft sprangen.

GESEGNET WIRST DU SEIN IN DER STADT
GESEGNET WIRST DU SEIN AUF DEM ACKER
GESEGNET IST DEIN KORB
UND DEIN BACKTROG
GESEGNET WIRD SEIN DIE FRUCHT
DEINES LEIBES UND DIE FRUCHT
DEINES ACKERS UND DIE JUNGTIERE
DEINES VIEHS.

Eine ganze Woche lang war er damit beschäftigt, die Teerschicht von dem schwarzen Pergament zu schälen. Er betupfte die harte zerknitterte Haut mit Wasser und dann mit Olivenöl, ängstlich darauf achtend, die Schrift nicht zu verwischen. Der abstoßende Teergeruch haftete an seinen Händen und Kleidern und begleitete ihn auf Schritt und Tritt.

«B...»

Miriams kleiner Finger zeigte auf den Buchstaben, der auf dem Pergament sichtbar wurde.

«Richtig!»

Er hob sie in die Luft, setzte sie auf seine Knie und küßte sie auf die Wange. «Du bist das klügste Mädchen der Welt! Gibt es noch irgendein kleines Mädchen von drei Jahren, das Hebräisch in alten phönikischen Buchstaben lesen kann? Gibt es noch so ein Mädchen? Gibt es noch so ein Mädchen?»

Er konnte seine Erregung über die Worte, die auf dem Pergament sichtbar wurden, kaum zurückhalten, und nun floß sein Herz über vor Liebe für seine Tochter Miriam, seinen Augapfel Ziona.

Während all der Tage, an denen er an seinem Tisch saß und an der Entzifferung des Pergaments arbeitete, saß seine Tochter auf dem Fußboden und spielte mit den moabitischen Figuren, die zu ihren Puppen geworden waren. Hin und wieder tauchte ihr goldenes Köpfchen neben seinem Ellbogen auf, und sie hielt ihm irgendeinen Götzen oder eine Figurine vor das Gesicht und fragte, was die Buchstaben bedeuteten, die in den Ton graviert waren. Er antwortete ihr zerstreut, bis er eines Tages entdeckte, daß sie sich merkte, was er ihr sagte. Sie kannte bereits die moabitisch-phönikischen Quadratbuchstaben, und manchmal gelang es ihr sogar, sie zu einem Wort zu verbinden. Sie reichte gerade bis an die Tischplatte und mußte sich auf Zehenspitzen stellen, um ihm bei der Arbeit zusehen zu können. Das schwarze Bitumen, jener Stoff im Teer, der dem Boden des Toten Meeres entnommen wurde und im Altertum zum Einbalsamieren der Toten diente, drohte immer wieder die entzifferten Buchstaben zu bedecken. Er entfernte behutsam die dunkle, schmierige Schicht und beeilte sich, jeden Buchstaben, den er aufdecken konnte, sofort auf einem Blatt Papier festzuhalten. Die Buchstaben glichen den moabitischen Buchstaben, die ihm so vertraut waren, aber im Unterschied zu der Inschrift auf der Mesa-Stele waren die Wörter nicht durch Punkte voneinander getrennt, und es fiel ihm schwer, zu entscheiden, wo ein Wort endete und das nächste begann. Er konnte es kaum fassen, als er entdeckte, daß die Inschrift, die langsam sichtbar wurde, fast identisch war mit dem Text des Segens, der auf dem Berg Garizim gegeben wurde. Er schaute hin und wieder im 5. Buch Mose, Kapitel 28 nach. Gegenüber der bekannten, masoretischen Version erschien der Segen auf «seinem» Pergament in gekürzter Form und an manchen Stellen in einer anderen Reihenfolge, aber er hatte keinen Zweifel, daß es sich um eine parallele Version handelte. Wie war das zu erklären? Was hielt er da in seinen Händen? War es möglich, daß dies eine ältere Version des Mosaischen Gesetzes war als die masoretische Version? Nein, unmöglich! Und dennoch ... Das Pergament war in Althebräisch geschrieben, in phönikischen Buchstaben, denselben Buchstaben, die in die Mesa-Stele graviert waren, und diese Schrift, die althebräische Schrift, wurde doch nur bis zur Zerstörung des Ersten Tempels benutzt! War daraus zu schließen, daß er eine Pergamentrolle in der Hand hielt, die im neunten Jahrhundert vor der Zeitrechnung oder sogar noch früher geschrieben worden war?! Würde er mit Hilfe dieses schwarzen Pergaments den Verrat sühnen können, den er an seinem Gott begangen hatte? War es möglich, daß jenes «Etwas», auf das er sein Leben lang gewartet hatte, nun gekommen war? Er hatte sich längst damit abgefunden, daß der Mensch offenbar stets auf die Erfüllung eines Versprechens wartete, das nie gegeben worden war und das sich nie erfüllen würde. Aber gerade aus der Resignation keimte der Widerstand in ihm. Die menschliche Existenz mußte doch irgendeinen Sinn haben. Der Tag würde kommen, irgend etwas würde geschehen, und ein Sinn würde sichtbar werden.

«Nein! Nein! Das erlaube ich nicht!» Rosettes Zorn zerriß den Nebel seiner Gedanken. Sie betrat nur selten sein «Allerheiligstes», aber seitdem Miriam sich dort ständig aufhielt, mußte sie hin und wieder hineinkommen.

Miriam saß in einer Ecke des Zimmers; sie hielt einen hermaphroditischen Fruchtbarkeitsgott in ihrem Schoß und sang ihm ein deutsches Wiegenlied. Rosette riß ihrer Tochter die Figur aus der Hand und schüttelte sie vor seinem Gesicht.

«Du verdirbst das Kind. Du hast versprochen, diese Abscheulichkeiten aus unserem Haus zu entfernen.»

«Ich bin noch nicht dazu gekommen, Rosette.»

«Du bist noch nicht dazu gekommen! Du bist immer beschäftigt, du sprichst gar nicht mehr mit mir.»

«Worüber soll ich mit dir sprechen?»

«Worüber, worüber, ich weiß nicht worüber. Du hast mich nicht gefragt, was ich beschlossen habe, während du fort warst.»

«Ich weiß, was du beschlossen hast.»

«Ach ja?»

«Du bleibst hier. Ich habe dich und die Kinder bei meiner Rückkehr zu Hause vorgefunden. Und ich schätze das, Rosette.

Ich weiß, daß du es schwer hast mit mir, daß du nicht zufrieden bist mit dem, was ich tue, wie ich mich verhalte. Aber ich gebe mir Mühe, Rosette, glaub mir. Ich arbeite schwer. Arbeite ich etwa für mich? Ich arbeite für dich, und für die Mädchen.»

«Klein ...»

«Klein! Immer dieser Klein!»

«Willi! Das Kind!»

Sie legte eine Zeitung auf den Tisch.

«Er hat dir das geschickt. Die Zeitung traf in Jerusalem ein, als du im Jemen warst. Die ganze Stadt hat sie bereits gelesen.»

Auf einem alten Exemplar des *Athenaeum*, dem anzusehen war, daß es durch zahlreiche Hände gegangen war, hatte irgend jemand eine der Spalten angekreuzt. Selim El-Kari hatte tatsächlich seine Drohung verwirklicht und Clermont-Ganneau ein Geständnis geschickt, in dem er Shapira beschuldigte, die Zeugen bestochen zu haben, die im deutschen Konsulat über die Herstellung der moabitischen Altertümer verhört worden waren. Clermont-Ganneau hatte den Brief an das *Athenaeum* geschickt und einen eigenen Kommentar hinzugefügt, der ebenfalls abgedruckt wurde und in dem er zugab, daß er zwar eine persönliche Abneigung gegen Shapira hege, Selims Brief jedoch keinerlei Bedeutung beimesse und es nicht seine Angelegenheit sei, zu entscheiden, ob Selim Shapira oder Shapira Selim betrogen habe. Darauf folgte Selims Brief, der in kläglichem Griechisch geschrieben und auf arabisch unterzeichnet war. In dem Brief, der das Datum des 6. August 1877 trug, gestand Selim El-Kari: «Shapira befahl mir, die Zeugen zu bezahlen, die gegen uns ausgesagt hatten, und ich bezahlte.» Selim bat Clermont-Ganneau, ihm das Geld für die Reise nach Paris zu zahlen, damit sie sich gemeinsam an Shapira rächen könnten.

Clermont-Ganneau informierte den Leser, daß die deutsche Regierung dank seiner Entdeckung keine Altertümer aus Shapiras Werkstätte mehr gekauft hätte und demzufolge Hunderte von ihnen aus der zweiten Sammlung im Laden zurückgeblieben seien. Selim habe von Shapira verlangt, ihm für die Tonwaren, die er ihm geliefert hatte, zu zahlen, Shapira habe sich jedoch geweigert, und aus den beiden ehemaligen Partnern seien Feinde geworden. Selims Brief, aus Rachsucht geschrieben, sei das Geständnis des Hauptdarstellers der Farce und bezeuge eindeutiger als tausend Zeugen seine eigene Schuld und die seines Partners.

Er zerknüllte die Zeitschrift und warf sie in den Papierkorb. Seltsam, die Worte berührten ihn nicht. Er verstand ihre Bedeutung, und dennoch riefen sie nicht die bittere Einsamkeit des Angeprangerten in ihm wach, an die er seit langem gewöhnt war. Hatte er sich derart an die Schmach gewöhnt, daß sein Herz hart geworden war? Hatte er sich derart verändert, daß die Demütigung nun Teil seiner Natur war? Wenn dies der Fall war, dann hatte Clermont-Ganneau einen Anteil an dieser Veränderung, und es lag eine Art Trost in dem Wissen, daß er ihn diesmal nicht verletzen konnte. Der Artikel im *Athenaeum* war nichts weiter als ein lästiges Hindernis, eine unangenehme Irritation, die man loswerden mußte. Das Moab-Kapitel war abgeschlossen, die Tonfunde interessierten ihn nicht mehr. Er wollte zu dem schwarzen Pergamentstreifen, der vor ihm lag, zurückkehren, denn er ahnte, daß das Geheimnis, das unter der Teerschicht verborgen lag, sein Herz und sein Leben mehr noch als die Entdeckung der moabitischen Altertümer erschüttern würde. Dieses Mal wollte er sich nicht beeilen, wollte nicht «wissen», bevor er dazu bereit war. Wie Heine würde er unter den Bäumen liegen, in grünen Schatten gehüllt, und die Träume sich selbst träumen lassen.

Am nächsten Morgen, als sie vor der Haustür standen und gerade in die Kirche gehen wollten, öffnete sich das Tor und ein kleingewachsener Beduine mit kahlgeschorenem Schädel trat in den Hof.

«Geht schon vor, ich komme gleich nach», sagte er zu seiner Familie. Rosette warf ihm einen zornigen Blick zu, aber er wußte, daß sie an diesem heiligen Tag ihre Zunge im Zaum halten würde. Nachdem sie auf sein Zimmer gegangen waren, zog Salem zwei kleine, in Stoff gewickelte Bündel aus seinem Gewand und legte sie auf den Tisch. Shapira öffnete die Bündel nicht. Er holte eine Handvoll Piaster aus seiner Kasse und reichte sie dem Beduinen.

«Gibt es noch mehr Bündel?»

«Vielleicht.»

«Nächstes Mal bekommst du noch mehr Geld.»

«Es wird kein ‹nächstes Mal› geben.»

«Warum?»

«Ich muß verschwinden.»

Shapira bot seinem Gast Wasser an und fragte ihn noch einmal, wo die Schriftrollen gefunden worden seien. Salem wußte nicht mehr als Goblan darüber; auch er erzählte von den Höhlen in den Höhen des Mudjib, in denen sich die Beduinen vor dem *Wali* von Damaskus versteckt hatten. Den glücklichen Hirten erwähnte er nicht.

Nachdem Salem gegangen war, erwog er, in die Kirche zu gehen. Rosette wartete sicherlich auf ihn, aber sein spätes Kommen würde die Aufmerksamkeit aller Betenden auf sich ziehen.

Er nahm die Bündel, die ihm Salem gebracht hatte, in die Hand. Die Stoffetzen atmeten zwischen seinen Fingern wie ein Haufen warmer Federn. Vor Hunderten von Jahren hatte irgend jemand diese Pergamentrollen in Stoff gewickelt und in einer Höhle versteckt. War es ein Essener? Ein Sadduzäer, der vor Jannai floh? Waren die Schriftrollen zusammen mit ihren Besitzern begraben worden? Er fragte sich, wie viele Schriftrollen noch in den Höhlen am Toten Meer zurückgeblieben waren, Schriftrollen, die die Hirten der Chamajde oder der Adjaja noch nicht gefunden hatten. Das erste Pergament, das er in die Hand nahm, war pechschwarz, so daß er kaum die feinen Zeichen darauf erkennen konnte. Irgend jemand hatte diese Rolle vor zweitausend, dreitausend Jahren beschriftet, und nun waren sie endlich in seine Hände gelangt. Haben Dinge eine Ursache, eine Wirkung? War er dazu auserwählt worden, der Erlöser dieser Schriftrollen zu sein? Waren sie ein Zeichen, daß ihm seine Sünde vergeben worden war?

In den folgenden Wochen arbeitete Shapira an der Entzifferung der drei Schriftrollen und wartete auf die Rückkehr des Beduinen. Draußen, vor seiner Tür, ging das Leben weiter: Wasser wurde aus dem Brunnen gezogen, der Teig wurde in die Bäckerei gebracht, Rosette kaufte Trauben, um aus ihnen Wein zu machen, und eines Tages starb der Sohn des schwedischen Schneiders, Miriams kleiner Freund aus der Nachbarschaft. Doch nichts schien zu ihm zu dringen, nichts schien ihn zu berühren. Nur die schwarzen Buchstaben, nur sie allein existierten.

Als er sah, daß Salem nicht wiederkommen würde, erinnerte er sich an Scheich Machmud El Arakat aus dem Dorf Abu Dis bei Jerusalem. Goblan hatte den Namen erwähnt, als er von den «Amuletten» sprach. Machmud pflegte gute Beziehung zu den Stämmen in Moab, da er das Haupt einer Familie war, die die Lizenz hatte, die Reisekarawanen von Jerusalem nach Transjordanien zu begleiten.

Die Bitte an Scheich Machmud trug Früchte. Zwei Wochen später wurde er ins Dorf Abu Dis gerufen, und dort traf er... Salem, der ihm weitere Schriftrollen verkaufte. Im August 1878 traf Shapira Salem noch dreimal in Abu Dis und erhielt jedesmal Rollen von ihm. Der Scheich fragte Salem in Shapiras Gegenwart nach der Herkunft der Rollen, und Salem wiederholte seine Geschichte: Hirten, die vor dem *Wali* flohen, hatten sich in einer Höhle versteckt, in der sie Bündel fanden... Nach seiner Beschreibung lag die Höhle zwischen Aro'er und Wadi Adjib, dem biblischen Fluß Arnon. Shapira kannte diese Gegend gut, denn dort hatte er mit Doktor Almqvist nach Überresten von Mumien gesucht. Ihre Expedition fand zu Beginn des Winters statt, und plötzliche Überschwemmungen zwangen sie, in den Felsspalten Zuflucht zu suchen. Zu ihrer Überraschung entdeckten sie, daß, während es draußen blitzte und donnerte und gewaltige Schwalle von den Felsen ins Wadi stürzten, das Wasser nicht durch die Felsenbarrikade drang und ihre Höhle völlig trocken blieb. Die ursprünglichen Besitzer der Schriftrollen hatten sicherlich gewußt, welche von den Höhlen zur Regenzeit trocken blieb.

Er schloß sich wochenlang in seinem Zimmer ein. Den Laden überließ er Schimon Levy und ließ ihn sogar noch einen Gehilfen einstellen, einen Jungen, den Schimon aus der Istanbuler Synagoge her kannte. Mittags brachte ihm Ali Früchte und Tabak, und am Abend zündete er die Lampen an und verließ das Zimmer auf Zehenspitzen.

Er besaß nun fünfzehn Pergamentrollen, jede von ihnen mit einer Inschrift von ungefähr zehn Zeilen versehen, die in vierzehn bis fünfzehn Spalten geordnet waren. Die Streifen waren etwa gleich groß; sie waren aus «Seiten» zusammengesetzt und sahen wie aneinandergeklebte Postkarten aus. Die «Seiten» waren sechs bis neun Zentimeter breit und acht bis neunzig Zentimeter lang. Die Ränder der Häute waren beschädigt und zerrissen, und nur einige wenige waren in gutem Zustand erhalten geblieben. Die Spuren der Nähte, mit denen die Streifen zusammengehalten wurden, waren noch deutlich zu sehen. Die Pergamente befanden sich in unterschiedlichem Zustand: eines zerbröckelte fast in den Händen, in manchen klafften Löcher, andere wiederum sahen überraschend neu aus, als wäre das Leder erst vor einem Jahr bearbeitet worden. Auch ihre Farbe war unterschiedlich; manche waren hellbraun, andere dunkelbraun oder sogar fast schwarz. Schwarzes Schreibmaterial war verwendet worden. Die Spalten waren links und rechts durch lange Randlinien abgegrenzt, die die Schreiber jedoch manchmal mißachtet hatten. Die Rückseite des Pergaments war mit einer dünnen, klebrigen Teerschicht beschmiert, an der kleine, von der Zeit zerfressene Stoffreste hafteten. Die Pergamente schienen von den Rändern größerer Streifen abgeschnitten worden zu sein. Alle Rollen waren in althebräischer Schrift geschrieben, doch die Handschrift war nicht einheitlich, und es war sehr wahrscheinlich, daß sie von mehreren Schreibern geschrieben worden waren. Shapira war sich nur einer Sache sicher: daß er eine leicht veränderte Version des Textes aus dem 5. Buch Mose in der Hand hielt.

Shapira brauchte lange für die Entzifferung, denn nachdem es ihm bereits gelungen war, die Buchstaben aufzudecken, wurde das Leder wieder schwarz. Im Laufe der Jahre waren die Schriftrollen von Hand zu Hand gegangen, wodurch ihre Reihenfolge durcheinandergeraten war. Obwohl sie in Althebräisch geschrieben waren, waren einige von ihnen mit moabitischen Buchstaben beschrieben. Die Schrift gab einen Hinweis auf das Alter der Rollen. Shapira wußte, daß sie bis zum neunten Jahrhundert v. Chr. in Gebrauch war, aber er wußte auch, daß sie zur Zeit des Makkabäer-Aufstands, im zweiten Jahrhundert v. Chr., aus nationalen Gründen wieder benutzt wurde. Immerhin hatte De Saulcy zwei Hasmonäer-Münzen gefunden, auf denen althebräische Buchstaben geprägt waren, und man nahm an, daß die Buchstaben von den Schriftrollen abgeschrieben worden waren, die in der Bibliothek des Tempels aufbewahrt wurden. War es denn nicht möglich, daß man auf dieselbe Art und Weise verfuhr, als man das Gesetz Mosis abschrieb? Und benutzten die Samaritaner diese Buchstaben nicht bis auf den heutigen Tag? War es nicht möglich, daß die Schreiber, um Mosis Worten größere Heiligkeit zu verleihen, eine Schrift benutzten, die nicht mehr in täglichem Gebrauch war, da sie glaubten, daß die Gesetzestafeln in dieser Schrift geschrieben worden waren? Und vielleicht war das auch die Schrift, die die Gelehrten zu jener Zeit benutzten?

Diese Fragen beschäftigten ihn Tag und Nacht, raubten ihm die Ruhe und vertrieben den Schlaf aus seinen Augen. Aber einer Sache war er sich sicher: daß er das letzte Testament von Moses, Sohn des Amram, in den Händen hielt. Es handelte sich zwar um eine gekürzte und leicht abgewandelte Version des masoretischen Textes, die auch Fragmente aus anderen Büchern der Bibel enthielt, dennoch waren es «Die Worte, die Moses zu ganz Israel sprach», bevor er starb. Selbst die Zehn

Gebote waren mit leichten Varianten enthalten. Hier hatte sich der Schreiber die Mühe gemacht, die Gebote durch Punkte zu trennen und jedes auf eine neue Zeile zu schreiben.

Er versuchte, in diesen Textabwandlungen die Antwort auf eine Frage zu finden, die ihn pausenlos beschäftigte: Wer hatte diese Rollen geschrieben? War es eine Sekte, die östlich des Toten Meeres im Lande Moab lebte und, vor ihren Verfolgern fliehend, Unterschlupf in den Höhlen fand, in denen sie dann die Schriftrollen versteckten? Oder war es eine kleine Gruppe, die gegen Bar Kochba rebellierte und gen Osten, in Richtung des Arnon floh? Das obere Tal des Arnon, das heutige Wadi Mudjib, bot einer Sekte gute Gelegenheiten, sich vor ihren Verfolgern zu verstecken. Die hohen Kreidefelsen waren mit Höhlen durchsetzt, die in dieser an die Wüste grenzenden Gegend das ganze Jahr über trocken blieben. War es nicht möglich, daß die Sektenmitglieder ihre Schriftrollen in den Höhlen am Toten Meer verbargen, bevor sie den Ort verlassen mußten, um ihr Leben zu retten? «O ihr Bewohner von Moab, verlaßt die Städte und wohnt in den Felsen», hatte der Prophet Jeremia geschrieben, «und tut es den Tauben gleich, die da nisten in den Löchern!»

Er hörte auf, sich die Stirn zu reiben, öffnete die Augen und machte sich wieder an die Niederschrift der entzifferten Worte.

HÖRE ISRAEL DER GOTT IST UNSER GOTT
DER GOTT ALLEIN...
UND DU SOLLST DEN GOTT
DEINEN GOTT LIEBHABEN
VON GANZEM HERZEN...
UND VON DEINER GANZEN SEELE...
UND DIESE... WORTE DIE ICH DIR
GEBIETE SOLLST DU...

Die Worte auf dem Pergament waren eine Botschaft: der barmherzige Gott hatte ihm vergeben. Tränen traten ihm aus den

Augen, und er legte seine Hand auf den Mund, um das Weinen zu ersticken. Er wollte auf die Knie fallen, sich in den Schoß des Verborgenen stürzen und um Vergebung bitten, wissend, daß er es nicht verdiente, bereit, seine Strafe zu empfangen. Als er fünf Jahre alt war, stahl er einmal eine Münze aus der Tasche seiner Mutter, und sie schlug ihn mit einem Riemen, und nach dem Schmerz und den Tränen und den Schwüren kam die süße Vergebung. Er nahm das Gebetbuch aus dem Bücherregal und las mit lauter Stimme aus dem Buch der Auflösung von Gelübden: «Ich tilge diese bösen Gedanken und die Übel des Herzens, die wider den Willen Gottes sind, vernichte sie gänzlich wie ein zerbrochenes Gefäß...» Was für eine Kraft in diesen Worten lag, eine Kraft, die die Schranken von Zeit und Raum zu durchbrechen vermochte, die das Vergessen überwand und das Herz stärkte. Er sah sich als einen Diener, der dazu ausersehen wurde, seinen König aus dem tausendjährigen Gefängnis zu befreien, und der nicht aufhören konnte, sich über das Privileg zu wundern, das ihm zuteil geworden war. ER war stets bei ihm, ER wachte über ihn und führte ihn, lebte in ihm und mit ihm wie das Blut, wie sein Atemhauch. Wieder kamen ihm die Tränen. Sein Hals schmerzte und seine Ohren gellten. Er versuchte sich den Schmerz vorzustellen, den er empfinden würde, wenn seine Töchter ihn verleugnen würden. Auguste würde er vergeben, Miriam nicht. Je größer die Liebe, desto schwerer die Vergebung.

Sein Blick ruhte auf den letzten Worten, die er entziffert hatte:

DU SOLLST DEINEN BRUDER.
NICHT HASSEN. IN DEINEM HERZEN.
ICH BIN GOTT DEIN GOTT...
DIE ZEHN GEBOTE...
DAS GEBOT...

Der Rest des Öls in der Lampe war verzehrt, und die Flamme erlosch. Er schloß seine schmerzenden Augen. Es schien nur ein Augenblick vergangen zu sein, aber als er sie wieder öffnete, graute bereits der Morgen im östlichen Fenster und erhellte die Berge jenseits des Jordan, jene Berge, in denen die Pergamentstreifen, die hier auf seinem Tisch lagen, verborgen worden waren.

Er spürte einen schalen Geschmack im Mund und fühlte sich matt und zerschlagen. Er war noch nie so, im Sitzen, eingeschlafen. Er sehnte sich nach einer Tasse starken, heißen Kaffees, nach einer Scheibe Brot. Er tauchte seinen Kopf in kaltes Wasser, dann öffnete er leise die Tür. Und was wäre, wenn er plötzlich in der Synagoge des Juda Chassid zum Morgengebet erscheinen würde? Wenn Gott ihm vergeben hatte, würden seine Brüder ihm dann nicht auch vergeben?

Die Wachtposten auf der Mauer grüßten ihn heute nicht. Sie sahen so prachtvoll aus im Licht der aufgehenden Sonne, als wären ihre Hosen noch wallender, die Säbel noch gebogener, die Westen siebenfach bestickt. An diesem Morgen lag eine leichte Trauer in ihren Bewegungen, ein feindseliger Funke in ihren Augen.

Er passierte das Tor und hielt ein Taschentuch vor die Nase, bis er sich von den Abfallhaufen entfernte, die sich neben der Mauer türmten. Er kam zu der großen Eiche, die nach der Legende so lange leben würde, wie die türkische Herrschaft im Lande währte. Er mochte diesen Baum, weil große Bäume in Jerusalem so selten waren, aber immer, wenn er an ihm vorbeiging, durchlief ihn ein Schauer, denn dies war der Platz, an dem öffentliche Hinrichtungen stattfanden. Ein paar Hunde zerrten den Kadaver eines Esels aus dem prachtvollen, noch unvollendeten Haus der Holländerin. Ein Mann holte Zelte aus dem großen Gebäude, in dem «Thomas Cook & Sohn» ihre Ausrüstung aufbewahrten.

«Guten Morgen», grüßte er den Mann.

«*Inschallah*», erwiderte der Mann achselzuckend und zeigte gen Norden.

Shapira blickte in die Richtung, in die der Mann zeigte, und sah eine Kolonne türkischer Soldaten, die mit Lasten beladene Maultiere mit sich führten. Während er sich in seine Schriftrollen vertieft hatte, war etwas in der Stadt geschehen. Er versuchte, die Gedanken an die Rollen zu verscheuchen, doch sie ließen ihn nicht los. Er wollte nicht über ihre Bedeutung nachdenken, denn er fürchtete, daß er das goldene Ei gefunden haben könnte und sich nun all seine Träume und Wünsche erfüllen würden. Da er zu erregt war, beschloß er, nicht nach Hause zurückzugehen. Rosette wunderte sich bestimmt, wohin er zu dieser frühen Morgenstunde gegangen war, und er wollte ihre Fragen nicht beantworten.

Als er das Restaurant des Hotels Mediterranean betrat, blickte er um sich wie ein Mann, der nach langer Abwesenheit in seine Stadt zurückkehrt. Der armenische Kellner führte ihn zu einem freien Tisch, aber während er ihm folgte, sah er Melville Bergheim und seine Familie am Tisch des Hotelbesitzers Aaron Hornstein sitzen, und dieser winkte ihm und lud ihn ein, sich zu ihnen zu gesellen. Bergheim erzählte Shapira, daß sein Haus renoviert wurde und sie derweilen im Hotel wohnten. Hornstein war vor langer Zeit ein Angestellter in Bergheims Warenhaus gewesen, und die beiden Männer waren alte Freunde, trotz des Altersunterschieds zwischen ihnen. Auch sie waren Konvertiten, die unter dem Schutz des preußischen Konsulats lebten. Bergheim hatte seine Laufbahn als Apotheker im ersten Krankenhaus, das die Englische Mission Ende der dreißiger Jahre errichtete, begonnen. Im Laufe der Jahre war er als Händler, Makler und Bankier tätig gewesen, während die Hornsteins das Hotel gekauft hatten und mit Erfolg betrieben. Shapira wunderte sich, warum er sich so lange von diesem reizvollen Platz ferngehalten hatte. Was für eine Freude es war, wenn einen schon am Morgen alle Menschen so herzlich begrüßten. Erst als er sich setzte, bemerkte er das andere Ehepaar am Tisch. Neben Emma, Aarons schottischer Gattin, saß Phoebe Carruthers-Warburton! Neben ihr saß ein fremder Mann, der sehr englisch aussah und jünger war als sie, wahrscheinlich ihr Gatte. Sein glattes helles Haar fiel über die Stirn, sein Gesicht war zu breit, um als schön zu gelten, und auf seiner linken Wange, dicht an der Schläfe, war ein großes braunes Muttermal.

Die Jahre waren Phoebe nicht gnädig gewesen. Sie war nun zirka fünfunddreißig, sah aber älter aus. Sie war in zahlreiche Schichten bunten Stoffes gehüllt; sie schien noch immer eine Vorliebe für Spitzen, Rüschen und Stickereien zu haben. Ihr Haar, die wilde Fülle von einst, sah nun wie ein Haufen ausgedörrter Disteln aus, und nur ihre großen grauen Augen schauten noch immer mit derselben Leidenschaft aus ihren Höhlen. Sie begrüßte ihn mit ihrer rauhen, kratzigen Stimme und stellte ihm ihren Gatten vor, und im selben Atemzug weihte sie ihn sofort in ihr Gespräch ein: «Wir sprachen über das Massaker der Armenier. Henry ist einer von Gladstones Männern, er untersucht die Möglichkeit eines neuen Kreuzzuges gegen diese widerlichen Türken, wußtest du, daß ich geheiratet habe? Hat Kitchener dir Grüße von mir ausgerichtet? Hast du mein neues Buch gesehen? Ich habe ein Dutzend Exemplare an Verwandte und Freunde verkauft. Henry ist Rechtsanwalt. Er kennt *Frieden* von Henry Vaughn auswendig, weil er ein Nachfahre von ihm ist, er kennt auch Shelleys *Haßlied* – er lernte es auswendig, um mich zu ärgern und weil es das kürzeste Gedicht im Buch ist, nicht wahr, Liebling? Shapira hier kennt sich mit Poesie aus und kann viele Gedichte auswendig.»

Ihr Gatte, der zwischen Bergheims hübscher junger Tochter Harriet und Emma Hornstein saß, beugte sich zu ihr vor und murmelte: «Es ist nicht recht, den Türken in seinem eigenen Haus zu verleumden, meine Liebe», dann wandte er sich wieder seiner Tischnachbarin zu und setzte die Unterhaltung mit ihr fort. Als er seinen Kopf drehte, fiel ein Sonnenstrahl auf sein Muttermal, und feine Härchen wurden darauf sichtbar. Liebte Phoebe ihn, liebte sie ihn mit der gleichen leidenschaftlichen und gequälten Liebe, mit der sie ihn einst geliebt hatte? Und er?

«Ich war gestern im Laden, aber du warst nicht da.»

Er war plötzlich so glücklich! Er konnte sich kaum zurückhalten, ihre Hand zu nehmen und an sein Herz zu drücken. Statt dessen fragte er sie:

«Wohnst du noch immer in Benares?»

«Wir wohnen in Essex», sagte Vaughn. «Phoebes Vater starb in Benares, und wir kommen gerade von dort zurück. Meines Erachtens wird der Zar Abdul Hamid besiegen», wandte er sich wieder seinen Gesprächspartnern zu. «Es ist unausweichlich. Und im Sieg der Russen liegt die einzige Chance, die Karte Europas zu verändern.»

«Die Türken holen ihre Truppen aus dem Land», meinte Melville Bergheim. «Und wenn der letzte türkische Soldat an der Front ist, werden die Moslems alle Christen im Land niedermetzeln.»

Shapira erinnerte sich an die Kolonne von Soldaten, die er am frühen Morgen gesehen hatte.

«Sie denken, daß der Krieg im Balkan ein Krieg zwischen Christentum und Islam ist», setzte Bergheim fort. «Und wenn ihr mich fragt, so ermutigt die türkische Regierung diese Meinung. Seit die deutsche Flagge über dem russischen Konsulat in der Moskowia gehißt wurde, hält die Masse *uns* für den Feind des Sultans. Warum schweigt England? Es gibt doch auch englische Christen in Jerusalem!»

«Disraeli wird keinen Finger krümmen», sagte Henry Vaughn.

«Henry ist einer von Gladstones Männern», bemerkte seine Frau.

«Das hast du schon gesagt, Phoebe.»

«Von Münchhausen bat Bismarck, ein Kriegsschiff zu schikken, um unsere Sicherheit zu garantieren.»

«Er schickt eine ganze Flotte.»

«Wann?» rief Emma Hornstein ungehalten. «Nachdem sie uns alle niedergemetzelt haben?»

«Die Briten haben drei Kriegsschiffe nach Jaffa geschickt», versuchte ihr Mann sie zu beruhigen. Waren die Bergheims ins Hotel gezogen, um sich in Sicherheit zu bringen? Was war in der Stadt geschehen, während er in seine Rolle vertieft war? Und wußte Rosette davon und hatte nichts gesagt?

«Gehst du in den Laden? Kann ich mit dir kommen?» Phoebe erhob sich und verzog dabei die Tischdecke, so daß das Geschirr wackelte und klirrte. Alle griffen hastig nach ihren Tassen, und Harriet kicherte.

Als sie neben ihm herging, wurde er sich wieder ihrer Größe bewußt, und ihrer ausgefallenen Kleider. Verse strömten mit hoher, rauher Stimme aus ihrem Mund, gleich einer hübschen Melodie, die auf einem zerkratzten Instrument gespielt wird. Er spürte, daß er Phoebe verstand, sofern ein Mensch überhaupt einen anderen Menschen verstehen konnte. Sie liebte nur eine Sache mit unbändiger, unglücklicher Liebe – die Poesie. Er kannte diese Konzentration aller Kräfte von Geist und Gefühl, die den gegenwärtigen Augenblick für irgend etwas aufgab, dessen Bedeutung die Zeit transzendierte, etwas, das einen zu einem eroberungssüchtigen und zugleich sehr bescheidenen Menschen machte.

«Bist du glücklich, Phoebe?»

Sie schwankte, und er hielt sie am Arm fest. Die Seide ihres Ärmels streifte seine Hand, und dann kamen die heißen, hastigen Atemstöße.

«Ich versinke im Sand, Mosche, ich versinke.»

Als sie den Laden erreichten, lief sie ins hintere Zimmer und schaute aus dem Fenster.

«Das Becken ist trocken!» rief sie enttäuscht.

«Im Sommer ist es immer trocken. Im Winter füllt es sich dann wieder.»

«Nach meinem Sommer wird es keinen Winter mehr geben.

Die Quelle meiner Kreativität ist versiegt, Mosche. Ich werde nie wieder Gedichte schreiben.»

Sie begann zu weinen, der hauchdünne Stoff bebte auf ihrem Körper, und er schloß sie in die Arme, wie er es vom ersten Augenblick, da er sie erblickte, gewollt hatte. Ihre Locken fielen über sein Gesicht, und die Schichten von Seide und Spitzen wehten ihm Düfte warmer, weicher, reifer Früchte zu.

Er sehnte sich danach, ihr von den Schriftrollen zu erzählen, und überlegte einen Augenblick, ob er sie nicht ins Haus schmuggeln sollte, um sie ihr zu zeigen: er würde das knarrende Tor öffnen und in den Hof treten, mit ihr an der Küchentür und dem Eingang zum Stall vorbeischlüpfen, die Treppe hinaufsteigen und sein Zimmer im zweiten Stock betreten... Er wollte mit ihr allein sein, nur er und sie und die vier Wände. Sie würde das Leben verstehen, das in diesem Raum gelebt wurde, in dem man der Welt den Rücken kehrte und Buchstabe für Buchstabe die Worte flocht.

Als er am späten Abend nach Hause kam, standen die beiden Esel an den Zaun gebunden. Rosette stürzte in den Hof und fiel ihm um den Hals.

«Willi! Willi!»

«Was ist geschehen?»

«Ich habe mir solche Sorgen um dich gemacht! Wo warst du? Dein Beduine war hier!»

«Was wollte er?»

«Er hat noch ein paar Pergamente gebracht.»

«Gut. Hast du ihn bezahlt?»

«Ja, ich habe ihm ein paar Groschen gegeben.»

«Hat er etwas ausrichten lassen?»

«Er hat gesagt, daß er nicht mehr kommen würde. Daß dies das letzte Bündel sei. Er hat erzählt, daß Abu Dib tot ist. Er sagte, daß die Moslems uns niedermetzeln werden! Wo warst du? Wo hast du bloß gesteckt?»

«Man wird uns nicht niedermetzeln, Rosette. Was redest du da?»

«Am dritten August werden die Moslems alle Christen und vor allem die Deutschen niedermetzeln.»

Der große Bastkorb stand auf dem Fußboden, und in einer Nische in der Wand türmten sich Kleidungsstücke.

«Wir ziehen zu Alis Mutter», erklärte sie. «Sie wird uns verstecken.»

«Ich wußte nicht, daß Ali eine Mutter hat. Wer hat dir angst gemacht? Salem?»

«Er auch. Willi! Wir müssen die Mädchen retten!»

«Bismarck hat eine ganze Flotte hergeschickt.»

«Du wußtest davon...»

«Fünf Kriegsschiffe.»

«... und du bist nicht nach Hause gekommen?»

«Mit zweitausendzweihundert Mann. Du kannst die Kleider wieder zurücklegen.»

«Bis die Flotte kommt – wenn sie überhaupt kommt –, werden sie uns alle niedergemetzelt haben.»

«Du weißt doch, daß ich keine unnötigen Risiken eingehen würde.»

«Du?!» schnaubte sie wütend. «Die Stadt wird verrückt vor Angst und Haß, und du sitzt über deinen stinkigen Lederstükken! Sie könnten uns alle umbringen, und du würdest es gar nicht merken.»

«Rosette, beruhig dich.»

«Ich soll mich beruhigen! Ich will meine Kinder retten!»

«Unsere Kinder.»

«Wir ziehen zu Ali. Du kannst mitkommen oder auch nicht.»

«Es ist noch eine ganze Woche bis zum dritten August.»

Sie begann die Kleidungsstücke in den Korb zu legen.

«Ihr bleibt hier. Ali wird dich nicht in sein Haus nehmen, wenn ich es verbiete. Ich kann dich auch zitieren, Rosette: ‹Laß dich von IHM führen, Willi›, ‹Gib dich in SEINE Hand, Willi›, was ist los, hast du plötzlich kein Vertrauen mehr in IHN?»

Am nächsten Morgen stand er frühzeitig auf und ging in den Laden. Wenn es Unruhen in der Stadt geben sollte, so würden sie hier, in der Christenstraße, ausbrechen. Er beschloß, die Wertgegenstände in ein Versteck auszulagern.

Phoebe und ihr Ehemann betraten den Laden in Begleitung von Harriet Bergmann, die ihnen als Reiseführerin diente, und zwei Bankangestellten, die als Leibwächter fungierten.

«Du bist zu einer hübschen jungen Dame herangewachsen, Harriet», sagte er zu dem Mädchen. Phoebe begann etwas über ein Mädchen zu deklamieren, das frisch wie eine duftende Blume war.

«Der Kopf meiner Frau ist voll von Versen», seufzte Henry Vaughn. «Vor zwei Monaten schrieb sie ein Gedicht, und dann entdeckte sie, daß es von einem anderen stammte.»

«Wir verlassen Jerusalem, Mosche», erklärte Phoebe.

«Aber ihr seid doch gerade erst angekommen!»

«Wenn sich die Lage etwas beruhigt hat, kommen wir wieder», meinte Vaughn. Sein Blick war kalt und hart. Kitchener schien es gelungen zu sein, ihn zu verleumden.

«Man redet von Pogromen», sagte Phoebe. «Von Mord und Totschlag. Erinnerst du dich an die *Rebellion des Islam* des armen, naiven Shelley? Er glaubte, daß die Prinzipien der Schönheit und Moral in diesem Gedicht die Finsternis der Welt erhellen würden. Kommst du in der nächsten Zeit nach England?»

«Vielleicht. Ich arbeite gerade an etwas.»

«An einer Entdeckung? Überrasche uns, Mosche!»

«Der Tag wird kommen, da ich es tatsächlich tun werde», lächelte er. «Könnten Sie etwas für mich mitnehmen?» wandte er sich an Vaughn. «Ich habe eine Schriftrolle für das Britische Museum vorbereitet und würde mich wohler fühlen, wenn ich wüßte, daß sie in sicheren Händen ist. Ich werde an Herrn Bond, den Bibliothekar des Museums, schreiben, und er wird einen Boten schicken, um das Paket abzuholen.»

«Ist es eine wertvolle Rolle? Ist sie versichert?»

«Ja, sie ist versichert. Es ist eine sehr alte Schriftrolle, die ich im Jemen erworben habe. Herr Bond weiß davon.»

«Ich werde nicht eher meine Augen schließen, bis die Rolle ihr Ziel erreicht hat», sagte Phoebe.

«Du schläfst wie ein Pferd.»

«Das war eine äußerst unromantische Bemerkung, Henry.»

«Die Realität ist äußerst unromantisch.»

«Nein, ganz und gar nicht. Ich bin auch Realität, und ich bin romantisch.»

«Und du schläfst wie ein Pferd.»

Harriet konnte ein Lächeln nicht unterdrücken.

«Werden Sie mir die Schriftrolle ins Hotel bringen?» fragte Vaughn.

«Wann reisen Sie ab?»

«Am Mittag. Wir müssen das Schiff in Port Said erreichen.»

Der Abschied war kurz und ärgerlich. Auf die Henry Vaughns dieser Welt wartete immer ein Schiff in irgendeinem Hafen, dachte er, er hingegen, was konnte er Phoebe bieten? Was konnte er ihr bieten außer den richtigen Worten? Sie war fern und unerreichbar, auch als sie für einen Augenblick in seinen Armen zitterte. Sie erweckte in ihm Gefühle vom Sommerende, von betäubender Hitze und welkender Pracht und dem Geruch überreifer Früchte. Sie war lächerlich! Ihre Füße waren zu groß, die oberen Zähne standen vor, und ihr wirres Haar bedeckte ihre weiße Stirn wie das Strohdach eines alten Stalles, aber für ihn war sie Poesie, Poesie in all ihrer Pracht und Machtlosigkeit und Niederlage.

Er wickelte die Pistole und das Gewehr in einen kleinen Teppich und verließ den Laden. Auf der Straße bemerkte er, daß viele Geschäfte verschlossen und verriegelt waren.

Als er die Haustür öffnete, fand er Klein und Rosette in enger Umarmung in dem kleinen Flur neben der Küche stehen. Rosette sprang erschrocken zurück und schaffte es gerade noch, «Willi!» zu schreien, bevor er den Pastor mit der einen Hand am Kragen ergriff und die andere gegen dessen Kinn zielte. Der

Knochen krachte unter Shapiras Faust, und der Pastor wankte. Shapira drehte sich um und lief in den Hinterhof. Er hörte, wie Rosette ihm nacheilte. «Willi, Willi», flehte sie schluchzend, «du irrst dich, es ist nicht, was du denkst, ich habe ihn vor lauter Freude umarmt, er ist gerade aus Jaffa gekommen, ein Kriegsschiff aus Deutschland ist dort eingetroffen, wir sind gerettet, Willi, ich habe ihn einfach vor lauter Freude umarmt. Er hat keine Schuld. Du mußt ihn um Verzeihung bitten, Willi. Nicht er trägt die Schuld, sondern ich. Ich habe mich vor lauter Freude dumm verhalten und bin ihm an den Hals gesprungen. Oh, der arme Klein», erinnerte sie sich erschrocken, «was ist, wenn du ihm den Kiefer gebrochen hast?»

«Ich hoffe, ich habe ihm den Kiefer gebrochen», entgegnete er wütend.

«Willi, Willi!»

«Und wenn er auch nur einen Finger an dich legt, zerbreche ich ihm alle Knochen.»

«Du hörst nicht zu. Es war meine Schuld! Meine!»

«Auch deine.»

«Laß uns ins Haus gehen. Trink ein Glas Wasser. Was wird er nur seiner Frau erzählen? Ach, Willi!»

Sie sah ihn an und begann zu lächeln, dann wischte sie sich die Tränen von den Wangen, nahm ihn am Arm und führte ihn ins Haus.

Dort fanden sie den Pastor ausgestreckt auf dem Sofa liegen, während ihm Ali ein feuchtes Taschentuch an die Wange hielt. Auguste, Miriam und Warda saßen in der Nische und schauten neugierig zu.

«Warum ist Auguste nicht in der Schule?» fragte er.

«Ich habe sie heute nicht hingeschickt. Entschuldige dich, Willi.»

«Ich soll mich entschuldigen? Ich?»

Klein brummte etwas unter dem nassen Taschentuch, und Ali half ihm aufzusitzen und wischte das Wasser ab, das in seinen Kragen getropft war.

«Ich habe Willi erklärt, was passiert ist», erzählte Rosette dem Pastor. «Es tut mir so leid! Erzählen Sie Willi, was in Jaffa los war. Krupps Kanonen veranstalteten ein Schießmanöver, das die Araber in Todesangst versetzte. Richtig? Granaten! Wieviel Kilo wiegt jede von ihnen?»

«Dreihundert.»

Seine Wange war rot und geschwollen. Was würde er seiner Frau, seinen Töchtern, seinen Freunden sagen. Er steckte einen Finger in den Mund und befühlte seine Zähne.

«Und es sind noch mehr Kriegsschiffe auf dem Weg hierher, nicht wahr?» rief Rosette aufgeregt.

«Sie haben mir einen Zahn zerbrochen, Shapira.»

«Nicht anfassen», riet Ali.

«Ich hoffe, sie bleiben zumindest ebenso lange an unserer Küste, wie die russische Armee in Konstantinopel bleibt», meinte Shapira.

«Ich habe Frau Vaughn getroffen.» Klein sprach die Worte mit Mühe. «Sie hat erzählt, daß Sie ihr einen Schatz mitgegeben haben.»

«Einen Schatz! Frau Vaughn übertreibt wie immer. Es handelt sich um eine Schriftrolle für das Britische Museum.»

Rosette war froh, daß der Pastor sich wieder direkt an ihren Mann wandte. Sie sah darin ein Zeichen, daß er ihm verziehen hatte.

«Wir wollen nicht mehr über den schrecklichen Krieg reden! Genug! Willi arbeitet zur Zeit an Schriftrollen, die in den Höhlen von Moab gefunden wurden.»

«Wieder Moab?»

«Es sind Pergamentrollen, auf denen Teile des fünften Buches Mose geschrieben stehen, richtig, Willi?»

«Was ist mit der Septuaginta geschehen?» fragte der Pastor.

«Schimon Levy hat sie in meiner Abwesenheit verkauft.»

Der Pastor versuchte zu grinsen, aber sein Gesicht verzerrte sich nur. Er erhob sich vom Sofa und gab Ali das nasse Tuch zurück.

«Ich muß gehen.»

«Aber... Ihre Wange!» protestierte Rosette.

«Ich kann doch nicht hierbleiben. Ich gehe nach Hause.»

«Ja, das wird wohl das beste sein. Und... was werden Sie, eh... den Leuten sagen?»

Seine Augen blitzten vor Zorn.

«Ich werde sagen, ein grober und gemeiner Mann hat mich geschlagen. Einfach so, ohne Grund.»

«O weh.»

«Weine nicht, Rosette. Du hast keine Schuld.»

«Doch, ich habe schuld!»

Der Pastor wischte sich Bart und Nacken ab und ging.

«Der arme Klein.»

«Der arme Klein? Siebzehn Jahre sind wir verheiratet, und du weißt noch immer nicht, daß du keine Einzelheiten über meine Arbeit verraten darfst? Mußtest du ihm von den Schriftrollen erzählen?»

«Ist es das, was dir jetzt Sorgen macht?»

«Er ist Archäologe, dieser hypokritische Evangelist mit der jesuitischen Seele!»

«Kinder, hinaus!»

«Er kauft dein Herz mit Versen aus der Bibel und sät Gift zwischen uns.»

«Warda, nimm die Mädchen in die Küche, aber sofort!»

«Du bist so naiv, Rosette. Er ist ein Mann, und er fühlt sich von dir angezogen.»

«Ich will das nicht hören. Das ist Blasphemie!»

«Warum dann die vielen Besuche bei uns? Um deine Seele zu retten? Oder meine? Oder seine? Er will mit dir schlafen. Wenn er ein wahrer Mann wäre, hätte er dich schon längst verführt.»

«Ich will das nicht hören. Das ist absurd, Willi, ich bin alt, und er hat Frau und Kinder.»

«Die meisten Tage im Jahr ist er bei den Beduinen, weit weg von seiner Frau und seinen Kindern, aber wenn er nach Jerusalem zurückkehrt, kommt er zuerst zu dir. Auch heute ist er zuerst zu dir gekommen.»

«Es liegt auf seinem Weg. Er weiß, daß ich einsam bin.»

«Wie rührend.»

«Wer ist diese Frau Vaughn? Klein sagt, sie sei eine Freundin von dir.»

«‹Klein sagt!› Er sagt bestimmt auch, daß ich in sie verliebt bin!» rief er in sarkastischem Ton. «Wenn ich könnte, würde ich sie entführen und mit ihr davonlaufen. Schade, daß sie verheiratet ist.»

«Wo hast du sie getroffen?»

«Hier in Jerusalem. Sie ist mit ihrem Ehemann zu Besuch. Ich weiß nicht, ob Klein auch ihn erwähnt hat.»

«Hast du um ihre Gunst geworben? Wann hast du sie kennengelernt?»

«Vor zehn Jahren.»

«Hier in Jerusalem?»

«Ja. Sie kam in den Laden und kaufte Souvenirs. Sie kam mit ihrer Mutter. Hat Klein ihre Mutter erwähnt? Und wann hat er dir das alles erzählt – bevor ihr euch umarmt habt?»

«Wir haben uns nicht umarmt.»

«Ich glaube dir. Aber du glaubst mir nicht. Du glaubst mir nie. Als ich dir von Bismarcks Flotte erzählte, hast du mir nicht geglaubt. Aber Klein glaubst du.»

«Er hat nicht um die Gunst von Frau Vaughn geworben.»

«Nein, er wirbt um die Gunst von Frau Shapira.»

«Du weißt, daß das nicht stimmt.»

«Stimmt es wirklich nicht?»

Er packte sie am Zopf, bog ihren Kopf zurück und küßte sie wütend auf die Lippen. Sie stöhnte und hielt schützend ihre Stickerei vor der Brust, und plötzlich fühlte er einen Nadelstich. Ein Tropfen Blut schimmerte auf seinem Daumen, und er starrte verwirrt auf ihn.

«Papa?»

Auguste und Miriam waren Hand in Hand ins Zimmer zurückgekehrt. Auf ihren Gesichtern lag Verlegenheit und Angst. Er verließ hastig den Raum und schlug die Tür hinter sich zu.

Auf dem Tisch in seinem Zimmer lag die neue Schriftrolle. Die Holzplatte war mit Tabakasche bestreut, um zu verhindern, daß der Teer des Pergaments am Tisch klebenblieb. Eines Tages, dachte er, würde ein Gelehrter kommen und sich fragen, was der graue Staub zu bedeuten hatte, der an dem Pergament haftete. Rosette, die Kinder, Phoebe, Klein – sie alle waren nun vergessen.

Die Schriftrollen erweckten in ihm ein Gefühl, das ihm fast fremd war: Demut. Genauer gesagt, eine mit Stolz vermischte Demut. So mußte einem König zumute sein, wenn er sich niederkniete.

Das neue Pergament war kleiner als die anderen sechzehn Pergamentstreifen; es bestand aus zwei aneinandergehefteten Stücken, ein jedes fünfzehn Zentimeter lang und sechs Zentimeter breit. Die Ränder waren einigermaßen unversehrt geblieben, und das Pergament war nicht so dunkel wie das der anderen Rollen. Er hielt es mit einer Pinzette ans Licht. Auf der rauhen Oberfläche wurden Ritzen sichtbar, die auf die Stellung der Buchstaben hinwiesen. Er benetzte es mit ein paar Tropfen Olivenöl. Er wußte, daß er dem Pergament damit schaden würde, da sich das Leder dabei schwärzte, aber er kannte keine bessere Methode, die Buchstaben sichtbar zu machen, denn von Äther und Alkohol wurde das Pergament noch mehr beschädigt.

Die letzte Schriftrolle, die er entzifferte, war auch die letzte in chronologischer Reihenfolge, da sie die letzten Mosaischen Worte enthielt. Er erhob sich von seinem Stuhl und schloß das Fenster. Hielt er die Thora Mosis, Sohn des Amram, in der Hand?

Es war eine helle Nacht. Der Mond war aufgegangen und die Sterne funkelten, und er spürte, wie sich das Licht rings um ihn sammelte, und Schwäche überkam ihn. Der silbrige Glanz strömte in seinen Körper über, und er wußte, daß er vor einer Offenbarung stand, nach der er sich sehnte und vor der er sich fürchtete, und er begriff, daß das Licht des kalten Feuers, das ihn umgab, das Licht des brennenden Busches war. Und er wollte wie einst Moses flehen: «Siehe, sie werden mir nicht glauben», wenn aus der weißen Flamme die Gestalt *seines* Aaron auftauchte, des Mannes, der sein Sprachrohr sein würde, Konstantin Schlottmann, der Gelehrte, der an ihn und an seine moabitischen Tonfunde glaubte und sich nicht vor Clermont-Ganneau und den anderen Verleumdern fürchtete und sogar versprochen hatte, eine Studie zu veröffentlichen, in der er die Echtheit der Funde beweisen würde, aber er hatte sein Wort nicht gehalten. Nach der Erwartung folgte die Enttäuschung und mit ihr das Gefühl, daß der Mann, der ein Schicksalsbündnis mit ihm geschlossen hatte, ihn verraten und im Stich gelassen hatte. Nun erkannte er, daß er sich geirrt hatte. Schließlich hatte der erste Moses auch *drei* Zeichen gebraucht, um dem lebenden Wort Gottes zu glauben! Er würde Schlottmann die Schriftrollen schicken, und dieser würde erkennen, daß Moses Wilhelm Shapira nicht nur kein Betrüger ist, sondern ein Mann, der zu Großem bestimmt ist. War er nach der Entdekkung der moabitischen Altertümer als Antiquitätenhändler bekannt geworden, so würde er von nun an einer von den Gelehrten sein, der erste und beste unter ihnen. Der Tag würde kommen, da die Menschen «die Moses-Rollen» sagen und «Shapira» denken würden, ebenso wie sie «Hieroglyphen» sagten und «Champollion» dachten oder «Garten Eden» sagten und «Delitzsch» dachten. Er hatte keinen Zweifel, daß er dazu *auserwählt* worden war, die Schriftrollen zu entdecken, daß sie nicht durch Zufall in seinen Besitz gelangt waren. Sowohl er als auch Schlottmann waren Teil eines *Plans*, nach dem er dazu bestimmt war, der Entdecker der Rollen zu sein, und Schlottmann der Mann, der ihre Worte der Welt überbringen würde.

Das seltsame Licht verschwand. Seine Augen brannten wieder, und er bedeckte sie mit seinen Händen, um ihnen beruhigende Dunkelheit zu bringen. So viele Fragen verlangten eine Antwort, doch nun würde er sie vor Schlottmann ausbreiten können, gemeinsam würde die Last leichter sein.

Wie sollte er die Unterschiede zwischen dem masoretischen Text und der Version seiner Schriftrollen verstehen? Wer hatte die Rollen geschrieben? Warum erschien der unaussprechliche Name nur zweimal, am Anfang und am Ende des Textes? Konnte es sein, daß die Handschrift Juden gehört hatte, die auf der Ostseite des Jordan gelebt und nur an *Elohim* geglaubt hatten, während die Juden westlich vom Jordan bereits an *Jahwe* geglaubt hatten? Der Schrift nach zu urteilen, konnten die Rollen irgendwann zwischen der Entstehung der Mesa-Stele und dem sechsten Jahrhundert v. Chr. geschrieben worden sein. Falls diese Buchstaben jedoch zu einer Zeit, da sie nicht mehr gebräuchlich waren, für die Beschriftung von Amuletten und astrologischen Tafeln verwendet wurden, dann konnten die Rollen vielleicht auch später geschrieben worden sein.

Er öffnete die Augen und blickte gen Osten, in die Richtung, in der sich, wie er vermutete, der Berg der Hebräer, der Berg Nebo, im Lande Moab erhob. Gab es dort in irgendeiner Höhle noch mehr Schriftrollen, die den Tod Mosis beschrieben? Oder waren diese Dinge etwa geschrieben worden, als Moses noch unter den Lebenden weilte? Die Rätsel, die ihn bisher begleitet hatten, verloren alles Nebulöse und verwandelten sich in definitive Fragen.

Ali trat mit einem Krug Wasser ins Zimmer und fand seinen Herrn am östlichen Fenster stehen und Psalmenverse rezitieren. Als er fertig war, brach der Morgen bereits an, und die Soldaten der Wache öffneten die Stadttore. Er öffnete das Fenster, ließ die frische Morgenluft herein und sang mit Leib und Seele: «Alles, was Odem hat, lobe den Herrn! Halleluja!»

Er setzte sich wieder an den Tisch, tauchte seine Feder ins Tintenfaß und schrieb:

Jerusalem, den 24. September 1878

Sehr verehrter Professor Schlottmann...

Doch die Müdigkeit übermannte ihn, und er beschloß, den Brief erst zu schreiben, nachdem er ausgeschlafen und neue Kräfte gesammelt hatte.

Wochen sollten vergehen, bis die Antwort von Professor Schlottmann aus Halle kam sowie die Antwort von Doktor Charles Rieu, dem Kurator der orientalischen Handschriften im Britischen Museum, an den er auch einen Brief mit einer Beschreibung der Schriftrollen geschickt hatte. Er war zu ungeduldig, um tatenlos im Haus herumzusitzen. Er war angespannt wie eine Sprungfeder, erregt und hilflos, belästigte Rosette und die Kinder, Schimon und Ali. Die kleine Miriam spürte seine Unruhe und ging erregt und nervös im Haus herum und flehte ihn an, sie in den Laden mitzunehmen, sie würde ein braves Mädchen sein, sie würde ihn nicht stören, sie schwor es, nur heute, und sie beruhigte sich erst, als sie ihren Vater bis Batrak begleiten durfte. Auf Wardas Schultern sitzend, schaute sie begeistert auf die Welt, die sich ihren Augen zeigte, und er stand da und winkte ihr noch lange nach. Sein Herz schmerzte vor Liebe zu seiner kleinen Ziona. Sie hatte einen scharfen Verstand, ein wildes Temperament und eine überbordende Phantasie. «Gott beschütze sie», flüsterte er leise und fragte sich, wie man ein kleines Kind vor dem Unheil bewahren könnte, das unerwartet hereinbrechen kann.

Am Nachmittag, als er aus dem Laden heimkehrte, hörte er den Ausrufer am Jaffator die Trommel schlagen und blieb stehen, um zu hören, was er zu verkünden hatte. Der Mann legte seine Hand an den Mund und formte sie zum Trichter, schloß die Augen, riß den Mund auf und verkündete mit rot anlaufendem Gesicht, daß der Kaiser von Brasilien, Dom Pedro II., am nächsten Morgen in die Stadt komme und es den Einwohnern von der Mittagsstunde an untersagt sei, das Jaffator zu passieren, da der Pascha und die Minister den Kaiser dort empfangen würden. Nach diesem Ausruf begann sich die Menge zu zerstreuen, und auch er wandte sich ab und wollte heimgehen, als sich plötzlich zwei alte Jemeniten auf ihn stürzten, mit ihren

Blechtöpfen auf ihn einschlugen und «Dieb!», «Schlange!», «Viper!», «Verderber Israels!» riefen. Der ältere der beiden hielt ihn am Mantel fest, während er den Wachtposten und der großen Menschenmenge erzählte, daß Shapira nach Sana gekommen sein, sich als ein Gesandter aus Jerusalem ausgegeben und ihnen auf heimtückische Art und Weise eine Thorarolle entrungen habe, die sich seit zweihundert Jahren im Besitz ihrer Gemeinde befunden hatte, sowie den «Jemenbrief», der nach der Tradition in der Handschrift Maimonides' geschrieben war, und sie erst jetzt, hier in Jerusalem, herausgefunden hätten, wer der Mann sei und daß er sie doppelt hintergangen habe. «Du hast mir mein Herz aus dem Körper gerissen, du Vampir!» schrie der alte Mann. «Verfluchter Teufel! Verflucht! Verflucht!»

Er versuchte den Alten abzuschütteln, aber die Menschen schoben und drängten um sie herum, kreisten sie mit der Kraft ihrer Neugierde und Sensationslust, mit der Kraft ihres Hasses und ihrer Schadenfreude ein. Er begann zu schreien, während die Gestalten vor seinen Augen verschwammen, und versuchte, sich von der Hand zu befreien, die mit eisernem Griff seinen Mantel festhielt, bis irgend jemand den Jemeniten packte und ihn fortzog und er wieder atmen konnte. Ali schützte ihn nun mit seinem Körper, während er die Leute mit Flüchen, dergleichen noch nie über seine Lippen gekommen waren, beiseite stieß. Er begann zu laufen und Ali hinter ihm her, und erst als er den Hof seines Hauses erreichte und keuchend das Tor hinter sich schloß, begann er sich von der Schmach und dem Schrecken zu erholen.

Am nächsten Tag ging er mit Rosette in die Kirche. Was sollte er ihr sagen? Ich habe es mir anders überlegt und bin wieder Jude? Eines Tages würde er es ihr schon sagen, doch derweilen behielt er es für sich. In der Kirche gab es weder ein Kreuz noch einen Gekreuzigten, eigentlich sah sie wie eine Synagoge aus, und für ihn war es tatsächlich eine Synagoge. Eines Tages würde er vor den Betenden stehen und ihnen seine

Sendung verraten und erklären, warum er sich von diesem Ort fernhalten müsse. Er konnte fast den Seufzer der Erleichterung hören, den sie ausstoßen würden, wenn sie erkannten, daß sie die Gesellschaft dieses Fälschers Shapira nicht mehr ertragen müßten.

Nach dem Gottesdienst traten sie in den Kirchhof hinaus und unterhielten sich über den Besuch des Kaisers Dom Pedro II., über den Berlin-Vertrag und über die neuen Staaten, die in Europa entstanden. Die Sonne erhellte die bunten Glasfenster, doch ihre Wärme war verschwunden, und ein lauter Donner rollte in der Ferne.

Als sie den Kirchhof verließen, holte sie der preußische Konsul Tankmar von Münchhausen ein.

«Ich habe gehört, daß Sie im Jemen waren. Haben Sie etwas Interessantes von dort mitgebracht?»

«Bücher, wie immer. Sie sind sehr interessant. Sie enthalten Varianten des masoretischen Textes.»

«Kennen Sie Professor Schlottmann?»

«Ob ich ihn kenne?! Er ist doch der Mann, der in der Sache der moabitischen Funde für mich eintritt.»

«Ich habe einen Brief von ihm bekommen.»

«Auch ich erwarte einen Brief von ihm. Hat er mich erwähnt?»

«Es scheint, daß er mich als Briefträger benutzt.»

«Wie meinen Sie das?»

«Haben Sie ihm eine Kopie der Schriftrollen geschickt, die in Moab gefunden wurden und Teile des fünften Buches Mose enthalten?»

«Ja.»

Der Konsul holte ein Kuvert aus seiner Rocktasche und reichte es Shapira.

«Er hat die Schriftrollen gemeinsam mit Professor Franz Delitzsch untersucht, und beide sind zu dem Ergebnis gekommen, daß es sich um eine grobe Fälschung handelt. Er hat mich gebeten, Ihnen auszurichten, daß eine Handschrift auf althebräisch unmöglich bis zum heutigen Tage erhalten bleiben konnte, da die phönikischen Buchstaben bereits im neunten Jahrhundert v. Chr. nicht mehr benutzt wurden. Es sei denn, die Rollen wurden nach 1800 geschrieben. Zudem widerspreche der Text der Schriftrollen seiner Ansicht nach dem Geist der Bibel und enthalte Elemente von Häresie.»

«Warum hat er das Ihnen geschrieben und nicht mir?»

«Wir wissen doch, wie sehr das Prestige unserer Orientalisten durch den Erwerb der moabitischen Altertümer verletzt wurde. Wenn sich dieser unglückliche Vorfall nun wiederholt, werden die deutschen Gelehrten überall auf der Welt dem Spott und Hohn preisgegeben. Schlottmann hat gebeten, dies um jeden Preis zu verhindern. Er bat mich ferner, Sie dazu zu bewegen, die Schriftrollen zu vernichten.»

«Aber Professor Schlottmann hat doch an die Altertümer geglaubt», mischte sich Rosette ins Gespräch.

«Er glaubt nicht an sie.»

«Aber er dachte doch, daß sie echt sind», beharrte sie.

«Er hat sich geirrt.»

«Wenn er sich hinsichtlich der Tonfunde geirrt hat, kann er sich auch hinsichtlich der Schriftrollen irren.»

«Ich wurde gebeten, Ihnen die Antwort zu übermitteln, das ist alles. Lesen Sie selbst den Brief.»

«Aber, mit aller Achtung, der Professor hat sich eine Meinung gebildet, ohne die Schriftrollen gesehen zu haben. Meinen Sie nicht, daß das zu hastig ist?»

«Niemand kann Schlottmann und Delitzsch der Voreingenommenheit gegen Ihren Mann bezichtigen. Und was mich anbelangt – ich weiß es nicht, Frau Shapira.»

Sie gingen schweigend nach Hause, gefolgt von Ali und Warda und den zwei hübschen Mädchen, die neben ihnen herhüpften und plapperten. Ihre zusammengekniffenen Lippen ließen Böses ahnen. Sie war ihm zu Hilfe gekommen, um seinen guten Ruf zu retten, aber es schien, als glaubte sie weder an ihn noch an seine Rollen.

Am Abend brachte Rosette die Wasserpfeife auf sein Zimmer.

«Was schreibt er?»

Er deutete auf den Brief, der auf dem Tisch lag, und sie nahm ihn wortlos in die Hand. Er kannte mittlerweile den Inhalt auswendig.

Halle, den 17. November 1878

An Herrn Shapira, Buch- und Antiquariatshändler in Jerusalem.
Ich kann nicht länger vor Ihnen verbergen, wie kompliziert und schwierig die Verteidigung Ihres guten Rufes geworden ist...

Schlottmann erwähnte verschiedene Sünden, die der Sünde der Schriftrollen vorangegangen waren. Mit Worten wie «Verdacht», «Unverschämtheit» und «Unsinn» brachte er seine Enttäuschung über den Mann zum Ausdruck, für den er soviel Gutes getan hatte. Er könne einfach nicht begreifen, wie sich «diese Kritzeleien auf Lederfetzen» mit der Ehrfurcht vereinbaren ließen, die Shapira angeblich der Heiligen Schrift im allgemeinen und den Zehn Geboten im besonderen entgegenbrachte. Auch Delitzsch, der bei ihm zu Gast war, habe die Abschriften der Rollen begutachtet und erklärt, sie seien nichts anderes als «schamloser Betrug», der Shapira selbst in Verdacht bringe.

Schlottmann verlangte von ihm, die Identität des Fälschers preiszugeben und ihn an den Pranger zu stellen. Sollte er das nicht tun, würde er sich gezwungen sehen, Shapiras schändliche Machenschaften öffentlich zu machen und die Beziehungen zu ihm abzubrechen.

Rosette legte den Brief auf den Tisch.

«Was hast du beschlossen?»

«Ich weiß es nicht.»

«Halte dich daran, was Professor Schlottmann fordert.»

«Und wenn er sich irrt?»

«Er irrt sich nicht. Er hat die Schrift untersucht, und Professor Delitzsch hat sie auch untersucht.»

«Die Affäre mit den Tonfunden hat ihre Selbstsicherheit erschüttert. Wer könnte solche Schriftrollen gefälscht haben? Dafür sind doch große Kenntnisse nötig, Sachkenntnis, Kunstfertigkeit und Zeit. Und du weißt gar nicht, wie wenig ich für sie bezahlt habe. Würde sich irgend jemand soviel Mühe und Arbeit machen, um sie dann für ein paar Groschen zu verkaufen? Warum? Nur um mich zu ruinieren? Wer würde so etwas tun wollen? Der einzige Mensch, der dazu fähig wäre, ist Clermont-Ganneau, aber warum sollte er das tun? Warum? Was würde er damit erreichen?»

«Bist du sicher, daß die Schriftrollen echt sind?»

«Nein, ich bin nicht sicher.»

«Es kann also sein, daß sie gefälscht sind?»

«Ja, das kann sein.»

«Du gibst es zu?»

«Ich gebe gar nichts zu, Rosette, und schau mich nicht so an. Ich behaupte, daß man sie sehr sorgfältig untersuchen muß. Das sind die heiligen Schriften, Rosette. Und was ist, wenn sie nicht gefälscht sind? Was ist, wenn dies Mose Gesetz ist, das geschrieben wurde, als er noch am Leben war? Du bist eine fromme Frau, Rosette. Ist dir Professor Schlottmanns Ansehen wichtiger als die Wahrheit?»

«Der Konsul sagte, deine Version widerspreche dem Geist der Bibel. Daß das Häresie sei. Und selbst wenn die Schriftrollen echt wären, würde ich zögern, ihren Inhalt zu veröffentlichen, zumal darüber Zweifel bestehen. Ich könnte nicht noch einen Skandal ertragen. Deine Tonfunde haben mich umgebracht, Willi. Ich schäme mich, auf die Straße zu gehen. Bist du nicht auch mir etwas schuldig? Und deinen Kindern, hast du kein Mitleid mit ihnen? Glaubst du, ich weiß nicht, was für Geschäfte du machst? Glaubst du, ich weiß nichts über deine dubiosen Thorarollen?»

«Dubios?»

«Jawohl! Klein sagt, daß die Juden ihre Thorarollen nicht verkaufen dürfen.»

«Klein!»

«Wie kommen sie also in deine Hände? Ich bin nicht dumm, Willi, und ich bin nicht blind. Ich habe dich angefleht, die Finger von den Tonfunden zu lassen, aber bevor du nicht als der größte Fälscher in der Geschichte bekannt wurdest, hast du nicht von ihnen gelassen. Und dabei wußtest du, daß sie gefälscht waren.»

«Nein! Ich wußte es nicht! Das ist eine Lüge!»

«Wußtest du nicht, daß Selim ein Fälscher und ein Betrüger ist?»

«Ich dachte, die Funde wären echt.»

«Am Anfang.»

«Ja. Er hat mir – und nicht nur mir – wertvolle Antiquitäten gebracht. Ich hatte keinen Grund, ihm nicht zu glauben. Ich habe die Funde doch selbst untersucht, ich selbst war doch in Moab, und die größten Gelehrten Europas haben ein positives Gutachten gegeben.»

«Hast du die Möglichkeit erwogen, daß sie gefälscht sein könnten?»

«Natürlich, so eine Möglichkeit besteht immer.»

«Das heißt, du hattest den Verdacht, daß sie gefälscht sind. Der Gedanke ist dir gekommen.»

«Der Gedanke ist mir gekommen! Ich hatte den Verdacht! Bist du jetzt zufrieden? Natürlich bist du zufrieden, Rosette Savonarola Shapira!»

Sie kniff die Lippen zusammen. Nach einem Augenblick fragte sie leise:

«Wem hast du die Schriftrollen noch angeboten?»

«Dem Britischen Museum.»

«Wem im Britischen Museum?»

«Dem Kurator Doktor Charles Rieu.»

«Schreib ihm. Berichte ihm von Schlottmanns Gutachten und teile ihm mit, daß du dein Angebot rückgängig machst.»

«Ich werde eine Annonce in allen Zeitungen veröffentlichen, in der ich erkläre, daß ich ein Dieb und ein Betrüger bin. Vielleicht beruhigst du dich dann.»

«Wenn sich die Affäre mit den Tonfunden wiederholt, nehme ich die Kinder und kehre zu meinen Eltern nach Hessen zurück.»

«Drohst du mir?»

«Ja, Willi, ich drohe dir.»

«Und wenn die Schriftrollen echt sind?»

«Sie sind nicht echt.»

«Du bist sicher.»

«Ja. Ich wußte, daß das eines von deinen ... deinen Hirngespinsten war, und ich war von Anfang an sicher, daß sie eines Tages wie Seifenblasen zerplatzen und das Ende bitter und böse sein würde. Du hast mich einmal nach Hause geholt, Willi. Ein zweites Mal wird es nicht geben. Denk darüber nach. Entweder die Schriftrollen oder ich.»

Er lag in seinem Zimmer, auf der harten Matratze im Steinalkoven, seine Augen auf die Kupferlampe an der Decke geheftet. Wie dumm er war, den Brief an Schlottmann zu schicken! Als hätte ihn seine Lebenserfahrung nicht gelehrt, sich auf keinen zu verlassen. Selbst *jener* Moses hatte eine Schlange, Lepra und Blut gebraucht, damit man ihm glaubte, daß er ein Gesandter Gottes war. Er kannte diese Gelehrten, die, mit Ringen in der Nase und Scheuklappen an den Augen, ins Joch gespannt wie gehorsame Tiere die Furchen pflügten, die ihnen vorgezeichnet waren. Irgend jemand hatte Schlottmann gegen ihn aufgehetzt, darüber bestand kein Zweifel. Aber wer? Wer?

Eine leichte Brise ließ die Lampe pendeln, und der Haken an der Decke knarrte. Er drehte sein Gesicht zur Wand, schloß die Augen und schlief ein, doch der Schlaf brachte ihm keine Ruhe. Er wurde von Alpträumen geplagt, wollte schreien und würgte, bis sonderbare Laute aus ihm herausbrachen, dumpfe, wirre Worte, als riefe jemand in der Ferne in einer unbekannten

Sprache. Auf einer anderen Ebene des Bewußtseins wußte er, daß, so unverständlich die Worte auch waren, derjenige, der sie hörte – falls er sie überhaupt hörte –, trotzdem wissen würde, daß jemand irgendwo um Hilfe rief.

Als er am nächsten Morgen aufwachte, war sein Mund trokken und ein tiefes Gefühl der Einsamkeit und Leere hatte ihn ergriffen.

«Ist Euch kalt?» fragte Ali.

«Nein.»

«Ihr zittert.»

«Es ist nichts.»

Von nun an würde er niemanden in seine Angelegenheiten einweihen. Auch Rosette nicht. Wie schnell und leicht sie das Urteil akzeptierte und mit seinen Feinden gemeinsame Sache machte. Sie verlangte von ihm, die Schriftrollen zu vernichten, obwohl sie wußte, daß er sich selbst damit vernichten würde. Er war bereit, sie beiseite zu legen, aber er war nicht bereit, sie zu vernichten. Schließlich gelangten sie zu einem Kompromiß: Sie gingen in die Bank, und in Anwesenheit des Bankiers Peter Melville Bergheim deponierte er die Schriftrollen im Tresor.

14

DAS JAHR 1879 STAND FÜR Familie Shapira im Zeichen der Übersiedlung in ihr neues Haus. Der Laden brachte einen guten Gewinn, obgleich Shapira den Handel mit Antiquitäten aufgegeben hatte. Die Balkan-Kriege waren beendet, der Berlin-Vertrag unterzeichnet, und Touristen kamen wieder scharenweise ins Heilige Land. Die Dampfschiffe wurden besser, und die Schiffe von «Lloyd's» fuhren nun die Strecke zwischen Triest und Alexandria in nur fünfzehn Tagen, mit Zwischenstationen in Jaffa, Haifa und Akko. «Thomas Cook & Sohn» brachten Reisende aus Europa ins Land, von denen viele den Laden in der Christenstraße aufsuchten, der im Baedeker-Reiseführer für Syrien und Palästina erwähnt wurde. Amateur-Bibelforscher und Archäologen, denen der Name des Jerusalemer Antiquitätenhändlers ans Ohr gedrungen war, waren enttäuscht, als sie ihm von Angesicht zu Angesicht begegneten und sahen, wie er in seinem alten Ledersessel saß und getrocknete Blumen und Ketten aus Olivenkernen verkaufte. Er war zuvorkommend, sogar liebenswürdig, ließ sich aber nicht dazu bewegen, über die Ware, die im Hinterzimmer lag, zu reden. Er kannte bereits die überraschten Blicke, die enttäuschten Mienen, die besagten: Ist das der Mann, von dem wir soviel gehört haben? Nun, er würde ihnen keine Gelegenheit mehr bieten. Zweimal hatte er sich verbrannt, ein drittes Mal würde es nicht geben. Er hatte seine Lehre daraus gezogen. Seine Großzügigkeit war es, die ihn ruiniert hatte. Er besaß einen herrlichen Schatz, den er mit der Menschheit teilen wollte, doch seine Feinde hatten die Gelegenheit ausgenutzt, um ihn zu Fall zu bringen. Von nun an würde niemand mehr

Zugang zu seinen Gedanken, seinen Gefühlen, seinem Leben haben.

Die Schriftrollen ließen Shapira nicht los: Wer hatte sie gefälscht? War es vielleicht doch Clermont-Ganneau? Oder vielleicht... war es vielleicht möglich, daß sie gar nicht gefälscht waren? Er dachte so viel darüber nach, bis er nicht mehr wußte, wann er wieder begonnen hatte, an sie zu glauben. Doch diesmal verriet er niemandem seine Gedanken, nicht einmal Rosette. Er setzte seine tägliche Routine fort, und nichts in seinem Verhalten deutete auf den Wandel hin, der in seinem Inneren stattfand.

Nur in Miriams Gesellschaft kehrte manchmal seine frühere Lebhaftigkeit zurück. Er las ihr Gedichte vor, und sie wiederum erzählte ihm ihre Geschichten. Auguste hingegen war Rosettes Stempel aufgedrückt. In der deutsch-evangelischen Schule lernte sie moralische Sprüche auswendig, und zu Hause saß sie ruhig neben ihrer Mutter und stickte und nähte, wie es sich für eine brave Tochter gehörte. «Sie sollten sich an Ihrem Los erfreuen», sagte Klein zu ihm. «In Ihrem Haus gibt es die schönsten Frauen Jerusalems.» Ja, er wußte das, aber ihr Anblick machte ihn traurig. Manchmal fühlte er, wie seine Hände und Füße erstarrten, seltsame Schauer liefen ihm über den Rücken, und er klagte über die Kälte und Feuchtigkeit, die von den Steinwänden ins Haus drangen. Nächstes Jahr würde er fünfzig sein. Er hatte zugenommen, sein Haar war grau und spärlich, die Zukunft erschien ihm wie eine horizontlose Ebene und die Vergangenheit wie eine Reihe von Fehlern.

Rosette, die sich all die Jahre ein ruhiges Leben gewünscht hatte, ein Leben ohne Umwälzungen und Stürme, entdeckte nun, daß sie sich nach dem Willi von einst sehnte, nach dem Abenteurer, der immer am Rande des Abgrunds lebte. Zu spät begriff sie, daß sie von ebendiesen Eigenschaften angezogen wurde, die sie bei ihm zu verdrängen versucht hatte, und empfand Reue und Scham. Sie war von Anfang an so sicher gewesen, daß er ein Betrüger war, daß sie ihn beinah gezwungen hatte, vom rechten Weg abzuweichen; und nicht nur das, sie selbst war auf dem schmalen Grat zwischen wirklichem und eingebildetem Ehebruch gewandelt. Sie hatte sich dem Orden angeschlossen, um ihrem Elternhaus zu entkommen, war nach Jerusalem gefahren, um aus Kaiserswerth zu fliehen, und hatte Willi geheiratet, um dem Krankenhaus zu entkommen, und obgleich sie ihm Treue geschworen hatte, hatte sie die jungenhaften Umwerbungen von Klein, diesem Heuchler und Feigling, ermutigt und mit der Rachsucht einer betrogenen Frau reagiert. Nein, sie war nicht besser als ihr Willi. Noch schlimmer war die Erkenntnis, daß er gerade jetzt, da er sich bekehrt hatte und sich ihrem Willen beugte, zum Fremden für sie wurde. Selbst bei der nächtlichen Vereinigung hatte sie das Gefühl, daß er lediglich seine Pflicht erfüllte und mechanisch auf ihre Erwartungen reagierte, während er selbst sich in irgendeiner dunklen Höhle seiner neuen Existenz verbarg.

«Willst du fortgehen, Willi?»

«Nein. Wohin soll ich gehen?»

«Du bist nicht glücklich.»

«Mach dir über mich keine Sorgen, Rosette.»

«Laß uns das Haus bauen.»

«Welches Haus?»

«Das Haus, von dem du immer geträumt hast.»

«Nein, bitte, das ist nicht nötig.»

«Die Behörden verkaufen jetzt auch an Nicht-Moslems Land.»

«Wir haben kein Geld.»

«Wir haben noch die Ersparnisse aus der Zeit der Tonfunde.»

«Die werden wir noch brauchen. Wir werden auch nicht jünger. Und wir müssen an die Kinder denken.»

«Das armenische Patriarchat hat die Häuser und Geschäfte am Jaffator fertiggebaut, und jetzt sind die Bauarbeiter frei und suchen Arbeit.»

«Der Laden wird mir keine Zeit lassen, dir zu helfen.»

«Ali wird mir helfen.»

«Du hast tatsächlich beschlossen, dieses Haus zu bauen.»

«Ja.»

«Du hast dich verändert, Rosette.»

«Du auch, Willi.»

Rosette kaufte ein Stück Land am Hang des Russenplatzes. Sie stellte Arbeiter ein, kaufte Baumaterial und begab sich jeden Tag zum «Haus», um die Arbeit zu beaufsichtigen. Sie wanderte mit Ali durch die Stadt und besichtigte das neue Gebäude des Franziskanerklosters und die große Herberge, die von den französischen Katholiken gebaut wurde. Einige Gebäude in der Stadt wurden nun mit Ziegeldächern in europäischem Stil gedeckt, und auch sie entschied sich für ein solches Dach. Sie würden ihren eigenen Brunnen haben und zwei große Keller, einen für Lebensmittel und den anderen für Kohle. Sie entdeckte, daß sie ungeahnte Energien besaß und eine praktische Einstellung. Jeden Morgen eilte sie zur Baustelle und feilschte mit den Baumeistern und Lieferanten, um jeden Piaster, jeden Pfennig.

Das Haus wurde auf einem sanften Hang gebaut, und eine große Terrasse erstreckte sich entlang der ganzen Front. Aus London traf endlich das Geld für die jemenitische Thorarolle ein, und im letzten Augenblick entschloß sie sich, dem Haus einen getrennten Flügel hinzuzufügen. Eine schmale, steile Treppe führte in das Zimmer des Hausherrn im zweiten Stock. Dort würde er sich ungestört auf seine Studien konzentrieren können und der alte Funken seiner Vitalität sich von neuem in ihm entzünden.

Rosette hatte geplant, den Einzug an Willis Geburtstag zu feiern, aber er widersetzte sich der Idee einer doppelten Feier. «Ich glaube nicht, daß auch nur ein einziges von den zweihundert Mitgliedern der evangelischen Gemeinde meine Freude wirklich mit mir teilen wird», sagte er. Rosette diskutierte nicht mit ihm. Nachdem die Bauarbeiten beendet und sie in das neue Haus gezogen waren, versiegten mit einemmal ihre Kräfte. Sie schlief viel, und wenn sie aufwachte, ging sie mit schlurfenden Schritten durch das Haus, vor sich hin brummend wie ein Tier, das vorzeitig aus seinem Winterschlaf geweckt wurde, die alte Seidenrobe an ihre schlaffen Brüste gepreßt. Der feine Stoff war voller Löcher, der Saum ausgefranst, und sie, die ihr Leben lang Nadel und Faden in der Hand gehalten hatte, machte sich nicht die Mühe, ihn zu richten. Im Herbst begann Miriam in den Kindergarten von Miss Brooke zu gehen, und die Zimmer wurden noch größer und leerer. Rosette ging nur noch selten aus dem Haus. Ihre weiße Haut wurde gelb, Müdigkeit ließ ihre Lider anschwellen, und die schlaffe Haut unter ihrem Kinn verlieh ihr ein beleidigtes Aussehen. Die Arme über der Brust verschränkt, ging sie im Haus herum und beobachtete durch die Fenster die Pilger, die vor der Moskowia auf ihren Becher Suppe warteten. Was hatte sie mit dem neuen Haus zu erreichen gehofft? An welches Wunder klammerte sie sich? Hatte sie gedacht, daß es ihr Leben erneuern würde? Daß es ihnen Begeisterung und Liebe einhauchen würde? Es war ihr Unterkinn, das in ihm einen Funken Mitleid erweckte, und er gab nach und schlug vor, ein paar Gäste zu Ehren der Verlobung Harriet Bergheims mit dem deutschen Konsul, Baron Tankmar von Münchhausen, einzuladen. Diese Verbindung war eine große Genugtuung für die Gemeinde der Konvertiten, und auch wenn es unter ihnen solche gab, die nur ungern zu Gast in Shapiras neuem Haus waren, so akzeptierten alle die Einladung, weil die schöne und reiche Braut ein Mitglied ihrer Gemeinde war, eine ihren Wurzeln entsprossene Blüte.

Die Feier hatte etwas ganz Unerwartetes zur Folge.

Unter den Gästen befand sich der Direktor der Schule der Londoner Missionsgesellschaft, und als die Männer sich nach dem Essen zum Rauchen zurückzogen, erzählte er ihnen eine Geschichte, die sie alle in Staunen versetzte.

Die Geschichte hatte mit einem seiner Schüler zu tun, einem zwölfjährigen Jungen namens Jakob Elijahu, der den Mitgliedern der Gemeinde wohlbekannt war. Er war der Sohn einer jüdischen Familie, die aus der Türkei ins Land gekommen und eine der ersten Konvertiten in Jerusalem war. Als die Choleraepidemie ausbrach, zog die Familie nach Ramallah, aber da der junge Jakob klug und begabt war, beschloß man, ihn auf die Missionsschule in Jerusalem zu schicken. Dort wurde er, wie so viele vor ihm, von dem Archäologie-Virus angesteckt. Seine Phantasie entzündete sich, als er von König Hiskia hörte, «der die obere Wasserquelle des Gihon verschloß und sie hinunterleitete westwärts zur Stadt Davids», und er beschloß, dem Text nachzuforschen. Er überredete seinen Klassenkameraden Sampson, sich ihm bei der Erkundung des Tunnels anzuschließen. Der Beschreibung zufolge war der Tunnel zwischen dem Gihon und dem Siloah-Teich gegraben worden. Laut Gerüchten schwebte der Geist eines *Djinn* über der Jungfernquelle, wie die Quelle des Gihon von den *Fellachen* genannt wurde, und man konnte nicht sagen, daß die beiden sich nicht vor diesem *Djinn* fürchteten, doch da keine der Wäscherinnen und keiner der Wasserzieher ihn je mit eigenen Augen gesehen hatte, faßten sie sich ein Herz und machten sich auf den Weg zum Tunnel.

Ausgerüstet mit Kerzen, Zündhölzern und Schwimmringen, stieg Jakob in den Siloah-Teich und Sampson in die Jungfernquelle. Laut Plan sollten sie irgendwann aufeinanderstoßen, obwohl sie nicht wußten, wie lang und breit der Tunnel war und wie lange ihre heimliche Reise dauern würde. Der stockfinstere, überflutete Tunnel jagte Sampson Angst ein, und er machte kehrt und ging zur Schule zurück, ohne jemandem von dem Abenteuer zu erzählen.

Jakob setzte die Erkundung des Tunnels fort. Der kalte Wind blies die Kerze aus, und das Wasser, das ihm bis zum Hals reichte, überspülte den Schwimmring und durchnäßte die Zündhölzer. Er ruderte trotzdem weiter, indem er mit den Füßen den Grund abtastete und mit der Hand über die nassen Steinwände streifte. Unter seinen Fingern fühlte er die Furchen, die von der Spitzhacke des Steinhauers herrührten, der von rechts nach links in den Stein gehauen hatte. Der Tunnel schlängelte sich dahin, bis sich plötzlich die Richtung der Furchen änderte und sie nun von links nach rechts gehauen waren. Jakob begriff, daß er die Stelle erreicht hatte, an der die Steinhauer aufeinandergestoßen waren. Er befühlte die Wand, ertastete die Form von Buchstaben. Er hatte eine in den Stein gehauene Inschrift entdeckt! Zutiefst erregt lief er weiter, um seinem Freund die Entdeckung mitzuteilen. In der Ferne sah er einen Lichtfleck und steuerte auf ihn zu, bis er aus dem Tunnel direkt in den Teich hinaustrat. Die Kleider voller Schlamm, die Augen vom jähen Licht geblendet, stürzte sich Jakob auf den Jungen, der vor ihm stand, und rief begeistert: «Ich habe es geschafft! Ich habe es gefunden!» Der Junge, der Sohn eines *Fellachen*, dachte, der *Djinn* sei aus der Höhle gestürzt, verlor auf der Stelle das Bewußtsein und versank im Teich. Als die Wäscherinnen das sahen, fielen sie mit Steinen und Stöcken über den «*Djinn*» her, und er entkam ihnen nur mit Mühe.

Naß und zerschlagen kehrte Jakob zur Schule zurück und beichtete dem Direktor seine Sünde. Er erwartete eine Strafe und war überrascht, als er sah, daß seine Entdeckung nicht nur den Direktor erregte, sondern die ganze Gemeinde von Archäologen in Jerusalem in Staunen versetzte.

«Der Architekt Schick säubert jetzt die Inschrift und schreibt sie ab», schloß der Direktor die Geschichte.

«In welcher Sprache ist die Inschrift?»

«Hebräisch. Sechs Zeilen, in althebräischen Buchstaben graviert.»

«Ich habe gehört, daß Professor Hermann Güthe aus Leipzig nächste Woche aus Medeba kommt, um die Inschrift zu untersuchen, und auch Professor Sayce wurde eingeladen, bei der Entzifferung mitzuhelfen.»

Shapira schwieg verblüfft. Althebräische Buchstaben zur Zeit König Hiskias?! Hiskia hatte doch Anfang des siebten Jahrhunderts v. Chr. gelebt, und zu jener Zeit wurde diese

Schrift doch gar nicht mehr benutzt! Ausgenommen – ausgenommen Hiskia hatte beschlossen, daß diese Buchstaben für die Inschriften heiliger Texte angemessen seien. Das bedeutete, daß es tatsächlich möglich war, eine Schrift in althebräischen Buchstaben aus einer Zeit zu finden, in der sie nicht mehr in täglichem Gebrauch waren.

Er starrte auf den Sprecher und hörte ihm schweigend zu. Wäre Tankmar von Münchhausen nicht im Zimmer gewesen, hätte er vielleicht seinen Gefühlen freien Lauf gelassen. Er zweifelte nicht, daß sich auch der Konsul an seine Schriftrollen erinnerte und an die althebräischen Buchstaben, in denen sie geschrieben waren.

«Warren und Wilson haben doch auch den Siloah-Tunnel erforscht», sagte Bergheim. «Warren wanderte den ganzen Tunnel ab, und ich erinnere mich, daß er dabei beinah ertrunken wäre.»

«Wann wird Schick mit seiner Arbeit fertig sein?» fragte der Konsul.

«Ich glaube, er ist schon fertig.»

Shapira wartete ungeduldig auf den Augenblick, da er allein sein würde und über das, was er erfahren hatte, nachdenken könnte. Eine Inschrift aus der Zeit König Hiskias, in phönikisch-hebräischer Schrift geschrieben. Wenn das der Fall war, konnten auch seine Schriftrollen nach dem neunten Jahrhundert v. Chr. geschrieben worden sein. Vermutungen schwirrten ihm durch den Kopf, und er fühlte das süße Kribbeln sich erneuernden Lebens, als er erkannte, daß alles, was verloren schien und Trauer und Leere hinterlassen hatte, gar nicht verloren war. Er spürte, wie ihn ein kaltes Feuer ergriff, als wäre er selbst ein neuer Tag. Meine Schriftrollen, wollte er rufen, ich habe euch nicht verraten, ich bin noch da, trotz allem.

In dem Augenblick, da der letzte Gast gegangen war, eilte er auf sein Zimmer. Er stieg die steile Treppe hinauf, und oben angekommen, setzte sein Herz beinah aus, als er eine vermummte, in Schwarz gehüllte Gestalt erblickte. Als sie sich erhob, hörte er ein leises Klingeln und sah Münzen auf ihrer Stirn funkeln. Alija!

Er öffnete wortlos die Tür, und sie folgte ihm ins Zimmer. Er zündete die Lampe nicht an. Der Mond warf sein fahles Licht in den düsteren Raum. Wie hatte sie ihn gefunden? Wer hatte sie hinaufgebracht, Ali, Salem? Plötzlich war er wütend auf sie. Er war nicht mehr Herr ihrer Begegnungen, frei zu kommen und zu gehen, wie es ihm paßte. Er fühlte eine leichte Abscheu, und Übelkeit stieg in ihm auf. Er hatte zuviel gegessen und getrunken, war verwirrt von den Neuigkeiten, die er gehört hatte, und jetzt – Alija! Schwankend streckte er seine Arme nach ihr aus, doch sie wich vor ihm zurück.

«Ich gehe nach Bir Ajub», sagte sie leise.

In Bir Ajub war das Heim der moslemischen Leprakranken. Vor seinen Augen erschienen die beklagenswerten Gestalten, die aus den Mauern des Heims herauskamen, um in der Stadt zu betteln. Sie riefen ein derart großes Entsetzen hervor, daß die Menschen sogar Angst hatten, ihnen eine Münze in die Hand zu werfen. Verhüllte sie deshalb ihr Gesicht? War sie wegen der Krankheit von daheim aus dem Beduinenstamm verbannt worden? Hatte sie deshalb jenen Mann verlassen, den sie so sehr liebte? Diese Gedanken schossen durch seinen Kopf, als sie fortfuhr:

«Ich will, daß du den Jungen nimmst.»

Nein! Ihm blieben die Worte in der Kehle stecken. Nein! Er schüttelte den Kopf.

«Ich bringe ihn am Freitag hierher.»

«Nein.»

«Er ist dein Sohn.»

«Nein!» stieß er mit heiserer Stimme hervor. «Ich glaube dir nicht.»

«Du weißt, daß es wahr ist.»

«Nein!»

«Ich werde es deiner Frau erzählen.»

«Erzähl es ihr ruhig!»

Er setzte sich in die Steinnische und starrte auf die verhüllte Gestalt. Er erinnerte sich an den Säugling, den sie auf ihren Rücken gebunden trug.

«Ich kann das nicht tun.»

«Du mußt.»

«Nein. Er ist nicht mein Sohn.»

«Ich will nicht, daß er in der Kolonie der Verdammten lebt. Ich will nicht, daß er mich sieht, daß er die anderen sieht.»

Er schwieg. Das Rascheln von Stoff war zu hören, dann hob sich der Schleier, und das Gesicht der schwarzen Astarte wurde im matten Mondschein sichtbar. Anstelle der Nase klaffte ein schlammiges Loch. Ihre schwarzen Augen starrten ihn unentwegt an. Sie war ruhig, wie jemand, der aufgehört hatte, gegen das Schicksal anzukämpfen, und aus der Gesellschaft ausgeschieden war. Er empfand kein Mitleid für sie.

«Du hast mich betrogen, du hast gelogen!»

Sie antwortete nicht, und er wußte, daß seine Worte absurd klangen. Wie konnte er ihr Leid mit seinen kleinlichen Beschwerden vergleichen. Betrogen, gelogen – sie spielte sein Spiel nicht mit. Sie war nichts mehr in seiner Welt. Er empfand beinah Neid. Das Kainsmal, das ihrem Fleisch eingebrannt war, verurteilte sie zu absoluter Einsamkeit, verlieh ihr aber auch Freiheit und Macht.

«Willst du nicht in das neue Krankenhaus in Mamila gehen?»

«Nein.»

Die Münzen verdeckten wieder ihr Gesicht, und er wußte, daß sie begriffen hatte, daß sie mit leeren Händen fortgehen würde.

«Hast du kein Erbarmen mit deinem Sohn?»

Er erhob sich und nahm sie in die Arme. Sie stieß ihn weder fort, noch zog sie ihn an sich, und er haßte die Übelkeit, die in ihm hochkam, und schämte sich.

«Ich werde dich besuchen kommen.»

«Nein, komm nicht.»

«Ich will aber.»

«Nein.»

Sie löste sich aus seiner Umarmung.

«Ich könnte den Söhnen Abu Dibs verraten, daß es dein Sohn ist. Sie würden mich töten, und das wäre gut. Dich würden sie vielleicht auch töten, und auch das wäre gut. Aber mein Sohn würde am Leben bleiben, und irgend jemand muß für ihn sorgen.»

«Willi?»

Ein matter Ruf war vom Hof zu hören. Er trat aus dem Zimmer und rief: «Ich komme, Rosette» und wartete, bis er hörte, wie sich die Küchentür wieder schloß. «Ich werde dir Geld schicken», flüsterte er Alija zu. «Im Augenblick habe ich keins. Aber ich werde dir bald welches schicken.»

Als er die Tür öffnete, fragte er:

«Wohin gehst du?»

«Nach Bir Ajub.»

«Es ist gefährlich, nachts durch die Straßen zu gehen.»

Sie zögerte einen Augenblick, und er hörte ihr Lächeln, ohne es zu sehen.

Am nächsten Morgen stand er frühzeitig auf und begab sich zu Schicks Haus, wo er zu seiner Enttäuschung einen Gast vorfand, der ihm zuvorgekommen war: Professor Hermann Güthe, der den Ophel erforscht hatte, saß am Schreibtisch und kopierte mit äußerster Konzentration die Inschrift. Während er auf Schick wartete, trat Shapira an die Kommode und warf einen Blick auf die Papiere, die dort lagen. Es waren technische Zeichnungen von Fenstern, Karniesen und Terrassen.

«Was bauen Sie gerade?» fragte er den Architekten, als dieser ins Zimmer trat.

«Frederika?» rief Schick mit schallender Stimme. «Noch mehr Kaffee! Das.» Er schlug mit der Hand auf die Kommode. «Das wird das schönste Haus in Jerusalem sein. Ich plane es schon seit Monaten.»

«Wem gehört es?»

«Mir!» lachte Schick mit einer Stimme, die wie eine Lawine herabstürzender Steine klang. «Ich möchte europäischen Stil mit orientalischen Elementen verbinden und alle möglichen archäologischen Funde, die ich die Jahre über gesammelt habe, in den Bau integrieren. Aber bitte, nehmen Sie es nicht ernst. Frederika sagt, ein *Dybbuk* sei in mich gefahren. Ich kann über nichts anderes mehr reden als über das Tabor-Haus, aber Sie sind bestimmt nicht deswegen zu mir gekommen.»

«Warum Tabor-Haus und nicht Schick-Haus?»

«Das ist der Missionar in mir. Denn in den Psalmen steht geschrieben: ‹Tabor und Hermon jauchzen über deinen Namen.› Professor Güthe, wußten Sie, daß Herr Shapira mein Schüler in der Werkstätte war? Kommen Sie –» er zog seinen Schüler am Ärmel und führte ihn zum Schreibtisch –, «da, sehen Sie nur, die schlafende Prinzessin.»

DER TUNNEL. UND DIESES. WORT.
DER TUNNEL. WOBEI. STEINHAUER. HEBEN.
DIE AXT. EINER. ZUM. ANDEREN...

Tatsächlich, die Worte waren in phönikisch-hebräischen Buchstaben geschrieben.

«Sie schulden uns eine Erklärung, Professor Güthe!» forderte Schick, während er mit seinem Finger auf die Tischplatte pochte. Er hatte die kräftigen Hände eines Mannes, der in seinem Leben schon zahlreiche Möbel und Gebäude gebaut hatte. Sein langer Bart war von Silbersträhnen durchzogen, die die Bräune seines Gesichts hervorhoben. «Soviel wir wissen, war diese Schrift im siebten Jahrhundert, als dies geschrieben wurde, nicht mehr in Gebrauch.»

Güthe zog die Brauen hoch, dann kniff er die Augen zusammen und besah die Inschrift aus einem neuen Winkel, bemüht, etwas Neues an ihr zu entdecken. Seine Lippen waren zusammengepreßt, als fürchtete er, ihm könnten Dinge entschlüpfen, die er mit niemandem teilen wollte.

«Ein paar Gelehrte in Deutschland», sagte er schließlich zögernd, «sind vor kurzem zu dem Schluß gekommen, daß die Bibel, wie wir sie kennen, aus älteren Texten zusammengestellt ist, die nicht von einem, sondern von mehreren Verfassern geschrieben wurden. Wie kann man zwischen den verschiedenen Verfassern unterscheiden? Unter anderem durch die Namen, die sie Gott gaben. Haben Sie Friedrich Bleeks *Einleitung in das Alte Testament* gelesen?»

«Nein.»

«In den neueren Forschungsarbeiten wird unterschieden zwischen *Elohim*, dem alten Gott, der von den Hirten angebetet wurde und der auch der Vater der kanaanitischen Götter ist, und *Jahwe*, dem persönlichen, abstrakten Namen, der dem Volke Israel eigen ist und in späteren Perioden auftaucht.»

«*Jahwe* taucht bereits auf der Mesa-Stele auf», sagte Shapira.

Konnte er aus Güthes Worten schließen, daß seine Schriftrollen von einer alten «elohistischen» Sekte geschrieben worden waren? Schlottmann bezichtigte ihn der Fälschung, weil sich der Text seiner Schriftrollen von dem masoretischen Text der Bibel unterschied, aber vielleicht wiesen diese Unterschiede einfach darauf hin, daß sein Text älter war?

«Die späteren Abschreiber mieden es manchmal, den ausdrücklichen Namen wegen seiner Heiligkeit zu benutzen. Daher kann es auch spätere Texte geben, in denen der Name *Jahwe* nicht vorkommt.»

«Wer waren diese späteren Abschreiber?» fragte Shapira, ängstlich darauf bedacht, sein Geheimnis nicht preiszugeben.

«Solche Texte könnten zum Beispiel in der Zeit Jesu Christi geschrieben worden sein. Von jüdischen Christen oder von einer der Sekten, die in den ersten Jahrhunderten der christlichen Ära in der Wüste Judäa lebten.»

Er wollte auf die Knie fallen vor Dankbarkeit, daß er die

Schriftrollen nicht vernichtet hatte, obwohl Schlottmann, Rosette und Münchhausen ihm dazu geraten hatten. Warum hatte er sich ihnen unterworfen, ohne zu protestieren, ohne sich zu widersetzen? Er empfand nun ritterlichen Stolz darüber, daß er, der einsame Krieger, die Gefangene retten würde, und schon schmiedete er Pläne, wie er die Schriftrollen aus dem Tresor holen würde, ohne Verdacht zu erwecken. Mehr noch als um sich fürchtete er um die Rollen, denn wenn er die Aufmerksamkeit auf sie lenkte, könnte er ihre Existenz gefährden. Hatte er nicht mit eigenen Augen gesehen, wie Clermont-Ganneau seinen Freunden die Mesa-Stele unter der Nase wegstahl? Nein, er würde auf den richtigen Augenblick, auf das «Zeichen» warten.

Im November 1881 wurde ein neuer deutscher Konsul nach Jerusalem gesandt. Tankmar von Münchhausen wurde nach Kiew versetzt, und an seine Stelle trat Doktor Julius Reitz. Shapira erkannte, daß dies das «Zeichen» war, auf das er gewartet hatte. Von seinem Versprechen an Münchhausen entbunden, ging er in Bergheims Bank und holte die Schriftrollen aus dem Tresor.

«Was ist das, Willi, sind das nicht jene Schriftrollen?»

«Ja, ich will etwas nachprüfen.» Er neigte den Kopf zur Seite und sah sie herausfordernd an. «Ich warte, Rosette!»

«Worauf?»

«Auf deine Warnungen, deine Drohungen, dein Flehen.»

«Ich bin froh, daß du dich wieder für irgend etwas interessierst. Du bist so still gewesen. So fremd, so anders.»

Und jetzt bin ich wieder in deiner Hand, dachte er, und darum lächelst du. Er würde sich in acht nehmen müssen, wenn ihm das Schicksal der Schriftrollen wirklich wichtig war.

Die Pergamentstreifen waren genau so, wie er sie damals weggelegt hatte: wie Fächer gefaltet, in der Reihenfolge der Kapitel des fünften Buches Mose. Er beschloß, sie noch einmal abzuschreiben und das Rätsel ihres Alters im Laufe dieser Arbeit zu entschlüsseln. Es gab jetzt zwei Möglichkeiten: entweder es handelte sich um einen alten Text, der zu Mose Lebzeiten geschrieben worden war, oder um einen späteren Text, der von einer Sekte verfaßt wurde, die den Gebrauch des ausgesprochenen Gottesnamens vermied.

Die Worte, die er studierte, beunruhigten durch ihre Andersartigkeit, rebellierten gegen die traditionelle Version. Wieder saß er nächtelang in seinem Zimmer. Manchmal dachte er, ich werde mir Rat bei einem der weisen Rabbiner holen, bei Salant oder Auerbach, doch dann verscheuchte er ärgerlich diese unsinnigen Gedanken, sie würden ihn sicherlich fortjagen. Nein, ihm allein wurde diese Aufgabe auferlegt.

Tag für Tag schloß er sich in seinem Arbeitszimmer ein, und Miriam war wieder seine begeisterte Gefährtin. Vor sich hin murmelnd sann er über Buchstaben und Worte nach, stellte Hypothesen auf und gab sich Hoffnungen hin, und sie, auch sie öffnete ihm ihr verschlossenes Herz, ein Geheimnis im Austausch für ein anderes Geheimnis, und verriet ihm, daß sie verliebt sei. O Theophil, Theophil . . .

Flüchtlinge aus Rußland waren in Jerusalem eingetroffen, und einige von ihnen, die ihren Schmerz und Zorn nicht mehr ertragen konnten, suchten im Schoße der Kirche Trost. Miriam begegnete einem jener jüdisch-russischen Jungen an dem Tag, da er christlich getauft wurde, und verliebte sich in ihn. Sie saß und flocht Blumenkränze, um die Kirche zu schmücken, als er an ihr vorbeikam. Er blieb zögernd stehen, sah erstaunt auf die Blumen in ihrer Hand und ging weiter. In jenem Augenblick schwor sie sich, daß sie die Seine sein würde! Sie würde aufhören, alberne, kindische Spiele zu spielen, aufhören, Wardas heidnische Hymnen zu singen, aufhören, aus der Speisekammer zu stehlen, und aufhören, Warda auf ihre beschämenden Besuche in die verschiedenen Kirchen zu begleiten, wo sie um Münzen bettelte unter dem Vorwand, sich taufen lassen zu wollen. Von nun an würde sie allen weltlichen Freuden entsagen und sich auf ihre Rolle als Frau eines Priesters vorbereiten. Denn ein Blick auf Theophils hohe Stirn, ein Blick in seine großen, gemarterten Augen, auf seine roten Lippen genügte, um zu sehen, daß dies seine Bestrebung war. Sie würde reinen Herzens und ihrer Berufung würdig sein.

Sie erzählte ihrem Vater von den Schatten, die Theophils Augen trübten, doch ihr Vater hörte nicht, sie erzählte ihm von der Sonne, die weiterschien, als Theophils Vater von der Axt erschlagen wurde, doch ihr Vater reagierte nicht, sie erzählte ihm von Theophils Mutter, die sich die eigenen Augen ausstach, doch ihr Vater zuckte nicht mit der Wimper.

«Woher kommst du aus Rußland, Papa?»

«Aus Kamenitz-Podolsk.»

«Theophil auch! Theophil auch!»

«Wie alt ist Theophil?»

«Vierzehn.»

«Frag ihn, ob er irgend jemand von der Familie Shapira in Kamenitz-Podolsk kennt.»

Da, er war in die Falle gegangen, und seine kleine Tochter Miriam, sein Augapfel, war diejenige, die sie ihm gestellt hatte. Gerade das wollte er nicht fragen, es hatte noch andere Flüchtlinge vor Theophil gegeben, und bisher war es ihm gelungen, ihnen auszuweichen.

Als Hillel-Meir, einer der ersten Flüchtlinge, nach Jerusalem kam, wollte er ihn am Rockaufschlag packen und fragen, ob er irgend etwas von «unseren Kindern» gehört hätte, seinen Brüdern, die er nie gekannt hatte, die letzten Verwandten, die ihm geblieben waren, doch der Anblick des verlausten Mannes stieß ihn ab. Man erzählte sich, daß sein Haus mitsamt seiner Frau und seinen Kindern in seiner Abwesenheit niedergebrannt wurde, und Shapira fragte sich, wie ein Mann, der eine offene Wunde war, am Morgen seine Augen öffnen und aufstehen und seine Schuhe zuschnüren und Nahrung zum Mund führen konnte. Nach Hillel-Meir kamen noch andere Flüchtlinge, und er hörte auch ihr Elend, obwohl ihre Münder versiegelt waren, in den Nächten sah er, wie sie *Borschtsch* tranken und ermordet wurden, und in seinen Ohren gellte Großvaters klagende

Stimme: «Sie schlachten uns!» Er fürchtete diese Menschen und floh vor ihnen, er wußte, daß etwas getan werden mußte, man konnte doch nicht sein Leben wie vorher weiterleben, während jüdische Säuglinge am lebendigen Leib verbrannt wurden, man sollte Asche auf sein Haupt streuen und einen Sack anziehen, doch was würde das nützen? Selbst wenn sich ein gewisser Moses Wilhelm Shapira vor dem russischen Patriarchat kreuzigen ließe, würde die Welt dann vom Bösen lassen? Die Schriftrollen waren zur rechten Zeit gekommen. Tag und Nacht jagte er den ausweichenden Buchstaben nach, und wäre es nicht für Miriam und ihren Theophil gewesen, so wäre es ihm gelungen, sich vor dem Alptraum zu verschließen.

In jener Nacht träumte er, daß er von einem Zimmer ins andere lief und nach Verstecken für sich, für seine Eltern, seinen Großvater, seinen schwarzen Sohn suchte und Todesängste durchlitt. Rosette rüttelte ihn wach und fragte, was ist los, was ist los, und er murmelte: «Nichts, nichts, danke, daß du mich gerettet hast, Rosette.»

«Daß ich dich gerettet habe?»

«Daß du mich geweckt hast, meine ich.»

«Wovon hast du geträumt?»

«Ich erinnere mich nicht mehr.»

Sie streichelte seinen Kopf, schob dann ihre Hand unter sein Nachthemd und glitt reibend über seine behaarte Brust, bis er sich zu ihr umdrehte und seinen Kopf zwischen ihren Brüsten verbarg. Er fühlte, wie sich ihre Brustwarzen härteten, und wußte, daß er ihren Körper nicht begehrte. Er tat, als sei er wieder in ihren Armen eingeschlafen, und sie lag still und wartete, dann drehte sie sich von ihm weg. Seit sie von ihm verlangt hatte, die Schriftrollen zu vernichten, fühlte er sich von ihr entfremdet. Nun lag er reglos da und wartete, daß die Bruchstücke seines Traumes in sein Gedächtnis zurückkehrten. Fast tat es ihm leid, daß er sie abgewiesen hatte. Was hatte Rosette ihm angetan?

Er stand auf und ging zur Tür.

«Wohin, Willi?»

«Wasser trinken. Schlaf, Rosette, schlaf.»

In der Küche zündete er eine Kerze an und stieg in sein Arbeitszimmer hinauf. Die schwarzen Pergamente lagen auf dem Tisch, genau so, wie er sie zurückgelassen hatte. Er nahm die Abschriften, die er tagsüber angefertigt hatte, in die Hand. Das Licht war matt, und seine Augen schmerzten wieder, aber er zwang sich zur Konzentration. Die Version der Zehn Gebote auf seinen Schriftrollen unterschied sich von der Version im zweiten und im fünften Buch Mose und glich eher dem Stil der apokryphen Schriften der Bibel. Bedeutete das, daß die Rollen nach dem achten Jahrhundert geschrieben worden waren? Der Verfasser hatte hier das erste und zweite Gebot vereint; da nun ein Gebot fehlte, wurde ein zehntes Gebot hinzugefügt: DU SOLLST. NICHT. HASSEN. DEINEN BRUDER. IM HERZEN. ICH BIN GOTT. DEIN GOTT. Dieses Gebot verwunderte ihn, da es der Version des heiligen Augustinus ähnelte.

In keiner der Schriftrollen wurde erwähnt, was dem Volke Israel während der Zeit seines Exils im Lande Ägypten widerfahren war, obwohl diese Episode mehrmals im fünften Buch Mose vorkam. Hatte das zu bedeuten, daß die Rollen geschrieben worden waren, noch bevor das Volk Israel von der Angst des Exils befallen wurde? Er kehrte wieder zu seiner ursprünglichen Hypothese zurück, daß es sich hier um eine alte Version von dem Gesetz Mosis handelte. Vielleicht war das der Schlüssel zum Verständnis der Schriftrollen: daß sie in einer Zeit geschrieben wurden, als Moses noch lebte und sein Tod daher nicht erwähnt wurde.

Nachdem er mit der erneuten Entzifferung der Schriftrollen fertig war, erzählte er Rosette von ihnen, bemüht, auch nur einen Funken seiner Begeisterung in ihr zu entzünden.

«Du vernachlässigst den Laden, Willi.»

«Jeder Augenblick, den ich mit den dummen Touristen verbringe, ist Zeitverschwendung. Ich wünschte, dieser Herr

Baedeker hätte meinen Laden nicht in seinem Reiseführer erwähnt.»

«Die Feiertage nahen. Die Dienstboten werden Geschenke erwarten.»

«Ich hatte den ganzen Tag lang die Schriftrollen vor Augen. Ich kann an nichts anderes mehr denken.»

«Wir können die Schriftrollen nicht essen, Willi.»

«Du irrst dich. Die Rollen werden uns unser Leben lang ernähren. Sie werden sogar unsere Enkelkinder ernähren!»

Seine blauen Augen blitzten, und er schwenkte seine Arme, als bräuchte er mehr Raum um sich herum.

«Du mußt wieder in den Laden gehen, Willi.»

«Rosette, Rosette! Ich habe einen Schatz gefunden, der kostbarer ist als die Korallen von Rom und die Perlen von Persien, und du redest mit mir über Hebron-Glas! Nein, ich beschuldige dich nicht. Nicht einmal ich selbst habe die volle Bedeutung meiner Entdeckung erfaßt. Hier in unserem Haus, auf meinem Schreibtisch im Arbeitszimmer, liegen uralte Schriftrollen, auf denen das Gesetz Mosis geschrieben steht, so wie es uns auf dem Berg Sinai gegeben wurde!»

Er fiel auf die Knie, schlang seine Arme um Rosettes Hüfte und küßte ihre Hände.

«Das habe ich alles dir zu verdanken.»

«Mir?»

«Die göttliche Vorsehung hat meine Schritte mit deiner Hilfe gelenkt. Du warst der Engel, der mich von den moabitischen Tonfunden weggeführt hat, und dank dir bin ich auf die Schriftrollen gestoßen. Sie werden deine Buße sein.»

«Meine Buße? Für welche Sünde?»

«Für mich! Für mich! Ich bin deine Sünde! Oh, Rosette, ich wußte, daß die Zeit der Ernte auch für mich kommen würde. Gott hat mir vergeben!»

«Ach, Willi! Übrigens, Klein möchte die Schriftrollen sehen.»

«Wozu?»

«Ein Orientalist aus Berlin ist bei ihm zu Gast, ein gewisser Doktor Julius Hermann.»

«Bitte sehr! Bitte sehr! Sollen sie kommen!»

Rosette hoffte, daß der Orientalist aus Berlin ihren Mann aus seinen grandiosen Träumen wecken würde. Die Männer hielten sich eine lange Zeit im Arbeitszimmer auf, und derweilen erzählte seine Gattin Rosette und Frau Klein von ihrem Frauenjournal und brachte sie mit Fragen über ihren Lebenswandel in Verlegenheit. Ihr Gesicht war lang und pferdeartig, ihre Hände groß und stark, und nur ihre heisere Stimme beeinträchtigte den gesunden Eindruck ein wenig. Sie trug ein Reisekostüm aus schwerem Stoff und rauchte Zigaretten in einer Elfenbeinspitze. Sie war arrogant und ungeduldig.

«Ich ertrage diese Rollenverteilung nicht», klagte sie, «die Annahme, daß nur ein Mann fähig sei, bestimmte Dinge zu verstehen. Mein Verstand steht dem meines Mannes in nichts nach.»

«Sind Sie auch Orientalistin?»

«Nein, ich bin keine Orientalistin. Ich bin Journalistin.»

«Noch eine Tasse Kaffee?»

«Ja bitte. Der Isambert-Reiseführer empfiehlt, arabischen Kaffee zu trinken, und ich bemühe mich, soviel Kaffee wie möglich zu trinken.»

«Die Beduinen ‹essen› den Kaffee», sagte Kleins Frau. «Sie mahlen ihn, und dann kochen sie ihn eine Minute, nur eine Minute, nicht länger, vielleicht sogar kürzer, sie lassen ihn nur einmal aufkochen, und das ist es. Und dann trinken sie ihn, bevor der Kaffee Zeit hat, sich zu setzen. Freddi hat es sich zur Gewohnheit gemacht, seinen Kaffee wie die Beduinen zu trinken. Er ist vor zweiunddreißig Jahren ins Land gekommen, und er hält sich mehr bei den Beduinen auf als zu Hause. Er liebt dieses Leben. Auf dem Boden zu schlafen und das alles. Ihr Kaffee sieht wie schwarzer Schlamm aus, und so schmeckt er auch, aber Freddi behauptet, daß er für den Kreislauf gut ist. Er sagt, der beduinische Kaffee sei nicht nur ein Getränk, sondern auch Nahrung, und will, daß auch ich diesen Kaffee trinke, aber ich habe ihm gesagt, lieber Mann, wenn du beschlossen hast, mich zu vergiften, dann tue es doch bitte mit etwas Schmackhafterem.»

Rosette lächelte und Frau Hermann gähnte. Ihr ganzes Benehmen sagte: Ihr seid nichts anderes als ein paar provinzielle alte Weiber, und ihr langweilt mich.

«Ich schlafe nicht genug», entschuldigte sie sich. «Ich bin nicht an das starke Licht gewöhnt. Ich war schon um fünf Uhr wach und habe das Fenster geöffnet, um den Sonnenaufgang zu sehen. Was für ein Gestank! Die heilige Stadt Jerusalem ist ein einziger großer Abfallhaufen.»

Die Männer traten aus dem Arbeitszimmer und gesellten sich zu den Damen. Doktor Hermann war rot vor Aufregung und erklärte, er sei von der Echtheit der Schriftrollen überzeugt.

«Das ist ein Schatz, der sich nicht mit Gold aufwiegen läßt», sagte er zu seiner Frau. «Die Entdeckung des Jahrhunderts!»

«Wenn wir Deutschen nur lernen würden, uns vor den Engländern und Franzosen in acht zu nehmen», meinte sie. «Wir waren im Louvre. Das Museum ist voll von Schätzen, die sie überall auf der Welt gestohlen haben.»

«Ich werde zum Kaiser gehen. Jawohl. Meine Frau Blanka ist eine entfernte Verwandte des Kaisers. Marx und Lassalle sind eine flüchtige Erscheinung, Pubertätspickel auf dem jungen Gesicht des vereinten Deutschlands, aber hier geht es um Entdeckungen von ewigem Wert. Das werde ich ihm sagen, jawohl!»

«Ich verkaufe sie dem, der den höchsten Preis bietet», sagte Shapira. «Die Affäre mit den Tonfunden hat bei mir einen bitteren Nachgeschmack hinterlassen. Ich schulde den Deutschen nichts.»

«Die Deutschen haben Ihnen Schutz gegeben, Herr Shapira. Ihre Frau ist Deutsche, Ihre Töchter sind Deutsche», sagte Klein.

«Das stimmt, Willi.»

Er sah Rosette an, Klein, seine Gäste und sagte kein Wort. Sein stummer, fremder Blick brachte die Gesellschaft in Verlegenheit.

«Ich werde die Schriftrollen mitnehmen und einen Käufer für sie finden, wie hoch der Preis auch sein mag», sagte Doktor Hermann.

«Ich gebe die Schriftrollen nicht aus den Händen, werter Herr Doktor.»

«Kein anderer Gelehrter in Deutschland hat so gute Beziehungen wie Hermann. Du wirst von Herrn Shapira Bürgschaften bekommen müssen», wandte sie sich an ihren Gatten.

«Garantien?» fragte Shapira verwundert.

«Wir werden Ausgaben haben. Und Hermann wird Prozente wollen.»

«Prozente von was?»

«Provision. Sie sind doch Geschäftsmann, Herr Shapira, Sie wissen, wovon wir reden.»

«Wir reden von dem Gesetz Mosis vom Berg Sinai.»

«Blanka, Blanka, laß uns die Brücke überqueren, wenn wir zu ihr kommen.»

«Mir ist es lieb, wenn die Dinge klar und deutlich sind. Du wirst in Reisen und Beziehungen investieren, und wenn der Verkauf abgeschlossen ist, wird er Millionen verdienen, und du wirst keinen Pfennig bekommen. Das ist immer so. Wir müssen uns im voraus auf die Prozente, die dir zustehen, einigen. Was sind die Schriftrollen wert?»

«Ich weiß es nicht. Noch nicht. Mindestens fünfzigtausend Taler. Nein, mehr!»

«Ich glaube, ich muß gehen», sagte Frau Klein und erhob sich. «Die Mädchen sind allein zu Hause geblieben. Ich habe ihnen gesagt, sie sollen die Lampen putzen, und jetzt sind sie bestimmt schon fertig damit. Kommst du?» wandte sie sich an ihren Gatten und antwortete an seiner Stelle: «Nein, natürlich nicht, es ist ja noch Zeit, ich muß ja nur wegen der Mädchen nach Hause, nein, bitte stehen Sie nicht auf, ich kenne ja den Weg. Ich mag es nicht, wenn sie müßig sind. Freddi sagt, die Muße sei die Mutter der Sünde, richtig, Freddi? Nun ja, also dann auf Wiedersehen, auf Wiedersehen.»

Rosettes Gesicht brannte. Ihr war nie aufgefallen, was für eine Schwätzerin Frau Klein war. Nun sah sie sie durch die Augen ihres Gastes, und ihr war, als wäre die Einfältigkeit der Frau des Pastors auch an ihr haftengeblieben.

«Wir werden über Prozente reden, wenn wir die Käufer finden, Blanka.»

Wütend wandte sie sich von den Männern ab. Ihr Blick wanderte zu den zwei kleinen Mädchen, die in der Nische saßen und still zuhörten.

«Brave Kinder», sagte sie. «Ist das die Kleine, die Gedichte schreibt? Wie heißt du?»

«Miriam.»

«Dein Vater nannte dich anders.»

«Ziona.»

«Wie alt bist du?»

«Sieben.»

«Ich werde sie in meiner Zeitschrift veröffentlichen: ‹Ziona – Gedichte aus dem Heiligen Land›. Und du?» wandte sie sich an Auguste.

«Ich?» Das Mädchen schüttelte den Kopf. «Nein, ich schreibe keine Gedichte.»

Die Frau neigte ihren Kopf zur Seite und musterte Mutter und Töchter mit leicht zusammengekniffenen Augen. Sie denkt, daß ich zu alt und zu häßlich bin, um so schöne Töchter zu haben, dachte Rosette. Augustes Wangen waren vor Verlegenheit gerötet, doch sie blieb still und aufrecht sitzen.

«Sie wird eine wunderschöne Frau werden. Diese Farben. Sieh nur, Hermann, dieses Lichtspiel in ihrem Haar. Wie alt bist du?»

«Dreizehn.»

«Und du bist noch nicht verlobt?»

«Nein.»

«Seht nur, wie rot sie wird. Hier heiratet man mit zwölf Jahren, habe ich gehört.»

«Nur die Juden und die Moslems», sagte Rosette.

«Sie wird unserem Sohn Karl gut gefallen. Auch er ist ein frommer Junge.»

«Blanka, sie ist noch ein Kind», lachte ihr Mann überrascht. «Und Karl ist noch so jung.»

«Diese Haut. Die Engländer nennen das ‹Rosenhaut›. Die schmalen Hüften, das herrliche Haar, und sie ist so still. Sie wird eine Frau sein, die in jedem Kleid elegant aussieht. Und außerdem wird sie eine stattliche Mitgift haben. Herr Hornstein, der Hotelbesitzer, hat mir erzählt, daß er seine Tochter nach Deutschland geschickt hat. Hermann, stell dir vor, diese Mädchen haben noch nie einen Wald gesehen, weder Eichhörnchen noch ein verschneites Weihnachten oder eine anständige Gesellschaft.»

«Sind wir keine anständige Gesellschaft?» lächelte Shapira. Er ist noch immer ein stattlicher Mann, dachte Rosette und sah ihn plötzlich mit den Augen der Fremden. Sie spürte den bitteren Geschmack der Verfehlung auf ihren Lippen.

«Sie wissen, was ich meine, Herr Shapira. Gutaussehende junge Männer mit manikürten Fingernägeln, die nach Eau de Cologne duften und den jungen Mädchen nach allen Regeln der Kunst den Kopf verdrehen können. Sie ist wunderschön! Warum sollte sie das entbehren müssen? Die Hornsteins haben gut daran getan, ihre Tochter nach Deutschland zu schicken.»

«Sie ist dorthin gefahren, um sich den Diakonissen in Kaiserswerth anzuschließen», sagte Rosette.

«Wenn sie hierbleibt, wird sie eines Tages irgendeinem kekken Matrosen begegnen und mit ihm bis ans Ende der Welt fahren, ohne darauf zu achten, ob er Moslem oder Heide ist.»

«Das kann überall passieren.»

«Nicht wenn sie eine höhere Schule besucht. Eine gute Erziehung ist der Schlüssel zu einer besseren Zukunft.»

«Jerusalem besteht nicht nur aus Abfallhaufen und *Fellachen*, Frau Hermann», sagte Rosette. Ihre Stimme war heiser vor Wut. «Hier gibt es auch gute Schulen.»

«Ja, ich habe sie mir angesehen.» Sie hatte die ärgerliche Angewohnheit, zu gähnen und an irgendeinem Fenster oder an der Decke Interesse zu finden, wenn man sich an sie wandte. Shapira fragte sich, worauf sie hinauswollte. Ihr Mann wollte die Schriftrollen, das war klar, und sie schmiedete wohl Pläne, ihre Hand auf sie zu legen. Vielleicht dachte sie, daß Rosette ein Hindernis sei, und benutzte die Mädchen, um sie aus dem Weg zu räumen.

«Wir werden uns um sie kümmern», sagte Frau Hermann. «Wir werden sie mit uns nehmen, auf diese Weise werden Sie keinen Begleiter für sie brauchen, und ich werde eine Schule für sie finden. Vielleicht schreibe ich sie in die Schule ein, die ich selbst als junges Mädchen besucht habe. Es ist zwar eine Schule für die Töchter des Adels, aber es werden auch ein paar Plätze für Mädchen aus dem Ausland reserviert.»

«Blanka!»

«Du kümmerst dich um die Schriftrollen, Hermann, und ich kümmere mich um das Mädchen.»

Ein drohender Ton hatte sich in ihre müde, heisere Stimme geschlichen, und ihr Gatte lachte verlegen. Auch er war einmal ein gutaussehender junger Mann mit manikürten Fingernägeln und betörenden Manieren gewesen. Ihr Vater, der es längst aufgegeben hatte, seine unattraktive Tochter zu verheiraten, hatte dem jungen Mann Himmel und Erde versprochen, und sie, dem Versprechen ihres Vaters treu, riskierte alles für ihren Gatten, so wie es oft der Fall ist mit klugen, häßlichen Frauen, die stattliche Männer heiraten.

«Was meinst du, Auguste? Willst du mit uns nach Deutschland fahren?»

«Nein! Sie will nicht!» entgegnete die kleine Miriam zornig. «Sie wird nicht mit Ihnen fahren! Sie werden sie nicht fortnehmen!»

«Gute Nacht, Kinder», sagte Rosette entschieden.

Die Mädchen kamen aus der Nische hervor, knicksten, murmelten gute Nacht und verließen das Zimmer. Er wünschte, daß auch Rosette gehen und Klein mit sich nehmen würde.

«Sehen Sie, Liebes» – sie warf Rosette das Kosewort zu, als adressierte sie ein Dienstmädchen –, «Sie kennen Europa und haben den Orient gewählt. Ihre Tochter kennt aber nur den Orient. Auch sie hat das Recht zu wählen. Sie waren Diakonisse, dann haben Sie den Orden verlassen, einen stattlichen Mann gefunden und ihn geheiratet. Pastor Klein hat es uns erzählt. Nun, Ihre Tochter hat auch das Recht zu wählen. Sie kennt keine andere Welt. Ich werde sie unter meine Fittiche nehmen. Und nachdem sie die Schule beendet hat, werden wir sie vielleicht mit unserem Sohn Karl verheiraten. Sie ist hübsch und folgsam.»

«Und was ist, wenn sie Ihrem Sohn Karl nicht gefällt?» fragte Shapira.

«Dann werden wir eben einen anderen für sie finden. In Berlin gibt es viele nette Jungen.»

«Und viele nette Mädchen», bemerkte Rosette.

«Aber nicht so nette wie unsere Töchter, Rosette. Gott hat uns mit schönen Frauen gesegnet.»

«Willi! Sie ist noch ein Kind!»

«Sie wird kein Kind bleiben. Ich kann mich noch erinnern, wie ich mit dreizehn war. Ich war in einen italienischen Pferdeknecht verliebt. Mir wird bis heute schwach in den Knien, wenn ich an einem Stall vorbeikomme und das Stroh rieche.»

«Blanka», lachte ihr Mann, «das habe ich nicht gewußt!»

«Wie waren Sie mit dreizehn?»

«Ich? Ich... mit dreizehn? Ich wollte eine Nonne werden.»

«Sie waren bestimmt sehr hübsch. Ihre Brüste begannen zu knospen, und die Jungen im Dorf haben Ihnen bestimmt nachgesehen.»

Rosette wischte sich das Gesicht mit dem Taschentuch ab. Diese entsetzliche Frau! Die Unterhaltung glitt wie ein Schlitten den verschneiten Hang hinunter. Sie war wütend, daß ihr Mann sie nicht unterstützte.

«Auguste hat keine Mitgift.»

«Oho!» lachte Professor Hermann. «Sie wird eine sehr passable Mitgift haben, sobald sich ein Käufer für die Schriftrollen findet.»

«Ich verlasse mich auf Hermann. Er hat sich in diesen Dingen noch nie geirrt. Wenn er sagt, daß die Schriftrollen echt sind, dann sind sie echt. Wir werden sie mitnehmen, und Auguste auch.»

«Ich gebe Ihnen nur eine Kopie mit, ein Muster von einer der Rollen.»

Er hörte, was sie nicht laut aussprach: ‹Ihre Tochter, Herr Shapira, ist die Bürgschaft dafür, daß wir unser Geld auch tatsächlich erhalten, nachdem das Geschäft abgeschlossen ist.› Er ärgerte sich nicht darüber. Im Gegenteil. Soll des Kaisers Verwandte seine Tochter ruhig nach Deutschland nehmen und sie in die höhere Schule einschreiben. Nach dem Verkauf der Schriftrollen würde seine Tochter eine anständige Mitgift erhalten und ihren Sohn Karl heiraten. Wurden die Söhne königlicher Familien nicht so vermählt? Ein Stück Land im Austausch für die Braut, ein Pferd im Austausch für ein Königreich. Gab es einen besseren Beweis als diesen für den Wert seiner Schriftrollen?

«Was für rohe Manieren!» empörte sich Rosette, als die Gäste gegangen waren. «Diese Zigarette! Dieses ständige Gähnen! Sie hat Auguste mit ihrem Unsinn den Kopf verdreht.»

«Ein wenig Schmeichelei hat noch keiner Frau geschadet.»

«Auguste ist keine Frau. Sie ist ein Kind.»

«Aber sie wird eine Frau sein. Und zwar bald.»

«Nein! Ach, Männer, Männer! Deine eigene Tochter! Dein eigenes Fleisch und Blut!»

«Jedes Mädchen wird irgendwann einmal zu einer Frau, und auf jede von ihnen wartet irgendwo der Mann, der für sie bestimmt ist. Meine arme Rosette, wovor hast du Angst? Willst du warten, bis Auguste fünfunddreißig ist, wie du es warst?»

«Ich... ich habe keine Angst. Ich hasse es einfach, wenn man so redet.»

«Im Herzen bist du eine Diakonisse geblieben. Warum hast du mich geheiratet?»

«Und du, warum hast du mich geheiratet?»

Sie war rot vor Wut, und er sah, daß ihr Zopf eine graue, metallische Schattierung hatte. Irgendwann, ohne daß er es gemerkt hatte, war das Gold aus ihrem Haar verschwunden.

«Erinnerst du dich, wie sehr du dich geschämt hast in unserer Hochzeitsnacht?»

«Willi! Was ist heute los mit dir?!»

«Am Ende bist du ins Bett gesprungen, als begingest du Selbstmord. Und das Weinen danach, und die Wut, und die Reue. Rosette, Rosette, die höhere Schule wird Auguste auf die Ehe vorbereiten. Sexualität ist weder eine Schwäche noch eine Strafe, Rosette.»

«Sie ist ein Kind, ein Kind! Ich erziehe sie zur Bescheidenheit, zur Geduld, zum Gebet.»

«Auch die Weisen aus dem Morgenland gaben Jesus Gold, Weihrauch und Myrrhe.»

«Du mißbrauchst die Bibel. Auch ich kann zitieren: ‹Selig sind die Armen, denn sie werden das Reich Gottes erben.› Der Teufel versucht uns, Willi.»

«Übertreibst du nicht? Bald werden wir ein wunderschönes Mädchen im Haus haben, und die Männer werden sich nach ihr umdrehen. Du möchtest, daß sie einen Lutheraner heiratet, richtig? Wie viele Lutheraner gibt es in Jerusalem? Es ist nur natürlich, daß du sie bei dir, an deiner Seite halten willst, aber das ist Egoismus, Rosette. Du verminderst ihre Chancen, einen passenden Bräutigam zu finden. Eine einmalige Gelegenheit hat sich uns geboten, und wir dürfen sie nicht ungenutzt verstreichen lassen. Sieh mal, bald fahre ich auch nach Deutschland; wenn ich sehe, daß sie einsam oder unglücklich ist oder die Schule nicht geeignet ist, bringe ich sie nach Hause zurück.»

Und so, zwischen der Habsucht der Hermanns und den Ambitionen Shapiras, wurde das Schicksal der dreizehnjährigen Auguste besiegelt.

Nun beschleunigte sich der Lauf der Ereignisse. Während Rosette ihre Tochter auf die Reise vorbereitete und Shapira die letzten Vorbereitungen für sein Treffen mit den deutschen Gelehrten traf, kam Professor Schröder, der deutsche Konsul aus Beirut, ebenfalls Archäologe und Orientalist wie die meisten seiner Kollegen in der Region, nach Jerusalem, um sich die Schriftrollen anzusehen.

«Was halten Sie von den Rollen?» fragte er Schröder, nachdem dieser die Schriftrollen begutachtet hatte . . .

«Ich weiß es nicht.»

«Sehen sie authentisch aus?»

«Möglicherweise.»

Schröders Zögern täuschte Shapira nicht. Obwohl er nicht ausdrücklich sagte, daß er die Schriftrollen für echt hielt, bezeugten es doch seine Handlungen. Er übte seinen Einfluß aus, damit Shapira nach fast dreißigjährigem Warten endlich die preußische Staatsbürgerschaft erhielt. Nun wußte er, daß die Zeit gekommen war, nach Europa zu fahren, um der Welt die Schriftrollen zu präsentieren.

Anfang Mai 1883 schickte er einen Brief an Professor Hermann Güthe in Leipzig, den Mann, den er in Schicks Haus getroffen hatte, und berichtete ihm von den Schriftrollen, wobei er weder Schlottmanns Urteil noch die Tatsache, daß er die Rollen für Pfennige erstanden hatte, verschwieg, und teilte ihm mit, daß er in Kürze mit den Rollen nach Leipzig kommen würde, um sein Gutachten zu erbitten.

Als sich die Nachricht herumsprach, daß der deutsche Konsul aus Beirut eigens nach Jerusalem gekommen war, um die Schriftrollen des Antiquitätenhändlers in der Christenstraße zu untersuchen, wurden diese zum Stadtgespräch, und alle Amateur-Archäologen fühlten sich verpflichtet, einen Blick auf sie zu werfen. Das große Haus neben der Moskowia wurde zu jeder Tagesstunde von allen möglichen Leuten aufgesucht, darunter Repräsentanten der Konsulate und Kirchenoberhäupter, und sogar Juden, die den Abtrünnigen vormals gemieden hatten, überwanden nun ihre Abneigung und kamen, um mit eigenen Augen das Gesetz Mosis zu sehen. Zur Verblüffung der Einwohner Jerusalems erschien sogar Mullah Achmed Abd Rachim, der ehemalige Kaiser von Marokko. Ein anderer Besucher war Charles George Gordon, der Gouverneur des Sudan, der zu jener Zeit in Ein Kerem residierte. Als Miriam ihn auf seinem weißen Esel kommen sah, gefolgt von seinem Diener Josef, rief sie: «Der Messias ist gekommen!»

Shapira nahm eine große Anleihe bei Bergheim auf, um seine und Augustes Reise zu finanzieren, kaufte neue Möbel für das Haus und ließ sich von dem Warschauer Schuster in der Batrak-Straße ein Paar Lackstiefel anfertigen. Für Miriam kaufte er ein Pony mit einem kleinen Wagen und stellte sogar einen Stallknecht ein, der Miriam zur Schule und wieder nach Hause fahren sollte.

Nachdem die Hermanns mit Auguste abgereist waren, erwachte Rosette plötzlich wie aus einem Traum und begriff, daß sie ihre geliebte Tochter, ihren Augapfel, fortgeschickt hatte. Selbst die vielen Gäste vermochten sie nicht zu zerstreuen. Sie konnte es nicht fassen, daß sie bereit gewesen war, ihr liebes Mädchen wegzugeben, und ihren Mann sah sie als Handlanger in diesem Verbrechen. Ihr war, als wäre ihr ein Körperglied ausgerissen worden, und sie quälte sich vor Sehnsucht nach ihrer Tochter, nach ihrer Gestalt, ihrer Stimme, ihren aufmerksamen blauen Augen, nach ihren geschäftigen Fingern, ihren Farben, ihrem Geruch. Sie sah sie im Garten spielen, in der Küche sitzen, auf ihrem Esel reiten und stand lauschend und spähend da, als wartete sie darauf, daß die Tür sich öffnen und ihre Tochter erscheinen würde.

«Das wäre dir ohnehin früher oder später passiert», versuchte er sie zu trösten.

«Sie ist noch ein Kind und braucht ihre Mutter.»

«In der Schule wird man sie auf ein Leben vorbereiten, das Reichtum und Ehre bietet.»

«Ich habe nie Reichtum und Ehre gewollt. Reichtum und Ehre! Gott stutzt die hohen Bäume, die in den Himmel ragen wollen.»

«Rosette!»

«‹Rosette›! Du wärst nicht so tolerant, wenn es sich um deine Miriam, deine ‹Ziona›, handeln würde.»

«Miriam ist auch deine Tochter. Und die Entscheidung, Auguste nach Deutschland zu schicken, wurde von uns beiden getroffen, nicht nur von mir.»

«Ihr habt mich verwirrt, du und die Hermanns. Vor lauter Reden wußte ich nicht mehr, was ich tat. So hast du mich auch aus dem Orden geholt, auf die gleiche Art und Weise.»

«Niemand hat dich gezwungen, den Orden zu verlassen, und niemand hat dich gezwungen, Auguste nach Berlin zu schikken.»

«Ich will meine Tochter wiederhaben», schluchzte sie. «Ich will meine Tochter!»

«Ich werde meine Reise nach Europa vorverlegen und sie als allererstes dort besuchen.»

Miriam und ihr Vater machten zum Abschied einen Ausflug, er auf seinem Pferd Adjib und sie auf ihrem Pony. Am Zionstor stürzte sich eine alte russische Frau auf das Kind, küßte den Saum seines Kleidchens und schrie «der Knabe Messias!» Miriam lauschte dem Klappern der Pferdehufe hinter ihr und stellte sich vor, daß Theophil neben ihr ritt, in Samt und Seide gekleidet wie die Ritter von Delacroix in Vaters Buch.

«Ich werde nicht nach Deutschland fahren», verkündete sie.

«Warum nicht?»

«Theophil braucht mich.»

«Liebst du ihn?»

«O ja, Papa!»

Eine Weile schwieg sie, dann sah sie ihren Vater an.

«Mama sagt, das seien unsinnige Träume.»

«Träume sind nicht unsinnig.»

Sie ritten gen Osten, in Richtung des Siloah-Teichs. Die Sonne stand hoch am Himmel, und die Pferde schwitzten. Seine Augen prüften den Pfad, blickten zum Horizont und wieder auf die Erde. Die Jahre der Archäologie hatten dieses Suchen zu seiner zweiten Natur gemacht. Seine Sinne waren geschärft, offen für jedes Rascheln und Rollen.

«Suchst du etwas, Papa?»

«Nein, das ist nur aus Gewohnheit.»

Ein beladener Maulesel trabte an ihnen vorbei, und der *Fellache* grüßte sie. Eine Weile ritten sie gemächlich Seite an Seite. Adjib ist sehr alt geworden, dachte er, bei seiner Rückkehr wird er sich ein junges arabisches Pferd kaufen.

«Wer ist das, Papa?»

«Ein *Fellache* aus dem Dorf Siloah.»

«Wohin geht er?»

«Zur Lepra-Kolonie.»

«Was hat er in den Säcken?»

«Brot.»

«Hat er keine Angst?»

«Ich weiß nicht. Vielleicht.»

Je näher sie dem Wasser kamen, desto grüner wurde die Landschaft. Die Erde war gepflügt, und zwischen den kleinen Granatbäumen waren Gemüsebeete angelegt. Ein kleines Kind lief auf sie zu und blieb abrupt stehen, als es das fremde Mädchen sah.

«Wo ist deine Mama?»

«Dort.»

«Ruf sie, mein Sohn.»

Sie stiegen ins trockene Flußbett hinab, und Alija tauchte plötzlich hinter den Olivenbäumen auf. Sie schritt wie eine Königin, der Rücken kerzengerade, während die Münzen leise auf ihrer Stirn klimperten. Der Junge hielt ihr Kleid fest und starrte Miriam neugierig an. Sein Gesicht war bildschön. Er war fast so schwarz wie seine Mutter, und seine Haut glänzte, als wäre sie mit Olivenöl gesalbt.

«Ich fahre nach Europa», sagte er. Die Frau antwortete nicht. Auch sie starrte das goldhaarige Mädchen an. «Ich will dir Geld zurücklassen.»

Da sie noch immer nichts sagte, reichte er ihr seinen Beutel. Sie stieß den Jungen sanft an, und er nahm den Beutel entgegen. Einen Augenblick berührten die kleinen Finger seine Hand, und er mußte sich beherrschen, den schwarzen Kopf nicht zu streicheln.

Sie zuckte trotzig mit den Schultern, bückte sich, nahm den Jungen an die Hand und kehrte ihnen den Rücken.

«Wer ist das, Papa?»

«Eine arme Frau.»

«Kennst du sie?»

«Nein.»

«Du hast ihr Geld gegeben.»

«Sie braucht es.»

«Ist sie stumm?»

«Nein.»

«Sie ist böse mit dir, sie ist schlecht.»

«Nein, sie ist stolz und verzweifelt.»

«Aber sie hat nicht danke gesagt.»

«Ich gab ihr Geld, weil ich es ihr geben wollte. Ich erwarte nicht, daß sie sich bedankt.»

«Sind wir reich, Papa?»

«Ja, und wir werden noch viel reicher sein. Bald sind wir die reichsten Leute im ganzen Land.»

«Unsinnige Träume», ahmte sie die Stimme ihrer Mutter nach.

15

WAREN IHM DIE AUGEN ZUGEFALLEN? Ihm schien, als habe er eine Zeitlang nichts gesehen, und er wußte nicht, ob er nur einen Augenblick oder eine ganze Stunde lang geschlafen hatte, spürte jedoch, daß es bereits tiefe Nacht war. Vom Hafen ertönte eine erstickte Schiffsirene, und jenseits der Häusermauern war das ferne Pochen von Maschinen zu hören. Die Türscheibe des Wirtshauses glänzte, doch die Lampe, die dahinter gebrannt hatte, war erloschen. Eine Straßenlaterne flackerte. Ihr mattes, gegen die Dunkelheit ankämpfendes Licht erinnerte ihn daran, daß die restlichen Laternen irgendwann in den vergangenen Sekunden oder Stunden ausgeblasen worden waren. Wieder war die ferne Sirene zu hören, ein Schiff, das am Hafen anlegen wollte. Er fragte sich, ob auch Clermont-Ganneau noch immer hinter einem Fenster auf der anderen Straßenseite stand und so wie er wartete. Einen Augenblick lang durchflutete ihn ein warmes, tröstendes Gefühl: Der einzige Mensch, der jetzt an ihn denkt, ist Clermont-Ganneau. Sie sind Brüder, Brüder in Haß und Verachtung, die gemeinsam die Luft der endlosen Nacht atmen. Clermont-Ganneau braucht Shapira, denn was ist er ohne seinen Widersacher? Sein hoher Rang hängt von dessen Erniedrigung ab, so wie die Existenz des Richters von der des Verbrechers abhängt. Nun versucht er, ihn zu vernichten, da er sich weigert, die Rolle des «Fälschers» zu spielen, die er ihm zugedacht hatte. Er bedauerte es beinah, ihn töten zu müssen, denn er war der einzige Mensch, der ihn wirklich verstand.

Als er sich mit seinen Schriftrollen nach Europa aufmachte, fühlte er sich wie Vasco da Gama bei seiner Rückkehr aus Indien. So wie im sechzehnten Jahrhundert kühne Seefahrer Entdeckungen machten, die alles übertrafen, was man im Laufe der vorangegangenen Jahrhunderte zu unternehmen wagte, und Geographen sich daranmachten, die Flüsse und Ozeane neu einzuzeichnen, und Händler sich aufmachten, um gewaltige Profite einzufahren, und Könige große Häfen bauten und das Gold der Neuen Welt in ihre Schatzkammern brachten, so waren nun die Gelehrten die Pioniere der Königreiche. Historiker und Archäologen suchten in Pompeji und in Noa-Ammon nach den Spuren ihrer Vorväter und bahnten mit ihren Forschungsreisen den Weg für Staatsmänner und Generäle. Die Archäologen kehrten nun zu den Geburtsstätten der Religionen, Philosophien, Wissenschaften und Künste zurück. Der Kampf um die heiligen Stätten diente den Großmächten als Vorwand, um die Kontrolle über Meeresstraßen und Handelsrouten zu erlangen. Die gewaltige Anstrengung, die Europa unternahm, um ihre kulturelle Vergangenheit kennenzulernen, war ehrlich gemeint, doch materielle Triebe lieferten den Treibstoff. Theologen, Missionare und Archäologen stürmten voran, während die neuen Kolonialisten im Hintergrund auf den Zusammenbruch der Türkei und des Islams lauerten. Jeder, der sich innerhalb des Osmanischen Reiches ansiedelte, mochte es ein britischer Kartograph oder ein österreichischer Konsul, ein russischer Priester oder ein italienischer Arzt sein, diente in Wirklichkeit den expansionistischen Zielen seines Heimatlandes, das ihm Schutz gab und ihn mit Geld und Macht ausstattete.

In dem Augenblick, da er das Schiff bestieg, wurde Shapira von einem Gefühl völliger Freiheit erfüllt: der Freiheit des Geistes, der Seele und sogar des Körpers. «Ehre, Ruhm und Reichtum», sagte er sich, während er auf dem Deck wandelte, «Ehre, Reichtum und Ruhm». Europa würde vor ihm auf die Knie fallen, Fürsten und Könige würden um ihn werben. Das kleine Portugal hatte die Flagge der Kreuzfahrten auf ihren Schiffen gehißt und war ausgezogen, um die halbe Erdkugel zu erobern, und nun hißte dieser kleine Mann auf dem Schiff seines Lebens die Flagge von Moses, Sohn des Amram.

In Berlin residierte er im eleganten Hotel Friedrich neben der Königlichen Bibliothek. Diesmal würde er nicht mit Geld sparen, hatte er beschlossen. «Wo wohnen Sie?» – «Im Hotel Friedrich.» Der Gang eines Menschen ändert sich, seine Sprechweise ändert sich, wenn er in einem teuren Hotel wohnt. Die Pracht des Hotels verleiht seinen Wangen einen rosigen Schimmer und seinen Augen einen satten, selbstbewußten Glanz. Doch schon am nächsten Tag zweifelte er an dem Wert dieser Investition, als er hörte, daß Professor Strack aufgrund einer Augenentzündung die Schriftrollen bislang nicht untersuchen konnte und Doktor Hermann beschlossen hatte, keine weiteren Schritte zu unternehmen, bis daß der Eigentümer der Schriftrollen selber nach Deutschland käme. Jetzt, versprach er, jetzt, da Shapira eingetroffen sei, würde er die größten Gelehrten zu einem Treffen versammeln. Während die Einladungen herausgingen, beschloß Shapira, sein Versprechen an Rosette einzulösen und Auguste einen Besuch abzustatten.

Die Mädchenschule hatte in der Vergangenheit irgendeinem Prinzen als Sommerpalast gedient. Sie lag am Ausläufer eines flachen Hügels in einem großzügig angelegten Garten, und der rosafarbene Putz des Hauses schimmerte hier und da zwischen den hohen Bäumen. Die gepflasterten Pfade waren gradlinig und saubergefegt, die Türrahmen aus Holz tadellos gestrichen. Vielleicht hätte irgendeine Spur von Vernachlässigung die Bedrückung in seinem Herzen vertrieben, die er von dem Augenblick empfunden hatte, da er durch das Tor getreten war.

Die Direktorin, Frau Batmann, sah ihn an, als erwartete sie, daß er jeden Moment auf den Teppich spucken könnte, und er fühlte sich fast verlockt, es zu tun. Er konnte ahnen, was sie sich dachte: Das Mädchen sieht nicht jüdisch aus.

«Ich möchte meine Tochter nächste Woche für ein, zwei Tage mitnehmen.»

«An welchem Tag?»

«Ich weiß es noch nicht. Der Kaiser...»

Lügner! sagte der Blick der Direktorin, und er haßte das Schuldgefühl, das sie in ihm auslöste. Er war wieder der kleine Junge, der beim Lügen erwischt wurde. Macht nichts, in wenigen Tagen würde sie erkennen, wie sehr sie sich in ihrem Urteil geirrt hatte. Die Entdeckung der Schriftrollen würde veröffentlicht werden, und dann würde es ihr leid tun, ihn nicht mit Respekt behandelt zu haben.

«Wie geht es meiner Tochter?»

«Sie ist gehorsam und fleißig, aber keine hervorragende Schülerin.»

«Sehr gut, sehr gut», sagte er, als hätte er sich nichts anderes gewünscht. «Sie soll mit dem Neffen des Kaisers verlobt werden, wie Sie sicherlich gehört haben.»

«Papa!» Auguste errötete vor Verlegenheit. Jetzt sah sie genau wie Rosette aus, und er lachte und nahm sie in die Arme, während er rezitierte: ‹Beim Himmel, dieses Kind ist schön! So etwas hab ich nie gesehn.›»

«Faust war ein Schurke», bemerkte die Direktorin mit zusammengekniffenen Lippen, und er stieß ein schwarzes, ersticktes Lachen aus.

«Ich fahre für ein paar Tage nach Leipzig. Möchtest du etwas von dort haben, Auguste? Wenn ich zurückkomme, besuche ich dich wieder. Gibt es irgend etwas, was du brauchst?»

«Nein, Papa.»

«In Leipzig werden schöne Pelzmäntel gemacht», bemerkte die Direktorin.

«Ich bringe dir eine Stola mit!»

«Nein, Papa, das ist nicht nötig.»

«O doch.»

«Ich werde sie nicht tragen. Bitte, Papa!»

«Wir werden sehen, wir werden sehen.»

«Wird Auguste auch im nächsten Jahr bei uns lernen?»

«Was meinst du, Auguste?»

«Gut.»

«Da Sie nicht in Deutschland wohnen, sehen wir uns genötigt, Sie jetzt schon um die Bezahlung für das kommende Schuljahr zu bitten. In einem Monat fangen die Sommerferien an, und die Liste der Anwärterinnen ist lang. Wo wird Auguste den Sommer verbringen?»

«Bei Familie Hermann. Sie werden bestimmt mit... sie sind schließlich Verwandte des... nächste Woche bringe ich Ihnen das Geld. Und dir eine Stola!» drohte er lachend seiner Tochter und haßte sich selbst für sein krampfhaftes Bemühen, der Direktorin zu gefallen.

Seine Taschen waren mit dem Geld gefüllt, das er sich von Bergheim geliehen hatte, und er genoß die neue Möglichkeit, zu reisen und einzukaufen und sich um nichts sorgen zu müssen. Das Gefühl von Herrschaftlichkeit gefiel ihm, ja, so muß der Mensch leben. Geld! Hätte er kein Geld in der Tasche, müßte er sich jetzt winden und kriechen, seine Stimme senken, seine Bewegungen, seine ganze Anwesenheit einschränken. Geld! Morgen würde er in Leipzig sein, und dann würde er nach Berlin zurückkehren und sein Amerika erobern. Die größten Gelehrten der Welt würden sich versammeln, um die Schriftrollen des Juden aus Kamenitz-Podolsk zu begutachten, des Abtrünnigen, den die Juden Jerusalems bespuckt hatten, des Antiquitätenhändlers, dem es dreißig Jahre lang nicht gelungen war, irgendeine Staatsbürgerschaft zu erlangen. Von nun an würden alle um ihn werben, die Nachricht von seinen Schriftrollen würde sich in der ganzen Welt wie ein Lauffeuer verbreiten, und dann würde man ihn schon ganz anders empfangen.

In Leipzig warteten zu seiner Enttäuschung nur zwei Männer auf ihn, Professor Güthe, dessen kleine Augen hinter dem Kneifer blinzelten, und sein Kollege, Doktor Eduard Mayer, einer von jenen neuen Juden, die in der jüdischen Kultur einen untrennbaren Teil des Humanismus sahen. Als Shapira mit sichtlicher Enttäuschung fragte, warum nur die zwei gekommen seien, erklärte Güthe, daß kein Gelehrter, der etwas auf sich halte, eine Handschrift begutachten würde, von der nur Fragmente erhalten sind. Niemand könne sich anmaßen, schon nach wenigen Tagen ein Urteil zu fällen. Dafür seien Monate, wenn nicht Jahre erforderlich. Doch sie beide würden natürlich ihr möglichstes tun.

Die beiden Männer kamen jeden Morgen in sein Zimmer im Hotel Hauffe und saßen dort bis zum Abend, entzifferten die Schriftrollen, kopierten und übersetzten sie und berieten sich miteinander. Shapira ärgerte sich über die Zeitverschwendung, das Warten, die überflüssige Fahrt. Nur zwei Gelehrte! Das Sitzen im geschlossenen Raum reizte seine Nerven. Dieser Güthe! Welchen Vorteil erwartete er von all dieser Mühe? Er kannte Güthe und Mayer und ihresgleichen, das höchste Glück, das sie aus der Entdeckung eines neuen Kommas, einer linguistischen Abwandlung oder einer unerwarteten Formulierung errangen. Und vielleicht, vielleicht wußte Güthe genau wie er, daß die größte Entdeckung aller Zeiten vor ihm lag, und wollte sie mit keinem anderen teilen? Ja, das war es. Die fadenscheinigen Ausreden vermochten ihn nicht zu täuschen. Alle Forscher glichen einander, das Streben nach Ehre und der Neid lenkten ihre Schritte.

«Können Sie aufgrund Ihrer Untersuchung der Schriftrollen irgendwelche Schlüsse ziehen, Professor Güthe?»

«Möglicherweise ja.»

«Werden Sie sie veröffentlichen?»

Er antwortete nicht sofort. Er hielt ein Stück Pergament ans Licht und drehte es hin und her, um die Buchstaben besser sehen zu können, die sich zwischen den schwarzen, schmierigen Ritzen verbargen. Schließlich legte er das Pergament auf den Tisch.

«Ja, ich werde meine Ergebnisse in einem Buch veröffentlichen, das ich ‹Mosis letzte Rede an die Kinder Israel› nenne. Was meinen Sie, Doktor Mayer?»

Shapira lachte.

«Ich schlage einen anderen Titel vor», sagte Doktor Mayer. «‹Fragment einer Lederhandschrift, enthaltend Mosis letzte Rede an die Kinder Israel, untersucht und geprüft von Hermann Güthe›.»

Keiner der beiden erwähnte den Namen des Entdeckers der Schriftrollen, aber er sagte nichts. Schreibt nur, schreibt. Je mehr ihr schreibt, desto bekannter werde ich, *mich* werdet ihr reich und berühmt machen.

Güthe maß Länge und Breite der Schriftrollen, den Abstand zwischen den Spalten und die Ränder, die Länge der Buchstaben und die Zwischenräume zwischen ihnen, die Größe der kleinen Stoffreste auf der Rückseite der Rollen; er zählte die Worte auf jedem Pergament, notierte sich die Farbe des Lederstreifens und die Farbe der Asche, die auf ihnen haftete, stellte Shapira Fragen und schrieb auf, wo die Schriftrollen gefunden worden waren und von wem und wann er sie gekauft hatte.

«Meines Erachtens», sagte er, nachdem er alles in sein Heft notiert hatte, «ist es unmöglich, diese Geschichten zu verifizieren. Wer kann den Beduinen finden? Oder den Mann, in dessen Besitz sich die Schriftrollen zuerst befanden? Oder die Höhle, in der sie zur Zeit der Türken versteckt wurden? Die Geschichte von der Entdeckung der Schriftrollen hat meiner Meinung nach keinerlei Bedeutung und reicht nicht aus, um zu beweisen, ob sie echt sind oder gefälscht. Wenn es nur keine Verbindung mit Moab gäbe.»

Güthe sah Shapira an, und plötzlich erhellte ein warmes, verschmitztes Lächeln sein Gesicht.

«Nach dem Skandal von 1876 ist es zweifelhaft, ob irgendein Fälscher ausgerechnet Moab als Fundort der Schriftrollen wählen würde. Das spricht für die Rollen, richtig?»

Am Tag darauf stand er am Fenster und wartete auf die beiden Gelehrten, und da sah er auch schon die Kutsche, die vor dem Hotel anhielt. In der Kutsche saßen Güthe und Mayer und noch zwei andere Personen, ein Mann von etwa vierzig Jahren mit einem roten Tuch um den Hals und ein junger Mann mit blondem Haar und Bart. Güthe sagte ihnen etwas, dann drehte er sich um und betrat das Hotel. Mayer folgte ihm. Die anderen beiden Männer stiegen aus der Kutsche und luden eine schwarze Holzkiste, ein paar Stangen und noch eine kleinere Kiste ab. Der Kutscher sagte etwas, worauf die beiden lachten. Sie sahen wie Diebe aus, und er wollte schon fast die Tür verriegeln und so tun, als habe er das Zimmer verlassen. Seine Sinne schärften sich plötzlich, wie an jenen seltenen Tagen, an denen die Sicht vollkommen klar ist und das Universum in Stille erstarrt. Er hörte das Rauschen der Wasserrohre, roch den Geruch von Speisen, der aus der Küche aufstieg, sah den Staub in dem Lichtstrahl wirbeln, der durch die Vorhänge drang, und blieb am Fenster stehen.

Güthe teilte ihm mit, daß sie einen Fotografen mitgebracht hätten, der gleich heraufkommen würde, um die Pergamentstreifen zu fotografieren.

«Ich bin nicht glücklich über die Freiheit, die Sie sich genommen haben», sagte Shapira und zwang sich zu einem Lächeln. «Noch gehören die Schriftrollen mir, und wer ist dieser Fotograf überhaupt, kennt ihn jemand? Gestern haben wir unsere Zeit mit endlosen Messungen vergeudet, und heute sollen wir uns mit Aufnahmen vergnügen?»

Während er noch sprach, wußte er plötzlich, wer der blonde junge Mann war: Clermont-Ganneau! Er musterte Güthe und Mayer und versuchte aus ihren Mienen zu lesen, ob sie wußten, wer der Mann war. Nein, es war Clermont-Ganneau gelungen, sie zu täuschen. Ein Fotograf, ein Assistent, eine Kutsche, was für ein Auftritt! Er hatte von den Rollen erfahren und versuchte nun, wie immer, seine Hand auf sie zu legen!

Der Fotograf trat ins Zimmer, begrüßte ihn trocken und begab sich sofort zum Tisch. «Die da?» fragte er. In seiner Stimme lag weder Ehrfurcht noch Neugierde, aber mich kannst du nicht täuschen, sagte sich Shapira innerlich.

«Wo ist der Fotoapparat?» fragte Mayer.

«Mein Assistent paßt unten auf ihn auf. Es hat keinen Sinn, ihn drei Stockwerke hochzutragen, bevor ich nicht gesehen habe, um was es sich handelt.»

Er trat ans Fenster und streckte seine Hand aus, um es zu öffnen.

«Nein!» rief Shapira. «Nicht das Fenster öffnen!»

«Hier ist nicht genug Licht.»

«Tut mir leid, aber ich erlaube es nicht. Der Staub wird am Teer haftenbleiben und uns die Entzifferungsarbeit noch mehr erschweren.»

Die Luft im Zimmer war stickig. Der Sommer war in diesem Jahr heißer als gewöhnlich. Der Fotograf, die Hände auf dem Rücken verschränkt, beugte sich über den Tisch. Shapira trat ans Fenster und schob den Vorhang ein wenig beiseite. Clermont-Ganneau saß auf der Kiste, und der Fahrer stand vor ihm und versperrte die Sicht.

«Ich kann in diesem Licht nicht fotografieren. Selbst in vollem Tageslicht wäre es zweifelhaft, ob man die Buchstaben erkennen würde.»

Seine Stimme klang regelrecht gekränkt, als wären die Schriftrollen daran schuld, daß er sie nicht fotografieren konnte. Güthe und Mayer sprachen ihre Enttäuschung aus, und Shapira nahm den Mann beim Arm und begleitete ihn zur Tür.

«Richten Sie Clermont-Ganneau schöne Grüße von mir aus.»

«Wem?»

«Ihrem Assistenten, werter Herr, Ihrem Assistenten.»

«Sein Name ist Karl, Karl Bergel.»

«Natürlich, natürlich.» Shapira nickte spöttisch.

Der Fotograf sah über seine Schulter zu den beiden Gelehrten, die am Tisch saßen, hin.

«Verschwinden Sie, bevor ich die Polizei rufe, Sie Schurke», flüsterte Shapira zornig und öffnete die Tür.

«Moment mal!» empörte sich der Fotograf. «Was ist los mit

Ihnen? Wie wagen Sie es? Ich verlange, daß Sie sich augenblicklich entschuldigen, aber sofort!»

Güthe und Mayer erhoben sich und eilten zu ihnen hin.

«Was ist denn, was ist geschehen?»

«Fragen Sie ihn, ich weiß es nicht. Mein Assistent heißt Karl, das weiß ich, das muß ich doch wissen, er ist schließlich der Sohn meiner Schwester! Entschuldigen Sie sich gefälligst!» wandte er sich wütend an Shapira. «Was habe ich Ihnen getan? Ich weiß nicht einmal, wer Sie sind.»

«Ich bitte um Entschuldigung.»

Der Fotograf sah ihn einen Augenblick an, dann verließ er das Zimmer.

«Sehr merkwürdig», sagte Mayer und kniff die Lippen zusammen. «Ich habe gehört, daß der Quecksilberdunst, den sie einatmen, eine schädliche Wirkung haben soll. Und der lange Aufenthalt in der Dunkelkammer.»

«Er sah nicht sehr... nun, an die Arbeit! Schade um die Zeit!»

Es verging kaum eine halbe Stunde, als es wieder an der Tür klopfte und ein weiterer Besucher eintrat, den Güthe aus eigener Initiative eingeladen hatte: Professor Franz Hoffmann, Berater des Königlichen Museums in Dresden und Professor für Hygiene an der Universität Leipzig, ein Spezialist für – Leder. Sie machen sich nicht einmal die Mühe, mich zu fragen, ob ich bereit bin, anderen Leuten meine Rollen zu überlassen, dachte Shapira gereizt, sie wissen, daß ich es nicht wagen werde, ihre Autorität in Frage zu stellen. Der unerwartete Gast erweckte die gleiche Angst in ihm, die er beim Auftauchen des Fotografen empfunden hatte.

Nachdem er die Pergamentstreifen eine Weile betrachtet hatte, zog Hoffmann ein kleines, butterfarbenes Stück Leder aus seiner Aktentasche und legte es auf den Tisch. Er sprenkelte ein paar Tropfen Olivenöl darüber und rieb sie mit den Fingern in das Leder ein. Die Stelle veränderte ihre Farbe und wurde dunkelbraun.

«Haben Sie Öl benutzt, um den Teer aufzulösen?» fragte er Shapira, während er sich die Finger abwischte.

«Ja. Und die Beduinen haben es vor mir getan. Das Pergament war hart und trocken, und sie rieben es mit Olivenöl ein, um es weicher zu machen.»

«Das Öl hat den Teer tatsächlich aufgelöst, aber es hat sich auch damit vermischt, ist durch die Poren des Leders gedrungen und hat es noch dunkler gefärbt. Sehen Sie sich dieses Stück Leder an. Es sieht jetzt wie antikes Pergament aus.»

«Ich wußte nicht, daß es so einfach ist, antike Schriftrollen herzustellen», sagte Güthe überrascht.

«Selbst Sie könnten es, Herr Professor.»

Güthe und Mayer baten ihn zu prüfen, wie man das Pergament aufhellen konnte, ohne es zu beschädigen. Er löste das Öl auf dem Leder mit Hilfe von Äther auf, fürchtete jedoch, ihn auf die beschriebenen Stellen aufzubringen, um die Buchstaben nicht zu gefährden.

«Alkohol beschädigt das Pergament nicht», sagte Shapira.

«Nicht sofort. Aber am Ende werden das Öl und der Alkohol die Buchstaben löschen. Es ist gefährlich.»

«Was schlagen Sie also vor, Professor Hoffmann?»

«Man muß die chemische Zusammensetzung der Tinte und des Teers untersuchen, und auch die der kleinen Stoffreste, die auf der Rückseite des Leders kleben.»

«Würden Sie bereit sein, das für uns zu tun?»

«Es würde mir ein Vergnügen sein, aber ich kann leider nicht, nicht jetzt. Herr Brahms gibt heute abend ein Konzert, und ich habe bereits Karten dafür. Er wird sein neues Concerto spielen.»

«Mögen Sie Brahms? Mir fällt es schwer, die neue Musik zu verdauen», sagte Güthe.

«Neu? Warten Sie, bis Sie Wagner hören», lächelte Hoffmann.

«Ich habe ihn gehört. Ich finde seine Musik zugänglicher. Er ist ein größerer Virtuose.»

Brahms, Wagner, das Geplauder ärgerte ihn. Die lebendigen Worte Gottes lagen vor ihnen, und sie führten Salongespräche. Die alten Buchstaben riefen, und er hörte sie, er hörte tatsächlich, wie sie ihn riefen. Moses, Moses.

Fast volle zwei Stunden lang untersuchte Professor Hoffmann die Schriftrollen. Schließlich erklärte er, daß es nicht möglich sei, ihr Alter anhand des Zustands des Leders oder der Farbe zu bestimmen. Er wies Güthes Hypothese ab, daß die Schriftrollen ursprünglich um den Körper einer Mumie gebunden waren und die Stoffreste, die an dem Teer klebten, von dem Gewand stammten, in das die Mumie gehüllt war. Hoffmann glaubte, das Pergament sei mit Teer eingeschmiert worden, um es biegsamer zu machen oder um es antik aussehen zu lassen, während die kleinen Stoffreste absichtlich oder rein zufällig an dem Teer klebten. Shapira lachte fast auf, als er diese letzte Theorie hörte. Da haben wir die Weisheit der Gelehrten!

Nachdem Hoffmann gegangen war, brach eine Diskussion zwischen Güthe und Mayer über die Falten auf dem Pergament aus. Statt gerollt zu sein, waren die Schriftrollen wie ein Fächer gefaltet, wobei die Falten die Buchstaben nicht berührten. Güthe behauptete, die Rollen seien gefaltet worden, bevor sie beschrieben wurden, während Mayer darauf beharrte, daß sie erst danach gefaltet worden seien. Sie hatten noch nie eine «Buchrolle» gesehen, und diese Form verwirrte sie. Sie kehrten zu der Frage nach dem ursprünglichen Besitzer der Schriftrollen zurück und brachten zwei Möglichkeiten auf: Entweder die Rollen hatten ein paar einzelnen israelitischen Familien gehört, die nach dem Tod Jerobeams in der Region blieben und trotz der moabitischen Herrschaft ausharrten, oder sie waren von Flüchtlingen, die vom Westufer des Jordan flohen, dorthin gebracht worden.

Die Gelehrten verglichen die Inschriften auf den Pergamenten mit den zwei Kopien, die Shapira in den Jahren 1878 und 1883 angefertigt hatte. Güthe schrieb die einundzwanzig Pergamentstreifen von neuem ab, wobei er Shapiras Kopien als

Richtlinie benutzte. Wann immer ein orthographischer Fehler in einer der Kopien auftauchte, brummte er und murmelte vor sich hin. Am Nachmittag, als der Himmel sich plötzlich bewölkte und er nicht mehr die Schrift entziffern konnte, erhob er sich ärgerlich vom Stuhl.

«Genug. Genug für heute.»

«Was beunruhigt Sie?» fragte ihn sein Kollege.

«Mehreres. Da ist einmal die Schrift. Manche der Buchstaben gleichen denen der Siloah-Inschrift, andere hingegen denen der Mesa-Stele und andere wiederum den phönikischen Buchstaben auf den hebräischen Münzen und Siegeln. Ich mache mir Sorgen!»

«Aber warum?» wunderte sich Shapira.

«Die Mesa-Stele wurde im neunten Jahrhundert v. Chr. beschrieben, wohingegen die Inschrift auf den Münzen und Siegeln aus der Zeit der Makkabäer oder sogar aus der Zeit der frühen Christen stammen könnte! Und noch etwas: Wir kennen den Gebrauch des Punktes, der jedem Wort folgt, nur von den Stelen, die in Hebräisch oder verwandten Sprachen beschrieben sind. Aber in Noldkes Abschrift der Mesa-Stele sind solche Punkte nicht enthalten. Und auf der Mesa-Stele ist kein einziges Mal das Wort ‹nicht› zu finden. Aber in den Zehn Geboten Ihrer Schriftrollen taucht nicht nur das Wort ‹nicht› auf, sondern ihm folgt auch kein Punkt, wodurch die Negation mit dem Verb verbunden ist, genauso wie der bestimmte Artikel mit dem darauffolgenden Wort verbunden ist. Und dies stimmt bereits mit dem Stil unserer Bibel überein. Ich kann daher zu keinem Schluß kommen – wann wurden diese Schriftrollen geschrieben? Von wem?»

«Ist es möglich, daß sie nach dem achten Jahrhundert geschrieben wurden? Vielleicht basieren sie auf den Apokryphen?» fragte Doktor Mayer.

«Was heißt ‹basieren›?»

«Es gibt hier alle möglichen sonderbaren Fehler», sagte Professor Güthe.

«Zum Beispiel?»

«Hier heißt es *tzara'at*, Lepra, anstatt *zir'ah*, Hornisse. Derselbe Fehler ist schon einmal vorgekommen. Oder hier steht *'Beth Pe'or*, Haus von Peor, anstelle des Namens der Gottheit *Ba'al Pe'or*. Die Gesetze wurden geändert. Die Abkürzungen ...»

«Was ist mit ihnen? Was soll das alles bedeuten?»

«Hier wird mit keinem Wort das Exil der Kinder Israels in Ägypten erwähnt. Als wären die Schriftrollen noch vorher geschrieben worden. Und trotzdem habe ich das Gefühl, daß dies eine spätere Handschrift ist, ähnlich der Septuaginta-Übersetzung oder den Versionen, die in den frühen Tagen des Christentums geschrieben wurden.»

«Was wollen Sie damit sagen?» verlangte Shapira zu wissen. «Daß der Text der Schriftrollen nicht mit dem Text des fünften Buches Mose übereinstimmt? Da gebe ich Ihnen recht!»

«Doktor Mayer, was sagen *Sie* zum Inhalt der Schriftrollen?» fragte Professor Güthe.

«Auch ich habe ein unbehagliches Gefühl. Als hätten wir es mit einer Bearbeitung des fünften Buches Mose zu tun.»

«Bearbeitung oder Fälschung?» fragte Shapira mit bebender Stimme.

Der Raum wurde plötzlich zu klein, die Decke zu niedrig. Das trübe Licht und dieser widerliche Geruch von Teer und Äther. Die Männer redeten, aber er hörte sie nicht. Hatten sie ihn etwas gefragt und warteten nun auf seine Antwort? Güthes Gesicht verschwamm vor seinen Augen. Mayer lutschte an seinen Zähnen. Nun erhob sich Professor Güthe und sagte mit knarrender Stimme:

«Die Abweichungen von dem Bibeltext beweisen nicht, daß es sich um eine Fälschung handelt. Aber ... es ist so, als gäbe es keine direkte Verbindung zwischen der Heiligen Schrift und dem, was auf den Rollen geschrieben steht. Was meinen Sie, Doktor?»

Mayer setzte sich auf und errötete.

«Der Inhalt» – er räusperte sich zweimal –, «der Inhalt vermittelt Mosis letzte Rede, und die Betonung liegt darauf, einem Gott zu dienen, die Zehn Gebote einzuhalten, und gerade darum sind die Änderungen, Hinzufügungen und Auslassungen um so auffallender. Es gibt im Text keinen Bezug auf Opfergaben oder religiöse Rituale, wie er im fünften Buch Mose zum Ausdruck kommt.»

«Hat das eine Bedeutung?» fragte Shapira.

«Ja. Wenn wir bedenken, daß die frühen Christen, die Anhänger Jesu, sich der Opfergabe im Tempel widersetzten. Wir haben es hier offensichtlich mit einer bestimmten Version des fünften Buches Mose zu tun, die Ausdrücke und Verse aus anderen Büchern der Bibel enthält. Hier, beim zehnten Gebot, wird der Ausdruck *Elohim Elohecha*, Gott dein Gott, benutzt, so wie er im Psalter vorkommt, während es im Standardtext des Pentateuchs *Adonai Elohecha*, der Herr, dein Gott, heißt. Der Verfasser der Rollen veränderte – und wer weiß wann! – die Segen und Flüche, die auf dem Berg Garizim und dem Berg Ebal gesprochen wurden, damit sie mit der Version der Zehn Gebote übereinstimmen. Auch diese Änderungen haben eine Bedeutung, wenn wir die zentrale Bedeutung der Zehn Gebote in der Lehre der frühen Kirche bedenken. Ich glaube, wir können die Abweichungen von dem masoretischen Text verstehen, wenn wir von der Annahme ausgehen, daß der Schreiber der Rollen zu den frühen Christen gehörte und es sich hier um christliche Einflüsse oder christliche Tendenzen handelt.»

Mayer sah Güthe an, als warte er auf dessen Zustimmung, doch der Professor schloß die Augen und rieb sich die Nase, auf der die Abdrücke seines Kneifers zu sehen waren. Shapira stand mit blassem Gesicht am Fenster.

«Einflüsse, Tendenzen, meinen Sie nicht *Fälschung*?»

«Niemand spricht von Fälschung, Herr Shapira, aber!» Güthe öffnete die Augen und setzte wieder den Kneifer auf. «Die Schrift, der Inhalt, die Sprache, die Grammatik, all das stammt nicht aus dem neunten Jahrhundert v. Chr.»

«Warum sollte sich ein Fälscher die Mühe machen, den biblischen Text zu ändern, wenn er ihn doch einfach nur abzuschreiben braucht, um unser Vertrauen zu gewinnen?»

«Geduld, mein Freund, es besteht kein Grund zur Aufregung. Die Schriftrollen werfen Probleme auf, so wie es jede Abweichung vom Üblichen tut.»

«Abweichung?»

«Natürlich. Denn wenn die Rollen nicht im neunten Jahrhundert v. Chr. geschrieben wurden, wann wurden sie dann geschrieben?»

«Wenn ihr etwas nicht versteht, nennt ihr es eine Abweichung oder Verzerrung. Die ‹Abweichungen› hier sind offensichtlich, darum kam ich ja zu Ihnen. Damit Sie mir helfen, das Rätsel zu lösen und nicht, um mir mitzuteilen, daß es eins gibt. Ich weiß, daß es eins gibt.»

«Nein, mein Freund. Sie sind zu uns gekommen, weil Sie wollen, daß wir die Echtheit der Schriftrollen bestätigen. Aber das können wir nicht tun. Die Zeit, die uns zur Verfügung steht, ist zu knapp, die Daten zu spärlich. Wann findet das Treffen in der Königlichen Bibliothek statt?»

«Übermorgen.»

«Eins verspreche ich Ihnen: Ich werde meine Ergebnisse nicht vor dem Treffen des Komitees in Berlin veröffentlichen, um die Arbeit der Kollegen nicht zu beeinflussen.»

«Das heißt, Sie glauben nicht, daß die Schriftrollen echt sind?»

«Ich habe Zweifel.»

Shapira fühlte plötzlich, daß er keine Minute mehr verlieren durfte. Er sammelte die Pergamente und Papiere ein und legte sie vorsichtig in seine Aktentasche. Die beiden Männer sahen ihn an, worauf er, zu seinem eigenen Verdruß, die Augen senkte. Ihm war zumute wie einem Ritter, dem man die Schätze des Königreichs versprochen hatte und am Ende nur ein paar elende Pfennige in die Hand drückte. Er wollte fliehen, hinaus auf die Straße laufen, an die frische, beruhigende Luft.

Er verabschiedete sich von ihnen und bedankte sich für ihre Mühe. Ach, wie selbstzufrieden sie waren, behütete Männer, die nie einen Fehler begingen, nie strauchelten, nie ein Risiko eingingen. Sie waren nie die ersten, die die Höhle betraten, den Berggipfel erklommen, neue Ozeane überquerten. Sie gingen mit der Windrichtung und hielten mit der Öffentlichkeit Schritt. Sie gaben sich gerne als Entdecker, Erfinder, Rebellen und Revolutionäre, aber in Wirklichkeit hallte ihre Stimme laut und entschlossen die Neigungen der Masse wider.

«Abweichung, Verzerrung, Fälschung...» murmelte er wütend, während er durch die Alleen der Stadt streifte. Er stieß mit Menschen zusammen, wurde vorangetrieben, wich Pferden und Kutschen aus.

Abweichung, Verzerrung, Fälschung... klapperten seine Absätze auf dem Straßenpflaster. Er überließ sich dem starken Wind, der seinem brennenden Körper frische Luft zuwehte, seinen Kopf kühlte, seine angegriffenen Nerven streichelte. Er wußte nicht, wo er war. Einen Augenblick lang ging er durch ein bekanntes Viertel, und im nächsten wandelte die Stadt ihr Gesicht, und anstelle der respektablen Wohnhäuser ragten plötzlich schwarze Schornsteine in den Himmel, und in der Luft hing der Gestank des Flusses und beißender Rauch. Eine schrille Sirene ertönte, und wenige Minuten später ergossen sich Hunderte von Arbeitern auf die Straßen, die ins anhaltende Licht des weichenden Tages blinzelten.

Er hatte Leipzig vor rund zehn Jahren besucht, und seitdem hatte die Stadt einen verblüffenden Wandel durchgemacht. Es lag etwas Unheimliches in der rohen Macht Deutschlands. Vorbei war es mit der beschaulichen Ruhe des Lebens. Das Fieber ungeduldiger Tätigkeit war ihm bereits aufgefallen, als er mit dem Zug eintraf. Es war eine Sache, in der Zeitung über die wachsende deutsche Industrie zu lesen, die Lebensraum und Rechte für sich forderte, und eine andere Sache, auf die menschliche Lava zu stoßen, die sich aus den Fabriken ergoß.

Er preßte die Aktentasche an seinen Körper und ging jetzt

mit größeren Schritten, darauf bedacht, seine Angst nicht zu zeigen. Wo war er? Wie war er hierhergekommen? Ihm schien, als betrachteten ihn die Menschen mit Argwohn, mit boshaftem Hohn. Warum starrten ihn die Leute so an? War es nur Einbildung, oder hörte er tatsächlich den Ruf «Hep! Hep!»? Er beschleunigte seine Schritte, um dem feindseligen Jubeln, das die Menschen aus ihrer Müdigkeit rüttelte, zu entrinnen.

Wie lange ging er schon? Wohin ging er? Er wußte es selbst nicht, bis er schließlich auf einen kleinen, versteckten Hof stieß. Er schlüpfte hinein und setzte sich auf die Bank. Die schwarze Aktentasche hielt er mit aller Kraft an seine Rippen gepreßt.

Als ihm Güthe und Mayer mit ihren Zweifeln wieder einfielen, fühlte er sich gedemütigt. Wie lange noch? Wie lange würde er der Welt noch seine Rechtschaffenheit beweisen müssen? Wie lange würde ihn der Fluch von Moab noch verfolgen? Seine Schriftrollen waren doch die wichtigste Entdeckung des Jahrhunderts! Darüber bestand kein Zweifel! Kein Zweifel!

Er war hungrig und durstig, und seine Füße schmerzten vom vielen Gehen, aber er fürchete sich, wieder auf die Straße hinauszugehen. Besser, er wartete bis zum nächsten Morgen.

Er nahm seine Astarte Kemosch aus der Tasche, rollte den kleinen Talisman aus Ton zwischen seinen Fingern und seufzte. Da er nun einmal hier in diesem kleinen Hof gefangen war, würde er sich selbst Rechenschaft über seine Schriftrollen ablegen.

Erstens hatte er nur Pfennige für sie bezahlt. Wer würde sich die Mühe machen, sie zu fälschen, um sie am Ende für ein paar abgenutzte Münzen zu verkaufen? Es handelte sich nicht um eine Fälschung, dessen war er sicher, so wie er sich seiner Hände, seines Kopfes sicher war.

Zwar blieben einige Fragen unbeantwortet, Rätsel, die vielleicht nie gelöst werden würden. Aber ist die Bibel selbst nicht ein Dokument, das in einem Prozeß der Wahl und Auswahl kompiliert wurde? Ist die gesamte Historiographie nicht eine unaufhörliche Kette von Neubewertungen und Interpretationen, die in dem Geist einer jeden Periode geschrieben wurden? Güthes Behauptung, daß man den Gelehrten die Schriftrollen nicht präsentieren könne, weil sie unvollständig seien, ist absurd! Was wüßten wir über die Sumerer, die Akkadier, die Babylonier, die Assyrer, wenn wir unvollständige Werke zurückgewiesen hätten? Unser ganzes Wissen ist mangelhaft, unzulänglich, fehlerhaft, und wir können nur danach streben zu wissen, aber nie wirklich wissen. Und was wissen wir über die antiken Autoren? Wurden die Bücher Esra und Nehemia tatsächlich von Esra und Nehemia geschrieben? Wurde das Buch Jeremia tatsächlich von Jeremia geschrieben?

Nein, er leugnet nicht, daß die althebräische Schrift, in der seine Rollen geschrieben sind, Probleme aufwirft. Ist es möglich, daß die Schriftrollen gar nicht so alt sind und der Schreiber die archaische Schrift wählte, um den Worten Heiligkeit zu verleihen? Hat irgend jemand es gewagt zu behaupten, die hasmonäischen Münzen seien gefälscht? Nein. Man ging davon aus, daß die Schrift wahrscheinlich von Handschriften abgeschrieben wurde, die in der Bibliothek des Tempels gefunden worden waren. Wer weiß? Kann es sein, daß seine Schriftrollen aus der hellenistischen Periode stammen, oder gehörten sie irgendeiner jüdischen Sekte, die sie in der Höhle versteckte, als sie gezwungen war zu fliehen? An manchen Stellen hatte sich tatsächlich ein christlicher Unterton in den Text der Schriftrollen eingeschlichen – daher der Bezug auf «Bruder» und «Nachbar» in den Zehn Geboten. Ist es möglich, daß die Rollen den rituellen Bedürfnissen einer jüdisch-christlichen Sekte aus dem zweiten oder dritten Jahrhundert dienten? Die Erforscher des frühen Christentums könnten dann die Schriftrollen zu Hilfe nehmen. Es sei denn, es stellt sich heraus – wie er selbst glaubt –, daß dies trotz allem die Worte von Moses, Sohn des Amram, sind, so wie sie auf dem Berg Sinai gegeben wurden.

Hier, auf der kleinen Bank in einem fremden Hof, einer fremden Stadt, schwor er seinen Schriftrollen Treue. Übermorgen würde er in Berlin sein, und dort würden die Rollen seine Art von Wiedergutmachung sein. Die Deutschen hatten ihm die Staatsbürgerschaft verliehen trotz der Schmach, die die Affäre mit den moabitischen Altertümern über sie gebracht hatte, und nun würde er ihnen Gutes mit Gutem vergelten, indem er ihnen einen Schatz übergab, der sich nicht mit Gold aufwiegen ließ. Er dankte dem Schicksal, daß es ihm Mosis Worte in die Hand gelegt hatte, und sein Herz füllte sich mit Liebe für alle kleinen Geschöpfe der Welt, die mit jeder Bewegung, mit jedem Atemzug, mit ihrem ganzen Dasein eine Antwort auf die Frage nach ihrer Existenz suchten. Die Schriftrollen waren die Antwort auf seine Existenz: Gott, der befohlen hatte «Du sollst dir kein Bildnis noch irgendein Gleichnis machen», hatte ihm vergeben.

Seine aufgewühlten Gefühle hatten seine Kräfte erschöpft, und er schlief sitzend, mit ausgestreckten Beinen, auf der Bank ein. Bei Morgengrauen weckte ihn die Kälte. Seine Lackstiefel waren mit Schlamm bedeckt, seine Beine starr und seine Zehen wie Eiszapfen. Ein fahles Licht hing über dem grauen Fluß, der träge und still zwischen den Bäumen des Wäldchens auf der anderen Seite lag. Er hielt noch immer die kleine Figur in der Hand, und der Ton, der die Wärme seiner Hand aufgenommen hatte, gab ihm nun seine Wärme zurück.

Er beschloß, sich umgehend nach Berlin aufzumachen. Nicht daß er Güthe und Mayer fürchtete. Diese beiden erbärmlichen Gelehrten würden ihre Ergebnisse nicht veröffentlichen, ehe ihnen nicht das Gutachten ihrer Kollegen bekannt war. Er hatte keine Zweifel, daß die Gelehrten in Berlin die Bedeutung seiner Schriftrollen anerkennen würden. Deutschland hatte seit der Vereinigung eine starke Umwälzung erfahren und war nun bereit und reif für eine großartige Entdeckung wie die seine. Konservatismus und Nationalismus hatten zugenommen, und die historische Vergangenheit erfreute sich großer

Hochschätzung. Gab es einen überzeugenderen religiösen Beweis, ein herrlicheres historisches Dokument als seine Schriftrollen? Ein Teil der Gelehrten, die Romantiker unter ihnen, schöpften aus der kulturellen Tradition Griechenlands und Italiens, andere wiederum, unter ihnen nicht wenige Juden, die erst vor einem Jahrzehnt die vollen Rechte der Staatsbürgerschaft erhalten hatten, erforschten die Religionen und die Ursprünge des Judentums. Welch ein Geschenk er den Leuten der «Weisheit Israel» überreichte! Und was für einen Beitrag er den Anhängern der deutschen Aufklärung lieferte!

Am 10. Juni 1883, sieben Jahre nachdem er die Schriftrollen erworben hatte, bot Shapira sie zum Verkauf an. Die Gesellschaft, die sich in dem Saal der Königlichen Bibliothek versammelt hatte, flößte ihm derart große Ehrfurcht ein, daß er kaum seine Gedanken ordnen konnte.

Er wurde von dem Direktor der Bibliothek, Carl Richard Lepsius, empfangen, einem Mann, der alle verzauberte, die sich für die Erforschung des alten Orients interessierten. Lepsius war der erste europäische Ägyptologe von Rang und der erste Mann, der in Deutschland als ordentlicher Professor einen Lehrstuhl für Ägyptologie innehatte. Vierzig Jahre vorher hatte er eine Forschungsexpedition in den Sinai, nach Ägypten und den Sudan geleitet, wo er drei Jahre lang Funde sammelte, die als Grundlage für sein zwölfbändiges Werk *Denkmäler aus Ägypten und Äthiopien* dienten. Seitdem hatte die Zeit ihm ihre eigenen Hieroglyphen aufgeprägt; er war sehr dünn, fast transparent, und sah aus wie ein Geist, der in dem alten, leblosen Körper einer Mumie weiterlebte. Sein Protegé, Adolf Ermann, ging dicht neben ihm her, auf die Schritte seines Meisters achtend, jederzeit bereit, ihn zu stützen. Alle wußten, daß Ermann eines Tages Lepsius' Position in der Welt der Ägyptologie und die Leitung der Bibliothek übernehmen würde.

«Professor Ermann verfaßt gegenwärtig ein Wörterbuch der ägyptischen Sprache», stellte Lepsius seinen Stellvertreter vor.

«Welcher von ihnen?» fragte Shapira. Er wurde einer Prüfung unterzogen und bestand sie.

«Ich unterscheide zwischen dem Ägyptisch der Ramses und dem Ägyptisch des Mittleren Königreichs», erklärte Ermann.

«Er beweist, daß Altägyptisch mit den semitischen Sprachen verwandt ist», sagte Lepsius.

Professor Schröder war Assyrologe und August Dillmann Äthiopien-Experte. Beide hatten Bibelkommentare verfaßt, die Shapira bekannt waren, und er musterte sie mit neugierigen Blicken.

Die hervorragendste Persönlichkeit unter den Versammelten war natürlich Moritz Moses Steinschneider, ein Mann, der noch zu Lebzeiten zur Legende wurde. Steinschneider, der Vater der hebräischen Bibliographie, gehörte zu einer wachsenden Gruppe jüdischer Intellektueller, die den goldenen Mittelweg zwischen den beiden Welten, der jüdischen und der säkularen, gefunden hatte. Er glaubte, wie sein Freund Luncz, daß dem Judentum nur durch wissenschaftliches Studium die gebührende Ehre zuteil werden würde, und angesichts des voluminösen Umfangs seiner Arbeit schien es, als habe er beschlossen, dieses Ziel eigenhändig zu erreichen. Er war die typische Figur des neuen jüdischen Intellektuellen, der nach seiner Ausbildung als Rabbiner an die Universität studieren ging, wo er die Verbindung zwischen der israelitischen und der westlichen Kultur erforschte. In Jerusalem würden dich unsere Juden mit Steinen bewerfen, dachte Shapira, als er Rabbiner Steinschneider mit dem protestantischen Theologen Dillmann zusammensitzen sah, Schlamm würden sie auf dich werfen und dir «Verderber Israels» nachrufen.

Shapira fiel ein, daß die von Steinschneider herausgegebene Zeitschrift schon seit einiger Zeit nicht mehr nach Jerusalem gekommen war.

«Was ist mit *Hamaskir* geschehen?» fragte er.

«Die Zeitschrift erscheint nicht mehr.»

«Schade. Wie lange hat es sie gegeben?»

«Vierundzwanzig Jahre. Kennen Sie Abraham Mosche Luncz?»

«Ja.»

«Ich habe ihm etwas für seine Zeitschrift geschickt. Bitte richten Sie ihm Grüße aus.»

«Mit Vergnügen. Auch ich werde ihm etwas über meine Schriftrollen, über dieses Treffen hier schreiben.»

«Ja, natürlich», sagte er wie zerstreut. «Wollen wir uns an die Arbeit machen?»

Er war ein liebenswerter Mann mit wachen schwarzen Augen und einem zerzausten grauen Bart, der bezeugte, daß er keine Zeit für die Nichtigkeiten dieser Welt hatte. Seine Antworten waren höflich, doch Shapira spürte, daß er ihm gegenüber reserviert war, und zweifelte nicht, daß auch die anderen sich dessen bewußt waren. Er hatte ein beunruhigendes, fast ominöses Gefühl. Nein, er durfte nicht jedem Tonfall, jedem Wimpernzucken Bedeutung beimessen, denn das würde sich auf seine Reaktionen auswirken und Verdacht erwecken. Er mußte sich ausschließlich auf seine Mission konzentrieren, denn es ging nicht nur um ihn, sondern vor allem um die Schriftrollen, deren Anwalt er nun war. Lepsius hätte niemals die größten Orientalisten Deutschlands versammelt, wenn er nicht an die Echtheit der Schriftrollen geglaubt hätte.

Er öffnete die schwarze Aktentasche, nahm vorsichtig die zusammengefalteten Schriftrollen heraus und legte sie eine nach der anderen auf den Tisch. Niemand sagte ein Wort. Eine gespannte Erwartung hing im Raum.

«Im Sommer 1878 wurde ich in Jerusalem von einem Beduinen namens Salem aus dem Stamm der Adjaja, die in Transjordanien neben dem biblischen Aro'er leben, aufgesucht...»

Die Gelehrten lauschten gespannt. Er beschrieb, wo die Schriftrollen versteckt lagen, wie sie gefunden worden waren und in seinen Besitz gelangten. Er breitete die Bündel vor ihnen aus, in der Reihenfolge der Kapitel des fünften Buches Mose, und begann von seiner Abschrift vorzulesen. Wie der erste Moses empfing er nun das Gesetz und war das erste Glied in der Kette der Überlieferer. Von Moses, Sohn des Amram, zu Moses, Sohn des Nathanel, und von ihm zu Moses Steinschneider...

Es herrschte vollkommene Stille im Raum. Shapira spürte, daß alles, was in diesem Zimmer gesagt wurde, auch in hundert oder zweihundert Jahren und vielleicht in alle Ewigkeit erinnert werden würde. Er war stolz, dieser aristokratischen Gemeinschaft von Forschern anzugehören, die auf den Feldern des Intellekts das Brot der Geschichte ernteten. Seine Entdeckung, wie alle großen Entdeckungen, wurde nicht aus dem Nichts geboren. Das Schiff menschlichen Denkens segelt auf dem unendlichen Ozean von Fragen, auf der Suche nach neuen Wegen, bis es auf eine Sandbank aufläuft und einen der Matrosen nach vorne schleudert, der dann ruft: Eureka! Ich habe neues Land entdeckt! Jeder einzelne der Schiffsmatrosen teilt die Entdeckung seines Kameraden, und er weiß, so wie sie es wissen, daß die Entdeckung nie gemacht worden wäre, wenn sie nicht Schulter an Schulter gearbeitet hätten. Denn was war Newton ohne Galilei und Galilei ohne Archimedes und Archimedes ohne die Weisen von Alexandria? Seine Schriftrollen waren die «Mission», die ihm die Geschichte auferlegt hatte, sie waren das «Etwas», das ihm vom Schicksal bestimmt worden war.

Als er fertig war, stellten sie Fragen. Lepsius und Ermann untersuchten die winzigen Stoffasern, die am Teer klebten, und auch sie stellten die Hypothese auf, daß sie vom Leichengewand einer Mumie stammten. Schröder stellte fest, daß die Rollen mit einer Feder geschrieben wurden, die allem Anschein nach aus Papyrusrohr angefertigt war, obwohl die Buchstaben von ihrer Form her den in Stein gravierten Buchstaben glichen. Dillmann befaßte sich mit den Maßen der Lederstreifen und stellte die Hypothese auf, daß sie von den Rändern einer größeren Schriftrolle abgeschnitten wurden.

«Wie das Pergament von Zappert?» fragte Lepsius.

«Nein, nicht unbedingt.»

Shapira fragte sich, wer Zappert war.

«Es fehlen zwei Gebote», sagte Steinschneider. «‹Du sollst den Namen des Herrn, deines Gottes, nicht mißbrauchen› und ‹Gedenke des Sabbattages, daß du ihn heiligest›. Anstelle von ‹Sabbat› steht hier ‹den siebenten Tag›.»

«Es gibt noch andere Abweichungen», sagte Shapira. «Aber selbst in der Bibel gibt es Unterschiede zwischen den Zehn Geboten im zweiten Buch Mose und den Zehn Geboten im fünften Buch Mose.»

«Die Zentralität der Zehn Gebote auf diesen Schriftrollen stimmt mit der Zentralität in der Lehre der frühen Kirche überein», sagte Dillmann mit einem Ausdruck der Verwunderung auf dem Gesicht. «Außerdem kommt das zehnte Gebot ‹Du sollst deinen Bruder nicht hassen in deinem Herzen. Ich bin der Herr, dein Gott› gar nicht im fünften Buch Mose vor, sondern wurde dem dritten Buch Mose, Kapitel 19, Vers 17 entnommen. Und warum ist das wichtig? Weil diese Verbindung zwischen den Zehn Geboten und dem dritten Buch Mose auch in den Schriften der frühen Kirche zu finden ist. Und noch etwas: Alle Segen in Shapiras Schriftrollen stimmen mit den Geboten überein. Jedes Gebot hat seinen entsprechenden Segen. Auch die Flüche wurden nach diesem Prinzip neu geordnet. Um was geht es in dem Segen, der dem Gebot ‹Du sollst deinen Bruder nicht hassen› entspricht? Um die Nächstenliebe. Ist nicht auch das ein christliches Thema?»

«Professor Dillmann, wir haben es hier mit einem Text aus dem neunten Jahrhundert v. Chr. zu tun!» rief Lepsius in einem mokanten Ton, der Dillmann vor Verlegenheit rot werden ließ. Lepsius hat ihn beleidigt, dachte Shapira, und jetzt wird er mich und meine Schriftrollen hassen.

«Auch das sechste Gebot ‹Du sollst nicht töten die Seele deines Bruders. Ich bin Gott dein Gott› scheint mir eine spätere Version zu sein. ‹Seele› entspricht nicht dem Geist des Pentateuchs.»

Shapira war wie vom Blitz getroffen. Schon wieder? Das war

ja eine Wiederholung dessen, was Güthe und Mayer gesagt hatten! Hatten die zwei einen Weg gefunden, ihren Kollegen in Berlin ihre Ergebnisse mitzuteilen? «Abweichung, Verzerrung, Fälschung», hämmerte die fremde Melodie in seinem Hirn. Nein! Er durfte nicht der Angst nachgeben. Er mußte über seine Rollen wachen.

«Welcher Periode entspricht das Wort ‹Seele›?» fragte er. «Zweiter Tempel?»

«Unmöglich», meinte Schröder.

«Warum?»

«Wegen der Schrift. Die althebräische Schrift wurde nur bis zur Zerstörung des Zweiten Tempels benutzt.»

«Was ist mit den Münzen der Hasmonäer?» beeilte sich Shapira zu fragen. «Den Münzen der ersten und der zweiten Revolte ist die althebräische Schrift aufgeprägt.»

«Ja, das ist richtig», seufzte Steinschneider. Dann schüttelte er sich und fügte hinzu: «Das Interessanteste an den Schriftrollen ist natürlich das, was nicht in ihnen enthalten ist: ‹Und Mose stieg aus dem Jordantal auf den Berg Nebo›», zitierte er aus dem Gedächtnis, «‹... Und er begrub ihn im Tal, im Lande Moab gegenüber Beth-Peor. Und niemand hat sein Grab erfahren bis auf den heutigen Tag.›»

«Ich glaube, daß die Rollen noch zu Mose Lebzeiten geschrieben wurden», sagte Shapira. Er sprach im Flüsterton, und es gelang ihm nicht, das Zittern in seiner Stimme zu verbergen.

«Ja, aber auch Glauben benötigt Fakten.» Steinschneider seufzte wieder. «Und wir können nicht die Zweifel ignorieren. Die Wahrheit duldet keine Zweifel. Es gibt nur eine Wahrheit, Herr Shapira, eine einzige.»

«Ich weiß nicht», stammelte er. Er wollte klare Dinge sagen, und er stammelte! «Ich behaupte nicht zu wissen. Darum benutze ich das Wort ‹glaube›. Ich glaube, daß die Schriftrollen echt sind und daß sie geschrieben wurden, als Moses noch am Leben war.»

Die Gelehrten betrachteten ihn nachdenklich, dann setzten sie die Untersuchung der Schriftrollen fort. Schließlich wandte sich Lepsius an Shapira mit der Bitte, den Saal zu verlassen und im Vorraum auf ihren Beschluß zu warten.

In dem kleinen Vorraum fand er Julius Hermann und seine Gattin.

«Wir haben eine Überraschung für Sie!» rief der Doktor.

Pfarrer Weser sprang hinter dem Vorhang hervor und stürzte sich lachend auf seinen alten Freund. Sie schüttelten sich die Hand, und Weser klopfte Shapira auf die Schulter und stieß Ausrufe der Freude und Verwunderung aus, wie es alte Bekannte zu tun pflegen, die sich in einem fremden Land begegnen.

«Und Sie, mein lieber Pfarrer, was machen Sie denn jetzt?»

«Ich versuche mich wieder an die Heimat zu gewöhnen.» Die Heiterkeit des Pfarrers verflog. «Es ist nicht mehr das Preußen, das ich vor zehn Jahren verließ. Der neue Geist, der hier weht, ist mir fremd. Eigentlich sollte ich zufrieden sein, aber ich sehne mich nach Jerusalem. Können Sie das glauben? Ich fühle mich fremd hier. Fühlen Sie sich auch so?»

«Fremd?» Shapira lächelte. «Wo war ich *nicht* fremd? Ich bin überall fremd. Immer fremd. Die Fremdheit ist meine Heimat.» Er schlug sich an die Brust. «Die Fremdheit macht frei!»

«Frei?» wunderte sich der Pfarrer. «Nein. Mir macht sie nur Kummer.»

Shapiras Stimmung schoß wieder in den Himmel. Wovor sollte er Angst haben? Vor wem? Er neigte zu schnell zur Panik. Hätte Lepsius die größten Gelehrten des Reiches versammelt, wenn er die Schriftrollen für wertlos hielt? War ihre Erregung nicht offensichtlich? Hatte Steinschneider nicht vom «Interessantesten» an den Rollen gesprochen? Plötzlich wallte Freude in ihm auf. Sein Kopf drehte sich wie nach einem wilden Tanz. Ach, was hätte er jetzt nicht für eine von Alis Wasserpfeifen gegeben!

«Was haben sie denn gesagt?» fragte Frau Hermann.

«Sie haben zugehört, untersucht, Fragen gestellt, und jetzt beraten sie sich.»

«Haben sie irgend etwas gesagt?»

«Lepsius stellte die Hypothese auf, daß die Pergamentstreifen um Mumien gebunden waren; wir wissen, daß man im alten Ägypten Papyrus dafür benutzte.»

«Aber die Schriftrollen wurden in Moab gefunden!»

«Dillmann hat Spuren christlicher Einflüsse in den Rollen gefunden.»

«Wie?» fragte Weser.

«Wie? Fragen Sie ihn! Schröder hingegen glaubt, daß die Schriftrollen vor der Zerstörung des Ersten Tempels geschrieben wurden. Übrigens, wer ist Zappert?»

«Zappert? Wer hat Zappert erwähnt?» rief Hermann erschrocken.

«Irgend jemand, Dillmann, glaube ich.»

«Georg Zappert war ein konvertierter Jude, der vor zirka dreißig Jahren in Wien lebte.»

«Und was ist so Besonderes an ihm?»

«Er fand in dem Einband eines alten Buches ein Pergament mit einem deutschen Wiegenlied darauf. Das Lied wurde im zehnten Jahrhundert von irgend jemandem auf das Pergament geschrieben, der anscheinend besser Hebräisch als Deutsch konnte.»

«Und was geschah?»

«Man beschuldigte Zappert, das Pergament gefälscht zu haben, und er konnte nicht beweisen, daß er es nicht getan hatte.»

«Und was geschah dann?»

«Er erschoß sich. Später tauchten Zweifel über die Richtigkeit dieser Beschuldigung auf. Es lag mehr als nur eine Spur von Antisemitismus darin. Es war eine merkwürdige Geschichte.»

«Was ist übrigens mit Professor Schlottmanns Veröffentlichung geschehen?» erinnerte sich Weser.

Was dachten sich diese Leute, fragte er sich ärgerlich, wollten sie ihm die Laune verderben? Er sah auf die geschlossene Tür, auf seine Uhr, horchte vergeblich auf Stimmen aus dem Nebenraum. Er erblickte seine Gestalt in dem großen Spiegel, der über dem Kamin hing, und stellte erleichtert fest, daß er ganz normal aussah. Der Raum war im Rokoko-Stil gestaltet, mit Gipskarniesen und goldenen Engeln und einem großen, hellen Gemälde von einer Vitalität und Zuversicht, die nicht zu der stolzen Würde der Königlichen Bibliothek paßte. Er betrachtete das Bild im Spiegel. Eine der Frauen darauf erinnerte ihn an Rosette. Vielleicht war es der goldene Zopf oder die Rundung der Hüfte, oder vielleicht der Pfau mit dem gefächerten Schwanz, der neben ihr stand. Er erinnerte sich an die blau-goldene Robe, die er ihr während der Flitterwochen gekauft hatte. Er würde ihr eine neue kaufen, bevor er nach Jerusalem zurückkehrte.

«Wie geht es Rosette?» fragte Pfarrer Weser, als lese er seine Gedanken.

«Ich habe heute einen Brief von ihr bekommen.»

«Geht es ihr gut?»

«Ja.»

«Ich habe übrigens Miriams Gedicht ‹Davids Turm› in meiner Zeitschrift veröffentlicht», sagte Frau Hermann. «Es wurde mit ‹Ziona, die kleine Tochter Jerusalems› unterzeichnet.»

«Miriam!» freute sich der Pfarrer. «Welch ein Wunder!»

«Als ich aus Jerusalem wegfuhr, war Ziona verliebt», erzählte Shapira mit einem Lächeln. «Sie hatte beschlossen, daß ihr Herzgeliebter ein Priester werden würde, und sich schon auf ein Leben als Ehefrau eines Priesters vorbereitet. Als sie eines Tages mit unserem Kindermädchen Blumen pflücken ging, sah sie, wie sich ihr Märtyrer mit einem Mädchen in den Bergen Jerusalems liebte. Was für eine Enttäuschung! Was für ein Schmerz! Aber nun, da die Geschichte vorbei ist, scheint sie wieder ganz die alte zu sein, und Rosette schreibt, sie sei sogar noch wilder geworden.»

«Die beiden Mädchen sind so verschieden», sagte Frau Hermann zu Shapira. «Die jüngere ist Ihre Tochter, nicht wahr?»

«Ja. Ich habe ihr vor der Abreise ein Pony gekauft. Sie liebt das Reiten. Auguste hat Angst vor Pferden.»

«Morgen werden Sie ihr das beste arabische Pferd kaufen können», sagte Doktor Hermann und leckte sich die Lippen.

Er wußte, daß die Hermanns darauf hofften, sich ein ansehnliches Stück von dem Kuchen seines Gewinns abzuschneiden, aber das ärgerte ihn nicht. Reichtum hatte seit eh und je Reichtum geheiratet. «Sie warteten auf mich wie auf den Regen und sperrten ihren Mund auf wie nach Spätregen.» Hatte Hiob seine Freunde nicht so beschrieben? Ihm fiel die Pelzstola ein, die er Auguste in Leipzig gekauft hatte. Als erstes mußte er seine Schulden an Bergheim zurückzahlen. Gestern hatte er ihm ein Telegramm geschickt mit der Bitte, Frau Batmann das Schulgeld für das kommende Jahr zu schicken. Rosette hatte in ihrem Brief erwähnt, daß Schimon Levy sich über den plötzlichen Rückgang von Touristen im Laden Sorgen machte, und er fragte sich, ob Selim nicht seine Hand im Spiel hatte.

Der Direktor der Bibliothek öffnete die Tür; er zögerte einen Augenblick, als er die Gruppe der Wartenden sah, dann lud er sie ein einzutreten. Die Entscheidung, die gefallen war, die Worte, die gesprochen wurden, hingen noch im Raum. Irgend jemand stellte eine Frage, und die neuen Worte verscheuchten die alten.

«Wie bitte?»

«Ich habe gehört, daß Konstantinopel die Ansiedlung von Juden im Heiligen Land verboten hat», sagte Steinschneider.

«Ja, auch ich habe davon gehört», sagte Weser, «aber der Gouverneur umgeht das Verbot.»

«Wie viele Juden leben heute dort?»

«Nach Schätzung meines jungen Freundes Luncz rund fünfunddreißigtausend», antwortete Steinschneider. «Aber der Gouverneur hat die Ausweisung von fünfzig jüdischen Flüchtlingsfamilien verordnet, die in Jerusalem Obdach suchten.»

«Ich glaube nicht, daß sie ausgewiesen wurden», sagte Weser. «Bestechung löst alles im Heiligen Land.»

«Konsul Reitz hat Bismarck davon berichtet.»

Warum stellt er Fragen, wenn er bereits die Antworten weiß, dachte Shapira wütend. Er bedauerte es, den anderen erlaubt zu haben, ihn zu begleiten. Eine schicksalhafte Entscheidung sollte hier gefällt werden, und sie plauderten und lenkten vom Wesentlichen ab.

Die Schriftrollen lagen geordnet auf dem Tisch, die originalen Exemplare und die Übersetzungen. Steinschneider stand über das schwarze, klebrige Leder gebeugt und studierte es durch ein Vergrößerungsglas.

«Wir sind uns nicht einig geworden», erklärte Lepsius.

«Und das bedeutet?» Plötzlich wünschte er, daß das alltägliche Geplauder fortgesetzt würde, denn er fürchtete, daß die Antwort, die er gleich hören würde, nicht die war, die er sich erhofft hatte.

«Die Untersuchung der Schriftrollen erfordert Monate, wenn nicht Jahre. In diesem Jahr haben wir unser Budget bereits überstiegen. Aber da wir daran interessiert sind, daß die Rollen hier in der Königlichen Bibliothek bleiben, habe ich beschlossen, ein anderes Projekt fallenzulassen und Ihnen zweitausend Taler für die Rollen anzubieten. Das kann ich tun, ohne die mühselige Bürokratie einschalten zu müssen.»

Zweitausend Taler? Was soll das? Was waren zweitausend Taler? Bergheim allein schuldete er über zweitausendfünfhundert Taler!

«Glauben Sie, daß die Schriftrollen echt sind?»

«Dazu müssen wir sie gründlich studieren.»

«Ich kann sie nicht für zweitausend Taler verkaufen. Das wäre absurd!»

«Ja, das wissen wir, aber die Kasse ist leer.»

«Und Sie sind mit solch einer Leichtigkeit bereit, auf die Rollen zu verzichten? Warum wenden Sie sich nicht an die reichen Juden? An Maurice de Hirsch oder an die Familien Bischofsheim und Wertheimer? Schließlich handelt es sich um die Schriftrollen von Moses, Sohn des Amram!»

«Ich wollte, wir könnten Ihnen eine großzügigere Summe anbieten», seufzte Lepsius, «aber wir haben dieses Jahr schon zu viel für Antiquitäten ausgegeben.»

Er sammelte die Schriftrollen vorsichtig ein, faltete sie und legte sie in seine Tasche. Was würde ihm das Verhandeln bringen? Noch fünfhundert Taler? Er war müde und niedergeschlagen, seine Nerven waren gereizt. Er erinnerte sich, daß Clermont-Ganneau sich noch in Deutschland aufhielt. Natürlich, sie handelten unter seinem Einfluß. Er war es, der diese Atmosphäre heraufbeschworen hatte. Er spürte plötzlich seine Gegenwart und drehte sich um. Was für eine Farce! In dem Augenblick, da er Clermont-Ganneau vor seinem Hotel in Leipzig gesehen hatte, hätte er wissen müssen, daß es ein verlorener Krieg war. Zweitausend Taler! Es war zum Verrücktwerden! Die Summe würde kaum Augustes Schulgeld decken. Nein, er würde Moses nicht für zweitausend Taler verkaufen. Und Berlin war nicht das Ende der Welt.

Er preßte die Aktentasche an sich, betrachtete die schweigende Gruppe von Gelehrten und fragte sich, wer von ihnen der Lakai des Franzosen war.

«Überlegen Sie es sich», sagte Lepsius. «Ich schlage vor, wir treffen uns nach den Sommerferien wieder.»

Ermann fummelte an dem Blatt Papier, das auf dem Tisch lag, nun ja, würde er denn seine Zukunft aufs Spiel setzen durch eine Auseinandersetzung mit dem Mann, dessen Stelle er einmal anzutreten hoffte? Steinschneider haßte Konvertiten, das war eindeutig. Schröder wäre vielleicht interessiert gewesen, wenn es sich um einen Fund aus Assyrien oder Akkad gehandelt hätte. Und Dillmann, der Äthiopien-Experte, was bedeuteten ihm die Schriftrollen? Nein, von diesen Gelehrten hatte er nichts zu erhoffen. Das hätte er von Anfang an wissen müssen. Sie würden ihre Meinung auch nach den Sommerferien nicht ändern.

Die drei Freunde folgten ihm verlegen aus dem Saal. Frau Hermanns Gesicht war grau, sie ließ die Schultern hängen, und plötzlich welkte sie vor seinen Augen.

«Wir haben es wieder einmal geschafft», murmelte sie und zündete sich eine Zigarette an.

«Und was jetzt?» fragte Weser verzagt. Was hatte *er* sich erhofft?

«London.»

«Die Engländer werden sich beeilen, ihre Hand auf die Schriftrollen zu legen, wenn sie erfahren, daß auch die Deutschen an ihnen interessiert sind», sagte Frau Hermann.

«Ja.»

«Haben Sie Ihre Schritte so geplant?» fragte sie. «Sehr raffiniert. Wir haben Ihnen also als Spielfiguren gedient?»

Ihre Enttäuschung verwandelte sich nun in Haß.

«Vielleicht sollte ich mit Rabbiner Hildesheimer sprechen?» schlug Weser vor.

«Ich will keinen Gefallen.»

«Wir haben unseren Teil getan, Vater», sagte Frau Weser zum Pfarrer. Ein hysterischer Ton hatte sich in ihre Stimme geschlichen, und er fürchtete, daß sie die Beherrschung verlieren würde. Er erinnerte sich wieder daran, daß seine Tochter sich in ihrer Obhut befand, und wer weiß, vielleicht würde er eines Tages sogar durch Heirat mit dieser Frau verwandt sein.

«Sie streuen Salz in meine Wunde», sagte er. «Schließlich war es Ihr Gatte, der mich dazu bewogen hat, die Rollen nach Berlin zu bringen.»

«Wir werden das Geld schon finden», versicherte Weser.

«Ach ja?» fragte Shapira. «Auf wessen Empfehlung denn? Was auch immer geschieht, das Ergebnis wurde bereits vom Komitee entschieden. Jede Diskussion, jedenfalls was Deutschland anbelangt, wird am Ende auf diese Leute zurückfallen, denn sie sind doch die größten Experten für den alten Orient und dessen Schriften.»

London!

Von nun an würde er seine Schritte genau planen und alles einkalkulieren. Alles! Er sollte froh sein, daß die Deutschen seine Schriftrollen kaufen wollten. Das würde sein Trumpf sein. Ohne es zu wissen, hatten sie ihm die Munition für den nächsten Kampf geliefert. Er würde London im Sturm nehmen und den nationalen Stolz der Engländer entfachen.

Er preßte die Aktentasche an die Brust und versprach seinen Freunden, daß er sie noch vor seiner Abreise treffen würde, obgleich er bereits beschlossen hatte, sie nicht wiederzusehen. Er hatte es plötzlich eilig. Er mußte sich von Auguste verabschieden, Rosette über die Änderung seiner Pläne benachrichtigen, an Phoebe schreiben, um ihr sein Kommen mitzuteilen, Bergheim um eine weitere Anleihe bitten.

Im Hotel erwartete ihn ein weiterer Brief aus Jerusalem. Ein eigenartiges Fieber hatte Rosette ergriffen. Das große, leere Haus deprimierte sie, und die Abwesenheit ihres Mannes und ihrer älteren Tochter trieb sie zu einer merkwürdigen Geschäftigkeit an. In einem halb apologetischen, halb provokativen Ton erzählte sie ihm von gesellschaftlichen Ereignissen und zügellosen Einkäufen. «Matthäus – er bat mich übrigens, Dir auszurichten, daß er hofft, daß Du noch rechtzeitig zur Einweihung der neuen Templerschule nach Jerusalem zurückkehrst – hat in unseren Garten einen Mandelbaum, Weinreben und Rosen gepflanzt. Stell Dir vor – Rosen in Jerusalem! (‹Matthäus›! Wann war Herr Frank plötzlich ‹Matthäus› geworden?) Die Juden bauen ein Waisenhaus in unserer Nähe, und ich hoffe, daß der Lärm, den sie veranstalten werden, uns nicht zu sehr stören wird. Der Direktor, Doktor Herzberg, geht barfuß wie ein Beduine zwischen den arabischen Bauarbeitern umher, und dies heißt nichts Gutes. Wer großen Spaß an dem Durcheinander hat, ist natürlich Miriam. Seit es sich in Jerusalem herumgesprochen hat, daß Seine Majestät der Kaiser Deine Schriftrollen zu kaufen gedenkt, behandeln uns alle mit Ehrfurcht und Respekt, suchen unsere Nähe und natürlich auch unsere... Unterstützung. Selbst die Damen Blankherz baten mich um eine Anleihe, und ich war gezwungen, mir von Duisberg Geld zu borgen, um sie nicht mit leeren Händen wegschicken zu müssen. Sie wollen dem Verlobten eine Schiffskarte schicken. Ich persönlich glaube nicht, daß er kommen wird. Bitte schicke so bald wie möglich Geld, damit wir Bergheim und Duisberg die Schulden zurückzahlen können. Ich konnte Schimon Levy sein Gehalt nicht zahlen, weil ich kein Geld mehr habe. Er hat nichts gesagt, aber der Mann hat eine Familie, und ich muß ihn bezahlen, aber wovon? Freddi Klein (‹Freddi›!) hat mir erzählt, daß Professor Güthe ein Buch über die Schriftrollen schreiben wird. Wird es bald erscheinen? Kannst Du ein Exemplar davon mitbringen? Ich lege Dir einen kurzen Ausschnitt aus der hebräischen Zeitung ‹Der Libanon› über Deine Entdeckung bei. Freddi hat ihn mir übersetzt. Als ich weinte, erinnerte er mich an die Worte Jesu: ‹Selig seid ihr, so euch die Menschen hassen und euch ausstoßen und schelten und verwerfen euren Namen als einen bösen um des Menschensohnes willen.› Er hat mir einen Vers für eine neue Stickerei ausgesucht, und wann immer ich an die üblen Verleumdungen denke, hole ich sie hervor und finde Trost in der bescheidenen Handarbeit. Ich hoffe, sie wird bis zu Deiner Rückkehr fertig sein, aber um ehrlich zu sein, habe ich zum Sticken keine große Geduld.»

Im Zeitungsausschnitt stand folgendes geschrieben:

21 Nissan 1883

Neigt Euer Ohr und hört, was Doktor Albert Socin aus Basel in der *Allgemeinen Zeitung* über die im Heiligen Land gefundenen Denkmäler zu sagen hat:
«In Jerusalem bereitet man sich darauf vor, eine Fabrik zu errichten, aus der altertümliche Denkmäler hervorkommen sollen. Herr Shapira (ein Jude, der seinen Glauben wechselte) sagte, er habe einen Stein gefunden, auf dem ‹Mose› geschrieben steht, und einen anderen Stein mit dem Befehl des Herodes, jedem Fremden den Eintritt zum Tempel zu verwehren, und einen dritten Stein in

einer Schrift, die der Schrift auf dem Stein von Mesa ähnelt und auf dem der Inhalt des 62. Kapitels im Psalter steht... Ich kenne Shapira von Angesicht zu Angesicht und weiß, daß eine solche Irreführung zu seinem Charakter und seinem Verhalten paßt. Es ist bekannt, daß er nur deshalb den Glauben seiner jüdischen Väter wechselte, um ein Bote der Missionare zu sein.»
Dies sind die Worte des Herrn Albert Socin aus Basel. Und wir sind nun von Herzen froh, daß wir nicht wie jene Simpel waren, die in ihrer Einfältigkeit glaubten, daß tatsächlich ein Gedenkstein unseres Meisters Moses gefunden wurde. Und hinsichtlich Herrn Shapira dürfen wir hinzufügen, daß dies der Mann ist, der das Lager der Hebräer auch mit alten Thorarollen, die auf Hirschhaut geschrieben sind, in Aufruhr versetzt. Und es ist ihm bereits gelungen, einen klugen Mann dazu zu verleiten, ein Buch über eine dieser Thorarollen zu schreiben, doch er hat noch keinen gefunden, der so töricht wäre, ihm so viel Geld, wie er für sie verlangt, zu geben.

Er saß in dem Zimmer des fremden Hotels in der fremden Stadt und erstickte beinah vor Empörung und Wut. Er hatte gelogen, als er Weser sagte, daß Fremdheit Freiheit verleihe. Fremdheit bedeutete Ketten, die kaum zu ertragen waren. Und all seine Bemühungen, sich zu befreien, schienen sie noch fester gezogen zu haben.

Albert Socin war der Mann, der fünf Jahre zuvor zusammen mit Kautzsch das Buch gegen die moabitischen Altertümer verfaßt hatte. Kein Wort in dem Artikel entsprach der Wahrheit! Kein einziges! Aber niemand würde Socin einen Lügner nennen. Nur er war zu ständigem Hohn verdammt. In seinem Besitz fanden sich heilige Schriftrollen, das Gesetz Mosis, wie es auf dem Berg Sinai gegeben wurde, doch die Tonfunde warfen ihre langen Schatten auf sie, und er wurde als Marktdieb verleumdet, und es gab keinen, der die Schande rächte. Vor wem konnte er klagen, an wessen Schulter weinen? Warum richtete sich der Haß der Menschen gegen ihn? Ja, er hatte gesündigt und durch stilles Bekenntnis seine Sünde gebeichtet. Würde ihm niemals vergeben werden? In den Augen der Juden würde er stets ein «Abtrünniger» sein, in den Augen der Christen stets ein «Ungläubiger», und keine der beiden Seiten würde ihn von seinen Ketten befreien. Die Gesellschaft braucht ihre Sünder mehr als die Büßer. Es sind die Verbrecher, die die Grenzen des Erlaubten und Verbotenen bestimmen, ohne sie würde die Gesellschaft ihre Maßstäbe verlieren. Und wenn die Gesellschaft keine Verbrecher bei der Hand hat, schafft sie welche aus dem Nichts. Als die französische Union Generale im letzten Jahr bankrott ging, wurden da nicht die Juden des «Mordes» an der Bank beschuldigt, obwohl sowohl die Besitzer als auch die Kunden Katholiken waren? Und als es im letzten Frühjahr Pogrome in Rußland gab, hatte da der Zar Alexander III. nicht die Juden beschuldigt mit der Begründung, sie hätten diese Ausschreitungen durch ihre Ausbeutung der christlichen Russen verschuldet? Hätte Clermont-Ganneau die Schriftrollen entdeckt, so würde sein Stern von einem Ende der Welt zum anderen leuchten, aber die Hände von Moses, Sohn des Nathanel-Isaak Shapira, brauchten nur die Rollen zu berühren, und schon erinnerten sich die Leute an einen bestimmten Fälscher namens Zappert! Selbst Rosette sagte nicht in ihrem Brief, daß sie an ihn glaubte. Sie vertraute ihm nie voll und ganz. Vielleicht liebte sie ihn auf ihre folgsame und pflichtbewußte Art und Weise, aber ein Schatten des Verdachts umwölkte ihre Liebe, und in der Tiefe ihres Herzens hielt sie ihn für den ewigen Verbrecher, ein makelhaftes Geschöpf, dessen Verbesserung ihre Sühne sein würde. Und vielleicht gab es tatsächlich irgendeinen Makel in seinem Charakter, den zu erkennen und zu begreifen er unfähig war? Vielleicht lag in seiner Wahrnehmung der Realität irgend etwas, das den Unterschied zwischen Wahrheit und Lüge verwischte! Wollte er etwa so sehr an die Schriftrollen glauben, daß die Sinne sein Urteilsvermögen verzerrten? Vielleicht war die Zeit gekommen, aufzugeben, die rote Kappe aufzusetzen und die Rolle des Teufels und Clowns anzunehmen, die die Gesellschaft für ihn bestimmt hatte? Er war der Jude, der Sünder, der geldgierige Betrüger. Das blutrünstige Monster war nicht in der Finsternis des Mittelalters verschwunden, und die dreißig Silberlinge von Judas Ischariot und die dreitausend Dukaten Shylocks waren die zweitausend Taler Shapiras. Das Pfund Fleisch würde ihm zusammen mit seinen Schriftrollen genommen werden, und er würde noch vor seinen Peinigern auf die Knie fallen und sie anflehen «Nehmt mein Leben auch». Schlottmann hatte bestimmt, daß die Schriftrollen gefälscht seien, ohne sie je gesehen zu haben. Socin hatte bestimmt, daß die Schriftrollen gefälscht seien, ohne sie je gesehen zu haben. Und dies waren die Männer, die im Namen der Wahrheit und Wissenschaft Gerechtigkeit forderten!

Er mußte sich zusammenreißen. Er stand auf und wusch sich das Gesicht mit kaltem Wasser. Im Spiegel starrten ihn seine Augen unter geschwollenen Lidern an.

London!

Er mußte sich auf den Weg machen, bevor die Zweifel der Berliner Gelehrten Flügel bekamen. Sie hatten ihn oder seine Schriftrollen zwar nicht abgelehnt, aber ihre zurückhaltende Reaktion hatte einen bitteren Geschmack hinterlassen. Er mußte sich zusammenreißen. Warum hatte er plötzlich den Mut verloren? Seit er sich erinnern konnte, hatte ihn das Verderben verfolgt. Doch dieses Mal würde es ein zweischneidiges Schwert sein. Reue und Trauer würden die Gelehrten von Berlin ergreifen, wenn sie herausfanden, daß sie die wichtigste Entdeckung des Jahrhunderts in der Hand gehalten und für immer verloren hatten, weil sie auf die Verleumdungen des Franzosen hörten.

London!

In London wehte ein anderer Wind. Dies war die Heimat von Disraelis *Tancred* und George Eliots *Daniel Deronda*, die Heimat von Montefiore und Oliphant und Rothschild, ein Land, das sich mit Träumen von Erlösung und messianischen Sehnsüchten und Liebe zum Lande Israel quälte. War es nicht in England, wo die Summe von hunderttausend Pfund Sterling in einer öffentlichen Spendenaktion für die Opfer der Pogrome in Rußland aufgebracht wurde? Und war es nicht in England, wo der Palestine Exploration Fund gegründet wurde? Er hatte viele Freunde unter den Mitgliedern, sowohl Juden als auch Nichtjuden. Und Phoebe war dort, Phoebe mit ihrem Kopf voller Poesie und ihren unbändigen Locken, die ihr über die Augen fielen. Warum war er nach Berlin gefahren und nicht nach London? Morgen, morgen würde er sich auf den Weg machen. England würde ihn willkommen heißen, würde den wahren Wert seiner Schriftrollen zu schätzen wissen und ihn reich wie Krösus heimschicken. Ja, je eher er sich auf den Weg machte, desto schneller würde er nach Jerusalem zurückkehren können, in sein Haus mit den kleinen Balkons und den blauen Giebeln, zu Rosette, seinem Pfau, und zu Ziona, seinem Liebling.

16

EIN TRÜBER DUNST LAG über den Häusern und kündete die Morgendämmerung an. Die verglaste Tür des Wirtshauses war schwarz und undurchsichtig, als weigerte sie sich, am Hellwerden teilzunehmen. Er war sehr durstig, seine Kehle erstickte vor Staub, und seine Augen brannten, als würden seine Lider von glühenden Nadeln gestochen. Die Anstrengung, nicht mit den Augen zu blinzeln, hatte ihn gänzlich gelähmt, und nun fürchtete er, sein Körper könnte ihn im Stich lassen, so daß er nicht mehr fähig sein würde, auf den Abzug zu drükken, wenn Clermont-Ganneau vor seinen Augen auftauchte. Ein Lichtstrahl zerteilte die Häuserwand und ruhte flackernd auf dem gegenüberliegenden Ziegeldach. Das Geräusch von klappernden Schritten war zu hören, und einen Augenblick später erschienen die zwei Bäcker, die er gestern gesehen hatte. Einer von ihnen hielt eine brennende Zigarette im Mund, und beide trugen Schirmmützen. Sie gingen im Gleichschritt und sprachen nicht. Der Geruch von frischem Brot stieg zu ihm hinauf, und er wußte, daß seine Sinne ihn täuschten. Einmal die Woche buk Rosette Brot. Sie wachte vor Morgengrauen auf und ging in die Küche, und dort stand sie und knetete und knetete, und dann brachte Warda den Teig in die Bäckerei und kehrte später mit den dampfend heißen Brotlaiben zurück, und er konnte sich nicht beherrschen und brach heimlich, mit brennenden Fingern, ein kleines Stück ab und aß es und versengte sich den Gaumen damit. Wenn Rosette den Diebstahl entdeckte, schimpfte sie zornig mit ihm. «Bist du ein kleines Kind, daß du Brot stiehlst, bist du ein Säugling, daß du dich nicht beherrschen kannst?» Manchmal kam es ihm vor, daß sie das

Brot absichtlich auf dem Holzbrett liegenließ, damit er es stehlen würde, der Beweis, daß ihr Brot gut war, daß es eine unwiderstehliche Versuchung war und ihr Gelegenheit gab, ihren Willi auszuschelten, ihn zurechtzuweisen. Er tat ihr beinah einen Gefallen, daß er sich von ihr ertappen ließ. Sie war die Gute und er der Böse, sie war die Tadelnde und er der sündhafte Dieb. Er erinnerte sich, wie er sich einmal lachend auf den Boden gekniet, ihr die Füße geküßt und sie um Verzeihung gebeten hatte und wie sie «Willi! Willi!» geschrien hatte, als er seine Hände unter ihre Röcke, zwischen die warmen Schenkel schob. Sie stieß ihn grob zurück und begann zu weinen. «Schämst du dich nicht?» Und er antwortete nein! und lachte, den Geschmack des Brotes im Mund. Wie lange war es her, seit er gegessen hatte? Einen Tag? Zwei Tage? Eine Woche? Er war nicht hungrig, er hatte einen faulen Geschmack im Mund, und seine Kleider stanken abscheulich, und er wunderte sich, daß der Empfangschef bereit gewesen war, ihm ein Zimmer zu geben. Wo hatte er das Geld für seinen Unterhalt gefunden in der Zeit, die verstrichen war? Er hatte London mit hundert Pfund in der Tasche verlassen, aber das konnte doch nicht die ganzen sieben Monate lang gereicht haben. Jetzt würde er sein ganzes Haus für ein Glas Wasser hergeben.

Er erinnerte sich an die Reaktion von Besant und Conder, als er von ihnen die Summe von einer Million Pfund Sterling verlangte. Sie hatten nicht geantwortet, weder gelacht noch protestiert. Man diskutiert über zweitausend Taler, aber nicht über eine Million Pfund Sterling. Und das war doch ein Viertel der Summe, die Disraeli für die Aktien des Suez-Kanals bezahlt hatte.

Walter Besant, der Sekretär des Palestine Exploration Fund, und Claude Conder, ein Mitglied jenes Fonds, saßen da und sahen ihn schweigend an. Bildete er es sich ein, oder verfinsterten sich Conders Augen? Sie waren alte Bekannte. Seit zehn Jahren erforschte Conder das westliche Palästina, kartographierte es und veröffentlichte seine Ergebnisse im Bulletin des Palestine Exploration Fund. Conder war einer der ersten, die die Sammlung der moabitischen Tonfunde gesehen hatten. Er war auch einer der Anwesenden bei der erniedrigenden Farce im deutschen Konsulat, wo Clermont-Ganneau allen zu beweisen versuchte, daß die Funde gefälscht seien. In den letzten zwei Jahren war Conder im Osten Transjordaniens tätig gewesen und hatte ein Buch darüber geschrieben, *Heth und Moab*. Das Buch war bereits im Laden in der Christenstraße eingetroffen, aber er hatte keine Zeit gehabt, es zu lesen, da er mit seinen Schriftrollen beschäftigt war. Jetzt tat es ihm leid. Conder hatte ihn mit Vertrauen behandelt und den Kauf der zweiten Sammlung empfohlen, als ihn alle anderen schon an den Pranger stellten, und er hatte nicht einmal das Buch geöffnet. Gab es einen besseren Weg ins Herz eines Autors als den Satz «Ich habe Ihr Buch gelesen»?

«Ich war in den Höhlen von Wadi Mudjib», sagte Conder nachdenklich. Dann kicherte er. «Genauer gesagt, es gibt keine Höhle in Moab, die ich nicht betreten habe. Sie sind feucht und moderig, diese Höhlen. Die Beduinen der Stämme dort sind meine Freunde: die Taamira, die Adjaja, die Hameida. Ich habe dort auch Selim getroffen.»

«Selim El-Kari?»

«Ja.»

«Er hat von meinen Schriftrollen gehört.»

«Offensichtlich.»

Der Schatten der Ursünde würde nie von ihm weichen. Doch diesmal würde sich Selims Fluch in Segen verwandeln.

«Der Palestine Exploration Fund hat keine Million Pfund Sterling», sagte Besant. «Aber ich werde mit Herrn Bond, dem Hauptbibliothekar des Britischen Museums, sprechen. Wann können wir die Schriftrollen sehen?»

«Nachdem das Treffen mit Herrn Bond arrangiert ist.»

«Ich werde mich bemühen, es für Montag festzulegen. Heute geht es nicht mehr. Wo wohnen Sie?»

«Im Unicorn Inn.»

«Eh... nun...» begann Conder zu stammeln. «Phoebe Vaughn bat mich, Ihnen Grüße auszurichten.»

«Ach ja? Vielen Dank! Ich habe ihr geschrieben, aber noch keine Antwort erhalten. Wohnen sie noch immer in...»

«Essex. Aber diese Woche sind sie bei einem gemeinsamen Freund in Totteridge, in der Nähe von London. Ich glaube, Sir Charles Nicholson ist Henrys Onkel oder so ähnlich. Sie gehen nach Indien zurück.»

«Wann? Warum?»

«Henry hat dort eine offizielle Ernennung erhalten, das heißt, er wird uns abholen.»

«Wer?»

«Sir Charles. Und am Montag werden wir gemeinsam nach London zurückkehren.»

«Sie werden also auch dort sein, in, eh...»

«Totteridge, ja. Sie fahren nach Australien.»

«Wer?»

«Sir Charles. Und seine Gattin. Er besitzt eine herrliche Judaika-Sammlung. Er hat beschlossen, sie der Universität von Sydney zu vermachen. Er möchte Sie treffen.»

«Ja natürlich, warum nicht.»

Am Nachmittag nahm ihn Phoebe mit in den kleinen Salon. Das Sonnenlicht schien durch die hohen Fenster und warf rote und goldene Flecken auf die chinesischen Vasen, die auf dem Kaminsims standen. Die langen Sommertage Englands waren auf dem Landsitz noch länger. Die Sonne schien sich nicht trennen zu wollen von den grünen Baumkronen, den Wiesen, den Wäldern, die sich auf den sanften Hügeln erstreckten.

«England überrascht mich immer mit seinem Grün», sagte er. «Das Wetter in Jerusalem ist grausam. Bergheims Mühle arbeitete nicht mehr, als ich Jerusalem verließ, weil das Wasser im Brunnen versiegt war.»

«Ich erinnere mich an Bergheim. Und an seine Tochter.»

«Sie hat den deutschen Konsul geheiratet. Seine Dienstboten schlachteten ein Lamm zu diesem Anlaß, und sie fiel in Ohnmacht.»

«Henry kaufte Wein in seinem Laden.»

Sie kniete vor dem Kamin und zündete einen Holzscheit an. Ein Lichtstrahl drang durch das Fenster, verfing sich in ihrem rosafarbenen Kleid und sprühte rote Funken auf die Rüschen und Seidenschleifen, die Bänder und Spangen, Knöpfe und Haken, auf ihre ganze verblüffende Fülle. Sie neigte ihren Kopf und sah ihn an. Ihr Gesicht war sehr blaß, ihre feine, zarte Haut faltig. Sie setzte sich auf den Teppich und begann ihre Schuhe auszuziehen. Beim Frühstück war ihm der große Unterschied zwischen ihrem Gatten und ihr aufgefallen. Die wenigen Jahre mit ihr hatten ihm gutgetan. Seine rosige Haut strotzte vor Gesundheit und Vitalität, seine Augäpfel waren sehr weiß, und sogar das Muttermal auf seiner Wange war größer geworden.

«Henry ist ein sehr praktischer Mensch.»

«Ja.»

«Er hat ein unkompliziertes Verhältnis zur Welt. Ich betrachte das Leben durch einen Schleier von Regen.»

«Und die Poesie?»

Sie zuckte die Achseln. Er sehnte sich danach, ihren langen Rücken zu streicheln.

«Hast du etwas veröffentlicht?»

«Nein. Wir fahren nach Benares.»

Sie warf ihren Schal ab, richtete sich auf und trommelte auf ihren Bauch, der ein hohles Geräusch wiedergab.

«Ich verliere dich ständig.»

«Ich bin vierzig, Mosche, eine häßliche alte Frau.»

Er kniete neben ihr. Der Boden war kalt und hart, das Sitzen auf dem Teppich unbequem, das Feuer zu dicht und glühend. Überhaupt waren die Zimmer im Haus überheizt. Er ergriff ihre Hand.

«Möchtest du nach Indien zurück?»

«Wir möchten alle nach Indien zurück.»

«Ich nicht.»

«Die Bäume dort sind gigantisch.» Ihr Blick verklärte sich, und ihre Stimme klang gebrochen. «Der Farn flicht sich um die Wipfel und zieht von Baum zu Baum und verwandelt den Wald in einen duftenden Baldachin aus Magnolien und Kamelien, Harz und Tee, und der endlose Regen hüllt uns ein, bis auch wir Indien sind.»

Ihr Körper verströmte süßlichen Geruch. Seine Hände lagen noch in den ihren, und obwohl er fürchtete, sie loszulassen, fürchtete er auch, daß jemand ins Zimmer kommen könnte.

«In Indien ist die Sünde süß wie der Tod. Ich lernte dort einmal einen wunderschönen Sikh kennen und machte ihn unrein. Seine Haut schimmerte bräunlichlila, sie war glatt und roch nach Zimt und Butter. Er kam im bengalischen Aufstand um. Nach seinem Tod erfuhr ich, daß er verheiratet war, und irgend jemand im Polo-Club erzählte, daß sich seine Witwe auf dem Scheiterhaufen verbrennen ließ, obwohl es gesetzlich verboten ist.»

Sie lächelte. Dann lehnte sie sich zurück und bedeckte sein Gesicht mit der wilden, unglaublichen Fülle ihres Haares.

«Ram-Mahon. So hieß er. Ihn werde ich dort nicht wiederfinden.»

Sein Gesicht glühte. Phoebe bewegte sich und hob ihre Röcke. Er neigte sich zu ihr und küßte die Grübchen auf ihren Knien, streichelte die seidene Haut ihrer Schenkel. Sie fing seine Hände zwischen ihren Beinen und sagte mit ihrer kratzigen Stimme:

«Unsere Königin Victoria würde alle Tempel und Paläste Indiens niederbrennen lassen, wenn sie diese sähe. Ich kehre zu dem Leben der Sinne zurück, Mosche, zu den Goldwebern und Schlangenbeschwörern, den vollbusigen Tänzerinnen und den nackten Göttern. Vorige Woche habe ich Lillie Langtry auf der Bühne gesehen, sie kam mir wie eine ausgestopfte Puppe vor. Dort, umgeben von wandgemalten Liebesspielen, ist es leichter, sich dem Ritual anzuschließen, als es von außen zu betrachten. Aber ich bin kein verrücktes Mädchen mehr. Ja, ich war ein Mädchen, als ich Ram-Mahon begegnete. Mein geliebter Wordsworth sagte: ‹Die Dinge, die ich sah, kann ich nicht mehr sehen›, aber ich kehre trotzdem zurück. Wir alle kehren immer wieder zurück.»

«Bleib bei mir.»

«Wir fahren nächsten Monat.»

Ihre Schenkel entspannten sich, und er erhob sich vom Teppich. Seine Beine waren steif geworden, und er schüttelte sie.

«Du liebst ihn nicht.»

«Wir alle lieben nur uns selbst. Die Echos, die wir wiedergeben. ‹Die Winde, die von des Schlafes Feldern wehen.› Ich werde nie so etwas schreiben können. Er verfolgt mich den ganzen Tag, von dem Moment an, da ich die Augen öffne.»

«Wer?»

«Wordsworth.»

Sie wischte sich die Tränen mit den rosafarbenen Seidenärmeln fort.

«Ich liebe dich.»

«Nein, Mosche, nein. Du liebst irgendeinen Traum aus deines Schlafes Feldern in mir.»

«Ich habe Geld, Phoebe. Eine Menge Geld.»

Sie lächelte plötzlich, und nun benetzten Tränen des Lachens ihre bleichen Wangen. Als sie ihn anschaute, sah sie, daß sie ihn verletzt hatte.

«Wirst du mich in Indien besuchen?»

Er beugte sich über sie und begann die Tränentropfen zu pflücken, die in ihrem Haar hingen. In der Nacht würde er träumen, daß sich ihre Locken wie Orchideen in die immergrünen Baumwipfel flochten und von dem Monsunregen gespült wurden.

Als er aufsah, stand Henry in der Tür und blickte kalt auf seine Frau, die weinend auf dem Teppich lag, ohne Schuhe, die Röcke hochgeschlagen. Seine Stimme war eiskalt.

«Sir Charles möchte Ihnen etwas zeigen, Mosche.»

Auch er nannte ihn bei seinem hebräischen Namen. Er drehte sich um und wollte gehen.

«Henry!»

«Ja.»

«Henry, Henry, können wir wieder via Jerusalem reisen?»

«Auf unserem Rückweg? Ja, warum nicht.»

«Und auf dem Hinweg? Mosche hat mich eingeladen.»

«Unser erster Heimaturlaub ist in zwei Jahren.»

Diese kalte Stimme, die die Worte wie ein Eispickel hackte. Wie konnte sie nur mit ihm zusammenleben, sie, die nur aus zügellosen Gefühlen bestand, sie, die Körper und Seele so entblößte?

Die Tränenspuren waren noch immer auf ihren Ärmeln zu sehen. Sie lehnte sich zurück und stützte sich auf die Hände, die Schultern vorgebeugt, die Beine weit auseinandergestreckt. Sie spreizte die Zehen, und die rosa Farbe ihrer Ballen schimmerte durch die weißen Strümpfe, und ihm schien, er habe nie in seinem Leben einen so rührenden Anblick wie diese Zehen gesehen. Er wollte sich auf sie stürzen, sie hochheben und fest an sich pressen, ihr versprechen, daß er sie immer und ewig beschützen werde. Sobald er die Schriftrollen verkauft hatte, würden sie zusammen nach Indien reisen, sie und er allein. Hatte sie ihn nicht gefragt «Wirst du kommen, Mosche?», hatte sie nicht Henry gebeten, nach Jerusalem fahren zu dürfen? Montag, hatte sie gesagt, fahre sie zum Einkaufen nach London und würde im Hotel Connaught wohnen. Er würde schon noch den richtigen Zeitpunkt finden, um mit ihr über ihre gemeinsame Zukunft zu sprechen.

Er wandte seine Augen von ihr ab und folgte Henry ins Arbeitszimmer von Sir Charles. Auf einem kleinen Tisch im halbdunklen Korridor stand eine blaue Vase mit gelben Narzissen. Ein schwacher Geruch der Verwesung vermischte sich mit dem Duft der Blumen und reizte seine Nase.

In Sir Charles' Arbeitszimmer gab es keine Blumen, aber ihm schien, als hinge auch hier der Geruch von Verwesung schwer in der Luft. Auf dem Schreibtisch lag die Thorarolle, die er an das Britische Museum geschickt hatte. Unwillkürlich streckte er seine Hand nach dem Pergament aus, um es zu berühren, und seine Augen verschlangen die Buchstaben. Er hörte, wie Henry aus dem Zimmer ging und leise die Tür hinter sich schloß, und Sir Charles murmelte etwas. Mit seinem großen Schnurrbart und seinen rosigen Wangen sah er wie ein Reiter oder Jäger aus, einer, dessen Gesicht ständig vom Wind gepeitscht war.

«Haben Sie diese Thorarolle im Katharinenkloster auf dem Berg Sinai gekauft?»

«Ja. Aber warum ist sie hier bei Ihnen? Ich habe sie doch dem Britischen Museum geschickt und auch die Bezahlung erhalten.»

«Ich war derjenige, der Ihnen das Geld schickte. Doktor Ginsburg, der für die hebräischen Handschriften im Britischen Museum zuständig ist, stellte die Hypothese auf, daß diese Thora im elften Jahrhundert geschrieben worden sei. Was meinen Sie?»

«Es ist möglich. Wer bin ich, daß ich ihm widersprechen sollte?»

«Seien Sie nicht so bescheiden. Meiner Ansicht nach gibt es auf der ganzen Welt keinen größeren Experten für hebräische Handschriften als Sie.»

«Vielen Dank.»

«Wo haben Sie die Thorarolle gekauft?»

«Das habe ich Ihnen schon gesagt.»

«Sind Sie sicher?»

«Warum fragen Sie?»

«Mein Freund, Pastor Friedländer, untersuchte diese Rolle. Er behauptet, daß sie Anfang des dreizehnten Jahrhunderts im Jemen geschrieben worden sei. Vielleicht haben Sie die Thorarolle doch im Jemen gekauft?»

«Vielleicht. Bis zu diesem Augenblick war ich mir sicher, daß ich sie im Katharinenkloster gekauft hatte, aber nun fällt mir ein, daß ich bei meiner Rückkehr aus dem Jemen durch den Sinai kam, und da ich an beiden Orten Thorarollen kaufte, ist es möglich, daß ich sie durcheinandergebracht habe. Das macht sicherlich einen furchtbaren Eindruck.»

«Nein, im Gegenteil, es macht eher einen guten Eindruck. Nur ein Lügner erinnert sich an jede kleine Einzelheit seiner Aussage. Es ist der ehrliche Zeuge, der manchmal bei der Rekonstruierung der Ereignisse durcheinanderkommt. Ich spende diese Thorarolle der Universität von Sydney.»

«Warum wollte Doktor Ginsburg sie nicht kaufen?»

«Ich weiß es nicht. Vielleicht wurde die Entscheidung von Herrn Bond, dem Hauptbibliothekar, getroffen.»

«Ja, höchstwahrscheinlich. Ginsburg hat schon Dutzende Bücher von mir gekauft.»

«Kennen Sie ihn?»

«Nein, noch nicht. Wir haben miteinander korrespondiert. Niemand, der sich für heilige Schriften interessiert, würde so eine Thorarolle aus der Hand geben.»

«*Sie* sind an heiligen Schriften interessiert.»

«Es geht um das Britische Museum, Sir Charles. Der Thorarolle gebührt eine Herberge, und dies ist die gebührende Herberge. Ich bin sicher, daß Ginsburg nichts davon wußte, und um meinen Glauben an die Rolle zu beweisen, bin ich bereit – nein, es ist mein Wunsch! –, sie von Ihnen zurückzukaufen, zu jedem Preis, den Sie nennen werden.»

«Bitte, Herr Shapira, habe ich gesagt, daß ich Zweifel habe?»

«Nein.»

«Ich habe keine.»

«Das freut mich. Lesen Sie Hebräisch?»

«Pastor Friedländer bringt es mir bei, aber bisher kenne ich nur die Druckschrift. Kennen Sie ihn?»

«Nein.»

«Im vergangenen Jahr hat er ein Stück Land in Artuf in der Nähe Jerusalems gekauft, um die russischen Flüchtlinge dort anzusiedeln. Friedländer meint, es sei ein wunderschöner Ort, auf einem Hügel in der Mitte des Weges zwischen Jerusalem und Jaffa gelegen, dort, wo das Tal endet und die Berge Jerusalems beginnen.»

«Ist er ein Missionar?»

«Ja, ein konvertierter Jude. Es ist ihm gelungen, mehrere Konvertiten aus Jerusalem dort anzusiedeln. Haben Sie nichts davon gehört?»

«Nein. Haben Sie Herman-Paul Gordon gekannt?»

«Nicht persönlich. Er starb an Malaria in Westafrika. War er ein Freund von Ihnen?»

«So ähnlich.»

«Nach seinem Glauben starb er einen ehrwürdigen Tod.»

«Ja.»

«Schade, daß ich gerade jetzt, da Sie in England sind, nach Australien fahren muß. Versprechen Sie mir, daß Sie bei Ihrem nächsten Besuch mein Gast in Totteridge sein werden. Kommen Sie während der Saison. Schießen Sie?»

«Was?»

«Fasane. Irgend jemand hat Fallen in meinem Jagdrevier aufgestellt», erinnerte er sich ärgerlich.

«Tatsächlich?»

«Aber wir werden ihn schon erwischen, darauf können Sie sich verlassen! Glauben Sie, daß es noch mehr Schriftrollen in den Höhlen am Toten Meer gibt?»

«Möglich.»

«Ich würde mich gerne Ihrer nächsten Expedition anschließen.»

«Bitte sehr.»

«Wer weiß, vielleicht finden wir dort noch andere Schriftrollen, die nicht minder interessant sind als diejenigen, die Sie bereits gefunden haben. Hört sich das töricht an?»

«Nein, ganz und gar nicht», lachte Shapira. «Es ist Ihr ‹Wer weiß›, das die Räder der Welt ins Rollen bringt.»

«Manchmal frage ich mich, ob nicht vielleicht jüdisches Blut in meinen Adern fließt. Haben Sie übrigens gehört, daß der

Vorschlag, den Juden gleiche Rechte zu geben, im House of Lords abgelehnt wurde? Sie taten es Gladstone zum Trotz, aber wer ist das Opfer? Die Juden, wie immer. Wann treffen Sie sich mit Ginsburg?»

«Am Montag.»

«Er war auch Missionar.»

«Ich bin keiner.»

«Nein? Was sind Sie dann?»

«Ich weiß es nicht», lachte er. «Ich weiß nur, was ich nicht bin.»

Er lachte wieder, spürte jedoch, daß er die Nerven zu verlieren begann, und schloß die Lippen. Sir Charles betrachtete ihn nachdenklich, und er versuchte, an etwas zu denken, was ihn zerstreuen würde. Er wünschte, daß ihm ein Glas Whisky angeboten würde.

«Ginsburg ist Pole, nicht wahr?»

«Ja. Er wurde in Warschau geboren, konvertierte zum Christentum und wurde Pfarrer. Ihr flieht vor dem Judentum und findet Obdach im Judentum selbst. Haben Sie eine Erklärung dafür?»

«Nein.»

«Er beschäftigte sich einige Jahre lang mit der Missionsarbeit und kehrte dann wieder an den Schreibtisch zurück. Er ist ein sehr fruchtbarer Mann. Zu fruchtbar, meiner Ansicht nach. Zur Zeit überarbeitet er die Massora, der erste Band ist bereits erschienen.»

Er wunderte sich über den mißbilligenden Ton in Sir Charles' Stimme. Warum sollte Ginsburg nicht «fruchtbar» sein? Was sprach dagegen? War er zu sehr darauf erpicht, seine Gelehrsamkeit zu beweisen, oder stimmte sein Fleiß nicht mit seinem Intellekt überein? Obwohl er Ginsburg nicht kannte, fühlte er, daß er sich mit ihm identifizierte. So sprechen die über uns, dachte er. Wir sind zu fleißig, zu klug, zu fruchtbar. Sir Charles teilt seine Freizeit zwischen Fasanenjagd und Hebräisch-Studium ein und kann die Hingabe eines Gelehrten wie

Ginsburg nicht verstehen, aber er, Shapira, und Ginsburg sind wie Brüder. Er hatte keinen Zweifel, daß es Bond war, der das Schicksal der Thorarolle entschieden hatte. Hätte Ginsburg auch nur einen Blick auf sie geworfen, so hätte er sie nicht wieder aus der Hand gegeben. «Einen kühlen Kopf bewahren», so sagten die Engländer. Nun, er würde ihren Rat befolgen. *Er* würde nicht zu begeistert, zu eifrig, zu leidenschaftlich sein.

Der Augenblick der Konfrontation war gekommen.

Die Sitzung fand am Freitag, dem 26. Juli 1883, im Britischen Museum statt, eine Woche nach seinem ersten Treffen mit Walter Besant, dem Sekretär des Palestine Exploration Fund. Der Exploration Fund wurde von Walter Besant und Claude Conder vertreten, während das Museum von einer Reihe renommierter Persönlichkeiten repräsentiert wurde, darunter Mister Bond, der Hauptbibliothekar, und Christian David Ginsburg, der Kurator hebräischer Handschriften. Shapira wußte, daß die Anwesenheit dieser Männer ein Beweis dafür war, daß das Museum bereit war, den Kauf der Schriftrollen zu dem Preis, den er für sie verlangt hatte, zu erwägen. Es herrschte eine gespannte Atmosphäre, aber er selbst wurde von freudiger Hoffnung ergriffen. Ihm schien, daß seit der Überführung des Rosetten-Steins aus Ägypten nichts eine solche Aufregung unter den Museumsleuten ausgelöst hatte, und er, er und kein anderer, war dafür verantwortlich. Sein Herz floß über vor Zuneigung zu diesen Männern, und er sah verstohlen zu Ginsburg hin. Die nähere Bekanntschaft mit ihm wollte er auf einen günstigen Zeitpunkt verschieben, innerlich aber hatte er bereits beschlossen, der Öffentlichkeit nicht die Tatsache zu verheimlichen, daß das Museum die Erwerbung der Schriftrollen diesem bescheidenen, fleißigen Mann zu verdanken hatte. Sollten alle wissen, daß Shapira seinen Wohltätern lohnte.

Er legte die fünfzehn schwarzen Pergamentstreifen auf den Tisch und erklärte, daß sie zweimal den gleichen Text mit kleinen Varianten enthielten. Wie in Berlin wurde er auch hier über ihren Fundort und Inhalt befragt und inwieweit sie sich von der traditionellen Version unterschieden. Zum Schluß wurde ihm mitgeteilt, daß das Britische Museum beschlossen habe, den Erwerb der Schriftrollen zu erwägen, und Doktor Ginsburg wurde die Aufgabe erteilt zu bestimmen, ob sie echt seien oder gefälscht. Ginsburg nahm es auf sich, unverzüglich mit dem Abschreiben und der Entzifferung des Textes zu beginnen und ihn mit dem masoretischen Text zu vergleichen. Der Besitzer der Schriftrollen wurde gebeten, eine schriftliche Erklärung über die Umstände ihrer Entdeckung abzugeben.

Shapira und Ginsburg begannen die gemeinsame Arbeit, und der ehemalige Missionar erwies sich als ein sorgfältiger und umsichtiger Gelehrter, der mit einem Lächeln seine innersten Gedanken verbarg.

«Was meinen Sie?» wollte Shapira nach einigen Stunden wissen.

«Es ist noch zu früh, um sich eine Meinung zu bilden.»

«Wann werden Sie es wissen?»

«Wenn wir mit der Arbeit fertig sind.»

«Ich hatte noch keine Gelegenheit, Ihnen für alles, was Sie für mich getan haben, zu danken.»

«Was habe ich getan?»

«Ich bitte Sie, ich weiß genau, daß das Museum meine heiligen Schriften nicht gekauft hätte, wenn Sie nicht gesagt hätten, daß sie für das Museum von Interesse seien.»

«Das ist meine Aufgabe. Hier geht es nicht um einen persönlichen Gefallen.»

«Nun gut, ich werde es nicht mehr erwähnen. Sie mögen das nicht, und trotzdem bin ich froh, daß ich es gesagt habe. Im Laufe der Jahre habe ich mich daran gewöhnt, in Ihnen einen guten Vater zu sehen, der aus der Ferne für mich sorgt.»

«Ich habe der *Times* eine Kopie der Abschnitte geschickt, die ich bisher entziffert habe. Ich glaube, Ihr Deuteronomium wird auch für den gebildeten Leser, der weder Theologie noch Archäologie studiert hat, von Interesse sein. Was meinen Sie, haben Sie etwas gegen die Veröffentlichung?»

«Nein, Gott behüte, warum sollte ich, ich akzeptiere alles, was Sie entscheiden. Ich habe volles Vertrauen zu Ihnen.»

Am Montag, dem 3. August 1883, öffneten die *Times*-Leser ihre Ausgaben und fanden darin, neben politischen, wirtschaftlichen und gesellschaftlichen Nachrichten... die Zehn Gebote!

ICH BIN. GOTT. DEIN GOTT.
DER. DICH. AUS ÄGYPTENLAND.
BEFREIT HAT. AUS DER KNECHTSCHAFT.
DU SOLLST. KEINE. ANDEREN. GÖTTER HABEN.
DU SOLLST. DIR. KEIN. BILDNIS. MACHEN.
IN IRGENDEINER. GESTALT.
WEDER. VON DEM. WAS OBEN. IM HIMMEL.
NOCH. VON DEM. WAS IM WASSER.
UNTER. DER ERDE IST.
DU SOLLST. SIE. NICHT ANBETEN.
NOCH. IHNEN DIENEN.
ICH BIN. GOTT. DEIN GOTT.
DU SOLLST.
HEILIGEN...

Am Rand des antiken Textes waren die Anmerkungen Doktor Ginsburgs abgedruckt, der erklärte, daß er der Öffentlichkeit den entzifferten Text zugänglich mache, ohne zu seiner Authentizität Stellung zu nehmen. Vom paläographischen Aspekt war es möglich, die Schriftrollen auf das neunte Jahrhundert v. Chr. zu datieren. Sie seien entweder vor dem Jahr 800 v. Chr. geschrieben worden oder nach dem Jahr 1800 n. Chr. Sollte sich die Handschrift tatsächlich als echt herausstellen, «wird der Text Probleme von größter Bedeutung aufwerfen und sowohl für die Kritiker als auch für die Kommentatoren der Bibel von Interesse sein».

«Ich schlage vor», schloß Doktor Ginsburg seinen Brief an die *Times*, «daß alle Gelehrten, die daran interessiert sind, an der Debatte über diese Schriftrollen teilzunehmen, sie zuerst untersuchen, bevor sie ein endgültiges Urteil fällen. Auch Herr Shapira hat ein Recht darauf, und eine wohlerwogene Kritik sollte auf der Untersuchung der Fragmente gründen.»

Neben den übersetzten Texten und den Anmerkungen Doktor Ginsburgs wurde auch Shapiras Erklärung an die Kuratoren des Museums bezüglich der Umstände, unter denen die Schriftrollen gefunden wurden, veröffentlicht.

Nach seinen Worten suchte ihn im Sommer 1878 ein Scheich in seinem Laden in Jerusalem auf und erzählte ihm von Pergamenten, die von Beduinen gefunden worden seien, die sich 1865 zwischen den Felsen des Mudjib, dem biblischen Arnon, versteckt hatten. Einige Zeit nach dem Treffen erkrankte der Scheich und starb, aber ein Beduine des Stammes der Adjaja brachte ihm alle Pergamentstreifen, die sich in ihrem Besitz befanden. Nachdem Shapira den Text entziffert hatte, schickte er Kopien an Professor Schlottmann in Deutschland und an Doktor Rieu in England. Schlottmann kam zu dem Ergebnis, daß es sich um Fälschungen handelte, und riet, sie zu vernichten.

Später wurde ihm klar, daß Professor Schlottmanns Vorbehalte zum Teil auf Fehlern beruhten, die Shapira selbst bei der Entzifferung des Textes unterlaufen waren, und vor Ostern dieses Jahres begann er die Schriftrollen von neuem zu entziffern. Professor Schröder, der deutsche Konsul in Beirut, sah die Rollen Mitte Mai und erklärte sie als echt. Shapira fuhr nach Leipzig und zeigte sie Professor Güthe und Doktor Mayer; auch sie glauben, daß die Schriftrollen echt seien, und haben sogar vor, ein Buch darüber zu veröffentlichen.

Die Reaktion der Öffentlichkeit verblüffte sowohl die Museumsleute als auch die *Times*-Redakteure. Wie sich herausstellte, war die Bibel eine «heiße Nachricht»! Die Tatsache, daß eine frühe Version der Zehn Gebote, vielleicht sogar eine noch frühere als die masoretische, gefunden worden war und der Entdecker eine Million Pfund Sterling für sie verlangte, entfachte die Phantasie der Öffentlichkeit. Der Artikel der *Times* wurde auch im *Athenaeum* und im *Jewish Chronicle* abgedruckt. Die Nachrichtenagentur Press Association vertrieb die neuesten Informationen über das Drama, das sich hinter den Museumswänden abspielte. Von nun an erschien das lebendige Wort Gottes nicht nur in den renommierten Zeitungen, sondern auch in Provinzblättern, und Abschnitte aus dem Buch der Bücher wurden neben Nachrichten über den Terror in Irland, die Hochzeit Oscar Wildes und die Eroberung des Sudan durch den Mahdi veröffentlicht.

In Anbetracht des wachsenden Interesses der Öffentlichkeit beschloß das Britische Museum, die Schriftrollen auszustellen. Einige der bereits entzifferten Fragmente wurden in Schaukästen in der Grenville Hall der King's Library präsentiert. Ein Strom von Besuchern setzte ein, wie ihn das Museum seit Jahren nicht mehr erlebt hatte. Lange Schlangen erstreckten sich bis auf die Straße hinaus, während die Leute geduldig darauf warteten, einen Blick auf Mosis Gesetz zu werfen.

Shapira ging ab und zu aus dem Zimmer, in dem er mit Ginsburg saß, und blickte staunend auf die Massen, die sich um seine Schriftrollen scharten. Er verstand, was Gelehrte an ihnen faszinierte, aber welche Bedeutung konnten sie für Hausfrauen, Kutscher, Kaufleute, Bankangestellte haben? Dieser Andrang hatte fast etwas Zirkushaftes an sich, und die Begeisterung der Öffentlichkeit erschwerte die Arbeit der Entzifferer, da sie einen unerwünschten Druck auf sie ausübte. Sie waren es nicht gewohnt, so zu arbeiten. Ginsburg wurde noch vorsichtiger und zurückhaltender und zog immer öfter seine Kollegen und andere Experten zu Rate.

Nach den Veröffentlichungen in der *Times* bat Ginsburg den Chemiker des Natural History Museum, Doktor Flight, in die

Bibliothek zu kommen, um das Leder der Schriftrollen zu untersuchen. In einer kurzen Analyse, die in den Zeitungen neben den «Shapira-Nachrichten» abgedruckt wurde, erklärte Herr Flight, daß der schwarze Stoff, der an den Schriftrollen klebe, wahrscheinlich gar kein Teer, sondern Wachs, eine Art Bienenwachs sei.

Wachs, Bienenwachs, Teer – was für eine Rolle spielten diese Einzelheiten? Wenn sie erwarteten, daß er sich an diesen banalen Spekulationen beteiligen würde, dann hatten sie sich geirrt, sollten sie sich ruhig damit amüsieren und endlose Diskussionen darüber führen, bitte sehr, er würde nichts sagen. Nein, er hatte kein Recht, auf Ginsburg böse zu sein, schließlich hatten Güthe und Mayer auch jenen Spezialisten Hoffmann eingeladen, um das Leder zu begutachten. So waren eben die Gelehrten, sie verließen sich nie auf ihr eigenes Urteil, sondern suchten ständig bei ihren Kollegen um die Bestätigung ihrer Meinungen. Er bemitleidete Ginsburg, der tagelang am Schreibtisch saß und einen Buchstaben nach dem anderen abschrieb, und wollte ihm beinah sagen, Sie haben doch hier zwei Kopien der Schriftrollen, beide eigenhändig von dem Besitzer angefertigt, warum müssen Sie sich da mit dem erneuten Kopieren quälen, doch dann entsann er sich seiner neuen Devise «einen kühlen Kopf bewahren». Er würde noch genug Gelegenheiten haben, sich zu erhitzen, wenn er erst einmal die Million Pfund Sterling in der Tasche hatte.

Am 13. August stattete Premierminister Gladstone höchstpersönlich dem Museum einen Besuch ab, um einen Blick auf die Schriftrollen zu werfen – schließlich war er derjenige, der für sie zahlen würde. Gladstone demonstrierte seine Bibelkenntnisse, stellte Fragen und versuchte sogar, mit Hilfe eines Vergrößerungsglases ein Wort zu entziffern. Er erzählte dem Jerusalemer Antiquitätenhändler, er habe in seiner Jugend Theologie und Altertumswissenschaft studiert und sich daher nicht zurückhalten können, ins Museum zu kommen, um seine Augen an den Schriftrollen zu laben, über die so viel in der

Times berichtet wurde. Das ist ein Mann nach meinem Herzen, dachte Shapira, ein Mann, der trotz seiner Größe keine Angst hat, seine Begeisterung und Neugier zu demonstrieren. Seine Zunge löste sich und er beschrieb, wie die Schriftrollen in seinen Besitz kamen, legte seine eigene Ansicht dar und stellte eigene Hypothesen auf, als pflegte er sein Leben lang die Gesellschaft von Premierministern. Er erkannte, daß Gladstones Besuch an sich schon eine Bestätigung des Kaufs der Schriftrollen bedeutete. Der Premierminister sprach von der Geschichte, die Fäden zwischen fernen Enden spannte. Eine verborgene Linie, erklärte er, ziehe sich von den Zehn Geboten zu der Vision Jesajas über Homer und Jesus Christus bis zu Jean-Jacques Rousseau und sogar bis hin zu dem Gedanken der Autonomie für die Iren. Shapira begriff, daß Gladstone den Schriftrollen ebenso nützte, wie sie ihm von Nutzen waren. Durch seinen Besuch im Museum wollte dieser schlaue alte Fuchs offensichtlich seinen Wählern zeigen, daß ihr Premierminister nicht nur ein Staatsmann, sondern auch ein Mann des Buches von nicht geringerer Größe sei als sein Rivale Disraeli, der Liebling der Königin Victoria.

Er prägte sich jedes Wort von Gladstone ein, um es später Phoebe erzählen zu können. Am Tag davor hatte er sie im Café Royal getroffen, und dieses Mal hatte sie nichts von der müden Niedergeschlagenheit an sich. Sie sprühte vor Heiterkeit und plapperte erregt, klopfte ihm auf den Arm, rezitierte Verse mit ihrer hohen, kratzigen Stimme, während ihr die Haare wirr ins Gesicht fielen und ihre Augen aufleuchteten. Sie war so von ihrer Poesie gefangengenommen, daß sie die übrigen Gäste in dem großen Saal mit den vergoldeten Karniesen und Spiegeln ignorierte und die Zeit vergaß. Draußen trübte sich bereits das Licht, und die Menschen begannen, das Café zu verlassen. Die Glocken von Kutschen und die Pfiffe der Türsteher waren zu hören, und zwei Damen blieben nun neben ihrem Tisch stehen.

«Hast du keine Angst, hier steckenzubleiben?» fragte eine

der Damen mit funkelnden schwarzen Augen und geschliffener Stimme. «Der Nebel verdichtet sich.»

«Nein, Cynthia, ich habe keine Angst. Nur meine Gedanken machen mir angst.»

«Phoebe, Phoebe, du bist unverbesserlich. Wir sehen uns am Montag bei Gladis.»

«Mosche wird mit mir kommen. Wirst du mit mir kommen, Mosche? Erkennt ihr ihn? Eine Handvoll Erde aus dem Heiligen Land. Er ist der Mann mit den Schriftrollen!»

«Dann sehen wir uns ja noch. Komm, meine Liebe», wandte sie sich an ihre Begleiterin. «Laß uns von dem sinkenden Schiff fliehen.»

Phoebe sah ihnen mit einem Lächeln nach, dann heftete sie ihre Augen auf die Fenster.

«Cynthia ist eine der wenigen Frauen, mit der ich mich angefreundet habe. Sie züchtet Orchideen.»

Die Kellner zogen die Vorhänge zu, doch da und dort blieben Öffnungen, durch die sich der Nebel zeigte.

«Hättest du gedacht, daß du in einem Café mit mir steckenbleiben würdest, Mosche?»

«Mit dir würde ich überall auf der Welt, in alle Ewigkeit steckenbleiben.»

«Wirst du am Montag mit mir kommen? Alle werden dasein.»

«Du hörst mir nicht zu, ich bin nur ein Traum aus den Feldern deines Schlafes, ein flüchtiger Gedanke, eine Erinnerung, ich bin der Stoff für deine Gedichte. Nein, antworte mir nicht.»

Er nahm ihre Hand und führte sie an seine Lippen, ungeachtet der Gäste, die noch im Café geblieben waren.

«Bist du sicher, daß du mich mitnehmen willst?»

«Ja.»

«Wird dich meine Anwesenheit nicht in Verlegenheit bringen?»

«Wieso denn? Viele Leute werden dort sein. Freunde von mir.»

«Gerade darum.»

«Da ist meine Kutsche. Danke, Jack», lächelte sie dem alten Türsteher zu.

Vom Ende der dunkel werdenden Straße kam eine Nebelwolke auf sie zugerollt, und das Läuten von Glocken war zu hören.

«Komm Montag um elf Uhr in mein Hotel», sagte sie aus dem Nebel heraus, und er fragte sich, ob sie mehr sah als er. Einen Augenblick schien ihm, als trete er auf etwas Lebendiges, eine Katze oder Ratte, und er spähte angestrengt in die Dunkelheit.

Am Montag würde Phoebe ihn ihren Freunden vorstellen, und dann gab es kein Zurück mehr. Was würde er Rosette sagen, was würde er ihr schreiben, wie würde er es ihr erklären? In ihrem letzten Brief hatte sie ihm erzählt, wie ihnen alle in Jerusalem die Ehre erwiesen, sie und Miriam zu sich nach Hause einluden und ihnen Besuche abstatteten und sie deshalb die Möbel neu beziehen und Jalousien an den Fenster anbringen mußte. Der Sommer dieses Jahr war heißer als sonst, schrieb sie, die Abfallhaufen auf den Straßen stanken fürchterlich, und sie wurden von Fliegen und Mücken geplagt. Ali fand eine tote Maus im Brunnen, und da der Arzt ihr geraten hatte, kein Wasser von den Bauern zu kaufen, um nicht an Malaria zu erkranken, war sie gezwungen, vom Schreiner ein Dach für den Brunnen anfertigen zu lassen. Rosette die Verschwenderin, die Optimistin, war eine neue Rosette, und er fragte sich, ob sie die Trennung verkraften würde. Nach Augustes Abreise war irgend etwas in ihr gerissen, als habe sie plötzlich den Schatten des listigen Räubers, der Zeit, entdeckt, und versuchte nun, im letzten Augenblick, die Annehmlichkeiten zu genießen, denen sie ihr Leben lang entsagt hatte. Vor einer Woche hatte er die Robe gefunden, die er seit seiner Reise nach Europa für sie gesucht hatte. Er war auf der Straße neben einem siedenden Kessel mit Tintenfischen stehengeblieben, als sein Blick auf ein kleines Schaufenster fiel, in dem eine gold-blaue chinesische

Robe hing, die ihrer alten Robe glich. Nun lag sie in seinem Zimmer, in dünnes, raschelndes Papier gewickelt, und ihre Farben flackerten jedesmal, wenn er den Koffer öffnete und das Licht darauf fiel. Er wußte, daß die neue Rosette, die hedonistische Rosette, diese Robe lieben würde, und ein Gefühl von Verfehlung ergriff ihn.

Gladstone bat Shapira, das Alter der Schriftrollen zu schätzen, und er, erregt über die ihm erwiesene Ehre, vergaß die Vorsichtsregeln, die er sich selbst auferlegt hatte, und erzählte dem Premierminister Dinge, die er noch nie jemandem verraten hatte.

«Die Gelehrten in Deutschland haben die Vermutung aufgestellt, daß die Schriftrollen vor dem achten Jahrhundert v. Chr. oder aber nach dem Jahr eintausendachthundert n. Chr. geschrieben wurden. Doktor Ginsburg schrieb im *Athenaeum* darüber. Aber es besteht noch eine dritte Möglichkeit, nämlich daß die Rollen zur Zeit der Makkabäer geschrieben wurden.»

«Tatsächlich?» Gladstone sah Ginsburg an.

«Wir müssen diese Möglichkeit untersuchen», sagte dieser.

«Im Text sind sogar christliche Hinweise enthalten.»

«Handelt es sich Ihrer Meinung nach um eine christliche Version?» fragte Gladstone.

«Doktor Ginsburg ist der Mann, der entscheiden wird, wann und von wem die Schriftrollen geschrieben wurden. Ich stelle nur Vermutungen auf. Gedanken sind zollfrei, wie die Deutschen sagen.»

Nachdem der Premierminister gegangen war, wandte sich Ginsburg an Shapira, sein Gesicht blaß vor Wut.

«Sie haben mich zum Narren gehalten.»

«Aber warum?» fragte Shapira. Er fühlte sich plötzlich wie ein kleiner Junge, der sich in einem Raum voller Gäste blamiert hat.

«Sie hätten mir Ihre erstaunlichen Theorien vor dem Treffen mit dem Premierminister mitteilen können. Was macht das für einen Eindruck, daß ich nichts von ihnen wußte? Warum haben Sie mir nichts von Ihren interessanten Theorien erzählt? Wurden sie in einer plötzlichen Eingebung geboren, oder haben Sie noch mehr Kaninchen im Hut?»

Shapira bemühte sich noch eine lange Zeit, Ginsburg zu beschwichtigen, und entschuldigte sich immer wieder demütig bei ihm. Die Ehre, die ihm erteilt worden war, hatte ihm den Kopf verdreht, genauso, wie sie Rosettes Verstand verwirrt hatte. Die Ehre hat die Eigenschaft, den, der sie nicht gewohnt ist, irrezuführen.

Am nächsten Tag, es war der 14. August, erschien ein Artikel im *Standard*, der Shapiras Bemerkungen an Gladstone wiedergab, nämlich, daß es unter denen, die an die Echtheit der Schriftrollen glaubten, manche gebe, die sie auf das neunte Jahrhundert v. Chr. datierten, und andere, die sie auf die Zeit der Makkabäer datierten.

Die Nachricht, in einem skeptischen und ironischen Ton geschrieben, beunruhigte ihn, und er dachte den ganzen Tag über die Worte nach, bis sie ihre Bedeutung verloren. In dem scheinbar naiven Bericht lag eine Spur von Hohn gegen all jene, die glaubten, daß ein so breiter Spielraum an Möglichkeiten offenliege. Er begriff, welchen Schaden er mit seiner Zügellosigkeit angerichtet hatte. Von nun an würde er seinen Mund versiegeln und Ginsburg die Arbeit allein machen lassen, er würde weder helfen noch irgendeinen Hinweis geben.

Doch vom Himmel wurde beschieden, daß er keinen Seelenfrieden mehr haben sollte.

Am Montag um elf Uhr holte er Phoebe von ihrem Hotel ab, und sie fuhren zusammen in ihrer Kutsche zur Feier. Sie trug eines ihrer Kleider, das gänzlich aus fließenden Wellen von Seide, Rüschen und Schleifen bestand. Um ihren Hut war ein hauchdünner Schleier gebunden, der ihr bis zu den Hüften reichte, und in der Hand hielt sie einen Fächer, der nach Zimt duftete. Er legte seine Hand auf die ihre. Einen Augenblick war er voller Hoffnung und wünschte, die Zeit voranzutreiben, und im nächsten Augenblick wollte er sie anhalten aus Angst vor der Zukunft. Er fürchtete den Rausch, der ihn ergriffen hatte, noch mehr jedoch fürchtete er die Ernüchterung, die darauf folgen würde, und verdrängte den Gedanken an den nächsten Tag, an seine Frau, seine Töchter, denn er wollte nur eins, mit Phoebe zusammensein, heute und morgen und übermorgen. Er fragte sich, wie ihre Freunde ihn empfangen würden, sie hatte gesagt, daß alle Gäste Freunde von ihr seien, und er bewunderte ihre Courage. An seiner Weste fehlte ein Knopf, er hatte keinen anderen gefunden, und das leere Knopfloch irritierte ihn. So ein Unsinn, bald würde er sich einen neuen Anzug beim besten Schneider der Stadt nähen lassen können. Einen Anzug? Fünf Anzüge würde er sich in der Bond Street machen lassen! Er löste seine Hand aus der Phoebes und ließ sie in die duftenden Seidenfalten ihres Schoßes gleiten.

Das Haus von Gladys, wer immer sie sein mochte, befand sich an einem hübschen kleinen Platz. Der Salon war voller Menschen, die dicht gedrängt beieinander standen, Weingläser in der Hand hielten und sich bei ohrenbetäubendem Lärm unterhielten. Phoebe wurde sofort von der Menge verschluckt, und er blieb allein zurück. Er fing Gesprächsfetzen auf und versuchte zu verstehen, worüber gesprochen wurde, als er plötzlich die hohe, geschliffene Stimme der Orchideenzüchterin aus dem Café Royal vernahm. Er hörte genauer zu und erkannte, daß sie über Phoebe sprach. «Die Ähnlichkeit zu ihrem Onkel, dem Admiral, wird immer größer.» – «Wie hält es Henry mit ihr aus?» – «Du mußt zugeben, daß sie sehr originell ist.» – «So originell wie ihre Minen und ihre Wolle. Sie haben so viel Wolle, daß ihr ganzer Kopf damit voll ist.» – «Sei nicht gemein, Cynthia, wenn sie als Mann geboren wäre, hätte sie eine Ausbildung erhalten und es zu etwas gebracht.» – «Wir haben sie im Café Royal mit irgendeinem Juden getroffen.» – «Das ist der Mann, der die Schriftrollen fand, Cynthia. Ich glaube, ich habe ihn hier gesehen.» – «Sie hat ihn tatsächlich hierhergebracht?»

Er entfernte sich hastig, da er es vorzog, die Fortsetzung des

Gesprächs nicht zu hören. Je schneller er Phoebe von hier fortnahm, desto besser. Einen Augenblick glaubte er, sie in der Menge zu sehen, dann verschwand sie wieder. Was für eine Dekadenz, dachte er, nichts als Tratsch, Ignoranz und Boshaftigkeit. Am anderen Ende des Raumes sah er einen kleingewachsenen, rothaarigen Mann neben dem Kamin stehen, einen Juden.

«Shapira», stellte er sich vor.

«Sachs.»

«Ich bin aus Jerusalem und komme ursprünglich aus Kamenitz-Podolsk. Ich sehe, Sie sind auch Jude. Woher kommen Sie?»

Der Mann starrte ihn entsetzt an.

«Hier weiß niemand, daß ich Jude bin», flüsterte er, kehrte ihm den Rücken und entfernte sich hastig.

Plötzlich war ein kristallenes Klingen zu hören, und die Stimmen verebbten. Irgend jemand, wahrscheinlich der Gastgeber, hielt eine Rede, in der er sich im Namen der Anwesenden von Phoebe und Henry, ihren lieben Freunden, die nach Indien zurückkehrten, verabschiedete. Seine kurze, geistreiche Rede erntete beifälliges Murmeln, Lachen und Applaus. Er sah, wie Henry sich einen Weg durch die Menge bahnte und neben den Gastgeber stellte, und wieder trat Schweigen ein, und die Gäste lauschten gespannt seinen Worten. Wo hatte er bis jetzt gesteckt? Hatte Phoebe gewußt, daß er hiersein würde? Sein Kopf brauste wie die Brandung des Meeres, er konnte nur mit Mühe Henrys Worten folgen, und wieder applaudierten die Gäste, und sein Kopf drohte von dem Lärm zu bersten. Die strahlenden Gesichter und die lachenden Münder verzerrten sich vor seinen Augen, und er wußte, daß er sofort von hier fliehen mußte. Dies war weder der Ort noch die Zeit, mit Phoebe zu sprechen, morgen würde er zu ihr ins Hotel gehen, und dann könnten sie gemeinsam ihre Zukunft planen.

Er beschloß, in Richtung Museum zu gehen, und betrat den Park, um seine angegriffenen Nerven von der grünen Ruhe besänftigen zu lassen. Was würde aus ihnen werden, fragte er sich. Früher oder später würde er mit Henry reden müssen. Was würde er ihm sagen, wie würde er etwas erklären, das er selbst nicht verstand.

Als er das Museumsgebäude erblickte, faßte er sich wieder. Dort, hinter den grauen Wänden, saß Ginsburg und entzifferte die Schriftrollen, während ihr Besitzer sich auf Gesellschaften vergnügte und Spaziergänge machte. Was war los mit ihm, wie waren seine Gedanken von der Hauptsache abgewichen? Er war mit einer bestimmten Mission nach London gekommen, und nun amüsierte er sich wie einer jener Müßiggänger.

Er mußte sich einen Weg zwischen den zahlreichen Besuchern bahnen, die sich um den Schaukasten im Grenville-Saal drängten. Neben den schwarzen Pergamentstreifen lagen die entzifferten Texte sowie Kopien der originalen Schriftstücke. Seitdem bekanntgeworden war, daß der Premierminister das Museum besucht hatte, hatte der Menschenstrom noch mehr zugenommen. Alle Zeitungen, von der *Times* bis zum billigsten Schundblatt, hatten über den Besuch berichtet, dem die Korrespondenten eine sensationelle Geschichte nach der anderen hinzufügten, ein jeder nach seinem Maß an Gewitztheit und Phantasie.

Im Arbeitszimmer traf er Doktor Ginsburg, den Hauptbibliothekar Mister Bond und Doktor Birch, den Kurator für orientalische Antiquitäten. Auf einem großen Tisch am Fenster lagen zwei offene Thorarollen.

«Wozu sind diese Thorarollen hier?» fragte Shapira.

«Wir hatten Besuch», sagte Ginsburg und rollte die Thorarollen zusammen. «Monsieur Clermont-Ganneau. Doktor Birch brachte ihn hierher. Ich höre, daß Sie alte Bekannte sind.»

«Ich, ja, ich kenne ihn. Was hat er mit diesen Thorarollen zu tun?»

«Es wurde die Vermutung aufgestellt», erklärte Ginsburg,

«daß die Schriftrollen... eh, daß sie von den Rändern alter Thorarollen abgeschnitten wurden.»

«Sind das die Thorarollen, die ich Ihnen verkauft habe?»

«Ja, 1877.»

«Was wollte er?»

«Was wollen sie alle? Die Schriftrollen untersuchen.»

«Nein!!»

Ohne zu überlegen, schlug er mit der Hand auf den Holztisch. Alle standen verblüfft und betreten da, bis Bond sah, daß das Tintenfaß auf dem Tisch zerbrochen war und die Tinte langsam auf Shapiras Schuhe und auf den Fußboden tröpfelte. Ginsburg nahm das Faß und legte es vorsichtig in den Papierkorb, während Bond den Tisch mit einem Lappen abwischte und Shapira ein paar Papierbögen reichte, damit er seine Schuhe säubern konnte.

«Verzeihen Sie», sagte Shapira, nachdem er sich die Hände gewaschen hatte. Er wagte noch immer nicht, den Männern ins Gesicht zu sehen. «Ich kann diesen Mann nicht ertragen, und auch er liebt mich nicht sehr. Ich möchte nicht, daß er sich an der Untersuchung der Schriftrollen beteiligt.»

«Das wird schwierig sein», meinte Doktor Birch. «Der Mann ist vom französischen Erziehungsminister geschickt worden, um sie zu untersuchen.»

«Der französische Minister hat keine Autorität in bezug auf die Schriftrollen.»

«Autorität? Nein, natürlich nicht. Aber Clermont-Ganneau hat sich an den Minister gewandt und ihn um eine offizielle Vollmacht gebeten, die er auch erhalten hat, und mit diesem Dokument in der Hand ist er zu uns gekommen. Man kann ihn nicht so ohne weiteres ignorieren.»

«Auch ich bin nicht davon überzeugt, daß seine Absichten rein wissenschaftlicher Natur sind», bemerkte Ginsburg. «Der Brief, den er veröffentlicht hat, ist voller Vorurteile.»

«Welcher Brief?» fragte Shapira.

Seine Hände waren noch feucht, und er versuchte, sich die

Tintenspuren von den Fingern zu reiben. Hilflose Angst ergriff ihn.

«Sowie Clermont-Ganneau von den Schriftrollen erfuhr, schickte er einen Brief an den französischen Kultusminister, der auch in den Zeitungen veröffentlicht wurde. Hier ist er.» Ginsburg reichte ihm einen Zeitungsausschnitt und setzte mit verächtlicher Miene fort: «Er drückt seinen Vorbehalt gegen die Schriftrollen aus, noch bevor er sie gesehen hat. In *Le Temps* vom 3. August schreibt er: ‹Ich habe gute Gründe, diesen Funden mit Argwohn zu begegnen, solange sie nicht gründlich untersucht worden sind... Es ist sehr wahrscheinlich, daß sie das Werk jener Person sind, die seit der Entdeckung der Mesa-Stele so viele ‚Antiquitäten' produziert hat, und sie sind wohl nichts anderes als die Nachfolger der pseudo-moabitischen Altertümer, die der deutsche Kaiser erwarb und die ich als eindeutige Fälschungen entlarvte.›»

«Dieser Mann kommt hier nicht herein!» schrie Shapira mit dünner, schriller Stimme. «Er hat beschlossen, daß die Schriftrollen gefälscht sind, ohne sie gesehen zu haben. Wozu muß er dann noch hierherkommen? Wozu brauchte er eine Vollmacht des Ministers? Er weiß ja schon alle Antworten! Und das soll ein Gelehrter sein? Nein! Wenn er es auch nur wagt, sich meinen Rollen zu nähern, nehme ich sie und verlasse London auf der Stelle! Warum haben Sie überhaupt mit ihm gesprochen?» fragte er Ginsburg.

«Ich bitte Sie, warum sollte ich nicht mit ihm sprechen? Sie waren doch nicht hier heute morgen.»

«Clermont-Ganneau hat geahnt, daß Sie so reagieren würden», sagte Doktor Birch. «Den Mann abzuweisen würde die Ablehnung eines offiziellen Gesuchs der französischen Regierung bedeuten. Damit sind gewisse Unannehmlichkeiten verbunden.»

«Das ist genau der Grund, warum er sich mit einer Vollmacht ausrüstete. Er liebt es, auf den Saiten nationaler Gefühle zu spielen. Der feine Sarkasmus gegen den deutschen Kaiser ist nichts im Vergleich zu dem Vergnügen, das er angesichts des Unbehagens der Engländer empfinden würde. Er versucht, Sie einzuschüchtern. Der Mann ist ein Meister der Durchtriebenheit, der Verhöhnung und der Einschüchterung. Denn wozu braucht er diese Vollmacht? Bietet das Britische Museum die Schriftrollen etwa zum Verkauf an? Braucht Doktor Ginsburg seine Hilfe bei der Entzifferungsarbeit? Nein! Er ist aus eigenem Interesse hierhergekommen, und er hat nur ein Ziel vor Augen: die Engländer zu verhöhnen. Er ist *sicher*, daß die Schriftrollen gefälscht sind, ohne sie überhaupt gesehen zu haben, und seine Reise hierher dient dazu, seinem Urteil eine offizielle Bestätigung zu geben.»

«Er sagte, er sei bereit, sich mit einer Untersuchung des physischen Zustands der Rollen zu begnügen», sagte Ginsburg. «Er ist bereit, sie in unserer Gegenwart durchzuführen, und sogar in Ihrer, wenn Sie darauf bestehen. Er verpflichtete sich auch, von einer Studie des Textes oder jeglicher Veröffentlichung, die mit ihm zusammenhängt, abzusehen.»

«Natürlich. *Er* hat es nicht nötig, sich den Text anzusehen, um sich seine Meinung darüber zu bilden.»

«Doktor Birch brachte ihn hierher, und ich sah keinen besonderen Grund, etwas dagegen einzuwenden, ich habe ihm jedoch gesagt, daß ich nicht der Besitzer der Schriftrollen sei und ihm morgen eine Antwort geben würde. Er meinte, er bräuchte nur eine Stunde.»

«Eine Stunde!»

«So sagte er.»

«Und Sie begreifen noch immer nicht, wer dieser Mensch ist! Sie, der größte Experte der Welt auf diesem Gebiet, strengen nun schon seit drei Wochen Ihre Augen an, ich arbeitete wochenlang an der Entzifferung der Rollen, aber ihm genügt nur eine Stunde.»

«Herr Shapira, so beruhigen Sie sich doch. Wenn Sie sich weigern, ihn die Schriftrollen sehen zu lassen, dann wird er sie eben nicht sehen. Die Rollen gehören Ihnen.»

«Ich weigere mich.»

«Das ist Ihr gutes Recht.»

«Ich muß Sie aber darauf aufmerksam machen, daß die Abweisung einen schlechten Eindruck auf die Öffentlichkeit machen wird», wandte Bond ein. «Doktor Ginsburg hat in seinem Brief in der *Times* alle Gelehrten dazu aufgefordert, die Schriftrollen zu untersuchen, bevor sie irgendein Urteil hinsichtlich ihres Wertes fällen, und nun kommt ein Gelehrter mit einer offiziellen Vollmacht, und wir weisen ihn ab.»

«Ich schlage einen Kompromiß vor», sagte Doktor Birch. «Wir sind ja auch daran interessiert, die Entzifferungsarbeit ohne Unterbrechungen fortzusetzen. Ich bin sicher, daß Clermont-Ganneau einen Skandal machen wird, wenn wir ihm die Untersuchung der Rollen verweigern. Also werden wir ihm und jedem, der sich in seinem Namen an uns wendet, erklären, daß wir die Rollen nicht zur Untersuchung hergeben können, solange Doktor Ginsburg noch mit ihrer Entzifferung beschäftigt ist und seine Ergebnisse noch nicht eingereicht hat.»

«Das hört sich fair und vernünftig an», sagte Ginsburg. «Er hat übrigens versprochen, seine Ergebnisse nicht vor der Veröffentlichung meiner Ergebnisse bekanntzumachen. Was meinen Sie, Herr Shapira?»

«Habe ich eine Wahl?»

Ein gespanntes Schweigen trat ein. Shapira trat ans Fenster, faltete die Hände auf dem Bauch und sah hinaus. Er spürte die Besorgtheit der Männer und wußte, daß diese Besorgtheit das Schwert war, das an seiner Kehle lag und das er selbst gewetzt hatte mit seinen Ausbrüchen. Er wünschte beinah, daß es ihn zerschnitt. Was würde jetzt geschehen? Es bestand kein Zweifel, daß Clermont-Ganneau nach London gekommen war, um seine Rollen anzuprangern, und das würde er tun, ob er sie zu sehen bekäme oder nicht.

Am nächsten Morgen beschloß er, nicht ins Museum zu gehen. Sollten die Gelehrten ihre Arbeit ohne ihn machen. Er war in der Nacht von furchtbaren Alpträumen geplagt worden.

Immer wieder tauchte das Bild der geöffneten Thorarollen vor seinen Augen auf und beunruhigte ihn, ohne daß er wußte warum.

Das Wetter draußen entsprach seiner Gemütsverfassung. Als er die Vorhänge zurückschob, sah er, daß die Straße trotz der späten Morgenstunde in feuchte Dunkelheit gehüllt war. Ein Sturm nahte, tiefe Wolken hingen bedrohlich am Himmel, und ein starker Wind wehte, als hätte sich ein Wintertag in den Sommer geschlichen. In der Ferne teilten Blitze den schwarzen Himmel. Bald würde es regnen. Schließlich hielt er es nicht länger in seinem Zimmer aus, er war ein Mann der Tat, warum sollte er sich im Haus verstecken und warten, bis die Mauern seines Verstandes vor Angst einstürzten?

Um in das Arbeitszimmer des Museums zu gelangen, mußte er den Grenville-Saal passieren. Der Saal war überfüllt. Das schlechte Wetter hatte auch solche Besucher dorthin vertrieben, die sich nicht sonderlich für das Gesetz Mosis interessierten. Priester und Beamte, Hausfrauen und Touristen, sie alle drängten sich um den Schaukasten und füllten den Raum mit dem gedämpften Rascheln von Geflüster und Schritten. Plötzlich entdeckte er Clermont-Ganneau in der drängenden, murmelnden Menge. «Nein!» Der Schrei entschlüpfte ihm, und der Franzose sah auf. Ein arrogantes, spöttisches Lächeln spielte um dessen Lippen, bevor er sich wieder über die Schriftrollen beugte. Einen Augenblick wirbelte alles um ihn herum, Lichtstrahlen fingen einen Rockschoß, eine Hutfeder auf, als wäre eine Feuerflamme hervorgeschossen und hätte alle Figuren im Raum entzündet, bis sie vor seinen Augen schmolzen.

«Was ist geschehen?» fragte Ginsburg erschrocken, als er ihn sah. «Sie sind ja weiß wie die Wand!»

«Clermont-Ganneau ist draußen.»

«Ja. Er kam auch hierher, doch glücklicherweise war Herr Bond zugegen und teilte ihm unseren Beschluß mit. Aber wir können ihm nicht verbieten, sich den Schaukasten anzusehen.

Machen Sie sich keine Sorgen, bei dem Andrang und dem schwachen Licht wird er ohnehin nichts sehen können.»

«Da seien Sie mal nicht so sicher.»

«Warum macht er Ihnen solche Angst?»

«Weil ich ihn kenne.»

«Ich möchte die Segen und Flüche heute noch zu Ende übersetzen. Der Korrespondent der *Times* war vorhin hier, und ich mußte ihn mit leeren Händen fortschicken.»

Shapira blieb stumm. Mit den Augen suchte er die Thorarollen, aber sie waren verschwunden. Sie beunruhigten ihn aus irgendeinem Grund, den er nicht begriff. Die Segen und Flüche! Aber sie lagen doch schon entziffert und übersetzt hier in dieser Schublade, sogar in zwei verschiedenen Versionen!

Irgend etwas riß in ihm, ein zu straff gespannter Faden. Seine Energie zerbröckelte wie Staub, seine Hoffnungen zerbrachen wie Glas. Hätte Clermont-Ganneau nicht dort draußen gestanden, er wäre von hier geflohen. Wie lange würde er sich noch dort aufhalten, was tat er? Der Mann schwebte über ihm wie ein hungriger Adler, dessen Flügelschatten ihm die Welt verdunkelten.

Am folgenden Tag, es war der 18. August, erschienen im *Academy* die Artikel von Professor Neubauer und Professor De Saulcy, beide renommierte Orientalisten aus Oxford. «Vom ersten Augenblick, noch bevor ich auch nur ein Wort von Herrn Shapiras ‹moabitischem Deuteronomium› gelesen hatte... wußte ich, daß es sich um eine Fälschung handelt», schrieb Professor Neubauer, Experte für rabbinische Literatur. «Was Herrn Shapira damals mit den moabitischen Altertümern geschah – die nun das Außenministerium in Berlin schmücken, nachdem das städtische Museum sich geweigert hat, sie anzunehmen –, ist ihm jetzt wieder geschehen.» Neubauer wiederholte die Worte Güthes und der Gelehrten der Königlichen Bibliothek in Berlin, und Shapira erkannte, daß irgendeiner von ihnen Professor Neubauer über ihre Ergebnisse informiert hatte. Neubauer benutzte wiederholt den

Ausdruck «der Fälscher» und schloß seinen Artikel mit den Worten: «Ich bin überzeugt, daß der ganze Text eine Fälschung ist.»

Sein Kollege, der bekannte Assyrologe De Saulcy, gründete seine Vorbehalte sowohl auf den Text als auch auf den Fundort der Schriftrollen. «Die Siloah-Inschrift hat bewiesen, daß diese Buchstaben in Judäa nicht vor dem Exil benutzt wurden. Demnach gehören die Schriftrollen – falls sie tatsächlich echt sind – zu einem moabitischen Deuteronomium und sollten daher im ersten Satz eine Bitte an die Gottheit Kemosch und nicht an Jahwe enthalten. Außerdem», schrieb De Saulcy, «ist es kaum anzunehmen, daß Schafhäute fast dreitausend Jahre lang in einem feuchten Klima wie dem des Landes Israel erhalten bleiben können.»

In der Nacht, in einem Traum, sah er wieder das Bild der Thorarollen, die geöffnet auf dem Tisch neben dem Fenster lagen, und plötzlich erinnerte er sich deutlich an etwas, das ihm in den letzten zwei Tagen aus dem Gedächtnis entschwunden war: das klaffende Rechteck, das Stück, das von dem Rand einer der Thorarollen fehlte. Er sah wieder, wie Ginsburg hastig die Thorarolle zusammenrollte, und entsann sich, was er gesagt hatte: «Es wurde die Vermutung aufgestellt, daß die Schriftrollen von den Rändern antiker Thorarollen abgeschnitten wurden.»

Er wachte erschrocken auf und sprang aus dem Bett. Die Bedeutung der Worte war eindeutig. Wieso hatte er es nicht sofort begriffen. Es war klar, wer diese «Vermutungen» aufgestellt hatte: Clermont-Ganneau!

Er zündete die Lampe an und blickte auf die Uhr. Es war zwei Uhr morgens. Der Sturm von gestern hatte sich gelegt, und die Stadt war nun in bedrückende Stille gehüllt. Er glaubte Schritte vor der Tür zu hören und lauschte angestrengt, während er die langen, flackernden Schatten im Raum beobachtete. Er war verloren, verloren! Er mußte fliehen, fliehen, bevor es zu spät war. Er war wieder der kleine Junge im Kohlenkeller seines

Elternhauses, böse Augen starrten ihn aus den Ritzen an, doch keine Träume von süßer Rache erwarteten ihn in der Morgendämmerung. Ginsburg hatte versucht, ihm anzudeuten, daß Bond, Birch und Clermont-Ganneau gemeinsame Sache gegen ihn machten, sonst hätten sie dem Franzosen wohl kaum die Thorarollen gezeigt, aber er hatte nicht begriffen, was ihm gesagt wurde, hatte es nicht einmal verstanden, als sein Schicksal schon besiegelt war. Nun blieb ihm nichts anderes übrig, als Phoebe zu holen, seine Schriftrollen zu retten und London zu verlassen. Würde Phoebe seine Not verstehen, würde sie ihm folgen? Ach, mochte doch endlich der Morgen kommen und die Sonne scheinen.

Der Morgen des 21. August war bewölkt und fast ebenso düster wie die Nacht.

In der *Times* erschienen zwei Artikel, der eine von Clermont-Ganneau, der andere von Claude Conder. Beide erklärten die Schriftrollen für Fälschungen.

> Am letzten Mittwoch kam ich im Auftrag des französischen Erziehungsministeriums nach London, um Herrn Shapiras Schriftrollen zu untersuchen, die gegenwärtig im Britischen Museum ausgestellt sind und seit einiger Zeit großes Interesse in England erwecken.
> Ich will nicht leugnen, daß ich von Anfang an ernste Zweifel hinsichtlich dieser Schriftrollen hegte und hierherkam, um meine Zweifel zu bestätigen. Doch sah ich es als meine Pflicht, kein Urteil zu fällen, ehe ich die Rollen nicht gesehen hatte.
> Am Freitag begab ich mich ins Britische Museum, wo Herr Bond, der Hauptbibliothekar, mir in Anwesenheit meines werten Freundes Herrn Newton mitteilte, daß er mir die Fragmente zu seinem Bedauern nicht übergeben könne, da ihr Besitzer, Herr Shapira, ihm nicht die Erlaubnis dazu erteilt habe. Es gab nichts darauf zu antworten. Der Besitzer hat das Recht, nach seinem Willen zu handeln. Dies ist sein gutes Recht, aber mein Recht ist

es, diese Abweisung zu veröffentlichen, die gegen mich persönlich gerichtet und zum Teil auch der Grund für diesen Artikel ist. Ich überlasse es der Öffentlichkeit, ihren eigenen Schluß aus seinem Verhalten zu ziehen. Was mich anbelangt, so möchte ich hier nur eine Tatsache erwähnen, ohne jeglichen Kommentar. Herr Shapira ist der Mann, der die gefälschten Altertümer an Deutschland verkaufte, und Herr Clermont-Ganneau ist der Mann, der vor zehn Jahren diese Fälschung entlarvte.

Unter den gegebenen Bedingungen hatte ich große Schwierigkeiten, meine Aufgabe zu erfüllen, und ich verzweifelte fast. Trotzdem gab ich nicht auf und machte mich an die Arbeit mit Hilfe der spärlichen Informationen, die mir zur Verfügung standen.

Und dies sind meine Schlußfolgerungen:

Die Fragmente sind das Werk eines Fälschers aus unserer Zeit. Dies ist kein Ausdruck instinktiver Ungläubigkeit, die auch andere Gelehrte außer mir empfanden, als sie von der wundersamen Entdeckung hörten. Lägen die Fragmente vor mir, so könnte ich beweisen, wie der Fälscher vorgegangen war. Er benutzte eine jener großen Thorarollen, welche den Pentateuch enthalten und in hebräischen Quadratbuchstaben geschrieben sind, eine Rolle, die vielleicht zwei- oder dreihundert Jahre alt ist und die Herrn Shapira wohl bekannt ist, da er mit solchen Thorarollen handelt und zahlreiche Exemplare an öffentliche Bibliotheken in England verkaufte, nachdem er sie von den Synagogen in Judäa und Jemen erworben hatte. Der Fälscher schnitt die unteren Ränder der Thorarolle ab – da die Ränder dort am breitesten sind –, und auf diese Art und Weise erhielt er schmale Pergamentstreifen, die antik aussahen und durch entsprechende chemische Stoffe noch älter gemacht wurden. Auf diese Pergamentstreifen schrieb er dann mit Tinte die Buchstaben, die er von der moabitischen Stele kopierte. Er wählte verschiedene Abschnitte aus dem fünften Buch Mose, die Doktor Ginsburg dann

später mit einer Geduld und Kennerschaft entzifferte, die eine bessere Verwendung verdienen.
Gebt mir ein zwei- oder dreihundert Jahre altes Thorabuch und erlaubt mir, es zu zerschneiden. Ich garantiere, daraus Schriftrollen herzustellen und auf ihnen mit alten Buchstaben den Text des 3. oder 4. Buchs Mose zu schreiben, so daß sie mit den moabitischen Rollen völlig identisch sind. Dies wäre eine passende Fortsetzung von Shapiras fünftem Buch Mose, mit dem Vorteil, daß es etwas weniger als eine Million Pfund Sterling kosten würde.
Wer ist der Fälscher? Dies ist eine Frage, die ich nicht zu beantworten, ja nicht einmal aufzuwerfen interessiert bin. Ich möchte lediglich des Lesers Aufmerksamkeit auf die Tatsache lenken, daß der Fälscher nur ein Hebräisch-Experte sein kann, der die präzise Abschrift der Mesa-Stele mit eigenen Augen gesehen hat.
Ein abschließendes Wort: Es wäre interessant, herauszufinden, ob der Fälscher die Thorarolle vernichtete, von der er die Pergamentstreifen, die er für sein Werk benötigte, abgeschnitten hatte. Natürlich würde eine einfache Vorsichtsmaßnahme die Vernichtung dieses *corpus delicti* erfordern. Da jedoch der hebräische Text auch nach dem Entfernen der Ränder erhalten bleibt und Thorarollen einen hohen Marktpreis erzielen, ist es nicht auszuschließen, daß der Fälscher trotz der damit verbundenen Gefahr versuchte, auch daraus Profit zu machen und so zwei Fliegen mit einer Klappe zu schlagen. Wenn je eine Thorarolle ohne ihren unteren Rand gefunden wird, so sollte nachgeprüft werden, ob die moabitischen Schriftrollen nicht zufällig zu ihr passen.

Clermont Ganneau
18. August, 42 Great Russell Street

Auf derselben Seite, direkt auf Clermont-Ganneaus Brief, folgte der Brief Claude Conders:

Der Gebrauch der hebräischen Quadratbuchstaben von Juden im Lande Israel war vor der christlichen Ära weit verbreitet, und wir wissen, daß die Palmyrenen und andere Völker in Transjordanien zu jener Zeit ein ähnliches Alphabet benutzten. Dieses Dokument müßte demnach (wenn es tatsächlich echt ist) älter als zweitausend Jahre sein. Ich glaube nicht, daß irgendein Archäologe annehmen wird, daß ein so weiches, biegsames Leder wie das Leder, auf das dieses Schriftstück geschrieben wurde, eine so lange Zeit in dem feuchten Klima einer Landschaft mit einem jährlichen Regenfall von fünfzig Zentimetern überstehen kann. Ich habe Hunderte von Höhlen und Gräbern erforscht und kenne nur zu gut den modrigen Geruch solcher Ausgrabungen und die rapide Zersetzung von Wandmalereien, die nicht älter als sechshundert Jahre sind... Nur in der trockenen, regenlosen Wüste von Theben wurden antike Papyri gefunden (3000–4000 Jahre alt), und nur dort konnten sie überleben, und der Zustand dieser Papyri vor ihrem Aufrollen unterscheidet sich sehr von dem biegsamen Leder der neuen Schriftrolle, obgleich diese sich nicht so sehr von den gefälschten Dokumenten unterscheidet, die mir in Sichem zum Kauf angeboten wurden.

Claude R. Conder (Königlicher Ingenieur)
18. August, Guildford

17

MIT DEM MORGENLICHT KEHRTE alles wieder an seinen rechten Platz zurück. Nun kamen ihm Zweifel, ob es tatsächlich Clermont-Ganneaus Spuren waren, die er bis hierher verfolgt hatte. Und was war, wenn ihn seine Sinne getäuscht hatten und er einer anderen Person, einem irrigen Traum nachgejagt war? Er wußte nun, daß irgendwann, irgendwo während der vergangenen Monate der Kontakt zwischen ihm und der Realität abgebrochen war, und wer garantierte ihm, daß er gerade jetzt die Dinge so sah, wie sie wirklich waren? Der Mann war schließlich Franzose, warum sollte er da die ganze Nacht in einem Rotterdamer Wirtshaus verbringen? Und wie lange würde er selbst noch hier sitzen und Wache halten, ohne zu trinken, ohne die Augen zu schließen? Würde dieses elende Zimmer mit den vernagelten Jalousien am Ende sein Sarg sein? Und wenn es ihm gelänge, sich nach ein, zwei Tagen vom Fenster zu lösen und seine Glieder zu bewegen, wo würde er hingehen? Würde er noch die Kraft haben, seinen Feind weiter zu verfolgen?

Staubkörnchen füllten seine Augen, drangen durch seine Lider, rieben die feine Netzhaut, entzündeten die Pupillen, deren Blick erstarrt war. Die weißglühenden Nadeln drangen von den Augen in sein Hirn, und er wußte, daß, wenn das Stechen zunahm, er plötzlich laut aufschreien würde wie ein Tier und auf den Schmerz schießen würde, um ihn zu vernichten. Seine Kehle war ausgedörrt, und die Zunge klebte wie ein trockenes Stück Holz am Gaumen seines offenen Mundes, der vergeblich versuchte, Feuchtigkeit aus der Luft zu ziehen. Rauch und Rußflocken schwebten sanft im Licht, drangen in seine Augen, *seinen Mund, seine Ohren, in die trockenen Knochen, ins sehnige Fleisch. Jetzt schmerzten ihn auch die Füße, und er fragte sich, wo seine Stiefel waren, er war doch nicht barfuß hierhergekommen, man hätte ihn doch gar nicht hineingelassen, aber er konnte sich nicht erinnern, wann er sie ausgezogen hatte. Er würde hier sitzen bleiben und so lange warten, bis sein Körper ihn im Stich lassen, der Durst ihn besiegen und er seine Aufgabe nicht ausgeführt haben würde. Er erinnerte sich an ein anderes Zimmer, ein anderes Fenster in einem anderen Hotel, dem Unicorn Inn, wo er die Artikel Clermont-Ganneaus und Claude Conders gelesen hatte.*

Die Vorhänge waren zurückgeschoben, um das Tageslicht ins Zimmer dringen zu lassen, aber der Himmel war trübe, und grauer Nebel leckte die Fenster. In seinem Kopf hämmerte es, verzweigte Wurzeln wurden aus der Tiefe des Gehirns gerissen. Gab es auf der ganzen Welt irgendeinen Menschen, der noch erniedrigter, noch einsamer war als er, er hatte niemanden, dem er sein Herz ausschütten, vor dem er schreien konnte. Warum nur, warum?! Er würde nie mehr von diesem Bett aufstehen, nie mehr dieses Zimmer verlassen, das Unicorn Inn würde sein Grab sein. Die Korallen Jerusalems und die Perlen Moabs hatte er nach England gebracht, und sie waren ihm wie Schlamm ins Gesicht geworfen worden.

Und was würde er Phoebe sagen, was würde aus ihren gemeinsamen Plänen werden, was würde sie denken. Er mußte zu ihr gehen, ihr alles erklären, sie anflehen, vielleicht war es noch nicht zu spät. Er sammelte Kraft und stand vom Bett auf, fühlte, wie sich die Schollen in seinem Kopf bewegten, und hörte fernen Donner.

Der Empfangschef im Hotel Connaught, ein alter, verstaubter Mann mit kläglicher Miene, sagte ihm, das Ehepaar Vaughn habe das Hotel verlassen.

«Wann?»

«Vorgestern, glaube ich.»

«Beide?»

«Pardon?»

«Vielleicht haben sie, eh, das heißt die Dame, vielleicht hat sie etwas für mich hinterlassen, einen Brief, eine Nachricht?»

«Wie ist Ihr Name?»

Er zögerte einen Augenblick, und der Alte sah auf. Ich benehme mich schon wie einer, der nicht die Aufmerksamkeit auf sich ziehen möchte, dachte er, und widerstand dem Drang, sich den Schweiß von der Stirn zu wischen.

«Shapira.»

Der Mann wühlte in der Schublade, blätterte in den Papieren, die darin lagen, dann schüttelte er den Kopf.

«Sind Sie sicher?»

«Ja, mein Herr.»

«Sehen Sie noch einmal nach!»

«Gibt es irgendein Problem?» Der Vorgesetzte näherte sich dem Alten.

«Nein, mein Herr, es ist alles in Ordnung», antwortete dieser erschrocken und senkte die Augen.

«Abweichung, Verzerrung, Fälschung, Abweichung, Verzerrung, Fälschung» hörte er die altbekannte Melodie, während seine Schritte im Schädel hämmerten. Die Deutschen hatten ihn mit jenem Zappert verglichen, vielleicht in der Hoffnung, daß auch er sich eine Kugel durch den Kopf schießen würde, damit sie sich nicht mit Fragen auseinandersetzen müßten, die die Grundlagen ihres Tempels der Logik, den sie sich errichtet hatten, erschüttern würden, und wer weiß, vielleicht war auch jener Zappert ein sinnloses Opfer.

Er hätte auf Rosette hören sollen, seinen armen alten Pfau, wie hatte das Schicksal mit ihr gespielt. Endlich hatte sie sich seinem stürmischen, rasenden Temperament gefügt und ihre christliche Demut abgeworfen, eine neue Kutsche, neue Polster, ein Dach für den Brunnen gekauft, und nun würde sie mit ihm zusammen in die Tiefe stürzen, genau so, wie sie es stets prophezeit hatte. Wie würde er zu ihr zurückkehren und ihr in die Augen sehen können, und was würde er seiner kleinen Tochter, seinem Liebling, sagen, und was würde jetzt aus Auguste werden, die Hermanns würden sie zweifellos fallenlassen, sobald sie die Nachricht über die Schande in London erreichte. Aber vielleicht, vielleicht sah er zu schwarz? Die Worte von Clermont-Ganneau und Conder waren ja nicht das Gesetz vom Sinai. Der Franzose gab zu, daß er voreingenommen nach London gekommen war und die Bestätigung seiner Vorurteile suchte. Und Ginsburg hatte immer an ihn geglaubt, er hatte seinen eigenen Kopf und sein eigenes Herz und Augen, die sahen.

Er mußte mit Ginsburg sprechen; sein Wort gegen das von Conder. Auch er kannte die Gegend, in der die Schriftrollen gefunden wurden. Es stimmte zwar, daß es dort heftige Regenfälle gab, aber es gab dort auch Höhlen, die immer trocken blieben. Östlich von Diban ragten zur Wüste gerichtete Felsen, die die regenbringenden Winde abhielten. Die Schriftrollen lagen in Höhlen verborgen, die hoch in den Felsen gehauen waren.

In seinem Artikel behauptete Clermont-Ganneau, die Schriftrollen seien gefälscht, weil sie von den Rändern von Thorarollen abgeschnitten worden seien. Nun, sie konnten von den Rändern einer Thorarolle abgeschnitten worden sein, auch ohne gefälscht zu sein! Denn es war doch sicherlich möglich, daß die Schriftrollen irgendeiner östlich vom Toten Meer lebenden Sekte gehörten, die aus Mangel an Schreibmaterial gezwungen war, von den Thorarollen, die sich in ihrem Besitz befanden, Streifen abzuschneiden, um auf ihnen zu schreiben. Und was den Zustand des Leders und die Farbe der Tinte anbelangte – die beiden Dinge, die Conder beschäftigten –, wenn die Schriftrollen tatsächlich gefälscht wären, hätte der Fälscher sicherlich dafür gesorgt, daß alle in gleichem Maße alt aussahen, während das Leder dieser Rollen ganz unterschiedlich war, das eine war dunkel, das zweite hell, das dritte gefleckt. Und die Tinte? Ein Fälscher hätte doch gewiß eine Tinte benutzt, deren ausgebleichte Farbe die «Altertümlichkeit» bezeugen würde.

Oder aber ... oder aber irgend jemand hatte versucht, ihn absichtlich zu Fall zu bringen. War das möglich?

Nun stellte sich die Frage – und diese Frage mußte von Gelehrten und nicht von einem Geschäftsmann wie ihm beantwortet werden –, wann im Lande Moab eine abtrünnige jüdische Sekte gelebt hatte, die in den Höhlen um das Tote Meer Zuflucht suchen mußte. War sie freiwillig dort, oder war sie dazu gezwungen gewesen? Handelte es sich um Essener oder um eine andere Sekte, vielleicht eine von denen, die im Wadi Arnon Zuflucht fanden und von denen später das Christentum entsprang? War es nicht möglich, daß diese Sekte den Ort fliehen mußte und ihre Schriftrollen daher in der Höhle verbarg, in Stoff gewickelt und in Krügen versteckt? Oder handelte es sich vielleicht um eine Sekte, die vom Westen des Toten Meeres, von Ein Gedi oder Qumran, geflohen und nur mit einigen wenigen ihrer Schriftrollen hierhergekommen war, die die Kurzfassung ihrer rituellen Vorschriften enthielten? Aber was hatte eine so «späte» Sekte mit der altmoabitischen Schrift zu tun? Oder sollte diese Schrift den Rollen einen älteren und daher heiligeren Charakter verleihen? Es gab solche, die behaupteten, daß die Schriftrollen einen christlichen Ton enthalten und daher gefälscht seien. Aber vielleicht gehörten die Rollen tatsächlich einer jüdisch-christlichen Sekte aus dem ersten oder zweiten oder dritten Jahrhundert nach Christus? Und wenn das stimmen sollte, dann war das eine nicht minder wichtige Entdeckung. Dies könnte doch ein wahrer Schatz sein für Gelehrte, die sich mit der Erforschung des frühen Christentums befassen!

Wo auch immer moabitische Buchstaben auftauchten, erschien Clermont-Ganneau und schrie «Fälschung», aber es war doch unmöglich, anzunehmen, daß die moabitische Schrift einzig und allein auf der Mesa-Stele zu finden sei! Es konnte doch sein, daß die Gelehrten der alten Welt diese Schrift kannten und da sie glaubten, daß das Gesetz Mosis in diesen Buchstaben geschrieben worden war, sich dieser Schrift auch dann bedienten, als sie nicht mehr in täglichem Gebrauch war. Die Samariter benutzen sie ja bis zum heutigen Tag!

Er selbst hatte einen Fehler gemacht, als er die Rollen einer bestimmten Periode zuschrieb. Er hätte es den Gelehrten überlassen sollen, ihre Schlüsse ohne seine Hilfe zu ziehen. In ihrem Bewußtsein gab es nun eine Verbindung zwischen der moabitischen Schrift und dem neunten Jahrhundert v. Chr., und alles, was nicht damit übereinstimmte, erregte ihren Verdacht. Ja, so war es! Hier lag die Falle, in die sie alle gegangen waren. Er würde zu Clermont-Ganneau gehen und es ihm erklären. Er hatte den Schlüssel gefunden, die Schriftrollen in einem neuen Licht zu sehen.

War es die Angst oder der Nebel, der die Häuser, Kutschen und Menschen vor seinen Augen verbarg? Er hörte das Klappern von Hufen, hörte Stimmen, und irgend etwas lief zwischen seinen Beinen hindurch, eine Ratte vielleicht. Er wischte sich die Tränen fort. Etwas Verhextes lag in dem Nebel, der ihn wie eine Zwangsjacke umhüllte.

Der Weg, den er sonst in einer Viertelstunde zurücklegte, dauerte heute über eine Stunde. Als er das Museum erreichte, fand er nur die Wächter vor. Wer noch außer ihm würde an einem so nebligen Sonntagmorgen das Museum besuchen? Die Büros waren leer, die Säle waren leer, sogar die Schaukästen waren leer! Die Schriftrollen waren verschwunden! Er starrte auf die leeren Kästen. Er schloß die Augen und öffnete sie wieder in der Hoffnung, daß die schwarzen, zerknitterten Pergamente wieder auf der grünen Filzunterlage lagen, neben dem weißen Papier mit dem entzifferten und übersetzten Text darauf. Die Schaukästen blieben leer. Einen Augenblick fragte er sich, ob je irgend etwas in ihnen gelegen hatte.

Zwei junge Mädchen betraten keuchend den Saal, der Nebel von draußen hing noch in ihren Kleidern. Sie näherten sich der Stelle, an der er stand, und blickten in die Schaukästen. Als sie sahen, daß nichts in ihnen lag, entfernten sie sich hastig von dem sonderbaren Mann, der ins Leere starrte.

«Komm, Dolly, laß uns gehen», flüsterte die eine und band ihr Kopftuch fester.

«Er wird uns nichts tun, Dummchen.»

«Er ist so sonderbar.»

«Warum!» wandte er sich wütend an sie. «Warum bin ich sonderbar? Warum?»

Seine Stimme wurde laut und schrill, und obwohl er wußte, daß er den Mädchen Angst einjagte, konnte er sich nicht zurückhalten und schrie immer wieder: «Warum bin ich sonderbar?» Das Mädchen, das Dolly hieß, hielt ihre Freundin am Arm, als wollte sie sie beschützen, und er versperrte den beiden den Weg, verlangte eine Antwort auf seine Frage, die durch die leeren Säle hallte. Er hörte die hastigen Schritte der Wächter in der Ferne und wußte, daß er sich lächerlich machte. Diese Mädchen hatten nichts mit den Schriftrollen zu tun, sie hatten nichts mit seinem Leben, seinem Schicksal zu tun. Und trotzdem, lag in der Bemerkung des Mädchens mit dem Kopftuch nicht der Kern allen Unheils, das über ihn gekommen war? Dolly fing zu schreien an, und die Wächter standen nun mit verblüffter Miene neben ihnen. Wer hätte gedacht, daß an diesem öden Sonntagmorgen irgend etwas in den leeren Sälen geschehen könnte?

«Warum bin ich anders?» schrie er und schüttelte den Arm des Mädchens mit dem Kopftuch. «Was ist sonderbar an mir? Was?»

«Mein Herr, ich bitte Sie, lassen Sie das Mädchen los», bat der Wächter. Er zog seine Hand von ihrem Arm weg, als hätte er sich verbrannt, und die beiden Mädchen flohen kreischend wie zwei verschreckte Tauben aus dem Saal.

«Hat nicht ein Jude Augen», rief er ihnen nach. «Hat nicht ein Jude Hände, Ohren?»

«Mein Herr, ich bitte Sie», flehte der verlegene Wächter.

Er wußte, daß er lächerlich und angsterregend wirkte, aber er mußte seinem Herzen Luft machen.

«Wenn ihr uns stecht, bluten wir nicht? Und wenn ihr uns

beleidigt, sollen wir uns nicht rächen? Aber ich bin nicht Shylock», sagte er zu den Wächtern. «Ich bin Christ, so wie Sie, mehr noch als Sie, ja, denn ich, ich bin es aus eigener Wahl!»

Die Wächter griffen ihn am Arm und führten ihn bis zum Ausgang.

«Kommen Sie morgen wieder, Herr Shapira. Morgen werden die Leute von der Bibliothek hiersein, und dann können Sie mit ihnen reden.»

Sie kannten ihn also. Sie hatten die ganze Zeit gewußt, daß er nicht irgendein Verrückter war, der da herumschrie. Er stand auf der Treppe und starrte vor sich hin und verging vor Scham. Die Welt war noch immer in Nebel gehüllt, und nur das gelbliche Licht der Gaslampen brachte eine gewisse Ordnung in das trübe Meer, das sich vor ihm erstreckte. Natürlich, er würde tun, wie ihm die Wächter geraten hatten, und am nächsten Morgen wiederkommen. Jetzt würde er in sein Hotel zurückgehen und versuchen, sich zu beruhigen. Wäre er doch jetzt in seinem Haus in Jerusalem. Ali würde ihm die Wasserpfeife bringen, und er würde mit ihr auf das Dach steigen und sie rauchen, die Sterne am Himmel betrachten und sein klopfendes Herz beruhigen.

Die Schaukästen waren auch am nächsten Morgen leer.

Im Büro war niemand. Die Tische waren leergeräumt, und der Sekretär war überrascht, als er ihn ins Zimmer treten sah.

«Hat Doktor Ginsburg nicht mit Ihnen gesprochen?»

«Nein.»

«Haben Sie keine Kopie seiner Ergebnisse erhalten?»

«Nein.»

«Er war wütend.»

«Was ist geschehen?»

«Er hat Clermont-Ganneaus Artikel gelesen.»

«Was hat er denn erwartet?»

«Eine Kopie von Doktor Ginsburgs Ergebnissen wurde an den Hauptbibliothekar Mister Bond gesandt, eine weitere an die *Times*, und hier liegt irgendwo bestimmt auch eine Kopie für

Sie. Ich werde sie gleich finden. Ich habe den ganzen Morgen dagesessen und dieses Memorandum abgeschrieben. Ich habe zwei Tintenfässer verbraucht und mir die Augen verdorben.»

Der Mann war unfreundlich, er lächelte nicht einmal. Eine Million Pfund Sterling hätten einen Funken Achtung oder Neid in seinen Augen aufblitzen lassen müssen. Er wollte die Seiten an sich nehmen und sich in irgendeinen Winkel verstekken, um sie ungestört zu lesen, er und sein Richter allein. Die Miene des Sekretärs versprach nichts Gutes.

22. August 1883

Sehr geehrter Herr Bond,
Das «Deuteronomium»-Dokument, das uns von Herrn Shapira eingereicht wurde, ist eine Fälschung unserer Zeit...
Die Schriftrollen wurden von den Rändern antiker Thorarollen abgeschitten...
Die Pergamente wurden in chemische Lösungen getaucht, um ihnen einen altertümlichen Charakter zu verleihen...
Die Hinzufügungen, Auslassungen und Abweichungen in Shapiras Text wurden so formuliert, daß die Segen und Flüche mit den Zehn Geboten der Schriftrollen übereinstimmen...
Der Fälscher ahmte die Schrift nach, die auf der Mesa-Stele steht...
Zwei Männer wurden zum Kopieren der Schriftrollen eingestellt, und sie, zusammen mit dem Verfasser des hebräischen Textes und dem Chemiker, der das Leder behandelte, haben mich zu dem Schluß kommen lassen, daß mindestens vier Personen an der Fälschung beteiligt waren...
Der Verfasser des gefälschten Textes ist ein polnischer, russischer oder deutscher Jude. Nur so ist es möglich, den Ursprung der Schreibfehler zu verstehen, die im Text vorkommen...

Meine technischen Anmerkungen hinsichtlich des linguistischen Aspekts der Fragmente werden in einem ausführlicheren Bericht enthalten sein.

Ihr ergebener
Christian D. Ginsburg

Der Fälscher... der Fälscher... was würde nun aus ihm werden? Was sollte ein Mann, dessen Ruf nicht makellos war, tun, wenn er zu Unrecht beschuldigt wurde? Ginsburg hatte sein Urteil zu hastig gefällt, es beruhte auf falschen Annahmen und war von dem Auftritt des Franzosen beeinflußt, aber er wußte, daß Ginsburg dies niemals zugeben würde.

Er fühlte sich vollkommen hilflos und verraten. Er hatte an Ginsburg geglaubt, hatte in ihm einen beschützenden Vater gesehen, und nun hatte er mit allem anderen auch das Vertrauen in seine Fähigkeit verloren, den Charakter eines Menschen zu beurteilen.

Er wollte weder Ginsburg noch Bond begegnen. In diesem Augenblick wollte er nicht einmal wissen, wo seine Schriftrollen waren und was aus ihnen werden würde.

Auf ein Blatt Papier schrieb er schnell ein paar Zeilen.

23. August 1883

Sehr geehrter Herr Ginsburg,
Sie haben mich durch die Veröffentlichung und Darstellung der Dinge, die Sie für gefälscht halten, zum Gespött gemacht. Ich glaube nicht, daß ich diese Schmach überstehen kann, obwohl ich noch immer nicht glauben kann, daß die Schriftrollen gefälscht sind, es sei denn, Monsieur Ganneau hat es getan.
In ein, zwei Tagen werde ich London verlassen und nach Berlin fahren.

Hochachtungsvoll Ihr
M. W. Shapira

18

DIE JALOUSIENSTÄBE VERSCHWAMMEN vor seinen Augen, hoben und senkten sich in schwindelerregenden Wogen. Die treue Ehefrau kam wieder auf der Straße vorbei, mit einer Hand umklammerte sie ihren Schal, in der anderen trug sie den Kochtopf. Die Wirtshausglocke klingelte nun häufiger, Männer in Arbeitskleidung traten ein, um Wein oder Bier zu trinken, und in seinen Ohren gellte das Geräusch der Flüssigkeiten, die aus den Fässern in die Gläser gezapft wurden, und seine Zunge schwoll an und füllte seine würgende Kehle. Vor ein oder zwei oder drei Stunden hatten ein stämmiger Fischer und seine dicke Frau zwei große Eisenkessel vor das Wirtshaus getragen und sie auf Ständer über ein Feuer gestellt, und nun kochten in einem von ihnen Krabben. Hin und wieder blieb ein Mann vor dem Kessel stehen und suchte sich ein paar Krabben von dem mit Algen bedeckten Tablett aus. Das Wasser, das auf den Boden tropfte, wenn die Frau die Krabben aus dem Kessel fischte, hinterließ dunkle Pfützen auf dem Bürgersteig, die sofort verdampften. Er sah Wasser, hörte Wasser, dachte Wasser, fühlte Wasser und konnte sich nicht von der Stelle rühren. Sein um den Pistolenabzug geklammerter Finger war eins geworden mit dem Metall. Bilder tauchten vor seinen Augen auf, und er wollte sie festhalten, aber sie verschwanden ebenso schnell wie die Pfützen, die auf der anderen Straßenseite verdampften. Er durchforschte sein Gedächtnis, versuchte zu der Zeit zurückzukehren, in der Ordnung und Beständigkeit herrschte, versuchte zu verstehen, wie er in dieses Hotel, an dieses Fenster gelangt war und ob er tatsächlich den Spuren Clermont-Ganneaus gefolgt war.

Das letzte Bild, an das er sich von England erinnerte, war das Haus von Sir Charles: große Lederkoffer in der Eingangshalle, die Möbel und Spiegel mit Laken verhängt, und Sir Charles, der ihm immer wieder versicherte, daß er an ihn und seine Schriftrollen glaubte.

Nachdem er den Zettel an Ginsburg geschrieben hatte, kehrte er in sein Hotel zurück, legte sich ins Bett und verließ es tagelang nicht mehr. Er lag da und starrte an die Decke, schlief ein und wachte wieder auf und starrte vor sich hin, bis sich eines Tages die Tür öffnete und Sir Charles' Kutscher eintrat: grüner Mantel, rotes Gesicht, Geruch von Regen und Pferdemist. Sein Herr habe ihm aufgetragen, Herrn Shapira nach Totteridge zu bringen, und all seine Proteste nutzten nichts. Der Kutscher half ihm aufzustehen, sich zu rasieren und anzukleiden und bezahlte sogar die Hotelrechnung. Draußen lag schon der Herbst in der Luft, das Laub fiel von den Bäumen; während er in seinem Bett gelegen hatte, hatten die Jahreszeiten gewechselt.

Als sie in Totteridge ankamen, erfuhr er, daß Sir Charles am nächsten Morgen nach Australien reiste. Ein Flügel des Hauses würde geöffnet bleiben, und das Ehepaar Goldsmith, der Gärtner und die Köchin, sollten sich in der Zwischenzeit um Shapira kümmern.

«Nein, ich bleibe nicht hier.»

«Warum nicht?»

«Ich fahre nach Deutschland. Die Königliche Bibliothek in Berlin möchte die Schriftrollen kaufen.»

«Haben Sie sie bei sich?»

«Nein, sie sind im Museum geblieben.»

«Ich möchte sie kaufen.»

«Ich verkaufe sie Ihnen nicht.»

«Warum nicht?»

«Ich muß meinen guten Ruf wiederherstellen. Ich brauche die Bestätigung der Deutschen.»

«Die werden die Schriftrollen nicht kaufen.»

«Woher wissen Sie das?»

«Haben Sie in den letzten Tagen keine Zeitungen gelesen?»

«Nein.»

«Was ist geschehen? Wohin sind Sie verschwunden?»

«Ich bin nicht verschwunden. Ich war krank.»

«Irgendein Professor aus Leipzig –»

«Güthe?»

«Ja, Professor Güthe hat ein Buch veröffentlicht, in dem er zu den gleichen Ergebnissen gekommen ist wie die Gelehrten des Britischen Museums.»

«Das kann nicht sein. Ich habe mit Güthe gearbeitet.»

«Sie haben auch mit Ginsburg gearbeitet.»

«Güthe ist kein Angestellter der Königlichen Bibliothek.»

«Einige Tage nach der Veröffentlichung von Ginsburgs Ergebnissen wurde in der *Times* ein Brief aus Berlin abgedruckt, ein Epilog jauchzender Freude. Der Verfasser, dessen Name mir entfallen ist, schrieb, die ganze akademische Gesellschaft in Deutschland krümme sich vor Lachen über die Niederlage der Engländer. Die Deutschen, betonte er, hätten die gefälschten Schriftrollen schon nach anderthalb Stunden abgelehnt. Das *Athenaeum* reagierte wütend: Wenn die Deutschen wußten, daß die Schriftrollen gefälscht waren, warum wollten sie sie dann kaufen? Und warum hielten sie es nicht für nötig, ihre Kollegen in England zu warnen? Scheinbar habe Doktor Lepsius, der Tausende von Shapiras gefälschten Altertümern gekauft hatte, gehofft, daß auch das Britische Museum in die Falle gehen und von derselben Quelle kaufen würde. Aber seine Hoffnungen seien enttäuscht worden.»

«Kam niemand zu meiner Verteidigung?»

«Hier und da waren ein paar zaghafte Stimmen zu hören. Sie wissen, wie das ist, die Menschen wagen es nicht, sich von der Herde zu entfernen. Sind die Schriftrollen gefälscht?»

«Nein.»

«Ich glaube Ihnen.»

«Das hilft mir zwar nicht viel, aber ich danke Ihnen trotzdem.»

«Waren Ihre moabitischen Tonfunde gefälscht?»

«Teilweise.»

«Wußten Sie das?»

«Nicht sofort. Und danach war es schon zu spät. Ich wollte es nicht wissen, aber ich wußte es, ich wagte es nur nicht zu sagen. Jetzt zahle ich den Preis.»

«Wer hat sie gefälscht?»

«Selim El-Kari, unter anderen.»

«Woher wissen Sie, daß er Sie diesmal nicht betrogen hat?»

«Der Gedanke ist mir gekommen, als ich Ginsburgs Memorandum las.»

«Im *Record* hieß es, daß eine Ähnlichkeit zwischen den Zehn Geboten in Ihren Schriftrollen und den Zehn Geboten im Neuen Testament besteht.»

«Das ist meine Schuld. Ich glaubte, die älteste Version des Gesetzes Mosis gefunden zu haben, aber das Gegenteil war richtig. Es handelt sich wahrscheinlich um eine spätere Version, die in archaischer Schrift geschrieben wurde. Ginsburg mit seinen polnisch-russisch-deutschen Fälschern! Das ist doch völlig absurd. Wir können doch nicht alles, was wir nicht verstehen, für gefälscht erklären.»

«Ich wiederhole mein Angebot. Verkaufen Sie mir Ihre Schriftrollen. Ich bin überzeugt, daß sie echt sind, und möchte sie der Universität von Sydney übergeben. Dort werden sie ohne Vorurteile entziffert werden.»

«Warum glauben Sie, daß die Rollen echt sind? Sie sind doch kein Mann der Wissenschaften.»

«Meiner Ansicht nach wurde Ginsburg von Clermont-Ganneau eingeschüchtert. Wenn Ginsburg wirklich gedacht hätte, daß sie gefälscht seien, hätte er dann den Premierminister zu ihrer Besichtigung eingeladen? Hätte er tagtäglich die Abschriften der entzifferten Fragmente in der *Times* veröffentlicht? Mit anderen Worten, er glaubte, daß die Schriftrollen echt sind. Und wann änderte er seine Meinung und beschloß, daß sie gefälscht sind? Einen Tag nach der Veröffentlichung von Clermont-Ganneaus Ergebnissen.»

«Wir liefern Unterhaltung für die Massen.»

«Richtig. Die Sache hat die Phantasie der Öffentlichkeit entfacht. Sie können in allen Zeitungen Reaktionen darauf finden, von den Blättern der Provinz bis zu *Athenaeum*, und *Punch* hat sogar ein satirisches Gedicht mit einer häßlichen Karikatur dazu veröffentlicht. Selbst Ihr Brief an Ginsburg wurde abgedruckt.»

«Der Brief wurde veröffentlicht?»

«In der *Times*. Wußten Sie das nicht?»

«Nein! Das war ein persönlicher Brief an Ginsburg. Wie konnte er es wagen! Warum gelten diejenigen, die so etwas machen, als respektabel, während ich, der gutgläubig handle, für einen schlechten Menschen gehalten werde? Wie kann ich mich jetzt noch irgendwo blicken lassen? Meine armen Rollen! Ich habe sie getötet.»

«Ich möchte sie kaufen und sie der Universität in Sydney übergeben. Gehen Sie ins Museum, holen Sie sie von dort und bringen Sie sie mir.»

«Nein, ich gehe nicht dorthin zurück. Nie mehr!»

«Aber was wird aus Ihren Rollen werden? Und was wird aus Ihnen selbst werden? Ich werde Sie in der Universitätsbibliothek deponieren, und nach ein paar Jahren, wenn sich alles beruhigt hat, können wir uns wieder an die Arbeit machen.»

In Sir Charles' Großzügigkeit lag etwas von der gönnerhaften Nachsicht des reichen Mannes gegenüber dem Dieb, der seine Uhr gestohlen hat und dabei erwischt wurde. So würden ihn von nun an die guten Menschen behandeln. Rosette, die Damen Blankherz, Klein.

«Man hat einen Narren aus mir gemacht. Mir fehlt nur noch die Kappe und die Schellen. Wie kann ich nach Hause zurückkehren? Wie kann ich meiner Frau in die Augen sehen? Meinen Töchtern? Meinen Freunden?»

«Solche Dinge sind schnell vergessen. Bis Sie in Jerusalem angekommen sind, haben die Leute schon ein neues Opfer gefunden.»

«Rosette hat mit dem Geld für die Schriftrollen ganz Jerusalem eingekauft. Eine Kutsche, neue Jalousien, Polster, sie hat sich in große Schulden gestürzt.»

«Sie hören nicht, was ich Ihnen sage. Ich bin bereit, die Rollen zu kaufen. Dann haben Sie Geld genug, um Ihre Schulden zurückzuzahlen.»

«Bergheims Bank wird meinetwegen ruiniert sein, ich bin mir ganz sicher. Er hat meine Reise bezahlt, das Schulgeld meiner älteren Tochter, Rosettes verschwenderische Ausgaben.»

«Bitte beruhigen Sie sich. Morgen reise ich nach Australien, und daher muß ich jetzt wissen: ja oder nein?»

«Nein! Tausendmal nein! Ich verkaufe die Schriftrollen nicht!»

«Warum nicht? Niemand wird wissen, daß ich sie gekauft habe.»

«Alle werden es wissen. Die Schriftrollen werden Sie ruinieren, nur weil sie mir gehört haben. Ich bin ein Aussätziger. Und Sie, Sie sollten besser fliehen, bevor Sie sich von mir anstecken!»

Er erinnerte sich an den Brief, den Socin veröffentlicht hatte, und wie er im Hotel in Berlin saß und Tränen des Selbstmitleids über seine Wangen strömten. Damals hatte es noch eine Hoffnung, eine Zukunft gegeben, doch nun glaubte niemand mehr an ihn, nur dieser Engländer. Und vielleicht war auch er ein Agent Clermont-Ganneaus, der versuchte, ihm durch List die Rollen abzunehmen.

«Die Welt braucht ihre Sünder, Sir Charles, die respektable Gesellschaft ist nicht bereit, auf die Ketzer, die Verbrecher, die Juden zu verzichten. Clermont-Ganneau weiß das. Und Ginsburg weiß es auch.»

«Ginsburg? Aber er ist doch selbst ein konvertierter Jude.»

«Wir sind nichts anderes als das, was die Menschen in uns sehen.»

Sir Charles strich sich mit dem Finger über Schnurrbart und Augenbrauen. Sein Gesicht war gerötet.

«Versprechen Sie mir, daß Sie nichts mit den Schriftrollen unternehmen, bevor Sie nicht mit mir sprechen», flehte er.

«Das kann ich versprechen.»

«Ich werde mit den Leuten im Museum reden. Und nach meiner Rückkehr aus Australien werde ich Ihnen schreiben.»

Bis hierhin erstreckte sich seine Erinnerung.

Und was kam nach Totteridge? Bilder tauchten auf und verschwanden, Hotels, Züge, Kutschen, Fähren und ein großer Hafen und Briefe, Briefe, Briefe. Wohin war er gegangen, nachdem er Sir Charles verlassen hatte, wie war er nach Rotterdam gelangt, was hatte er in den sieben fehlenden Monaten seines Lebens getan? Er ahnte, daß er von Ort zu Ort, von Stadt zu Stadt, von Land zu Land gezogen war, daß er Fremde am Arm gepackt und sie mit seiner Frage «Bin ich ein Fälscher?» erschreckt hatte und daß er geschrieben und geschrieben hatte. Er hatte Briefe an seine Familie geschrieben und Briefe von ihnen erhalten. Scheinbar hatte er sie stets über sein Reiseziel informiert. Aber hatte er überhaupt ein Ziel? Gab es einen Grund für die Route, die er gewählt hatte? Verfolgte er Clermont-Ganneau? Oder floh er vor ihm? Er erinnerte sich an Rosettes Brief. Sie schrieb, daß seine kleine Ziona einen Brief an Clermont-Ganneau verfaßt hatte, in dem sie ihn bat, Erbarmen mit ihrem Vater zu haben. Glücklicherweise fand die Mutter den Brief noch rechtzeitig und vernichtete ihn. Rosette flehte ihn an, nach Jerusalem zurückzukehren, um zu retten, was noch zu retten war. Ohne seine Aufsicht machte der Laden kaum noch Gewinn. Sie hatte die Pferde verkauft, die Dienstboten entlassen, sogar der Granatbaum im Hof trug in diesem Jahr keine Früchte. Sie hatte fast alle Hausgegenstände verkauft, um Augustes Schulgeld zu bezahlen und ihre Schulden an Bergheim und Duisburg zu begleichen, und nun hatte sie keinen Groschen mehr übrig. Warda war aus Liebe zu ihrer Herrin bei ihnen geblieben, aber wie lange würden sie so weiterleben können? Miriam ging nun jeden Tag in den Laden, um Schimon Levy zu helfen. Die Hermanns hatten einen wütenden Brief geschrieben, in dem sie erklärten, daß eine Heirat zwischen Auguste und ihrem Sohn nach dieser schändlichen Affäre selbstverständlich nicht in Frage käme. Rosette flehte ihn an, nach Deutschland zu fahren und mit Auguste zurückzukehren. Sie schrieb auch, daß sie sich nach den glücklichen Tagen sehnte, als die Familie noch zusammenlebte. Zu spät hatte sie erkannt, daß sie ihn so wollte, wie er war, mit seiner Abenteuerlust und seinen blühenden Phantasien, denn er war ihr Lebenselixier.

Die Sonne stand hoch am Himmel und quälte seine müden Augen mit glühenden Nadeln. Er erblickte seine Gestalt, die sich in der Fensterscheibe widerspiegelte, und erkannte sich nicht. Er war dünn, sein Kopf beinah kahl, Bart und Koteletten lang, und seine Augen, seine Augen starrten angsterfüllt aus ihren Höhlen. Was hatte ihn so in Schrecken versetzt? Was hatte ihm diesen Ausdruck der Todesangst aufgeprägt? Er glich nun seinem Vater, nicht dem Vater seiner Kindheit, sondern der Figur, die Selim von ihm gezeichnet hatte, dem Urbild des Juden. Hatte sein Vater den Verstand verloren, als er Jerusalem erreichte? Er hätte so lange nach ihm suchen sollen, bis er ihn gefunden hätte. Er erinnerte sich an die Frau, die er gestern in der Empfangshalle des Hotels gesehen hatte. Wie konnte er geglaubt haben, daß sie in ihm jenen Shapira erkannte? Durch was unterschied sich dieses Gesicht von den Karikaturen des typischen Juden? Ginsburg war klüger als er, indem er es vorzog zu lügen und nicht für die Echtheit der Schriftrollen zu bürgen. Ein Gott, ein Land, ein Gesetz. Wie hatte er das glauben können? Die jüdischen Hexer, die jüdischen Dämonen, die jüdischen Monster, sie alle verbargen sich im Herzen des Christentums und nährten die Angst, den Abscheu und den blinden

Haß, und er, er war das Hauptopfer. Und vielleicht war er tatsächlich ein Fälscher und wußte es nicht? Bin ich ein Fälscher, wollte er fragen, und vielleicht fragte er es auch. Ihm schien, daß er in den letzten Monaten fremde Leute auf der Straße angehalten und sie gefragt hatte: «Bin ich ein Fälscher?» Erschrockene Gesichter streiften den Rand seines Gedächtnisses, schreiende Frauen, Wut.

Er versuchte sich wieder zu erinnern, wie er hierhergekommen war, mit all seiner Kraft bemüht, das Rätsel der vergangenen Monate zu lösen. Während der Hohen Feiertage war er in Paris gewesen und hatte dort in einer kleinen Synagoge nicht weit vom Hôtel de Ville gebetet, zusammen mit armen Juden, Flüchtlingen der Pogrome in Rußland und Rumänien, und einer von ihnen, ein Jude aus Kiew, hatte ihn sogar nach dem Gottesdienst zu sich nach Hause zum Abendmahl eingeladen, froh über die Gelegenheit, eine religiöse Pflicht erfüllen zu können. Und danach, danach wohnte er bei einem Vater und seinem Sohn, Juden aus Berditschew, die einen Gemüsestand auf dem Markt in Amsterdam besaßen. Und eine Zeitlang lag er im jüdischen Hospital, obgleich er sich nicht erinnern konnte, was für eine Krankheit er damals hatte.

Die Muskeln taten ihm weh. Wenn er sich nur von diesem Fenster hier rühren und seine Glieder entspannen könnte. Mehr als alles andere quälte ihn der Durst. Sein Kopf war mit knirschenden Geräuschen gefüllt. Er erinnerte sich, daß er irgendwann, in Paris oder Amsterdam, erfahren hatte, daß Sir Charles aus Australien zurückgekehrt war, und er schon fast zu ihm nach Totteridge fahren wollte, als er im letzten Augenblick erkannte, daß ihm eine Falle gestellt wurde, denn Sir Charles war nichts anderes als ein Agent Clermont-Ganneaus, und die beiden planten, ihre Hand auf die Schriftrollen zu legen und sie für den Louvre zu erwerben. Sie hatten ihm die Türen aller Museen Europas zugeschlagen und ihm nur einen Ausweg gelassen: Sir Charles Nicolson. Was für ein Narr er gewesen war! Hatte er tatsächlich geglaubt, daß dieser Laie die

Meinungen der Gelehrten ignorieren und sich auf seine eigenen Instinkte verlassen würde, daß er und nur er allein weiterhin hartnäckig an Shapira glauben würde, nachdem er von der ganzen Welt an den Pranger gestellt worden war? Plötzlich war alles sonnenklar. Clermont-Ganneau hatte sie alle mit seinem groben Hohn eingeschüchtert und ihm dann seinen Komplizen in den Weg gestellt. Hatte er ihm nicht die Mesa-Stele regelrecht unter der Nase weggenommen?

Er wußte, daß ihm diese Gedanken schon vorher durch den Kopf gegangen waren, daß sie ihn wieder und wieder gequält hatten. Die Grenze zwischen Wahrheit und Lüge, zwischen Wirklichkeit und Phantasie hatte sich verwischt, und das einzig Beständige, an das er sich klammern konnte, war die Gewißheit, daß er die Schriftrollen nicht gefälscht hatte. Wenn die Gelehrten recht hatten und die Rollen tatsächlich gefälscht waren, so konnte dies nur ein Mann von außergewöhnlichen Kenntnissen sowohl in der Bibel als auch in der altertümlichen Schriftkunst vollbracht haben, der erste und beste unter den Theologen und Archäologen, ein Mann, der die Mesa-Stele besser kannte als alle anderen – CLERMONT-GANNEAU! Nein, nein, sie waren echt, sie waren authentisch; wenn sie gefälscht wären, hätte er es gemerkt. So oder so hatte er die Hoffnung aufgegeben, ihre Ehre zu retten. Man würde sie in einen modrigen Keller werfen und für immer vergessen. Das Unglück haftete an den Rollen, sie waren der Untergang für jeden, der mit ihnen in Berührung kam. Goblan war tot, und Abu Dib war tot, der Beduine, der sie gefunden hatte, war tot, und nun nahte sein eigenes Ende.

Ja. In den letzten Stunden, seit die Sonne aufgegangen war, wußte er bereits, daß es nicht Clermont-Ganneau war, den er töten wollte, sondern sich selbst. Er freundete sich langsam mit dieser Tatsache an, wie ein Mensch, der sich an Veränderungen im Klima gewöhnt. Er fühlte mit einer seltsamen Logik, daß er in dem Augenblick, da er Shapira den Fälscher tötete, Clermont-Ganneau seines Lebensziels berauben würde. Wie könnte er weiterhin ein selbstgerechter und anklagender Forscher sein, wenn er kein Opfer mehr hatte? Wie könnte er Richter sein, ohne einen Sünder zu haben. Von nun an würde er sowohl das Gute als auch das Böse in sich tragen müssen, er würde Clermont-Ganneau sein, aber er würde auch Shapira sein. Er würde ohne Beichte und ohne Absolution sterben, und der Zweifel würde weiterhin im Herzen der Menschen nagen und Clermont-Ganneau bis auf seinen letzten Tag verfolgen. Und das würde seine Rache sein.

Zum erstenmal seit Monaten empfand er Freude. Er hatte einen Weg der Rache und Sühne gefunden. Clermont-Ganneau hatte die Türen der Welt vor ihm verschlossen, aber er hatte die Barriere durchbrochen, und nun würde er ihm das «Böse», das ihm eingebrannt war, vererben, es seinem Feind überreichen, so wie ein Ritterschwert bei einer königlichen Zeremonie überreicht wird. Ein Gefühl von Freiheit kam auf.

Er wußte bereits, daß er nirgendwo hingehen und nirgendwohin zurückkehren konnte. Weder Ruhm noch Reichtum erwarteten ihn, weder Phoebes Gedichte noch Rosettes Stickereien, keine Ehemänner für seine Töchter, keine Wasserpfeife in Sommernächten. Am Ende des Weges wartete weder Gott noch Land, noch Gesetz auf ihn, weder Unterhalt noch Familie. Sein Leben war nichts anderes als eine latente Krankheit, und jegliches Glück, das ihm beschieden wurde, war vergänglich. Er hatte sein Leben lang auf die Erfüllung eines Versprechens gewartet und weder gefühlt noch gewußt, daß ihm nie ein Versprechen gegeben worden war. Er hatte die Mauer durchbrochen und nur sich selbst auf der anderen Seite gefunden. Dem ersten Moses, dem bescheidensten aller Menschen, war es nicht beschieden, das Gelobte Land zu betreten, und er, der Abtrünnige, der Missionssklave, würde es ihm gewährt werden? Jeder Schritt, den er in seinem Leben tat, hatte ihn in dieses Hotel geführt, an dieses Fenster mit den vernagelten Jalousien, seinen Berg Nebo.

Ihm schien, als hörte er ein sanftes Rascheln hinter seinem

Rücken. Er wollte sich umdrehen, doch die Angst ließ sein Blut erstarren. War es Einbildung, oder spürte er tatsächlich einen warmen Atemhauch im Nacken? War er endlich eingeholt worden von dem Mann, dessen Tod er begehrte? Er wußte, daß er keinen weiteren Augenblick seines Lebens ertragen konnte. Die Schmerzen des Daseins, die Schmach, die Einsamkeit, die Angst. In einer Aura von Licht erschien Miriam vor seinen Augen, ihr weizenblondes Haar über der hohen Stirn glänzend, und er stöhnte, legte die Pistole an seine Schläfe und drückte ab.

GLOSSAR

Abaje – arab.: Jacke
Aw: Monat im jüdischen Kalender; 9. Aw: Trauertag in Erinnerung an die Zerstörung des Ersten und Zweiten Tempels
Bar Mizwa – jüdischer Junge, der bei der Vollendung des 13. Lebensjahres die religiösen Verpflichtungen auf sich nimmt
Borschtsch – russische Suppe aus roten Beten
Chametz – alle mit Sauerteig zubereiteten Speisen, die während des Pessach-Festes verboten sind
Dybbuk – Seele eines Toten im Körper eines lebenden Menschen
Fellache – arabischer Bauer
Finjan – Gefäß zum Kaffeekochen
Halachot – talmudische Religionsgesetze
Kawass – prachtvoll gekleideter türkischer Diener
Keffije – Kopfbedeckung arabischer Männer
Mischne Thora – Neufassung der Religionsgesetze
Pessach – Fest zur Erinnerung an den Auszug der Juden aus Ägypten
Simchat Thora – Fest der Gesetzesfreude
Streimel – Pelzhut orthodoxer Juden